DER ERSTE VERDACHT

HELENE TURSTEN

DER ERSTE VERDACHT

Roman

Aus dem Schwedischen von
Lotta Rüegger und Holger Wolandt

Weltbild

Die schwedische Originalausgabe erschien 2004
unter dem Titel *Guldkalven* bei Alfabeta Anamma, Stockholm.

Besuchen Sie uns im Internet:
www.weltbild.de

Genehmigte Lizenzausgabe
für Verlagsgruppe Weltbild GmbH,
Steinerne Furt, 86167 Augsburg

Übersetzung: Lotta Rüegger, Holger Wolandt
Umschlaggestaltung: grimm.design, Düsseldorf
Umschlagmotive: getty images, München (© Pete Turner); Corbis, Düsseldorf
Gesamtherstellung: Bagel Roto-Offset GmbH & Co.KG,
Gewerbegebiet Sachsen-Anhalt Süd, Kirchweg, 06721 Schleinitz
Printed in Germany
ISBN 3-8289-7879-7

2009 2008 2007 2006
Die letzte Jahreszahl gibt die aktuelle Lizenzausgabe an.

FÜR MEINE SCHWESTER PIA

PROLOG

Februar 2000

Verschwommene Bilder, von der Überwachungskamera einer Bank aufgenommen, flimmerten über den Bildschirm. Drei maskierte Männer richteten ihre Waffen auf Kunden und Personal. Die Bankräuber waren identisch gekleidet, dunkle Overalls, schwarze Mützen und schwarze Lederhandschuhe. Ihre Augen ließen sich hinter den Löchern der Mützen, die sie bis über das Kinn gezogen hatten, nur erahnen. Einer der Männer stand hinter dem Schalter und warf der Kassiererin eine große Nylontasche zu. Mitten in der Schalterhalle lag ein Mann auf dem Bauch. Einer der Räuber zielte mit einem Gewehr auf seinen Kopf. Der dritte Bewaffnete hatte sich neben der Tür postiert und hielt nervös Ausschau. Er stand mit dem Rücken zur Kamera, seine Waffe war auf die Tür gerichtet. Plötzlich sah man am oberen Bildrand, wie die Glastür geöffnet wurde und jemand den Schalterraum betrat. Zwei dürre Schienbeine in bequemen halbhohen Lederschuhen erschienen in der Türöffnung. Der Vermummte an der Tür trat einen Schritt vor und zerrte eine ältere Frau ins Bild. Er packte ihren Arm, sie machte eine Viertelumdrehung und stürzte kopfüber zu Boden.

Alle drei Räuber bewegten sich ruckartig, als sei der Verlauf in Sequenzen gefilmt worden, um Videoband zu sparen. Trotzdem war deutlich zu erkennen, dass sie nach dem Sturz der alten Dame nervöser geworden waren, der Mann hinter dem

Schalter bedeutete der Kassiererin mit bedrohlichen Gesten voranzumachen. Mit zitternden Händen versuchte sie, die Tasche der Räuber mit Scheinen zu füllen. Einige fielen daneben, was den maskierten Mann verärgerte. Unvermittelt versetzte er ihr mit dem Gewehrlauf einen Schlag ins Gesicht. Die Kassiererin sackte zusammen und verschwand hinter dem Schalter.

»... diese brutalen Bilder stammen aus der Bank. Ein vierter Mann wartete vor der Tür mit dem Fluchtwagen. Laut Zeugenaussagen handelte es sich um einen roten Saab 9000. Nur wenige Stunden zuvor wurde ein entsprechendes Fahrzeug in Arvika gestohlen. Nach Ansicht der Polizei ist es mit großer Wahrscheinlichkeit mit dem Wagen der Bankräuber identisch. Eine landesweite Fahndung wurde eingeleitet. Die ältere Frau, die die Bank während des Überfalls betreten hatte, brach sich durch einen Sturz den Oberschenkelhals. Sie steht unter Schock. Die Kassiererin verlor ihre Schneidezähne und steht ebenfalls unter Schock. Beide Frauen werden stationär behandelt. Den Geiseln und dem Bankpersonal steht ein Krisenteam bei. Die Beute soll dieses Mal über eine Million Kronen betragen haben. Es ist der vierte große Bankraub in diesem Jahr im Norden von Värmland. Für keinen der Überfälle konnte bislang ein Verdächtiger dingfest gemacht werden. Vermutlich kommt es deshalb so häufig zu Banküberfällen in den nördlichen Provinzen, weil hier die Polizeipräsenz äußerst gering ist. Wenn die Alarmglocken schrillen, ist es gut möglich, dass sich der einzige diensttuende Streifenwagen bis zu fünfzig Kilometer vom Tatort befindet«, sagte die Stimme einer Reporterin aus den Lautsprechern des Großbildschirms.

»Schweine!«, sagte der Mann auf dem Sofa und schaltete den Fernseher mit der Fernbedienung aus. Nachdem das Bild erloschen war, herrschte einen Augenblick Stille im Zimmer.

»Wie schrecklich! Stell dir vor, da steht einer und richtet sein Gewehr auf deinen Kopf! Nicht auszudenken!«, erwiderte seine junge Freundin und lachte nervös.

Dann verstummte sie und sah zu, wie er ihr Weinglas nachfüllte.

»Andererseits, Philip, eine Million ist ja auch nicht gerade von Pappe. Vermutlich das beste Verbrechen, um zu Geld zu kommen«, sagte das Mädchen kichernd und nahm einen großen Schluck Rotwein.

»Zu gefährlich. Man kann dabei erschossen werden.«

Er hob sein Glas an die Nase und schnupperte lange und genüsslich.

»Hm. Sonnengereifte Brombeeren und eine Spur Vanille. Hoffentlich erwischen sie die Gauner und sperren sie in den Bunker von Kumla. Da können sie verrotten«, sagte der Mann, der daran beteiligt gewesen war, hundert Millionen zu unterschlagen. Dollar, keine Kronen.

KAPITEL 1

Die Kriminalinspektoren Irene Huss und Tommy Persson hielten hinter den beiden blauweißen Streifenwagen. Vor diesen stand das Auto der Spurensicherung, ein normaler Personenwagen. Die Garagenauffahrt des Hauses wurde von einem nachlässig abgestellten, silbermetallic lackierten Mercedes Cabrio mit geschlossenem Verdeck blockiert.

Sie stemmten sich gegen den starken Wind, der vom Meer herwehte, und suchten sich vorsichtig ihren Weg zur Haustür. Der Neubau schien fertiggestellt zu sein, doch das Grundstück war noch eine einzige große Schlammwüste. Ein Tritt neben den Plattenweg, und schon blieb möglicherweise der Schuh im Lehm stecken. Obwohl der Garten noch nicht angelegt war, fiel Irene Huss die phantastische Lage des Hauses auf. Es thronte auf einer Anhöhe und bot eine weite Sicht über das Wasser des Askimviken. Wo bekam man nur so ein Baugrundstück her? Das Haus war aus terrakottafarbenen Ziegeln und viel Glas. Das von einem Stararchitekten entworfene Haus hatte mit Sicherheit ein Vermögen gekostet.

Tommy Persson blieb stehen und betrachtete das Cabrio. Beeindruckt pfiff er durch die Zähne und sah Irene viel sagend an. Dann ging er weiter und klingelte an der Haustür. Sofort öffnete eine Polizistin in Uniform. Sie war jung und wirkte sehr ernst.

»Hallo. Tommy Persson und Irene Huss vom Dezernat für Gewaltverbrechen.«

»Hallo. Stina Lindberg. Die Spurensicherung ist auch gerade eingetroffen«, entgegnete ihre uniformierte Kollegin.

Im Haus schrie ein Kind. Nervös schaute Stina Lindberg in die Richtung, aus der der Lärm kam, und versuchte, rasch zu erklären:

»Das ist das Baby. Ihr Baby… seine Frau hat ihn gefunden… ihren Mann… als sie nach Hause kam.«

Stinas bleiche Wangen und ihr verbissenes Ringen um Fassung verrieten, dass ihr die Situation zu schaffen machte. Ein Mord machte immer allen zu schaffen, aber noch schlimmer war es, wenn Kinder Teil des Szenarios waren.

Ein hoch gewachsener Polizist mit Schutzkleidung über der Uniform trat in die geräumige Diele. Irene und Tommy kannten ihn gut. Sie begrüßten sich herzlich. Inspektor Magnus Larsson informierte sie über den Stand der Dinge, während sie sich ebenfalls Schutzoveralls sowie Hauben, Plastikhandschuhe und Plastikschlappen überzogen.

»Die Frau alarmierte den Notruf und sagte, sie habe ihren Mann erschossen aufgefunden. Wir trafen etwa eine Viertelstunde später ein. Da war sie noch recht gefasst, aber kurz darauf erlitt sie einen Zusammenbruch. Die Telefonnummer ihrer Mutter war in ihrem Handy gespeichert. Ich hab sie bereits angerufen. Schließlich muss sich jemand um das Kind kümmern. Die Mutter ist unterwegs. Aber es wird noch dauern, sie kommt aus Borås.«

»Wie heißen die Leute, die hier wohnen?«, fragte Irene.

»Sanna Kaegler-Ceder und Kjell Bengtsson Ceder.«

Irene meinte, beide Namen schon einmal gehört zu haben, konnte sie jedoch nicht einordnen. Tommy schien es genauso zu gehen. Fragen konnte sie ihn nicht, denn in diesem Moment plärrte das Baby im hinteren Teil des Hauses los. Alle drei Beamten eilten auf das Geräusch zu.

Das Wohnzimmer mit seiner Fensterwand aufs Meer hinaus war überaus geräumig. Die Aussicht war wirklich phantastisch. Zusammengesunken saß eine junge Frau in einem drehbaren, eierschalenfarbenen Ledersessel. Sieben weitere solcher Sessel waren um einen elliptischen Glastisch gruppiert. Unter dem Tisch lag ein flauschiger Teppich, ebenfalls eierschalenfarben. Die helle Farbe kontrastierte eindrucksvoll mit dem dunklen, terrakottaroten Klinkerboden. Die Wände waren ein paar Nuancen heller als die Ledersessel. Ein großes modernes Ölgemälde bildete den Blickpunkt an der fast weißen Wand.

Irene und Tommy begrüßten die beiden uniformierten Kollegen, die neben der Frau standen. Dann betrachteten sie die erstarrte Gestalt im Sessel genauer. Irene kam das Gesicht vage bekannt vor.

Sanna Kaegler-Ceder starrte dumpf vor sich hin. Ihre bleiche Farbe und ihre versteinerte Miene verwandelten ihr Gesicht in eine Gipsmaske. Zu ihren Füßen stand eine Babywippe aus hellblauem Cord. Irene schätzte, dass das Kind höchstens ein halbes Jahr alt war. Es schrie aus Leibeskräften und war vor Anstrengung hochrot im Gesicht.

An die Glaswand schloss sich ein mehrere Meter breiter Durchbruch in ein verglastes, achteckiges Zimmer an. Von diesem aus führte eine Wendeltreppe aus Stahl ins Obergeschoss. Der Ehemann von Sanna Kaegler-Ceder lag unter der Treppe. Die beiden Männer von der Spurensicherung, die neben der Leiche standen und ihre Fotoausrüstung wegpackten, nickten Irene und Tommy zu, ohne ihre Arbeit zu unterbrechen.

»Wir brauchen noch eine Viertelstunde«, meinte der ältere.

»Okay«, erwiderte Tommy.

Irene trat auf Sanna Kaegler-Ceder zu und berührte sie sachte an der Schulter. Sie schien es nicht einmal zu spüren.

»Hallo. Ich heiße Irene Huss. Glauben Sie, dass Sie Ihrem Kind etwas zu essen geben könnten?«

Ein schwaches Zucken der Augenlider war die einzige Reaktion.

Irene seufzte und nahm das kleine, verheulte Bündel hoch.

Ein durchdringender Geruch stieg von dem Kind auf. Höchste Zeit zum Windelwechseln.

»Komm, Tommy. Du musst mir helfen, den Wickeltisch und die Fläschchen zu finden«, sagte Irene energisch.

»Bitte? Soll ich … sollen wir?«

»Ja. Schließlich ist es noch nicht lange her, dass du bei deinen eigenen Kindern die Windeln gewechselt hast.«

»Wie wahr. Natürlich werden wir dafür sorgen, dass der Kleine eine trockene Windel und einen Big Mac mit einer extra großen Portion Pommes und Ketchup bekommt.«

Er schnalzte mit den Lippen und kitzelte den Bauch des Babys. Noch einmal schluchzte das Kind auf und hörte dann auf zu weinen.

Nachdem sie verschiedene Türen geöffnet hatten, gelangten sie in ein großes Badezimmer, das bis zur Decke mit rosa Marmor verkleidet war. Auf einem riesigen Wickeltisch lag alles, was ein kleines Kind für seine tägliche Pflege brauchte. Irene wechselte die Windel und stellte fest, dass es sich um einen Jungen handelte. Diesen Verdacht hatte sie bereits beim Anblick der Babywippe und der Kleidung gehabt. Der Strampelanzug war aus superweichem Jeansstoff, und auf dem hellblauen Pullover stand in knalligen silbernen Lettern »Made in New York«. Als Irene den Kleinen vom Wickeltisch hob, begann er erneut zu wimmern. Jetzt, wo er trocken war, machte sich wieder der Hunger stärker bemerkbar.

Tommy war in die Küche vorgegangen. Als es Irene mit dem Baby auf dem Arm ebenfalls gelungen war, sich zu orientieren, hielt er ihr bereits triumphierend ein gefülltes Fläschchen entgegen, das er im Kühlschrank gefunden hatte.

»Jetzt gibt's was zu futtern!«, meinte er gutgelaunt und stellte das Fläschchen in die Mikrowelle.

Auf dem Arbeitstisch unter der Mikrowelle lag der Gummisauger, den Tommy mit einer raschen Handbewegung festschraubte. Routiniert überprüfte er die Temperatur, indem er ein paar Tropfen auf die Innenseite des Handgelenks spritzte.

Dann reichte er Irene die angewärmte Flasche. Obwohl ein paar Jahre vergangen waren, seit seine Jüngste die Flüssignahrung hinter sich gelassen hatte, beherrschte er nach drei Kindern alles noch wie aus dem Effeff.

Irene beobachtete das Kind, das gierig an der Flasche zog. Sie befanden sich noch immer in der ultramodernen Küche mit dem Steinboden, den Küchenmaschinen aus Stahl und den Glasvitrinen. Sie schaute sich nach einem Stuhl um, aber es gab nur ein paar hohe Barhocker an einer Theke. Irene lehnte sich gegen einen der Hocker, und der Junge trank laut schlürfend die letzten Tropfen. Dann lehnte sie ihn gegen ihre Schulter und klopfte ihm leicht auf den Rücken. Als Belohnung kam ein ordentliches Bäuerchen.

»Möwenschiss auf der Jacke, Huss«, kommentierte Tommy.

Es lokalisierte den Küchenkrepp in einem Stahlzylinder. Dann half er Irene, den Fleck wegzuwischen.

Auf dem Weg ins Wohnzimmer schlummerte der Kleine ein. Er schlief schon tief, als Irene ihn wieder in die Babywippe setzte. Sie breitete eine weiche gelbe Decke über ihn, die über einem der Stühle hing.

Sanna Kaegler-Ceder hatte sich nicht von der Stelle bewegt. Katatonisch saß sie in derselben Stellung da, in der sie sie zurückgelassen hatten. Sie trug eine hellbraune Wildlederhose und ein tief ausgeschnittenes kobaltblaues Top. In ihrem Ausschnitt funkelte ein großes, über und über mit funkelnden weißen und blauen Steinen besetztes Kreuz. Die intensiven Lichtreflexe konnten nur von echten Diamanten und Saphiren herrühren. Sanna Kaegler-Ceder trug ein Vermögen um den Hals. Und die Kapitalreserve funkelt am linken Ringfinger, dachte Irene, als sie den Blick auf Sannas Hände senkte.

Åhlén, der Mann von der Spurensicherung, streckte seinen Glatzkopf durch den Durchgang zum Fensterzimmer. Er gab Irene und Tommy ein Zeichen. Sie gingen auf ihn zu, begrüßten ihn und warteten dann gespannt. Wie immer schob Åhlén seine Brille mit den dicken Gläsern mit dem linken Zeigefinger auf seiner Kartoffelnase höher, ehe er zu sprechen begann:

»Ich habe der Gattin bereits die Fingerabdrücke abgenommen und ihre Jacke in Verwahrung genommen. Keine sichtbaren Schmauchspuren. Wir müssen die Analyse abwarten. Das Verbrechen fand hier statt. Waffen haben wir keine gefunden.«

»Bist du dir ganz sicher, dass wir hier den Tatort haben?«, wandte Irene ein.

»Zweifellos. Schau selbst«, antwortete Åhlén und deutete mit einer ausladenden Geste auf die Leiche.

Das Opfer war schlank und trug einen dunklen Anzug. Die Stirn wies eine Schussverletzung auf, und der Kopf lag in einer Blutlache. In einigem Abstand von der Leiche lagen die Splitter eines Glases, und im Zimmer schwebte unverkennbar Whiskygeruch.

»Er ist schon etliche Stunden tot. Die Leichenstarre ist bereits vollständig eingetreten«, fuhr der Mann von der Spurensicherung fort.

»Hingerichtet mit mindestens zwei Schüssen in den Kopf«, stellte Tommy fest.

Irene war erstaunt, dass Kjell Bengtsson Ceder so viel älter als seine Ehefrau gewesen war. Obwohl ein gewaltsamer Tod die Menschen nur in den seltensten Fällen schöner macht, war zu erahnen, dass er sehr gut ausgesehen haben musste. Das blutverkrustete Haar war dicht und stahlgrau. Plötzlich fiel es ihr wie Schuppen von den Augen, und sie wusste, wer er war: der Restaurantkönig Göteborgs. Da Irenes Mann Küchenchef eines Konkurrenzunternehmens war, hatte sie Ceders Namen schon öfters gehört. Krister arbeitete im Glady's Corner, einem der besten Restaurants Göteborgs, ausgezeichnet mit einem Stern in einem internationalen Restaurantführer. Die beiden anderen Lokale mit Stern gehörten Kjell Bengtsson Ceder. Das eine lag im 28. Stockwerk des Hotel Gothenburg. Es war das größte Hotel der Stadt und befand sich ebenfalls in Ceders Besitz. Wenn Irene im Büro ihres Chefs Sven Andersson aus dem Fenster schaute, konnte sie seine imposante Silhouette sehen. Etwas weiter in südwestlicher Richtung standen die Zwillingstürme Gothia Towers beim Messegelände. Auch hier gab es ein Hotel und Restaurants, die wichtigste Konkurrenz des Hotel Gothenburg.

»Die Stridner hat versprochen, gleich höchst selbst zu erscheinen. Ich glaube, sie ist gerade im Anmarsch«, teilte Åhlén mit.

Irene und Tommy hatten das energische Geklacker von Absätzen auf Steinboden ebenfalls gehört. Nur die Professorin in Gerichtsmedizin Yvonne Stridner bewegte sich an einem Tatort in diesem Tempo.

Sie rauschte in den gläsernen Anbau, stellte ihre Tasche ab und ließ ihren Blick rasch über den Ort des Geschehens schweifen. Ohne einen der Polizisten zu begrüßen, sagte sie laut vor sich hin:

»Ist er wirklich ermordet worden?«

Dem Mann von der Spurensicherung und den beiden Kriminalinspektoren blieb vor Erstaunen der Mund offen stehen. Die Frau Professor fragte sonst nie, sie neigte in der Tat eher dazu, unerschütterliche Behauptungen aufzustellen oder Kommandos zu erteilen.

»Mit zwei Kugeln erschossen«, lautete Åhléns lakonische Antwort.

Ohne weiteren Kommentar zog Frau Professor Schutzkittel, Handschuhe und Schuhschutz an. Typisch, dass sie die Schutzkleidung nicht schon bei Betreten des Hauses anlegt, dachte Irene.

Nonchalant warf die Stridner ihren Mantel über einen Stuhl aus schwarzeloxiertem Stahl mit einem Sitz- und Rückenpolster aus weißem Leder. Vielleicht war er bequemer, als er aussah. Im Zimmer standen noch fünf weitere solcher Stühle sowie ein Tisch aus Stahl. Über dem Tisch hing ein Kronleuchter, der zu den Möbeln passte.

Die Stridner ging auf das Opfer zu und begann mit ihrer Arbeit. Tommy stieß Irene mit dem Ellbogen an und sagte:

»Komm. Wir versuchen noch mal, mit Sanna Kaegler-Ceder zu reden.«

Irene nickte. Hier konnten sie ohnehin nichts mehr ausrichten. Solange die Leiche noch da lag, konnten sie auch nicht die Wendeltreppe hochgehen und sich das Obergeschoss ansehen.

Sanna Kaegler-Ceder saß immer noch auf demselben Stuhl, wenn auch nicht in derselben Haltung. Sie hatte den Sessel zur Fensterwand, an der der Regen herablief, gedreht und starrte nach draußen in die zunehmende Dämmerung. Der kleine Junge schlief noch immer tief und fest in seiner Babywippe, in glücklicher Unkenntnis, dass er gerade vaterlos geworden war.

»Entschuldigen Sie, dass ich Sie in Ihrer Trauer stören muss. Ich heiße Tommy Persson und bin Kriminalinspektor. Glauben Sie, dass Sie mir ein paar Fragen beantworten können?«

Sie bewegte sich nicht, sondern starrte weiter in das ungemütliche Herbstwetter hinaus. Als sie die Hoffnung bereits aufgegeben hatten, zu ihr durchzudringen, hob sie langsam den Kopf. Tommy deutete das als Nicken und schob rasch eine Frage nach, bevor sie ihre Entscheidung bereuen konnte:

»Wann sind Sie nach Hause gekommen? Und wann haben Sie die Leiche Ihres Mannes gefunden?«

Sie schluckte einige Male, bevor es ihr endlich gelang, die Antwort über die Lippen zu bringen:

»Ich habe sofort … angerufen.«

»Der Notruf ging um 16.23 Uhr ein«, warf Magnus Larsson ein.

»Und der erste Streifenwagen war eine knappe Viertelstunde später da?«, wollte Tommy wissen.

»Korrekt«, bestätigte der Beamte.

Tommy wandte sich wieder an Sanna Kaegler-Ceder und fragte mit leiser Stimme:

»Haben Sie sich vor dem Eintreffen der Polizei Ihren Mann näher angesehen?«

Langsam schüttelte sie den Kopf.

»Ich sah, dass er tot war. Das ganze Blut…«

»Wo standen Sie, als Sie ihn entdeckt haben?«

»Im Durchgang…«

Ihre Stimme versagte, und sie schluckte.

»Blieben Sie im Durchgang zum Glasanbau stehen?«

»Ja«, flüsterte sie.

Obwohl es kaum möglich schien, wurde sie noch bleicher. Ihre Lippen waren jetzt blaugrau. Irene war klar, dass sie ohnmächtig werden würde. »Kommen Sie. Legen Sie sich auf den Teppich«, sagte sie deshalb.

Beherzt half sie Sanna, sich auf den hochflorigen Teppich zu legen. Vorsichtig hob Irene ihre Unterschenkel an und hielt sie einige Handbreit in die Luft. Langsam bekam Sannas Gesicht wieder mehr Farbe. Nach einer Weile meinte sie:

»Ich will mich setzen.«

Irene half ihr wieder in den Sessel. Die junge Frau war so bleich, dass ihr Gesicht fast denselben Farbton hatte wie der eierschalenfarbene Bezug. Zweifellos hatte sie wirklich einen Schock erlitten. Vielleicht waren das aber auch die Spätfolgen einer Bluttat.

»Wann haben Sie heute das Haus verlassen?«, fragte Tommy.

»Nicht heute. Das war gestern Nachmittag.«

»Um welche Zeit?«

»Gegen vier. Wir waren bei meiner Schwester. Über Nacht.«

»Hatten Sie den Jungen dabei?«

»Ja.«

»Sie haben also bei Ihrer Schwester übernachtet?«

»Ja.«

»Warum?«

Sanna wandte den Kopf zur Seite und sah ihn zum ersten Mal an. Sie wirkte erstaunt.

»Warum?«, wiederholte sie.

»Ja. Warum haben Sie bei Ihrer Schwester übernachtet?«

»Ihr Mann hatte Dienst. Wir wären beide über Nacht allein gewesen.«

»Wissen Sie, wen Ihr Mann am Abend und in der Nacht treffen wollte?«

»Keine Ahnung.«

Ihre Stimme klang desinteressiert und müde.

»Wann haben Sie zuletzt mit Ihrem Mann gesprochen?«, warf Irene ein.

»Gestern, gegen neun Uhr in der Früh.«

»Erzählte er von einer Verabredung am Abend?«

»Ich kann mich nicht erinnern.«

»Haben Sie Ihre Schwester anschließend angerufen und ihr vorgeschlagen, bei ihr zu übernachten, oder hatten Sie das bereits vorher verabredet?«

»Ich habe Sie gegen Mittag angerufen. Wir hatten schon früher darüber gesprochen... Wir wollten es uns mit einer Flasche Wein gemütlich machen und uns etwas Gutes kochen. Sie ist ebenfalls im Erziehungsurlaub.«

»Haben Sie Ihren Mann angerufen und ihm erzählt, dass Sie bei Ihrer Schwester übernachten würden?«

»Nein.«

»Warum nicht?«

»Das hatte ich ihm bereits erzählt, als wir am Morgen miteinander telefoniert hatten.«

»Was haben Sie ihm da gesagt?«

»Dass ich bei ihr anrufen und etwas verabreden würde.«

»Sie haben heute nicht versucht, ihn telefonisch zu erreichen?«

»Nein. Er wusste, dass Ludwig und ich bei Tove übernachten und deswegen nicht zu Hause sein würden.«

»Tove, das ist Ihre Schwester?«

»Ja. Tove Fenton. Ihr Mann ist Arzt. Er hatte Dienst...«

Ihre Stimme wurde zu einem Flüstern, und sie beendete

den Satz nicht. Ehe einer der Polizisten eine weitere Frage stellen konnte, betrat die junge Beamtin das Zimmer. Bislang war sie an der Haustür postiert gewesen. Irene erinnerte sich vage, dass sie Stina hieß. Den Nachnamen hatte sie bereits vergessen.

»Die Mutter ist da. Also ihre Mutter.«

Stina deutete verstohlen auf Sanna Kaegler-Ceder. Aus dem Bereich der Haustür war eine aufgebrachte Frauenstimme zu vernehmen:

»... ich will wissen, was ... schließlich meine Tochter! Und Ludwig ...«

Am breiten Durchbruch zum Wohnzimmer kam es zu einem Tumult. Sanna Kaegler-Ceders Mutter versuchte einzutreten, wurde aber von den beiden Polizisten, deren Namen Irene nicht wusste, daran gehindert. Die Mutter war nicht so groß wie die Tochter, aber ebenso hellhäutig. Steif erhob sich Sanna vom Stuhl und ging auf unsicheren Beinen ihrer Mutter entgegen.

»Sanna, Kleines! Was ist passiert? Die Polizei hat bei mir angerufen ...«

Die Mutter hielt inne, als sie den Gesichtsausdruck ihrer Tochter sah. Sie versuchte nicht mehr, sich an den Polizisten vorbeizudrängen.

»Ist es ... Ludwig?«, flüsterte sie verzweifelt.

»Wieso hast du diese alte, hässliche Jacke an?«, fragte Sanna Kaegler-Ceder, ehe sie auf dem Boden zusammensank.

KAPITEL 2

Er ist mit zwei Schüssen aus unmittelbarer Nähe getötet worden. Die Austrittswunden sind nicht zu sehen. Wahrscheinlich befinden sich die Kugeln noch im Schädel. Das deutet auf eine kleinkalibrige Waffe hin«, meinte Frau Professor Stridner.

»Wann ist er gestorben?«, wollte Tommy wissen.

»Die Leichenstarre nimmt bereits wieder ab. Die Klinker, auf denen er liegt, sind warm, da das Haus Fußbodenheizung hat. Vor etwa achtzehn bis vierundzwanzig Stunden. Genauer kann ich es im Augenblick nicht sagen.«

Jetzt trat sie wieder so professionell auf wie sonst. Im gleichen Atemzug fuhr sie fort:

»Kjell und ich kannten uns als Kinder. Er war ein Jahr jünger als ich. Wir wohnten damals in derselben Gegend und haben recht viel miteinander gespielt.«

Irene war überrascht. Also ein alter Spielkamerad der Professorin! Hatte sie wirklich mit anderen Kindern gespielt und nicht nur Frösche und tote Vögelchen zerlegt?

Sie standen im luftigen Wohnzimmer. Kjell Bengtsson Ceders Leiche war bereits auf dem Weg zur Gerichtsmedizin. Sanna, Ludwig und seine Großmutter waren zur Wohnung der Ceders im Göteborger Stadtteil Vasastan gefahren. Offenbar hatten sie sie behalten, obwohl die Familie schon eine ganze Weile in dem neuen Haus gewohnt zu haben schien.

»Haben Sie sich auch als Erwachsene noch getroffen?«, fragte Tommy, der sich als Erster wieder gefasst hatte.

»Aber sicher. Mein Mann und ich waren zur Einweihung des Hotels eingeladen. Ziemlich schick, muss ich sagen. Wir waren auch auf der Hochzeit der beiden. Mein Mann und Kjell kennen… kannten sich von den Rotariern. Manchmal ist die Welt doch klein.«

»Wissen Sie, ob Ceder vorher schon einmal verheiratet war?«, mischte sich Irene in das Gespräch ein.

»Das war er.«

»Hatte er Kinder aus dieser Ehe?«

Die Stridner schüttelte ihre knallrote Mähne.

»Nein. Die Frau ist tragisch bei einem Segelunfall ums Leben gekommen. Da waren sie erst zwei oder drei Jahre verheiratet.«

»Ist das lange her?«, fuhr Irene fort.

Die Professorin warf ihr einen irritierten Blick zu.

»Sicher an die fünfzehn Jahre. Warum ist das von Interesse?«

»Das bedeutet, dass Sanna Kaegler-Ceder und ihr Sohn die einzigen Erben sind.«

Die Stridner warf ihr einen langen, nachdenklichen Blick zu.

»Kjell ist… war immer ein Herzensbrecher. Er hatte immer irgendwelche Frauengeschichten am Laufen. Wir hätten nie geglaubt, dass er wieder heiraten würde. Dass er dann plötzlich Sanna Kaegler heiratete, erstaunte alle, die ihn kannten. Seine erste Frau war sehr wohlhabend gewesen, und er hatte immer das Leben eines Playboys geführt. Natürlich nicht nur von dem Geld, das sie ihm hinterlassen hatte. Schließlich war er auch selbst in der Hotel- und Restaurantbranche erfolgreich.«

»Wann haben Sanna und er geheiratet?«

»Vor ziemlich genau einem Jahr, und zwar Ende September mit einem großen Fest im Restaurant Le Ciel im Hotel Gothenburg.«

»Vor einem Jahr. Ludwig ist etwa ein halbes Jahr alt.

Sanna muss also schwanger gewesen sein, als sie geheiratet haben.«

»Ja. Aber das sah man nicht. Sie war atemraubend schön. Aber Kjells Freunde hatten durch die Bank Bedenken. Schließlich war sie wegen ihrer Geschäfte recht verrufen!«

»In den Zeitungen war die Rede davon, dass sie über enorme Summen verfügt haben soll. Wissen Sie, ob von diesem Geld noch was geblieben ist?«, warf Tommy ein.

»Keine Ahnung. Falls nicht, war das wohl ein Grund mehr, Kjell zu heiraten«, antwortete die Stridner säuerlich.

Sie warf einen Blick auf ihre elegante Armbanduhr.

»Ich will versuchen, noch heute Abend einen Blick auf ihn zu werfen. Die Obduktion führe ich dann morgen im Laufe des Tages durch. Ich lasse von mir hören«, sagte sie und rauschte an den Kriminalpolizisten vorbei.

Sie hörten noch, wie ihr letzter Satz auf dem Korridor verklang, begleitet vom Klappern ihrer Absätze auf dem Klinkerboden.

Irene und Tommy waren die Wendeltreppe hochgestiegen und befanden sich jetzt im oberen Stockwerk des Glasanbaus. Das Zimmer ragte über das Hausdach und war in alle Himmelsrichtungen verglast. Es war dem Architekten gelungen, den Eindruck eines Leuchtturms entstehen zu lassen.

»Was für eine Aussicht! Stell dir vor, man sieht hier abends die Sonne über dem Meer untergehen«, sagte Irene und spähte in die zunehmende Dunkelheit.

»Ein Glück, dass man nicht so eine Aussicht hat.«

»Wieso das?«

»Zu teuer. Die ließe sich ohne Drink in der Hand nicht ertragen«, antwortete Tommy und verzog das Gesicht.

Wahrscheinlich hatte er Recht. Das Erste, was sie beim Hochkommen gesehen hatten, war eine wohlgefüllte Hausbar auf Rollen gewesen. Ein riesiges Korbsofa mit großen roten Daunenkissen dominierte das Turmzimmer. Zwei halbkugelförmige Korbsessel hingen an Ketten von der Decke. Irene fühlte sich an zwei Vogelnester erinnert, als sie im Luftzug der offenen Tür zum Meer langsam hin und her schwangen. Tommy war auf den schmalen Balkon mit dem hohen Geländer getreten, um die Aussicht zu genießen. Rasch kam er wieder herein und zog die Tür hinter sich zu. Durch den Wind war es im Zimmer schnell kalt geworden.

»Glaubst du, Sanna ist die Täterin?«, fragte Irene.

»Rein statistisch gesehen: Jawohl!«

»Åhlén hat keinerlei Spuren auf ihren Jackenärmeln gesehen.«

»Nein. Aber schließlich wissen wir nicht, was sie gestern Nachmittag, als sie ihn erschossen hat, trug. Falls sie es wirklich gewesen sein sollte.«

Irene dachte nach und fuhr dann fort:

»Du glaubst, dass sie Ceder erschossen hat und dann zu ihrer Schwester gefahren ist, um dort zu übernachten. Einen Tag später ist sie zurückgekommen und hat ihn erschossen aufgefunden.«

»So ungefähr.«

»Wir müssen uns mit der Schwester unterhalten und herausfinden, was Sanna gestern getragen hat. Außerdem wäre es schön, mehr darüber zu erfahren, ob es jemanden gibt, der gestern nach 16 Uhr noch mit Kjell Bengtsson Ceder gesprochen hat.«

Tommy nickte.

»Wir können genauso gut gleich loslegen«, meinte er. »Ich rufe Sven an. Er soll Birgitta oder jemand anderen bitten, in Ceders Büro vorbeizugehen und das dortige Personal zu befragen. Diese Schwester müssten wir eigentlich mühelos ausfindig machen können. So viele Ärzte namens Fenton wird es nicht geben.«

Die Schwester von Sanna Kaegler-Ceder wohnte nicht sonderlich weit entfernt einige Kilometer südlich. Tove Fenton war es gelungen, in dem Göteborger Nobelvorort Hovås eine Bleibe zu finden. Irene und Tommy bogen in die kurze Straße ein, die von älteren Einfamilienhäusern aus den Fünfziger- und Sechzigerjahren gesäumt wurde. Es waren große Grundstücke. Familie Fenton wohnte am unteren Ende, und die Kriminalbeamten stellten fest, dass sie ebenfalls Meerblick hatten. Bei dem Regen und in der Dunkelheit konnte man das Meer zwar nicht sehen, aber die tosende Brandung durchaus hören. Es roch nach Salzwasser und Tang, und Irene holte ein paarmal tief Luft. Ihr eigenes Reihenhaus lag zwar nur zwei Kilometer vom Meer entfernt, aber dem unverkennbaren Geruch des Meeres war es nie geglückt, an den Einfamilien- und Reihenhäusern vorbeizukommen, die zwischen ihr und dem Wasser lagen.

Der Bungalow aus dunkelbraun gebeiztem Holz und weißem Stein, der vor ihnen lag, war recht groß. Als Irene klingelte, war lautes Kindergeschrei von innen zu vernehmen. Es wurde jedoch nicht geweint, sondern gejauchzt. Nachdem Irene noch ein weiteres Mal auf die Klingel gedrückt hatte, wurde die Haustür von einer Frau geöffnet. Einen verwirrenden Augenblick lang meinte Irene, Sanna Kaegler-Ceder vor sich zu haben. Die Schwestern sahen sich verblüffend ähnlich. Ein paar Falten der Müdigkeit, die sich in den Augenwinkeln andeuteten, legten jedoch nahe, dass Tove ein paar Jahre älter war als Sanna.

»Guten Tag. Ich bin Kriminalinspektorin Irene Huss. Dürfen mein Kollege Tommy Persson und ich einen Augenblick reinkommen?«, fragte Irene und hielt ihr die Hand zum Gruß hin.

»Sagen Sie mir, was passiert ist! Meine Mutter hat angerufen …«

Die Stimme von Tove Fenton zitterte bedenklich, und sie schluchzte auf, trat jedoch nicht beiseite, um die Beamten vorbeizulassen.

»Das werden wir auch, aber vorzugsweise nicht hier draußen«, entgegnete Irene ruhig.

Widerwillig trat die Frau zur Seite, um sie eintreten zu lassen. Ein kleines, blond gelocktes Mädchen im Alter von drei oder vier Jahren kam in die Diele gelaufen. Sie jauchzte fröhlich und schwenkte einen kleinen, herzförmigen Ballon aus rosa Alufolie, auf dem Puh der Bär abgebildet war. Als sie Irene und Tommy zu Gesicht bekam, blieb sie wie angewurzelt stehen und verstummte.

»Hallo«, sagten Irene und Tommy gleichzeitig. Sie lächelten sie an und winkten.

»Felicia! Du wolltest doch baden! Geh zurück ins Badezimmer!«, schrie Tove Fenton.

Das Mädchen sah seine Mutter erschreckt an.

»Hast du nicht gehört…«

Die aufgebrachte Mutter verstummte, als sie sah, dass sich zu Füßen des Mädchens eine Pfütze bildete. Wie praktisch, dass sie auch einen Klinkerboden haben, dachte Irene. In der Diele wurde es still, und alle hörten, während es noch plätscherte, dass der Schlüssel in der Haustür umgedreht wurde. Als sie sich öffnete, war Irene klar, dass es sich hier nur um Dr. Fenton handeln konnte.

Er war groß und um die Fünfzig, sein Haar war schon etwas gelichtet, und er war eine Spur korpulent. Als er die Kriminalbeamten sah, hielt er ihnen die Hand hin, um sie zu begrüßen, was seine Frau nicht getan hatte. Ein freundliches und herzliches Lächeln breitete sich auf seinem sonnengebräunten Gesicht aus.

»Morgan Fenton«, verkündete er mit englischem Akzent.

Irene und Tommy stellten sich ebenfalls vor. Aus den Augenwinkeln sah Irene, wie seine Frau das schluchzende Mädchen wegtrug.

»Meine Frau hat mich angerufen. Ich kam, so schnell ich konnte. Was ist Kjell zugestoßen?«

Der Arzt hatte Probleme, den Namen Kjell auszusprechen. Im Übrigen war sein Schwedisch ausgezeichnet.

»Wir erzählen Ihnen das Wenige, was wir wissen, wenn Ihre Frau kommt«, antwortete Irene.

»Natürlich. Bitte, hängen Sie doch Ihre Jacken auf«, sagte Morgan Fenton und deutete auf die Garderobe.

Er führte sie in ein großes Wohnzimmer. Der Architekt hatte den Meerblick maximal genutzt. Die Fenster waren riesig, und davor zeichnete sich eine große Terrasse ab. Das Zimmer war mit Chesterfieldsofas und Tischen und Schränken aus dunklem Holz möbliert. Den Mittelpunkt bildete ein großer offener Kamin. Bilder und Vorhänge verstärkten den britischen Eindruck noch. Der Unterschied zwischen den Wohnzimmern der beiden Schwestern hätte nicht größer sein können. Es war anzunehmen, dass Morgan Fenton bei der Einrichtung mitgewirkt hatte. Sie war klassisch, britisch, altmodisch.

Irene und Tommy setzten sich auf Ledersessel, gleichzeitig betrat Tove das Zimmer. Eine hektische Röte hatte sich von ihrem Hals auf ihre Wangen ausgebreitet.

»Erzählen Sie schon! Ich muss es wissen!«, sagte sie scharf.

»Erst benötigen wir die Antworten auf ein paar Fragen«, meinte Irene ruhig.

Tove Fenton sah sie abwartend an. Sie versuchte, ihre Ungeduld zu bändigen.

»Um wie viel Uhr traf Ihre Schwester gestern bei Ihnen ein?«

»Kurz nach vier«, antwortete Tove rasch.

»Was hatte sie an?«

»Warum …? Sie trug das braune Wildlederkostüm.«

»Wie sieht dieses Wildlederkostüm aus?«

»Lange Hosen und kurze Jacke aus hellbraunem Wildleder. Wieso fragen Sie danach?«

»Reine Routinefragen. Wie wirkte sie?«

»Wie meinen Sie das?«

Die ohnehin schon angespannte Frau wirkte verärgert. Das lauter werdende Kindergeschrei aus dem Hintergrund verstärkte ihre Nervosität noch.

»Liebling, ich kümmere mich um sie«, sagte ihr Mann und stand auf.

Tove ließ sich auf seinen Platz auf dem Sofa sinken. Sie verschränkte die Arme vor der Brust, als versuche sie, den letzten Rest innerer Wärme zu bewahren.

»Wirkte Sanna erregt, unruhig oder …?«

»Nein, wie immer.«

»Hat es Sie überrascht, oder hatten Sie geplant, dass sie mit ihrem Jungen herkommen würde?«

»Wir hatten mehrfach darüber gesprochen, gemeinsam einen gemütlichen Abend zu verbringen. Morgan hat schließlich regelmäßig Dienst. Gestern rief mich Sanna an, und wir fanden, dass es jetzt endlich an der Zeit sei.«

»Ihre Schwester hat gesagt, Sie hätten was Gutes gegessen und dann abends Wein getrunken?«

»Ja.«

»Und Sie waren zu zweit?«

»Ja … mit den Kindern.«

»Aber die sind ja noch recht klein.«

»Tja, Ludwig, Felicia und Robin sind noch klein, aber Stoffe … also Christopher, war ebenfalls hier.«

»Wer ist Christopher?«

»Morgans Sohn. Er ist fünfzehn.«

»Wohnt er ebenfalls hier?«

»Jede zweite Woche. Diese Woche ist er hier.«

Irene würde sich mit Christopher unterhalten müssen, um sich die Zeiten bestätigen zu lassen.

»Ist er zu Hause?«

»Nein, aber er kann jeden Augenblick kommen. Er spielt Eishockey.«

»Hat Sanna, während sie hier war, irgendwann ihren Mann angerufen?«

Tove schien gründlich nachzudenken. Schließlich schüttelte sie den Kopf.

Morgan Fenton betrat mit einem schlaftrunkenen Baby auf dem Arm das Zimmer. Es war ein paar Monate älter als Ludwig. Das konnte nur der kleine Robin sein. Er war müde und lehnte sein Flaumhaar an die Brust des Vaters. Dabei lutschte er so intensiv an seinem Schnuller, dass das schmatzende Geräusch im ganzen Zimmer zu hören war.

Irene erzählte den Eheleuten Fenton, was Kjell Bengtsson Ceder zugestoßen war. Tove schlug die Hände vors Gesicht und begann zu weinen. Ihr Mann wurde bleich. Er wirkte schockiert.

»Großer Gott! Ermordet!«, sagte er bestürzt.

»Ist Ihnen vielleicht etwas bekannt, was darauf hindeuten könnte, dass Ceder bedroht wurde?«, fragte Tommy.

»Nein, obwohl in der Restaurantbranche gelegentlich raue Sitten herrschen sollen«, meinte Morgan Fenton.

Tove nahm die Hände von ihrem roten, verweinten Gesicht und sah Tommy anklagend an.

»Deswegen haben Sie so viel nach Sanna gefragt! Sie glauben, dass sie es war! Aber sie hat es nicht getan! Sie konnte nicht …! Sie war bei mir!«, kreischte sie hysterisch.

Beschützend legte ihr ihr Mann einen Arm um die Schultern und versuchte gleichzeitig, seinen kleinen Sohn zu beruhigen, der zusammen mit seiner Mutter zu weinen begonnen hatte.

Aus den Augenwinkeln sah Irene eine Bewegung in der Türöffnung. Ein Gesicht, das rasch wieder verschwand. Hastig stand sie auf und eilte hinter dem Schatten her. Als sie in die Küche schaute, bemerkte sie, wie eine Tür am anderen Ende vorsichtig geschlossen wurde. Jemand wollte Aufmerksamkeit vermeiden. Mit ein paar raschen Schritten war sie an der Tür und klopfte an. Ohne eine Antwort abzuwarten, drückte sie die Klinke und trat ein.

Christopher Fenton war fast so groß wie sie und für sein Alter ungewöhnlich muskulös. Wenn erst einmal die Akne aus seinem Gesicht verschwunden wäre, war er vermutlich ein ungewöhnlich gut aussehender junger Mann. Vielleicht würde er dann auch keine ausgebeulten Hosen und Fubu-T-Shirts mehr tragen, sondern Kleider, die passten.

»Hallo. Ich heiße Irene Huss und bin Kriminalinspektorin. Mein Kollege und ich sind mit der Aufklärung eines schweren Verbrechens befasst.«

Der Junge stand unbeweglich vor ihr und schaute sie abwartend an. Da Irene Teenager gewohnt war, sowohl ihre eigenen Kinder als auch die anderer Leute, ließ sie sich davon nicht aus der Fassung bringen, sondern fuhr fort:

»Die Ermittlungen haben gerade begonnen, und wir benötigen Zeugenaussagen, die den fraglichen Zeitraum betreffen. Wir müssen Alibis überprüfen und all so was. Reine Routine. Es wäre uns eine große Hilfe, wenn du uns ein paar Fragen beantworten könntest.«

Seine abweisende Haltung begann sich abzuschwächen. Sie wurde von purer, unverhohlener Neugier ersetzt. Das funktionierte meist. Der Polizistenjargon hatte auf Menschen jedweden Alters schon immer eine unwiderstehliche Faszination ausgeübt.

Irene verschaffte sich einen raschen Überblick über das unordentliche Zimmer. Das Bett war nicht gemacht. Auf dem überfüllten Schreibtisch stand ein Computer, umgeben von einer Menge leerer Chipstüten. Es war nicht leicht, sich in dem Zimmer zu bewegen, ohne auf irgendein Kleidungsstück, einen Comic, eine CD oder Müll zu treten. An den Wänden hingen Poster, Eishockeystars und Hip-Hop-Gruppen, sowie Fotos einer fast nackten Britney Spears. Das ganze Zimmer hatte die Aura eines Fünfzehnjährigen in der schlimmsten Phase der Pubertät.

Mehr des Effekts wegen zog Irene ihr kleines Notizbuch und einen Bleistift mit abgebrochener Spitze hervor. Dass die Spitze abgebrochen war, spielte keine Rolle, sie hatte ohnehin nicht vor, etwas aufzuschreiben. In freundlichem, aber dienstlichem Ton fragte sie:

»Wann bist du gestern nach Hause gekommen?«

Er zuckte leicht mit den Achseln.

»Weiß nicht.«

»Wann glaubst du?«

»Vielleicht so um halb fünf.«

»War Sanna Kaegler-Ceder bereits da, als du nach Hause gekommen bist?«

»Ja. Ihr Schlitten ist megageil.«

Einen Augenblick vergaß er, cool zu sein.

»Ja. Das ist wirklich ein ungewöhnliches Auto.«

»Die CLK-Klasse kann man in Schweden gar nicht kaufen. Man muss sie aus den USA importieren lassen oder so«, informierte sie Christopher.

»Wirklich? Dann muss sie viel Geld haben …«

»Ihr Alter hat Kohle.«

Irene tat so, als würde sie etwas auf ihren Block schreiben, und fragte dann weiter:

»Warst du den Rest des Abends zu Hause? Ich meine, hier im Haus?«

»Ja.«

»Warst du mit Tove und Sanna zusammen?«

Sie merkte, dass die Frage falsch formuliert war, denn er zuckte zusammen und schaute sie wütend an:

»Was glauben Sie denn? Ich war nie mit einer der beiden zusammen!«

Er sah zutiefst beleidigt aus.

»Nein. Natürlich nicht. Ich wollte nur wissen, ob du mitgekriegt hast, was sie so machen. Hast du gesehen, ob sie am späten Nachmittag oder Abend weggegangen sind?«

»Glaub ich nicht. Sie haben die ganze Zeit rumgealbert und gelacht.«

»Du hast nicht mit ihnen zusammen in der Küche gegessen?«

»Nee. Ich hab hier gefuttert, am Computer.«

Irene schaute auf den Schreibtisch, auf dem der Computer stand, und auf das einzige Fenster des Zimmers, das direkt dahinter lag.

»Hättest du es gemerkt, wenn der Mercedes im Verlauf des Abends weggefahren wäre?«

»Klar. Der stand ungefähr da, wo Ihr Wagen jetzt steht.«

Er nickte in Richtung Fenster. Im Schein der Straßenlaterne sah sie das Auto, mit dem Tommy und sie gekommen waren.

»Was ist eigentlich passiert? Warum weint Tove?«, fragte er plötzlich.

»Sannas Mann Kjell ist gestorben. Erschossen worden, um genau zu sein. Ermordet.«

Christopher starrte sie lange an.

Der schlaksige Halbwüchsige ließ weder Entsetzen noch Trauer erkennen, eher neugieriges Interesse. Als sei der Ermordete eine Person aus einer Fernsehserie gewesen und nicht jemand, der ihm nahe stand.

»Wie fandest du Kjell Bengtsson Ceder?«

Christopher zuckte erneut mit den Achseln.

»Ich hab ihn kaum gekannt. Hab ihn nur zwei oder drei Mal gesehen.«

Das erklärte zumindest zum Teil die Unberührtheit des Jungen.

»Erinnerst du dich, was Sanna gestern Abend anhatte?«

Er schien einen Augenblick nachzudenken.

»Wildlederhosen und ein blaues T-Shirt.«

»Keine Jacke?«

»Nee.«

»Sie hatte also dieses blaue, tief ausgeschnittene Top an?«

»Ja.«

Eine Röte breitete sich auf den Wangen des Jungen aus, und Irene begriff, dass Sanna mit größter Wahrscheinlichkeit nicht aus dem Haus hätte verschwinden können, ohne dass er es bemerkt hätte.

Irene fielen keine weiteren Fragen mehr ein. Sie dankte Christopher für seine Hilfe.

Im Wohnzimmer war Tommy inzwischen aufgestanden und sprach mit Morgan Fenton vor der Terrassentür. Tove saß mit dem Jungen auf dem Schoß auf dem Sofa. Beide hatten sich etwas beruhigt. Der kleine Robin war auf dem besten Weg, wieder einzuschlafen. Tove schaute auf und sah Irene an.

»Sie haben mit Stoffe geredet«, stellte sie fest.

»Ja. Er hat bezeugt, dass Sanna ab halb fünf und den Rest des Abends hier war.«

»Genau«, erwiderte Tove zufrieden.

Sie stand auf und setzte den Jungen auf die Hüfte.

»Ich gebe Robin nur schnell was zu essen und lege ihn dann hin. Dann fahre ich zu Mama und Sanna«, sagte sie.

Im Auto referierte Tommy seine Unterhaltung mit Morgan Fenton.

»Er erzählte, er hätte Kjell Bengtsson Ceder seit Jahren gekannt. Auch Sanna hätte Ceder lange gekannt, bevor sie ein Paar wurden und heirateten. Sie begegneten sich, als sie noch in der Wirtschaft tätig war. Wenn ich ihn richtig verstanden habe, dann hat Morgan Fenton einen Bruder, der bei einer Bank in London arbeitet. Seine Bank war in ihre Internetgeschäfte verwickelt. Ceder kannte diesen Banker auch. Sie haben auch gemeinsame Geschäfte gemacht, als das Hotel Gothenburg gebaut wurde. Alles recht unübersichtlich, aber so habe ich das jedenfalls verstanden.«

»Hm. Es gab also bereits mehrere Jahre vor der überraschenden Hochzeit Berührungspunkte. Eine Bank in London, bei der Morgan Fentons Bruder angestellt ist, und die Freundschaft zwischen Sannas Schwager Morgan und ihrem späteren Mann Kjell.«

»Scheint so zu sein.«

»Der Verdacht liegt nahe, dass Morgan Fenton seiner Schwägerin bei den Kontakten zur Bank in London behilflich war. Über seinen Bruder«, überlegte Irene.

»Ein klarer Verdachtsmoment. Aber Fenton sagte, er sei überrascht gewesen, dass man Ceder in der Villa in Askim erschossen habe. Er fand, es wäre nicht so erstaunlich gewesen, wenn das in der Wohnung in der Stadt passiert wäre. Offenbar hielt sich Ceder nur selten in dem Haus auf.«

»Wieso das?«

»Laut Fenton war Ceder von der Villa nicht sonderlich begeistert. Sie ist mehr eine Schöpfung von Sanna. Sie wollte mit dem Jungen irgendwo wohnen, wo er mehr Auslauf hat.«

»Hatte Ceder das Haus für sie und den Sohn gebaut?«

»Diesen Eindruck hatte ich.«

»Seltsam. Es ist schließlich ein Riesenkasten. Hat sicher ein Vermögen ...«

Irene unterbrach sich. Ihr war plötzlich ein Gedanke gekommen.

»Glaubst du, sie wollten sich scheiden lassen?«

»Möglich.«

»Als reiche Witwe steht Sanna Kaegler finanziell vielleicht besser da denn als geschiedene Mutter.«

»Ebenfalls möglich.«

»Du hast selbst gesagt, dass sie rein statistisch gesehen die Täterin ist. Aber dann müsste sie ihn erschossen haben, bevor sie zu ihrer Schwester fuhr. Christopher hatte ihr Auto die ganze Zeit im Auge. Es stand vor seinem Fenster geparkt. Er hat die Schwestern den ganzen Abend reden und lachen gehört.«

»Wo ist die Waffe?«

»Keine Ahnung. Wir müssen in der Umgebung und zwischen den Häusern der Schwestern suchen.«

»Wir wissen aber immer noch nicht, wann genau er erschossen wurde.«

»Nein. Aber ich wette, dass es gestern Nachmittag um vier war.«

KAPITEL 3

Die Stridner hat gestern, gerade als ich gehen wollte, angerufen. Sie sagt, Ceder sei irgendwann zwischen 19 und 21 Uhr erschossen worden. Sie gibt uns nach der Obduktion Bescheid, vielleicht kann sie dann den Zeitpunkt noch etwas genauer eingrenzen. Sonst müssen wir warten, bis das Labor fertig ist. Die brauchen immer so verdammt lange.«

Kommissar Sven Andersson verstummte und schaute über den Rand seiner billigen Lesebrille. Vier Inspektoren waren bei dieser zeitigen Morgenbesprechung zugegen. Die anderen waren zu einem Doppelmord in Långedrag gerufen worden, von dem noch keine Einzelheiten bekannt waren, nur dass zwei Männer erschossen in einem Haus aufgefunden worden waren. Mit am Tisch saßen Irene Huss, Tommy Persson und Birgitta Moberg-Rauhala. Für Birgittas Ehemann Hannu, der sich im Erziehungsurlaub befand, hatten sie eine Vertretung bekommen, Kajsa Birgersdotter. Sie kam vom Dezernat für allgemeine Kriminalität wie Hannu ursprünglich auch. Jetzt war sie fast schon zwei Monate lang bei ihnen. Wenn der Kommissar gefragt worden wäre, dann hätte er behauptet, dass sie keinen Gewinn für die Abteilung darstellte. Zwei Frauen im Dezernat reichten. Obwohl er zugeben musste, dass die beiden, die er bereits hatte, für Frauenzimmer wirklich anständig arbeiteten. Kajsa erinnerte ihn an seine Lehrerin in der Sonntagsschule, sie war genauso farblos und flach wie eine Flunder. Aber das waren heutzutage die meisten jungen Frauen. Ihnen fehlten feminine Formen, die Männer hatten nichts mehr zum Anfassen.

Tommy und Irene tauschten einen viel sagenden Blick. Der nach hinten verschobene Todeszeitpunkt schwächte ihre Theorie. Es würde ihnen schwer fallen, das Alibi von Sanna Kaegler-Ceder zu erschüttern. Davon, dass jetzt Birgitta das Wort ergriff, wurde es auch nicht besser:

»Gestern habe ich kurz mit Kjell Bengtsson Ceders Sekretärin am Telefon sprechen können. Kurz vor halb sieben verließ Ceder sein Büro. Der Wachmann in der Tiefgarage hat den Zeitpunkt bestätigt. Ich habe mich auch mit dem Sicherheitschef Michael Fuller unterhalten. Die Garage ist videoüberwacht. Um 18.29 Uhr ist auf Video festgehalten, wie Ceder seinen Jaguar holt und wegfährt.«

»Hat er seiner Sekretärin gesagt, wo er hinwollte?«, fragte Tommy.

»Nein. Ich habe sie gefragt. Er hat nichts gesagt.«

»Sanna hat angegeben, dass er auch zu ihr nichts gesagt hat. Wir müssen sie noch mal durch die Mangel drehen. Vielleicht erinnert sie sich ja heute besser«, meinte Irene.

»Dann kannst du ja zusammen mit Tommy die frischgebackene Witwe noch mal vernehmen. Birgitta und Kajsa können mit den Angestellten im Hotel und im Restaurant sprechen. Versucht, diesen Sicherheitschef aufzutreiben, und bittet ihn um das Video. Ich habe bereits zwei Leute nach Askim geschickt, die dort von Haus zu Haus gehen. Vielleicht erfahren wir so, wann Ceder heimgekommen ist«, bestimmte Andersson.

»Vielleicht. Der Jaguar stand in der Garage. Ich habe ihn nicht gesehen, aber Åhlén hat sich über ihn ausgelassen, als ich ihn vorhin getroffen habe. Er hat nachgeschaut, ehe er gestern aufgebrochen ist«, sagte Irene.

»Åhlén hat ein Faible für Autos. Wusstet ihr, dass er einen MG hat, einen Oldtimer?«, warf Tommy ein.

»MG! Wie will er denn Frau und sieben Kinder in einem

MG unterbringen?«, meinte Birgitta und verdrehte ihre hübschen braunen Augen, mit denen sie den finnischen Eisblock Hannu zum Schmelzen gebracht hatte.

»Das geht nicht, und vermutlich ist das auch der Witz daran.« Tommy grinste.

»Sie haben natürlich noch ein größeres Auto«, stellte Birgitta fest.

Seit sie Mutter geworden war, hatte sie eine praktische Ader. In den letzten zwei Monaten hatte Irene nichts übers Skifahren, Tauchen oder über irgendwelche wilden Partys gehört. Sie hatten sich über die Vor- und Nachteile von fertiger und anderer Babynahrung unterhalten, das neu gebaute Haus bei Alingsås und die horrenden Windelpreise. Für Irene war das alles schon sehr weit weg. Nächsten Sommer würden ihre Töchter ausziehen. Dann hatten beide das Gymnasium beendet. Katarina wollte vor dem Studium ein Jahr lang in Australien jobben. Sie wusste noch nicht, was sie machen wollte. Jenny wollte sich ganz ihrer Band Polo widmen, die in Göteborg und Umgebung inzwischen recht erfolgreich war.

»Åhlén hat auch noch auf was anderes hingewiesen. Die Alarmanlage des Hauses war abgestellt. Er hatte den Eindruck, dass sie noch nicht endgültig installiert ist«, fuhr Irene fort.

»Nichts wird je rechtzeitig fertig«, meinte Tommy.

»Gegen Mittag sind Jonny und Fredrik wieder hier und erstatten über den Doppelmord in Långedrag Bericht. Bisher wissen wir nur, dass es sich um zwei erschossene Männer handelt«, sagte der Kommissar.

»Konnten sie nicht identifiziert werden?«, fragte Birgitta.

»Nein. Noch nicht.«

Irene trank den kalten Rest aus ihrem Kaffeebecher und beschloss, ihn rasch noch einmal aufzufüllen. Ihren morgendlichen Koffeinbedarf hatte sie bei weitem noch nicht befriedigt, und das war nötig, wenn sie sich auf ihr eigenes Mordopfer konzentrieren wollte.

»In dieser Stadt sind eindeutig zu viele Schusswaffen in Umlauf«, murmelte sie auf dem Weg zum Kaffeeautomaten.

Als Irene in der Wohnung in Vasastan anrief, ging Sanna Kaegler-Ceders Mutter an den Apparat und erklärte, Sanna habe auf Anweisung ihres Arztes am gestrigen Abend und in der Nacht einige Schlaf- und Beruhigungsmittel genommen. Man würde erst im Lauf des Nachmittags mit ihr sprechen können. Sie einigten sich darauf, dass Irene sie um 14 Uhr aufsuchen würde.

»Das war das. Was machen wir jetzt?«, fragte Irene Tommy.

Er saß ihr gegenüber und fuhrwerkte mit einem Wattestäbchen in seinem Ohr herum. Diese Angewohnheit war äußerst irritierend, Irene hatte ihn mehr als einmal darauf hingewiesen, dass es gefährlich sein könnte. »Mein Doktor hat früher immer gesagt, dass man nichts Spitzeres als den Ellbogen in den Gehörgang schieben sollte«, ermahnte sie ihn.

»Klar«, erwiderte Tommy, drehte das Wattestäbchen um und begann, im anderen Ohr herumzupulen.

Wie ein altes Ehepaar! dachte Irene oft, sprach es aber nicht aus. Sie hatten zusammen an der Polizeihochschule in Stockholm studiert und sich dort angefreundet, da sie die einzigen richtigen Göteborger ihres Jahrgangs gewesen waren. Zwei Typen aus Kungsbacka und eine Frau aus Stenungsund kamen zwar auch aus ihrer Gegend, aber eben nicht direkt aus Göteborg.

Tommy hielt, das Wattestäbchen im Ohr, inne und sagte nachdenklich:

»Ich denke an diese erste Frau von Ceder. Du weißt, die mit dem Segelunfall. Vielleicht sollten wir uns mal darum kümmern.«

»Glaubst du, dass es was mit dem Mord an Kjell Bengtsson Ceder zu tun haben könnte? Wofür steht übrigens dieses Bengtsson?«

»Bengtsson. Das habe ich gestern in Erfahrung gebracht. Nein, ehrlich gesagt glaube ich nicht, dass es einen Zusammenhang zwischen diesem Unfall und dem Mord gibt. Ich finde es nur auffällig, dass sie beide keines natürlichen Todes gestorben sind. Du weißt, Statistik. Wie groß ist die Wahrscheinlichkeit, dass Eheleute mit fünfzehn Jahren Abstand eines gewaltsamen Todes sterben?«

Irene dachte eine Weile darüber nach.

»Du hast Recht. Laut der Stridner hat er eine Menge Geld geerbt. Da erwachen wirklich meine Schnüfflerinstinkte.«

»Und seinen Instinkten sollte man nachgeben.«

»Tu das. Ich fahr nach Askim und schau mich dort mal um«, meinte Irene.

Das Haus der Kaegler-Ceders lag auf einer Anhöhe. Etwas unterhalb verlief eine schmale, asphaltierte Straße. Auch die Auffahrt bis zum Garagentor war asphaltiert. Von der Garage führten Steinplatten zur breiten Eingangstreppe. Im Übrigen war alles eine trostlose Schlammwüste. Keine Büsche, von Bäumen ganz zu schweigen, offen in alle Richtungen. Die Lage war ideal, um bei den Nachbarn zu klopfen und Fragen zu stellen; irgendjemand musste was gesehen haben.

Aber niemand hatte auch nur das Geringste gesehen. Das Haus lag abgeschieden, und bis zum nächsten Nachbarn waren es fast einhundert Meter. Die vier Nachbarhäuser, von Architekten entworfene Luxusvillen aus den achtziger Jahren, lagen gleich am Anfang der schmalen Straße. Die Bewohner der ersten hielten sich seit einigen Wochen irgendwo am Mittelmeer in der Sonne auf. Offenbar handelte es sich um Pensionäre, die laut ihrer mitteilsamen Nachbarin erst Ende des Monats zurückerwartet wurden. Diese war bei einem Treffen eines Aktionärsclubs gewesen, »mehr, um meine Freundinnen zu treffen. Denn so, wie der Aktienmarkt heute aussieht, ist es vorbei mit dem schnellen Geld, obwohl es wieder leicht nach oben geht«. Erst kurz nach zwölf war sie wieder zu Hause gewesen. Ihr Mann war in Brüssel und schon Sonntagabend dorthin aufgebrochen. Sie bedauerte aufrichtig, dass sie keine größere Hilfe sein könne.

Leider war ihr Nachbar nicht ebenso wohlwollend und mitteilsam. Er war älter, übergewichtig und glatzköpfig. Er öffnete erst nach mehrmaligem Klingeln und trug einen hellblauen Frotteebademantel. Dieser war sicher einmal elegant gewesen, jetzt aber nur noch als Lumpen zu bezeichnen. Ob der Morgenmantel oder sein Besitzer mehr nach Urin und Schweiß stanken, war schwierig zu sagen, aber die Fahne ging ganz eindeutig von ihm aus. Seine nackten Füße steckten in löchrigen Lederpantoffeln. Nein, er habe gestern Abend nichts gesehen oder gehört. Er habe ferngesehen. Er wohne allein. Ob irgendwelche Autos zu dem Haus auf dem Hügel gekommen seien? Nicht dass er wüsste. Ob was passiert sei? Ach, ein Mann sei in dem neuen Haus ermordet worden? »Hoffentlich reißen sie diesen verdammten Kasten jetzt ab. Er hat meine Aussicht zerstört!«, lautete sein Schlusswort, ehe er der Polizistin die Tür vor der Nase zuknallte.

Im letzten Haus wohnte eine Familie mit drei Mädchen zwischen acht und fünfzehn Jahren. Viertel vor sechs hatten sie das Haus verlassen. Die Mutter hatte die Achtjährige zuerst zum Ballett ins Zentrum von Göteborg gefahren, anschließend hatte sie die Elfjährige zum Schlittschuhlaufen gebracht. Die Fünfzehnjährige hatte sich allein zum Reitunterricht aufgemacht, aber von dort fuhr nach acht kein Bus mehr. Deswegen hatte die Mutter sie auf dem Rückweg mitnehmen müssen. Kurz nach neun waren sie wieder zu Hause gewesen. Der Vater war mit einem wichtigen Kunden zum Essen verabredet gewesen und erst gegen elf nach Hause gekommen.

Seltsam. Diese Menschen wohnten in den teuersten Villen von Göteborg, schienen aber keine Zeit zu haben, das exklusive Milieu zu Hause zu genießen. Die meiste Zeit standen die Häuser leer. Irene fielen die großen Schilder an allen auf, die potenzielle Einbrecher darauf hinwiesen, dass Alarmanlagen für Sicherheit sorgten. Das war sicher eine gute Investition.

Ein Polizist, der vor dem Ceder-Haus Wache hielt, ließ Irene ein. Ihr war ein Gedanke gekommen, dem sie nachgehen wollte. Unheimlich hallten ihre Schritte auf dem Klinkerboden wider. Sie war auf dem Weg zu den Schlafzimmern.

Ludwigs Zimmer war in überraschend hübschen Farben gehalten, die Wände in einem warmen Hellgelb mit einer gemalten himmelblauen Borte mit Booten. Der Teppichboden im selben schönen Blau war seidenweich. Auf einem Regal und auf Wandborden lagen Unmengen Stofftiere in allen Größen, und über dem Gitterbett hing ein fröhliches Mobile. Über dem Bett war ein Farbfoto aufgehängt, die lächelnde Sanna mit dem neugeborenen Ludwig auf dem Arm. Mitten im Zimmer stand ein knallroter Minisportwagen, für den der Junge die nächsten drei Jahre sicher noch zu klein sein würde, weil er mit den Füßen nicht an die Pedale kam. Aber Irene war nicht wegen dieses Zimmers ins Haus gekommen.

Sannas Schlafzimmer nebenan war groß und hell, da es verglaste Schiebetüren aufs Meer hatte. Das Zimmer wurde von einem riesigen runden Bett dominiert. Neben dem Bett stand eine kleine Konsole. Irene probierte die Knöpfe aus, und schwere, schwarze Vorhänge glitten vor die Glastüren und versenkten das Zimmer in tiefste Dunkelheit. Mit einem Druck auf den richtigen Knopf öffneten sie sich wieder. Da es draußen immer noch regnete, war der Lichteinfall nicht gerade umwerfend. Sie drückte einen anderen Knopf, und ein riesiger Bildschirm an der Wand erwachte zum Leben. Aber Irene war auch nicht gekommen, um fernzusehen, und ebenfalls nicht, um die Einrichtung zu bewundern. Sie wusste bereits, dass in diesem Haus nur das Teuerste gut genug war. Sie fand es kalt und unpersönlich, aber durchaus dem Geschmack der Zeit entsprechend. Schließlich fand sie den richtigen Knopf auf der Konsole, und die Schiebetüren aus Spiegelglas glitten zur Seite und gaben den Blick auf den Inhalt der Kleiderschränke frei.

Irene hatte noch nie so viele Kleider gesehen, zumindest nicht für eine Person. Eine rasche Durchsicht bestätigte ihren Verdacht: nur Damenbekleidung. Das einzige Herrenbekleidungsstück war ein weißer Samtbademantel. Wahrscheinlich gehörten die unbenutzten Pantoffeln in Größe 44 ebenfalls nicht Sanna, aber alles andere war ihr Besitz. Irene las die Etiketten: Versace, Kenzo, Prada. Es gab andere Marken, die ihr nichts sagten, aber sie war überzeugt davon, dass sie ebenfalls erstklassig waren.

Langsam und methodisch durchsuchte sie alle Zimmer des Hauses. In Sannas Schlafzimmer und in der Diele hingen Fotos von Mutter und Sohn. Ein Bild von Kjell Bengtsson Ceder suchte sie jedoch vergebens. Von ihm gab es nicht die geringste Spur. Auch nicht von irgendeinem anderen Mann, vom Bademantel und den Pantoffeln einmal abgesehen. Im Badezimmer neben dem Schlafzimmer fand Irene eine ungeöffnete Dose Rasierschaum und eine Tüte mit Wegwerfrasierern.

Als hätte Ludwig keinen Vater gehabt, aber als erwarte man Herrenbesuch.

Nur die Aussage eines Mannes, der einige hundert Meter vom Tatort entfernt wohnte, ließ sich als positive Zeugenaussage werten. Trotz des Sauwetters war er mit seinem Hund unterwegs gewesen. Ehe er zum Haus der Ceders gekommen war, hatte er den Rücken eines Joggers gesehen, der auf einen kleineren Pfad, der zum Fahrradweg führte, zugelaufen war. Dieser Fahrradweg führte die Küste entlang nach Billdal und erfreute sich bei Joggern großer Beliebtheit. Der Abstand hatte etwa hundert Meter betragen, und der Zeuge hatte denjenigen welchen nur von hinten gesehen. Deswegen konnte er nicht sagen, wie der Jogger ausgesehen hatte. Er hatte einen dunklen Trainingsanzug und eine dunkle Mütze getragen. Er war etwas größer als gewöhnlich gewesen und offenbar gut trainiert, da er schnell gelaufen war. Weiter kamen sie mit der Personenbeschreibung nicht.

Der Mann mit dem Hund hatte vor dem Haus der Ceders kehrtgemacht. Obwohl die Straße schmal und kaum befahren war, hatte sich die Stadt Straßenlaternen bis zur Abzweigung zum Fahrradweg geleistet. Er glaubte, dass es Viertel nach sieben gewesen war, als er umgekehrt war. Mit absoluter Sicherheit konnte er sagen, dass zu dieser Zeit in der Garagenauffahrt kein Auto gestanden hatte. Er war sich ebenso fast sicher, dass im Haus kein Licht gebrannt hatte, nur die Außenbeleuchtung über dem Garagentor und der Haustür.

»Eigentlich sagt das nichts. Schließlich stand der Jaguar in der Garage. Vielleicht war Ceder auch noch nicht da. Die Außenbeleuchtung schaltet sich vermutlich bei Einbruch der Dunkelheit automatisch ein. Oder sie lassen sie rund um die Uhr brennen. Diese Runde ist bei Joggern sehr beliebt. Wenn man an Ceders Haus vorbeiläuft, kann man auf den Fuß- und Fahrradweg am Meer entlang abbiegen. Obwohl es wirklich ein ungemütliches Wetter zum Joggen war«, meinte Irene.

»Wir müssen unbedingt rauskriegen, wer bei diesem Sauwetter um diese Zeit gejoggt ist. Wir können den Jogger nicht von der Liste der Verdächtigen streichen, solange wir nicht wissen, wer er ist«, stellte Tommy fest.

Sie unterhielten sich leise, um die anderen Gäste nicht zu stören, die wie sie hier im Restaurant saßen und zu Mittag aßen. Sie hatten sich in einem Sushilokal in Vasastan verabredet. Irene war erstaunt gewesen, dass Tommy es mit der Begründung vorgeschlagen hatte, er wolle etwas Leichtes essen. Vielleicht hatte er in den letzten Jahren wirklich ein paar Kilo zugenommen, aber so dramatisch fand sie das nicht. Da sie selbst gern Sushi aß, war sie mit dem Restaurant Nippon sofort einverstanden gewesen.

Ihre Kellnerin, eine kleine, rundliche Asiatin in weißer Bluse und schwarzem Rock, brachte Mineralwasser und Essstäbchen. Ihr Alter war schwer zu schätzen, aber wahrscheinlich war sie um die Fünfzig. Ein älterer Mann, vermutlich der Ehemann, bereitete an einem Glastresen hinten im Lokal in rasendem Tempo verschiedene Sorten Sushi zu. In der Küche dahinter brutzelte ein Koch die warmen Gerichte. Die Einrichtung war japanisch ohne unnötigen Firlefanz.

Eine jüngere Bedienung kam mit Sushischälchen aus schwarz- und rotlackiertem Holz. Tommy goss reichlich Sojasauce in eine kleine Porzellanschale und begann, sein Sushi hineinzutunken. Dünne Scheiben rohes Fischfilet lagen ansprechend auf Reis drapiert. Zwei Sushis wurden von längs geteilten Riesenkrabben gekrönt. Die Seegrasröllchen waren mit Reis, Gemüse und Krabben gefüllt. Das Essen war köstlich, und man wurde satt, ohne ein Völlegefühl zu empfinden. Der einzige Nachteil war, dass man mit Stäbchen essen musste, besonders dann, wenn der klebrige Reis auseinander fiel.

»Ich habe mit der Spurensicherung gesprochen. Sie sind immer noch dabei, im Haus und auf dem Grundstück alles zu durchkämmen. Es ist wie verhext. Erst schien bei diesem Fall alles sonnenklar zu sein, aber jetzt habe ich immer mehr den Eindruck, dass es keine einzige vernünftige Spur gibt. Niemand hat was gesehen, und niemand weiß was«, sagte Irene seufzend.

»Wir müssen uns wohl mit einem Appell an die Öffentlichkeit wenden, etwaige Beobachtungen zum fraglichen Zeitpunkt zu melden. Das machen wir doch sonst auch«, entgegnete Tommy unbekümmert.

»Wahrscheinlich. Aber dafür müssen wir den fraglichen Zeitpunkt erst einmal eingrenzen. Und dann müssen wir diesen Jogger finden. Verdammt!«

Letzteres sagte Irene, weil ihre Reiskugel auseinander fiel. Konzentriert fischte sie nach ihrer Riesenkrabbe, die in der Schale mit der Sojasauce verschwunden war.

»Ich habe einiges über diesen Segelunfall in Erfahrung gebracht. Ich habe mir die Ermittlungsakten und Zeitungsartikel kommen lassen. Kjell Bengtsson Ceder heiratete 1985 Marie Lagerfelt, die einzige Tochter des Großreeders Carl Lagerfelt und seiner Frau Alice. Beide waren schon recht alt, als die Tochter zur Welt kam, über vierzig. Die Mutter starb, als Marie ein Teenager war, und der Vater zwei Jahre vor ihrer Heirat mit Ceder. Sie und Ceder waren gleich alt, also fünfunddreißig. Für beide war es die erste Ehe. Keine Kinder. Die bessere Gesellschaft in Göteborg sah mit Spannung einem Erben entgegen. Im Sommer 1988 waren sie genau drei Jahre verheiratet. Zusammen mit zwei anderen Paaren unternahmen sie einen Segeltörn nach England. Alle sechs verstanden sich aufs Segeln und waren mit dem Meer vertraut. Es war Mitte August und das Wetter gut, als sie Göteborg verließen. Mitten auf der Nordsee nahm der Wind dramatisch zu, zwar nicht auf Sturmstärke, aber der Seegang war stark, und es regnete. Außerdem war es stockfinster. Drei kümmerten sich um das Boot, und die anderen drei versuchten, sich auszuruhen. Einer der Männer stand am Ruder, als er sah, wie sich eine Schot löste. Marie und Kjell gingen nach vorn, um anzuluven. Aus irgendeinem Grund trugen sie keine Schwimmwesten, was einem in Anbetracht des Wetters vollkommen wahnsinnig vorkommt. Aber in den Ermittlungsakten steht, dass bei dem Törn einiges an Alkohol getrunken wurde, und vielleicht war das der Grund dafür, dass sie es vergaßen. Plötzlich stürzte Kjell ins Ruderhaus und rief, sie müssten wenden, Marie sei über Bord gefallen. Sie kreuzten mehrere Stunden und versuchten, sie zu finden. Ohne Ergebnis. Ihre Leiche wurde drei Monate später von Fischern gefunden. Sie hatte sich im Schleppnetz verfangen und befand sich in einem sehr schlechten Zustand.«

»Wie fürchterlich!«, meinte Irene. Es schauderte sie.

Tommy beugte sich über den Tisch und sagte mit noch leiserer Stimme:

»Auffällig ist, dass Kjell und Marie allein auf Deck waren, als sie ins Wasser fiel. Niemand sonst hat etwas gesehen. Laut Kjell ging alles ganz schnell. Es war ihm gelungen, die Schot in der Winde festzumachen und anzuholen, als er plötzlich merkte, dass Marie nicht mehr neben ihm stand. Als er sich umschaute, war das Deck leer. Er begann zu rufen und ins Wasser zu spähen, sah aber nichts. Sicherheitshalber schrie er auch nach unten in die Kabine, falls sie reingegangen wäre, ohne dass er es gemerkt hätte. Aber sie befand sich nicht im Boot. Sie war im Meer verschwunden.«

»Du meinst also, dass er ihr über Bord geholfen haben könnte?«

Tommy nickte.

»Dieser Verdacht bestand damals schon. Sie hatte etliche Millionen, und ihr Mann erbte alles. Man konnte ihm aber nicht nachweisen, dass es nicht so gewesen war, wie er behauptete. Obwohl ich seine Erklärung recht unwahrscheinlich finde. Er hätte merken müssen, dass sie über Bord gespült wurde.«

Tommy verstummte und dachte eine Weile nach.

»Erst sechzehn Jahre später heiratet er also ein weiteres Mal. Sanna Kaegler, die er noch dazu vor der Hochzeit geschwängert hat«, fuhr er nachdenklich fort.

»Vielleicht wollte er sicher gehen, dass sie Kinder bekommen kann. Vielleicht haben Männer auch eine biologische Uhr. Für einen Erben war es vermutlich höchste Zeit. Besser spät als nie. Die erste Frau war schließlich nach drei Jahren auch noch nicht schwanger gewesen«, meinte Irene.

»Das ist nicht die ganze Wahrheit. Bei ihrem Tod war sie nämlich im dritten Monat.«

»Dann war das also ein doppelt tragischer Todesfall.«

»Weil ich schon mal dabei war, habe ich mir herausgesucht, was wir sonst noch über Ceder haben. Als er Marie Lagerfelt kennen lernte, besaß er bereits ein Restaurant, das eher zu den feineren gehörte. Nach ihrem Tod kaufte er ein weiteres gutes Restaurant, und Mitte der Neunziger begann er, das Hotel Gothenburg zu bauen. Als es fertig war, verlegte er das zuletzt erworbene Lokal, das Le Ciel, ins oberste Stockwerk des Hotels.«

»Baute er das Hotel mit dem Geld, das er geerbt hatte?«

»Teilweise. Das war ja ein Riesenprojekt. Ich weiß nicht, was das Hotel genau gekostet hat, aber er wird es kaum bar bezahlt haben. Wahrscheinlich waren auch die Banken daran beteiligt.«

»Wahrscheinlich. Und trotzdem war Geld übrig, um das Haus in Askim zu bauen.«

»Yes. Es ist sicher interessant, sich auch mal die Wohnung anzusehen. Du meintest doch, dass er dort wohnen geblieben ist.«

»Ja, es wird langsam Zeit, dass wir dieser Wohnung einen Besuch abstatten.«

Irene drehte sich um und winkte der Bedienung zu.

»Können wir zahlen?«

Mit einem leisen Sausen brachte ein moderner Fahrstuhl Irene und Tommy ins oberste Stockwerk. Kjell Bengtsson Ceder hatte es komplett bewohnt. Wenn der Lift nicht gewesen wäre, hätte man glauben können, in die gute alte Zeit versetzt worden zu sein. Das prunkvolle Treppenhaus atmete den Geist des späten 19. Jahrhunderts.

Sanna Kaegler-Ceders Mutter öffnete die Wohnungstür einen Spalt weit. Als sie Irene und Tommy erkannte, machte sie ganz auf und ließ sie eintreten.

»Heute haben so viele Journalisten angerufen. Die sind so aufdringlich und rücksichtslos ...!«

Sie verstummte abrupt, als Sanna in die Diele trat. Mutter und Tochter waren sich sehr ähnlich, wobei die Mutter etwas kleiner und rundlicher war. Die helle Haut- und Haarfarbe hatten beide Töchter von ihrer Mutter geerbt. Sowohl Tove als auch Sanna waren kühle nordische Schönheiten. Bei der Mutter war diese zur Farblosigkeit verblichen. Irene versuchte sich zu erinnern, wie sie hieß.

»Kriminalinspektorin Irene Huss. Ich glaube, ich habe mich gestern nicht vorgestellt«, sagte sie schließlich lächelnd.

Die andere gab ihr eine von kaltem Schweiß bedeckte Hand. Irene musste richtiggehend zupacken, damit ihr diese nicht entglitt. Sie hatte das Gefühl, einen feuchten Putzlappen in Händen zu halten.

»Elsy… Elsy Kaegler.«

Sannas Mutter begrüßte Tommy. Dieser schenkte ihr sein charmantestes Lächeln. Bei älteren Damen hatte er immer leichtes Spiel. In solchen Fällen übernahm immer er das Verhör. Das lief ganz automatisch ab. Irene und er arbeiteten schon so lange zusammen, dass sie darüber kein Wort zu verlieren brauchten.

Sanna sah müde aus, was teilweise darauf beruhte, dass sie ungeschminkt war. Außerdem waren ihre Augen verschwollen. Ihr blondes Haar war streng nach hinten gekämmt und mit einer schwarzen Samtschleife zu einem Pferdeschwanz zusammengebunden. Sie trug ein schwarzes Ledersakko, eine weiße Seidenbluse und schwarze Leinenhosen. In ihrem großzügigen Ausschnitt funkelte das Kreuz mit den Diamanten. Auch in ihrer Trauer war sie elegant und stilsicher gekleidet. Wie eine Königin nickte sie den beiden Kriminalbeamten zu, als wolle sie bestätigen, dass sie sie zumindest wahrgenommen hatte, dann schwebte sie auf ihren hohen Absätzen davon.

Irene wurde schamhaft bewusst, dass ihre Seglerschuhe abgelaufen waren. Und nicht nur das, sie hatte auch noch ein Loch im rechten Strumpf. Der große Zeh ragte heraus. Sie konnte es spüren, wenn sie ihn bewegte.

Irene und Tommy legten ab und wurden von der nervösgeschwätzigen Elsy Kaegler in ein riesiges Zimmer mit imposanter Deckenhöhe, Stuck und einem Kronleuchter gelotst. An drei Wänden reichten die Regale bis an die Decke. Offenbar hatte Elsy Kaegler die Polizisten in die Bibliothek geführt.

Die vierte Wand wurde von einem offenen Kamin eingenommen. Auf dem Kaminsims stand eine von vergoldeten Kandelabern flankierte schwarze steinerne Urne. Irene nahm das Bild in sich auf und war sich ganz sicher: Sanna hatte nie in dieser Wohnung gewohnt. Von Glas, Stahl oder moderner Kunst keine Spur. Hier waren teure Antiquitäten und Perserteppiche angesagt.

»... und was für ein Umstand, alle Sachen von Ludwig und Sanna hierher schaffen zu müssen«, sagte Elsy gerade.

Irene nutzte die Gelegenheit und wandte sich rasch an Sanna. Scheinbar unbeschwert fragte sie:

»Warum wohnte Ihr Mann eigentlich noch hier? Sie waren mit Ludwig doch schon vor einigen Monaten in das Haus in Askim umgezogen?«

Sanna schien auf diese Frage vorbereitet zu sein. Sie warf Irene nur einen kühlen Blick zu und antwortete ruhig:

»Wir haben nie zusammengewohnt.«

»Nicht einmal nach der Hochzeit?«

»Nein.«

»Ach? Warum nicht?«

»Wir hatten uns entschieden, so zu leben. Wir wollten beide nicht ständig mit einem anderen zusammenleben. Heutzutage ist es nicht ungewöhnlich, wenn jeder lieber für sich ist«, antwortete Sanna gelassen.

Vielleicht nicht, aber dann beruht das meist auf einem größeren räumlichen Abstand der Beteiligten, dachte Irene. Oder man meint, zu alt zu sein, um sich noch einmal auf die Gewohnheiten und Unsitten eines anderen einzulassen.

Als hätte sie Irenes Gedanken gelesen, warf Sanna trotzig den Kopf in den Nacken und sagte:

»Als wir uns entschlossen haben zu heiraten, hatten wir beide einen zu großen Freundeskreis und ein zu ausgeprägtes eigenes Leben, auf das wir nicht verzichten wollten. Ich behielt meine Wohnung und wohnte dort, bis Ludwig und ich in das Haus einziehen konnten.«

»Wann war das Haus fertig?«

»Anfang Juli.«

»Die Wohnung haben Sie also nicht mehr?«

»Nein. Ich habe sie verkauft. Sonst säßen wir jetzt nicht hier.«

Sanna machte eine müde und resignierte Armbewegung, die offenbar die ganze große Wohnung umfasste.

»Wie war das Verhältnis zu Ihrem Mann? Trafen Sie sich und besuchten Sie Feste zusammen …?«

»Natürlich. Und dann haben wir ja auch Ludwig.«

Als hätte er seinen Namen gehört, begann der Junge zu brüllen.

»Oh … jetzt ist er aufgewacht … ich gehe …«, sagte Elsy Kaegler und eilte geschäftig Richtung Diele.

»Sie sagten gestern, Sie hätten mit Kjell am Tag zuvor noch telefoniert. Etwa um neun Uhr morgens. Stimmt das?«

»Ja.«

»Hatte er bei Ihnen im Haus übernachtet oder hier?«

»Hier.«

»Sie haben ihn am Dienstag also nicht gesehen?«

»Nein.«

»Wann haben Sie ihn zuletzt gesehen?«

»Letzten Samstag. Wir haben im Le Ciel zu Mittag gegessen. Mit Ludwig, aber der schlief die ganze Zeit.«

Irene überlegte, wie sie weitermachen sollte. Aus den Augenwinkeln sah sie, dass Tommy hinter Elsy Kaegler herging. Ausgezeichnet. Es war besser, dass er mit ihr sprach, wenn ihre Tochter nicht zugegen war. Getrennt leben, obwohl man miteinander verheiratet war und zusammen ein Kind hatte, war ein merkwürdiges Arrangement. Irene beschloss, hier nachzuhaken.

»Wollte Kjell nicht mit Ihnen und Ludwig zusammenwohnen?«, fragte sie vorsichtig.

»Nein. Er mochte keine Kinder.«

»Aber trotzdem …«

»Das kam halt so!«, fiel ihr Sanna ins Wort.

Wieso sucht sich eine junge Frau einen älteren Mann, der keine Kinder mag, als Vater für ihr Kind? Vielleicht lag die Antwort auf der Hand – er war reich.

Irene war klar, dass sie diese Frage nicht stellen konnte, obwohl sie die Antwort sehr interessiert hätte. Stattdessen wechselte sie das Thema:

»Sie wissen immer noch nicht, wen Kjell gestern Abend treffen wollte?«

»Keine Ahnung.«

»Sie haben nicht einmal eine Vermutung?«, beharrte Irene.

Eine Sekunde schien Sanna zu zögern, aber dann erwiderte sie nachdrücklich:

»Nein.«

»Wissen Sie, warum Kjell sich mit dieser Person in Ihrem Haus und nicht hier in der Wohnung verabredet hatte?«

Sanna errötete vom Dekolletee über den Hals bis zu den Wangen. Zum ersten Mal zeigte sie, dass eine Frage ihr nahe ging.

»Das begreife ich nicht! Das werde ich ihm nie verzeihen! Das Haus … mein Haus … es ist … besudelt! Ich muss putzen …«

Sie unterbrach sich, als aus der Diele plötzlich Lachen zu hören war. Tommy stürmte mit einem fröhlich kreischenden Ludwig auf dem Arm in die Bibliothek, gefolgt von Elsy Kaegler, die eine ängstliche Miene aufgesetzt hatte. Sie rang ihre fleischigen Hände und stieß unruhige und unverständliche Laute aus. Wahrscheinlich glaubte sie, Tommy würde gleich Hochwerfen mit dem Jungen spielen und ihn dabei fallen lassen.

»Bitte. Ein Stück frisch verpackter Knabe. Munter und ausgeschlafen, aber hungrig«, sagte Tommy und lächelte Sanna an, als er ihr Ludwig reichte.

Sie nickte, aber in ihrem Gesicht war nicht einmal die Andeutung eines Lächelns zu entdecken. Ohne ein Wort des

Dankes nahm sie ihren Sohn entgegen und setzte ihn auf ihre Hüfte.

»Sie müssen entschuldigen, aber weitere Fragen verkrafte ich nicht. Ich muss mich um Ludde kümmern«, sagte sie und verließ das Zimmer, ohne sie noch eines Blickes zu würdigen.

Ihr Abgang erfolgte so schnell, dass es weder Irene noch Tommy in den Sinn kam, sie am Gehen zu hindern. Sie hatte sie schnell und effektiv abgefertigt. Elsy stieß nervöse Geräusche des Bedauerns aus und rang immer noch die Hände, während Irene und Tommy in die Diele gingen. Dieses Mal würden sie nichts weiter in Erfahrung bringen, aber sie würden wiederkommen. Das muss auch Sanna klar sein, dachte Irene.

»Sannas Eltern haben sich vor zwanzig Jahren scheiden lassen. Elsy Kaegler ist Grundschullehrerin und ihr Mann Rektor an einem Gymnasium hier in Göteborg. Offenbar hat er kurz darauf wieder geheiratet. Aus zweiter Ehe hat er zwei Söhne. Laut Elsy hat er sich nach der Scheidung nicht im Geringsten um seine Töchter gekümmert«, sagte Tommy, als sie wieder im Auto saßen.

»Glaubst du, dass Sanna Kjell Bengtsson Ceder geheiratet hat, weil sie nach einem Vaterersatz suchte?«, fragte Irene.

»Was weiß ich. Einigen jungen Frauen sind ältere Männer lieber. In jeder Beziehung, als Liebhaber, als Lebensgefährte, überhaupt!«

Welche Laus war ihm denn jetzt über die Leber gelaufen? Irene schaute Tommy aus den Augenwinkeln an. Dieser drehte den Kopf zur Seite und schaute aus dem Seitenfenster. Sein verkrampfter Nacken und seine verbissenen Gesichtszüge ließen deutlich erkennen, wie wütend er war. Was war nur los mit ihm? Eine verspätete Midlife-Crisis vielleicht? Irene konnte sich keinen Reim darauf machen und wusste nicht so recht, wie sie damit umgehen sollte. Deswegen legten sie den Rest des Weges zum Präsidium schweigend zurück.

Kommissar Andersson erwartete seine Inspektoren in seinem Dienstzimmer. Irene war klar, dass es sich um eine große Sache handeln musste, denn er hatte seine alte Kaffeemaschine hervorgeholt und in Gang gesetzt. Das kam in letzter Zeit nur noch sehr selten vor, denn es war viel bequemer, zum Automaten auf dem Flur zu gehen. Irene stutzte, die farblose Kajsa Birgersdotter hatte ihr Haar kastanienrot gefärbt. Das stand ihr. Ihr taubenblaues T-Shirt harmonierte mit ihrer Augenfarbe und ließ diese so besonders gut zur Geltung kommen. Hatte sie sich von einem Stylisten beraten lassen? Irene wurde aus ihren Gedanken gerissen, als Andersson das Wort ergriff.

»Die Stridner hat eben angerufen. Die Obduktion von Ceder ist abgeschlossen. Er starb an zwei Schüssen ins Gehirn. Sie wurden von vorn und aus nächster Nähe abgefeuert. Die Waffe ist kleinkalibrig, also so ein verdammter Damenrevolver. Das ist aber noch nicht alles …«

Er legte eine Kunstpause ein. Auf seinem runden Gesicht breitete sich ein grimmiges und gleichzeitig verschwörerisches Lächeln aus.

»Ceder hatte sich operieren lassen. Er konnte keine Kinder zeugen. Ich erinnere mich nicht, wie sie das genau genannt hat, aber das Wichtige ist, dass er verstümmelt war!«

»Verstümmelt! War er kastriert?«, meinte Birgitta entsetzt.

Andersson begann zu nicken, zufrieden mit dem Effekt seiner Enthüllung.

»Meinst du, dass er sich einer Vasektomie unterzogen hatte?«, wollte Tommy gelassen wissen.

»Bitte? Vaso… ja, irgendwie so hieß das«, gab der Kommissar leicht verwirrt zu.

»Dann war er nicht kastriert, sondern nur sterilisiert. Die Samenleiter werden durchtrennt, damit die Samenzellen nicht in die Harnröhre gelangen können. Alles Weitere bleibt intakt, man funktioniert also sexuell ganz normal«, belehrte sie Tommy.

»Was du alles weißt«, zischte Andersson säuerlich.

Es gefiel ihm nicht, dass ihn seine Untergebenen womöglich für unwissend hielten.

»Ich habe diesen Eingriff auch vornehmen lassen. Drei Kinder reichen«, erwiderte Tommy ruhig.

Kajsa Birgersdotter erhob sich heftig vom Stuhl, murmelte etwas Undeutliches und stürzte aus der Tür. Tommy wirkte ebenso erstaunt wie die anderen. Irene bemerkte, dass das Erstaunen allmählich von der unterdrückten Wut abgelöst wurde, die ihr bereits vorher im Auto aufgefallen war.

»Was ist denn mit der los?«, wollte Andersson verärgert wissen.

Er verabscheute es, wenn sich Leute irrational verhielten. Gleichzeitig hatte er das Gefühl, dass ihm die Situation zu entgleiten drohte. Das gefiel ihm ebenfalls nicht.

Er nahm die Brille ab, knallte sie unnötig hart auf den Tisch und fuhr dann fort:

»Wie auch immer. Wie wollen wir diese Ermittlung also angehen? Vielleicht sollten wir erst mal rauskriegen, wer der richtige Vater des Jungen ist?«

»Könnte Ceder sich dieser Operation nicht unterzogen haben, nachdem Sanna schwanger geworden war?«, fragte Irene.

»Die Stridner sagt, dass seit dem Eingriff mindestens fünf Jahre vergangen sind«, erwiderte er mit eindeutig triumphierender Stimme.

Das war wirklich eine sensationelle Neuigkeit. Bei näherem Nachdenken ging Irene allerdings auf, dass dies ihre Ermittlungen nicht gerade vereinfachte. Im Gegenteil.

»Wer zum Teufel ist der Vater des Burschen?«, fragte der Kommissar ein weiteres Mal.

Alle drei Inspektoren erweckten den Anschein, als dächten sie gründlich nach. Schließlich meldete sich Irene zu Wort:

»Ceder können wir schon mal als Kindsvater ausschließen. Um etwas in der Hand zu haben, könnten wir von beiden schon mal die DNA ermitteln lassen. Ceder haben wir in der Pathologie, und ich beschaffe eine Probe von Ludwig.«

»Darauf wird sich Sanna Kaegler nie einlassen!«, rief Birgitta voller Überzeugung.

»Wer hat denn gesagt, dass wir sie um Erlaubnis bitten?«, erwiderte Irene und lächelte.

KAPITEL 4

Irene verabscheute frühes Aufstehen. Je früher, desto schlimmer. Das war einfach nicht ihr Ding, wie ihre Zwillinge es ausgedrückt hätten. Im nächsten Leben wollte sie Nachtclubkönigin werden. Die Arbeitszeiten würden ihr taugen.

Aber dieses frühe Aufstehen war notwendig. Sie wollte nicht riskieren, dass ihr Sanna zuvorkam und im Haus in Askim ans Aufräumen ging. Auch wenn das Risiko minimal war. Das Wahrscheinlichste war, dass Sanna eine Putzfirma beauftragen würde, aber man konnte nie wissen, ob es ihr nicht plötzlich doch einfiel, selber zu putzen.

Weder Krister noch die Mädchen waren schon auf. Nach drei Tassen Kaffee und zwei Käsebroten war sie allmählich dazu imstande, Auto zu fahren. Sollte sie noch rasch mit Sammie Gassi gehen? Ein Blick auf die Uhr sagte ihr, dass es dafür noch viel zu früh war. Der Hund war der größte Morgenmuffel der Familie. Er blieb lieber in ihrer noch warmen Betthälfte liegen und schnarchte mit seinem Herrchen um die Wette.

Die Lampen über der Haustür und dem Garagentor brannten noch. Obwohl der Himmel klar und im Osten schon das erste Licht zu ahnen war, wirkte das Haus im Morgendunkel äußerst düster. Sicher war das nur Einbildung, weil sie wusste, was sich hinter diesen Mauern abgespielt hatte.

Irene schloss auf und betrat die Diele. Aus der Jackentasche holte sie Plastikhandschuhe und eine Einkaufstüte aus Plastik. Sie zog die Handschuhe an und ging zielstrebig in die Küche. Aus dem Mülleimer unter der Spüle fischte sie ein zusammengeknülltes Stück Küchenkrepp. Das war das Papier, mit dem Tommy die Flaschennahrung weggewischt hatte, die Ludwig auf ihre Schulter erbrochen hatte. Das zusammengeknüllte Küchenkrepp legte sie erst in eine kleinere Plastiktüte und dann in die Einkaufstüte.

Unheimlich hallten ihre Schritte wider, als sie zu dem Badezimmer ging, in dem sie Ludwigs Windel gewechselt hatte. Irene fiel auf, dass auf dem Bord über dem Wickeltisch eine gewisse Unordnung herrschte. Vermutlich war diese entstanden, als Elsy rasch alles zusammengepackt hatte, was der Junge in den nächsten Tagen eventuell brauchen konnte.

Als Irene auf das Pedal des runden Mülleimers trat, ging der Deckel hoch. Sie nahm die gebrauchte Windel heraus und verfuhr mit ihr genauso wie mit dem Küchenkrepp: erst eine eigene Plastiktüte und dann in die Einkaufstüte. Na also! Jetzt würde es dem Labor nicht mehr schwer fallen, die DNA festzustellen. Um ehrlich zu sein, wusste sie nicht recht, ob sich der Inhalt einer Windel verwenden ließ, sie glaubte es aber.

Aus einem Impuls heraus trat sie auf die verglaste Terrasse. Nicht etwa, weil sie den Tatort noch einmal in Augenschein nehmen wollte, sondern um sich den Sonnenaufgang anzusehen. Sie stieg die Wendeltreppe hoch und schaute nach Osten. Kein Wölkchen am Himmel, nur der Kondensstreifen eines Flugzeugs, den die ersten Strahlen der Sonne, die über die Baumwipfel fielen, golden verfärbten. Einen Augenblick lang schien der Wald, der nur als Silhouette zu erahnen war, in Flammen zu stehen. Dann wurde aus dem klaren Zitronengelb des Himmels ein helles Türkis. Nach fünf Minuten war das Farbenspiel vorüber, und sie hatte einen normalen Sonnenaufgang, der einen schönen Tag mit gutem Wetter verhieß, vor sich. Sie drehte sich um und schaute auf das bleigraue Meer mit seiner schweren Dünung. Dieser Leuchtturm auf dem Dach war wirklich eine geniale Idee. Ob sie wohl von Sanna oder dem Architekten stammte?

Als sie die Wendeltreppe hinunterstieg, kam ihr wieder das Geld in den Sinn. Wer hatte das Haus bezahlt? Sanna oder Kjell Bengtsson Ceder? Obwohl Ceder nicht Ludwigs leiblicher Vater war, hatte er die Vaterschaft anerkannt oder sie zumindest nie offiziell in Frage gestellt. Erbte Sanna alles, oder hatten sie Gütertrennung vereinbart gehabt? Um was für Summen konnte es sich handeln? Irene war klar, dass es nicht leicht sein würde, auf all diese Fragen eine Antwort zu erhalten. Vielleicht spielten sie für die Ermittlung auch gar keine Rolle. Sanna hatte ein Alibi, und nichts deutete darauf hin, dass sie etwas mit dem Mord an ihrem Mann zu tun hatte.

Åhlén kam gleichzeitig mit Irene – was hieß, etwas verspätet – zur Morgenbesprechung. Sie nutzte die Gelegenheit, um den Schlüssel zum Haus von Sanna Kaegler-Ceder, den sie am Vorabend von ihm ausgeliehen hatte, zurückzugeben. Der Mann von der Spurensicherung hielt ihr die Tür auf und ließ ihr den Vortritt. Kommissar Andersson stand vor seinen Leuten und zeigte Dias auf einer Leinwand. Die Leinwand konnte man wie ein Rollo in der Decke verschwinden lassen. Normalerweise war das sehr praktisch, aber heute setzte diese Konstruktion den Nerven des Kommissars gehörig zu. Die Arretierung war kaputt und setzte immer aus. Und dann verschwand das weiße Tuch immer leise rasselnd nach oben.

Gewohnheitsmäßig steuerte Irene auf einen der Stühle zu, auf denen Tommy und sie zu sitzen pflegten, überlegte es sich dann aber anders, als ihr aufging, dass sie so zwischen dem Rotkäppchen Kajsa und Birgitta Moberg-Rauhala gesessen hätte. Stattdessen ließ sie sich auf den Stuhl neben Fredrik Stridh fallen. Er war so in das Bild auf der Leinwand vertieft, dass er gar nicht zu merken schien, wie sie sich setzte.

»... beide Leichen lagen in der Küche. Sie waren vollständig bekleidet. Nichts deutet darauf hin, dass sie gefoltert oder misshandelt wurden, ehe man sie erschoss. Wie hier auf dem Foto zu sehen ist …«

Der Kommissar unterbrach sich, als die Spitze seines Zeigestocks auf die Betonwand statt auf die nachgiebige Leinwand traf.

»Jetzt ist das Ding schon wieder oben! Kann nicht jemand mal dieses verdammte Rollo reparieren?«, fauchte er wütend.

»Ich kümmere mich drum, wenn du mit deinem Referat fertig bist«, versprach Tommy.

»Kannst du das nicht gleich machen?«, fragte der Kommissar und atmete tief durch, um seinen Puls unter Kontrolle zu bringen.

Nächsten Sommer würde er in Pension gehen. Er war bereits sechzig und arbeitete mit Sondergenehmigung weiter. Irene machte sich ständig Sorgen um seine Gesundheit, da sie wusste, dass er an Asthma und Bluthochdruck litt. Sein Übergewicht war an sich noch kein Leiden, verschlimmerte aber die Krankheiten, an denen er bereits litt.

»Dazu brauche ich eine Leiter. Es dauert, eine zu holen«, erklärte Tommy geduldig.

»Die Leinwand ist doch scheißegal. Du kannst die Bilder auch an die Wand werfen«, mischte sich Jonny Blom ein.

Ausnahmsweise war Irene mit Jonny einer Meinung. Das kam nicht oft vor. Seit sie gemeinsam in einem Fall ermittelt hatten, bei dem mehrere zerstückelte Leichen in Göteborg und Kopenhagen aufgefunden worden waren, war ihr Verhältnis etwas getrübt gewesen. In den letzten Monaten hatte sich das etwas gebessert. Gewisse Dinge deuteten darauf hin, dass Jonny wirklich bemüht war, seinen Alkoholkonsum einzuschränken. Gerüchteweise hieß es, seine geplagte Ehefrau hätte ihm ein Ultimatum gestellt: Familie oder Flasche. An dem Gerücht schien was dran zu sein. Nicht dass darüber offen gesprochen würde, aber Jonny hatte in letzter Zeit montags nicht mehr gar so oft gefehlt und war auch nicht mehr vollkommen verkatert zur Arbeit gekommen. Er hatte einiges zu verlieren, denn er hatte die meisten Kinder von allen hier im Dezernat, vier Stück. Nur Åhlén hatte mehr, sieben, aber er arbeitete auch bei der Spurensicherung.

Murrend versuchte Andersson, das Bild an der Wand scharf zu bekommen. Die beiden Männer lagen auf einem frisch abgeschliffenen Holzboden. In einer Ecke des Bilds war ein Stück eines Herdes zu sehen sowie der Sockel einer Küchenzeile. Einer der beiden lag mit zwei Einschusslöchern über der Nasenwurzel auf dem Rücken und starrte blicklos in die Kamera. Der andere lag auf dem Bauch. Es hatte den Anschein, als sei er kopfüber gestürzt. Jemand hatte ihm in den Hinterkopf geschossen. Das Blut war auf den Hemdkragen gelaufen und von dort weiter auf den Fußboden unter seinem Kopf. Beide wirkten recht jung. Andersson wandte sich an Jonny Blom und sagte:

»Willst du vielleicht weitermachen, schließlich warst du vor Ort?«

»Klar.«

Jonny stand auf und nahm vom Kommissar den Zeigestock entgegen.

»Die Leichen liegen in zwei Meter Abstand. Der Mann auf dem Rücken ist der Eigentümer des Hauses, Joachim Rothstaahl. Den anderen haben wir bisher nicht identifizieren können.«

»Wann wurden sie erschossen?«, fragte Tommy.

»Montagabend. Zwischen achtzehn und zweiundzwanzig Uhr, sagen die Gerichtsmediziner im Moment. Sie sind also erst nach mehr als sechsunddreißig Stunden gefunden worden.«

»Wer hat sie gefunden?«, wollte Tommy wissen.

»Rothstaahls Vater.«

»Wisst ihr Näheres über den Hauseigentümer?«, warf Andersson ein.

»Joachim Rothstaahl ist zweiunddreißig und irgendein Finanzmann. Bezeichnet sich selbst als Berater. Sein Vater hat erzählt, sein Sohn hätte das Sommerhaus seines Großvaters übernommen. Er wollte dort jetzt am Wochenende mit seiner Freundin einziehen. Sie wohnt derzeit noch in Vänersborg. Tagsüber hat sie gearbeitet, aber sowohl am Montag- als auch am Dienstagabend war sie zu Hause in ihrer Wohnung, um zu packen. Am Montag habe er eine wichtige Besprechung, weshalb er nicht zu Hause sein könne, hatte Rothstaahl zu ihr gesagt, deswegen rief sie ihn auch nicht an. Am Dienstagabend erreichte sie ihn dann nicht und machte sich Sorgen. Sie rief verschiedene Leute an und scheuchte schließlich seinen Vater auf. Dieser fuhr dann Mittwoch früh dorthin und fand die beiden. Am Tatort deutet nichts auf einen Einbruch hin. Wie ich schon sagte, liegen die Leichen in circa zwei Meter Abstand voneinander. Wir glauben, dass Rothstaahl als Erster erschossen wurde. Der andere hat versucht, aus der Küche ins Schlafzimmer zu entkommen, wurde dann aber im Hinterkopf getroffen.«

»Habt ihr die Kugeln sichergestellt?«, fragte Irene.

»Nein, es gibt keine Austrittswunde. Wahrscheinlich befinden sich die Projektile noch in den Opfern. Damenkaliber«, meinte Jonny grinsend.

Irene betrachtete das Bild der zwei Ermordeten. Jonnys Kommentar hallte in ihr wider. Plötzlich verspürte sie ein leichtes Kribbeln. Konnte das wirklich möglich sein?

»Wie viele Kugeln wurden auf sie abgefeuert?«, fragte sie rasch.

Jonny seufzte demonstrativ auf und sagte säuerlich:

»Habt ihr nicht euren eigenen Fall zu lösen? Du unterbrichst mich die ganze …«

»Und zwar nur, weil dieser Fall vielleicht mit unserem zu tun hat«, fiel Irene ihm ins Wort.

»Bitte? Mit eurem Fall?«

»Ja. Wie viele Kugeln?«

»Zwei. Jeder zwei«, antwortete Jonny widerwillig.

»Irene hat Recht. Die Sache erinnert in der Tat an den

Mord in Askim. Zwei Schüsse in den Kopf aus nächster Nähe. Kaltblütig und treffsicher«, bemerkte Tommy.

»Nun mal langsam! Warum glaubt ihr, dass die Morde in Långedrag mit dem in Askim zusammenhängen?«, wollte der Kommissar wissen.

Irene zögerte. Es war mehr ein Gefühl. Ehe sie sich noch für eine Antwort entschieden hatte, kam ihr Tommy zuvor.

»Die Tatorte wirken ähnlich. Nichts deutet auf einen Einbruch hin. Alle drei Opfer wurden mit einer kleinkalibrigen Waffe und zwei Schüssen in den Kopf ermordet. Zwischen den Morden liegen nur etwa zwanzig Stunden. Zwei der Opfer, die beiden, die wir identifizieren konnten, haben keinen kriminellen Hintergrund. Die Morde sind in Stadtteilen von Göteborg verübt worden, in denen sonst kaum Morde oder andere Gewaltverbrechen verübt werden.«

»Wer könnte der Dritte sein? Uns liegt keine Vermisstenanzeige vor, auf die seine Beschreibung passt«, meinte Birgitta.

Jonny schüttelte den Kopf.

»Es ist niemand vermisst gemeldet, auf den seine Beschreibung passen könnte. Wir haben ihn umgedreht und ein Foto von ihm gemacht, bevor der Leichenwagen kam.«

Er warf das nächste Bild an die Wand. Dieser Mann wirkte etwas jünger. Sein Haar war blond und recht lang. Obwohl er bereits eine Weile tot war, war er immer noch recht gut aussehend.

Da sprang Kajsa Birgersdotter schon wieder auf. Aber dieses Mal verließ sie nicht fluchtartig das Zimmer, sondern deutete auf das Bild und begann mit den Armen zu fuchteln.

»Ich weiß es! Ich weiß, wer er ist!«, schrie sie.

»Wer?«, fragte Andersson verwirrt.

»Na, er halt! Das ist Philip Bergman!«

»Und wer ist Philip Bergman?«, wollte der Kommissar wissen.

Ihm gefielen ihre merkwürdigen Ausbrüche nicht. Die

meiste Zeit saß sie still und ordentlich da, und man vergaß, dass sie überhaupt existierte. Dann bekam sie aus heiterem Himmel einen Anfall und führte sich auf. Seiner Meinung nach ein seltsames Mädchen. Unberechenbar. Es gefiel ihm nicht, wenn Dinge unberechenbar waren. Sein ruhiger und intelligenter Hannu fehlte ihm außerordentlich. Dass jetzt auch Männer Erziehungsurlaub beanspruchen konnten, war wirklich ein verdammt dummer Einfall! Männer sollten arbeiten und nicht zu Hause herumsitzen und ihre Blagen verhätscheln.

»Kajsa hat Recht. Das ist wirklich Philip Bergman. Bergman-Kaegler. Damit sind wir wieder bei Sanna«, stellte Tommy fest.

Da reichte es dem Kommissar. Er knallte die flache Hand auf den Tisch, dass es im ganzen Zimmer dröhnte. Gleichzeitig brüllte er:

»Was zum Teufel soll das alles!«

Irene konnte ihm nur von Herzen zustimmen. Gleichzeitig sagte der Doppelname Bergman-Kaegler einiges. Im Unterschied zu Andersson, der sich offenbar handgreiflich an jemandem im Zimmer abreagieren wollte, beschloss sie, die weitere Entwicklung abzuwarten.

Kajsa Birgersdotter unternahm den tapferen Versuch, die Sache zu erklären:

»Sanna Kaegler und ich sind ein Jahrgang. Vielleicht habe ich die Sache deswegen in der Zeitung verfolgt … Philip Bergman und Sanna Kaegler waren eng befreundet. Zusammen haben sie ein IT-Unternehmen gegründet. Eines der größten. Sie waren wahnsinnig reich! Dauernd schrieben die Zeitungen über ihre luxuriösen Wohnungen in New York und London und darüber, wie erfolgreich ihr Unternehmen sei. Dann platzte die IT-Blase, und ihr Unternehmen löste sich in Luft auf. Gleichzeitig verschwand auch dieser Bonetti von der Bildfläche.«

Andersson stöhnte laut, aber Irene spitzte die Ohren.

Tommy und sie waren am Rand beteiligt gewesen, als die Suche nach Thomas Bonetti begonnen hatte.

An einem ungemütlichen Septemberabend gegen acht hatten mehrere Zeugen gesehen, wie Thomas Bonetti von der äußersten Anlegebrücke in Långedrag mit seinem Storebro Royal Cruiser 420 in See gestochen war. Obwohl zu dieser Tageszeit nicht mehr viele Menschen im Hafen gewesen waren, war allen aufgefallen, wie das große Motorboot rückwärts aus seinem Liegeplatz gefahren war. Ein so großes Boot war auch gar nicht dafür gedacht, unbemerkt zu bleiben. Fast auf den Tag genau war es jetzt drei Jahre her, dass Bonetti lebend gesehen worden war.

Zu seinen Eltern hatte er gesagt, er wolle zum Sommerhaus der Familie auf Styrsö fahren. Er müsse in Ruhe nachdenken. Weder das Boot noch Bonetti waren je wieder gesehen worden. Sein Pass lag im Haus seiner Eltern, Kleider und übriger persönlicher Besitz befanden sich ebenfalls dort. Da er eine Wohnung in London besaß, glaubten seine Eltern lange, dass er sich dort versteckt hielt, um abzuwarten, bis die Wellen, die der Konkurs geschlagen hatte, verebbten. Es war jedoch unerklärlich, wie er ohne Pass nach England eingereist sein sollte. Erst als ihm wegen Mietrückstand gekündigt wurde, begriffen die Eltern, dass etwas nicht in Ordnung war. Die Wohnung lag im Zentrum von London, war wahnsinnig attraktiv und unglaublich teuer. Thomas war ziemlich stolz auf sie gewesen, und er hätte sie nie freiwillig aufgegeben. Sein Vater, ein Staranwalt, schien erst nicht begriffen zu haben, dass es sich dieses Mal nicht um einen der normalen Streiche seines Sohnes handelte. Schließlich meldeten die Eltern ihren Sohn aber doch als vermisst. Zu diesem Zeitpunkt wurde er bereits von Interpol wegen umfassender Wirtschaftsdelikte gesucht.

Irene und Tommy waren an einem kalten und windigen Tag Anfang Dezember mit der Fähre nach Styrsö Skäret gefahren. Obwohl nur ein paar Grad minus gewesen waren, hatten sie zu frieren begonnen, sobald sie die Wärme der Fähre verlassen hatten. Die beißende Kälte drang durch ihre Kleider, und körniger Schnee peitschte ihre Gesichter. Sie hatten beide das Gefühl, sich durch ein Polargebiet zu bewegen, einzig die nach ihren Fersen schnappenden Wölfe fehlten noch, um das Bild abzurunden. Irene hatte einen zerknitterten Zettel mit einer Wegbeschreibung in der Tasche, den ihr Thomas Bonettis Mutter gegeben hatte. »Nach Süden an der Brücke nach Donsö vorbei. An Solvik vorbei. Weiter zu einem großen gelben Haus mit bunten Fenstern in der Glasveranda. Hier teilt sich der Weg. Links. Pfad am Meer entlang, etwa hundert Meter. Großer Steg mit Geräteschuppen. Treppe rechts. Niedriges rotes Haus, der Name ›Västerro‹ steht auf einem Schild an der Hauswand.« Mit gleichmäßigen, deutlichen Buchstaben stand das zu lesen. An dem Zettel war der Haustürschlüssel befestigt. Als ihr Bonettis Mutter den Schlüssel überreicht hatte, hatte sie ihr auch gesagt, dass weder sie noch ihr Mann seit Thomas' Verschwinden dort gewesen seien. Thomas hatte eine ältere Schwester, aber auch diese war mit ihrer Familie im Herbst nicht auf Styrsö gewesen.

Irene und Tommy froren so sehr, dass sie kaum noch etwas spürten, als sie das Haus endlich erreichten. Im Inneren war es kaum wärmer als draußen, aber zumindest wehte dort kein Wind. Das Haus war sehr niedrig, jedoch recht geräumig. Es lag weit oben zwischen den Klippen, und selbst an einem solchen Tag war die Aussicht über das Meer großartig. Der Wind peitschte, und das schwarze Wasser zwischen Schären und Untiefen schäumte. Durch den Schnee konnten sie gerade noch die Felseninselchen südöstlich und südlich von Styrsö ausmachen.

Sie hatten das ganze Haus peinlich genau durchsucht. Nicht das Geringste deutete darauf hin, dass Thomas Bonetti allein oder in Gesellschaft dort gewesen war. Nichts wies auf Gewalttätigkeiten hin, alles war sehr ordentlich.

Sorgfältig schlossen sie das Haus wieder ab und begaben

sich widerstrebend erneut in die Kälte. Die Fähre nach Hause legte von Styrsö Bratten ab, was bedeutete, dass sie sich noch ein Weilchen dem Gegenwind aussetzen mussten. Nie hatte ihnen Kaffee besser geschmeckt als der, den sie in Pappbechern im Café auf der Fähre bekamen! Irene hätte am liebsten einen ganzen Bottich davon bestellt, nicht um das dampfende Gebräu zu trinken, sondern um ihre erfrorenen Füße darin aufzutauen.

»Bonetti! In dieser Sache haben wir doch vor mehreren Jahren ermittelt! Er ist immer noch wie vom Erdboden verschluckt. Was hat er mit diesen Morden zu tun?«, fauchte Andersson.

»Sanna Kaegler, Philip Bergman und Thomas Bonetti haben zusammen das IT-Unternehmen ph.com gegründet. Beim Konkurs verschwanden ungeheure Summen. Ihr erinnert euch doch noch an die Schlagzeilen?«, sagte Tommy.

Voilà, hier war die Verbindung. Jetzt passte alles zusammen, und Irene erinnerte sich auch an Bergman-Kaegler. Sie waren ein Begriff, eine Marke gewesen. Als Tommy und sie einige Tage lang Thomas Bonettis Verschwinden nachgegangen waren, war ph.com nur am Rand aufgetaucht. Die IT-Blase war im Frühjahr 2000 geplatzt. Im September, als Bonetti verschwand, war sie bereits Vergangenheit gewesen. Er hatte noch mehr zwielichtige Geschäfte auf dem Gewissen, die alle einen guten Grund dafür abgegeben hätten, unterzutauchen. Falls er es nun freiwillig getan hatte. Da Bonetti nichts von sich hören ließ, tauchten mit der Zeit Gerüchte auf, er habe sich in den USA von einem Schönheitschirurgen ein neues Aussehen verpassen lassen. Man wollte ihn in Miami, beim Schnorcheln in Ägypten, auf einer Luxuskreuzfahrt im Mittelmeer und in einem Sexclub in Paris gesehen haben. Irgendjemand meinte, er hätte ihn gesehen, wie er in Kopenhagen mit einem Zwillingskinderwagen spazieren gegangen wäre. Nichts davon hatte sich bewahrheitet. Mit dem Aussehen von Thomas Bonetti konnte man sich nicht gut verstecken, auch nicht nach einer plastischen Operation. Bei seinem Verschwinden war er einunddreißig Jahre alt gewesen, ein Meter sechsundsechzig groß und hatte etwa hundert Kilo gewogen. Er hatte eine beginnende Glatze und kämmte sich gewöhnlich ein paar Strähnen, die einen Pony darstellen sollten, in die Stirn. Er hatte rötliches Haar, sehr helle Haut und wässrige, hellblaue Augen hinter starken, runden Brillengläsern. So sah er zumindest auf den verschiedenen Fotos aus, die von ihm veröffentlicht worden waren. Der Hinweis, er habe seine Augenfarbe mit Hilfe gefärbter Kontaktlinsen verändert, konnte rasch entkräftet werden. Seine Eltern sagten nämlich, dass er nie irgendwelche Kontaktlinsen hätte tragen können. Seine Augen seien zu empfindlich. Sie hatten auch nie den Gerüchten geglaubt, er halte sich an einem warmen und sonnigen Ort auf. Thomas vertrug die Sonne nicht und verabscheute Wärme.

Seine Konten, auf die die Ermittler bei schwedischen und englischen Banken stießen, waren am Tag nach seinem Verschwinden geplündert worden. Insgesamt fünf Millionen schwedische Kronen waren an eine Bank in Luxemburg und von dort direkt auf ein Konto auf den Cayman Islands überwiesen worden. Dort verloren sich alle Spuren.

Fünf Millionen reichten lange, aber es war auch teuer, sich zu verstecken. Wenn Bonetti sein Geld ebenso schnell ausgegeben hatte wie in den glorreichen Tagen, war er vermutlich längst pleite.

»Es war eine Menge Geld, die bei dem Konkurs in den Orkus ging. Etwa eine Milliarde Kronen«, fuhr Tommy fort.

»Sie waren in guter Gesellschaft. Mehrere große IT-Firmen gingen damals gleichzeitig Bankrott. Das war kein landestypisches Problem, es war weltweit so«, ergänzte Birgitta.

»Genau. Niemand wusste genau, was aus dem Geld geworden ist. Es verschwand einfach. Bonetti gelang es jedoch, eine größere Summe aus seiner Firma abzuzweigen, bevor sie in Konkurs ging. Das war das Geld, das sich auf seinen Konten befand. Fünf Millionen. Aber alle glauben, dass er noch bedeutend mehr Geld irgendwo im Ausland hat. Wir haben auch immer noch ein Auge auf das Konto, auf dem sein Erbe liegt, fast 900 000 Kronen. Wenn er dieses Geld anrührt, haben wir ihn«, sagte Tommy.

»Was ist das für ein Konto?«, wollte Birgitta wissen.

»Das ist das Geld, das er von seinen Großeltern väterlicherseits geerbt hat. Es ist langfristig angelegt, und er kann es nicht einfach so mit einer Karte abheben, sondern muss persönlich mit der Bank Kontakt aufnehmen. Dann kriegen wir ihn.«

»Jedenfalls wissen wir dann, dass er noch lebt«, sagte Irene.

Tommy nickte.

Birgitta deutete auf das Bild an der Wand und fragte:

»Und in was für einer Verbindung standen Philip Bergman und Joachim Rothstaahl?«

»Laut Rothstaahls Vater sind sie alte Freunde. Mehr wissen wir bislang nicht«, antwortete Jonny.

»Die Mortalität unter den engen Freunden und Angehörigen von Sanna Kaegler ist wirklich hoch«, stellte Irene fest.

»Wie wahr. Wir müssen rauskriegen, was es mit dieser IT-Firma auf sich hatte und wer sonst noch in diese Sache verwickelt war. Vielleicht besteht ja eine Verbindung von Thomas Bonetti und Joachim Rothstaahl zu ...«

»Augenblick! Mal halblang!«

Andersson fiel Tommy resolut ins Wort. Er ließ den Blick über die Versammlung schweifen, holte tief Luft und fuhr dann fort:

»Um zu den eigentlichen Verbrechen zurückzukehren, nämlich den zwei Tatorten und drei Morden. Nichts deutet auf eine tatsächliche Verbindung hin. Wir wissen noch nicht, ob alle drei mit derselben Waffe erschossen wurden. Und was hat Kjell Bengtsson Ceder mit diesem verdammten Internet-Unternehmen zu tun?«

»Soweit wir wissen, überhaupt nichts. Aber er war mit einer Frau verheiratet, die zu den Gründern des Unternehmens gehörte. Von den beiden anderen wurde jetzt einer ermordet, und der andere ist seit drei Jahren spurlos verschwunden. Der gemeinsame Nenner ist Sanna Kaegler«, antwortete Tommy ruhig.

Andersson atmete schwer, während er über all die unerwarteten Informationen, die plötzlich über sie hereingebrochen waren, nachdachte. Sein Atem ging rasselnd, und Irene machte sich Sorgen, dass er einen Asthmaanfall erleiden würde. Schließlich schien er sich entschieden zu haben.

»Wir müssen abwarten, bis wir uns ganz sicher sind, dass der andere Tote wirklich Philip Bergman ist. Dann sollten sich Irene und Tommy noch einmal mit dieser Kaegler-Dame unterhalten. Darüber, dass wir wissen, dass Ceder nicht der Vater des Jungen sein kann, braucht ihr ja noch nichts verlauten zu lassen. Was Neues von der Spurensicherung?«, wandte er sich an Åhlén.

Dieser sah aus, als sei er auf seinem Stuhl eingeschlummert. Nachdem ihm Irene einen sanften Stoß mit dem Ellbogen versetzt hatte, erwachte er jedoch zum Leben. Ohne Eile schlurfte er nach vorne zu Andersson. Er schob seine Brille zurecht und schaute kurzsichtig in die Runde. Wie immer erinnerte er an einen Maulwurf, der aus seinem Hügel schaut.

»Hände und Kleider von Sanna Kaegler wiesen keine Schmauchspuren auf. Hingegen hatte das Opfer etliche Schmauchspuren um die Einschusslöcher und im Gesicht. Das deutet darauf hin, dass er aus nächster Nähe erschossen wurde. Wir haben ausgerechnet, dass der Abstand etwa einen halben Meter betragen hat. Nichts deutet auf einen Einbruch hin, aber in der Waschküche haben wir hinter der Tür einen lehmigen Fußabdruck gefunden. Diese Tür führt auf die Rückseite des Hauses. Dort ist es matschig. Auf der Matte hinter der Tür gab es mehrere undeutliche Abdrücke von Joggingschuhen Größe 44. Unterhalb einer der Garderoben befinden sich auch Spuren getrockneter Feuchtigkeit.

Wir haben die Theorie, dass der Mörder durch den Hintereingang gekommen ist und seine nassen Schuhe ausgezogen hat. Weder an der Haustür noch an der Hintertür sind irgendwelche Beschädigungen auszumachen. Wahrscheinlich verfügte der Mörder über einen Schlüssel, oder die Tür war offen.«

»Gibt es in der Waschküche keine weiteren Fußspuren?«, fragte Tommy.

»Nein. Nur die auf dem Fußabtreter. Vielleicht hat er sich einen Plastikschutz über die Schuhe gezogen.«

»Dann kann er sich kaum an Ceder angeschlichen haben. Das raschelt beim Gehen. Außerdem ist es auf einem Klinkerboden damit sehr glatt«, meinte Irene.

Tommy nickte zustimmend.

»Das ist wahr. Wahrscheinlich stand er im Haus und wartete auf Ceder.«

Irene dachte an den Whiskygeruch im Zimmer. Rasch entwarf sie ein mögliches Szenario.

»Ceder war oben im Leuchtturmzimmer und hatte sich einen Whisky eingegossen. Das Glas hielt er in der Hand, als er wieder die Treppe herunterkam. Der Mörder stand unten und wartete auf ihn«, sagte sie.

»Mit größter Wahrscheinlichkeit hatte er sich unter der Wendeltreppe versteckt. Dort haben wir das hier gefunden«, fuhr Åhlén unbeeindruckt fort.

Aus einer Tasche seines Laborkittels zog er eine Plastiktüte. In der Tüte lag ein graues Band.

»Diese elastischen, reflektierenden Bänder sind bei Joggern sehr beliebt. Sie tragen sie am rechten Oberarm, wenn sie im Dunkeln an stark befahrenen Straßen entlanglaufen. Wir haben auf dem Band einen halben Daumenabdruck sichergestellt.«

»Super. Jetzt brauchen wir nur noch jemanden mit einem halben Daumen«, meinte Jonny grinsend.

Er war der Einzige im Zimmer, der lachte. Die anderen kannten seine schlechten Scherze und kümmerten sich nicht mehr darum. Das waren wirklich gute Neuigkeiten von Åhlén. Falls sie einen Verdächtigen fanden, hatten sie gute Chancen, mit Hilfe des Daumenabdrucks zu beweisen, dass er sich am Tatort befunden hatte. Das wäre dann ein wichtiges Indiz.

»Was Långedrag angeht, lässt Malm ausrichten, dass der vorläufige Bericht der Spurensicherung heute Nachmittag gegen drei vorliegt«, fuhr der Mann von der Spurensicherung fort und erhob sich.

»Du hast noch nichts über die Kugeln gesagt!«, protestierte Andersson.

»Nein. Über die lässt sich auch nicht viel sagen. Die Pistole hat Kaliber 25. Es handelt sich um Geschosse ohne Mantel. Sie sind stark deformiert, da sie vom Schädelknochen abgeprallt sind. Die ballistische Untersuchung wird also nicht leicht.«

Unbeeindruckt von Anderssons kritischem Ton steckte Åhlén die Tüte mit dem Reflexband wieder in die Tasche und verließ das Konferenzzimmer.

Es trat eine längere Stille ein. Schließlich holte Andersson erneut tief Luft und sagte unter rasselndem Ausatmen:

»Jonny und Fredrik sollten weiterhin versuchen, in Långedrag Zeugen aufzutreiben. Fragt Rothstaahls Vater und seine Freundin, wen er vielleicht hätte treffen können. Birgitta soll sich wegen der Identifizierung mit den Angehörigen dieses Bergman in Verbindung setzen. Nach der Identifizierung kümmern sich Irene und Tommy um Sanna Kaegler. Ihr braucht sie nicht mit Samthandschuhen anzufassen! Die Sache stinkt. Es ist ganz klar, dass sie Dreck am Stecken hat!«

Ein Glück, dass Sanna Kaegler das nicht hört, dachte Irene.

»Und was soll ich machen?«, fragte Kajsa.

Unbekümmert begegnete sie Anderssons verblüfftem Blick. Dieses Mädel, was sollte er nur mit ihr machen? Fast hätte er es laut gesagt, als ihm eine Idee kam.

»Du bekommst eine Spezialaufgabe. Da du dich bereits für diese Burschen interessiert hast, die ein Milliardenunternehmen aufgebaut haben, das einfach eines Tages wieder von der Bildfläche verschwand, kannst du dich um die Hintergründe kümmern, und zwar um jedes verdammte Detail.«

Kajsa wurde sichtlich bleich, fasste sich aber rasch wieder.

»Okay. Ich will's versuchen.«

KAPITEL 5

Tommy beschloss, seine Kenntnisse über Kjell Bengtsson Ceder zu vertiefen. Was er bisher herausgefunden hatte, stellte ihn nicht zufrieden. Er wollte mehr wissen. Besonders die Umstände des Todes seiner ersten Frau interessierten ihn.

»Wie Andersson immer sagt: Das stinkt zum Himmel!«, sagte er und lächelte Irene an.

»Glaubst du?«

»Jawohl, das glaube ich. Ich folge da nur meinem Schnüfflerinstinkt.«

»Dann folge ich dem meinen und kümmere mich weiter um Thomas Bonetti. Schließlich waren wir mit diesem Fall auch schon mal beschäftigt. Mittagessen um zwölf?«

»Geht in Ordnung. Um drei sollten wir uns vielleicht von Svante die ersten Ergebnisse aus Långedrag anhören. Ich glaube wirklich, dass die Morde zusammenhängen.«

»Schnüfflerinstinkt?«, vermutete Irene.

»Gesunde Vernunft und logisches Denken.«

Als sie an jenem kalten Dezembertag vor drei Jahren nach Styrsö gefahren waren, hatten weder Irene noch Tommy gewusst, womit Thomas Bonetti sein Geld verdiente. Sie hatten ihn für einen reichen, jungen Aktienspekulanten gehalten, der mit einer großen Geldsumme untergetaucht war. Während sie mit der Fähre übergesetzt waren, hatte Tommy die Theorie entwickelt, Thomas liege auf den Bahamas mit einer großbusigen Blondine in einem Liegestuhl und schlürfe Cocktails, während sie sich auf der Suche nach ihm den Arsch abfrören.

Kurz vor dem Mittagessen hatte sich Irene ein recht gutes Bild von Bonettis Vergangenheit gemacht. Er war ihr unsympathisch, aber dieses Schicksal teilte er mit der Majorität derer, die sie in der Verbrecherkartei suchte und fand.

Thomas Bonetti war bei seinem Verschwinden einunddreißig Jahre alt gewesen, obwohl er auf Fotos eher wie vierzig wirkte. Er war der einzige Sohn des bekannten Anwalts Antonio Bonetti. Thomas hatte eine zwei Jahre ältere Schwester. Er hatte blonde Haare und helle Haut, nichts verriet seine italienische Abstammung. Das ließ sich jedoch dadurch erklären, dass sein Vater, ein Italiener, rothaarig war. Thomas hatte bis einschließlich des Gymnasiums eine Privatschule besucht und direkt anschließend ein Studium an der Handelshochschule von Göteborg aufgenommen. Wehrdienst hatte er keinen leisten müssen. Während des Studiums war er zweimal wegen Drogenbesitzes mit dem Gesetz in Konflikt geraten. Beide Male wegen des Besitzes von Kokain, allerdings in so geringen Mengen, dass er mit milden Strafen davongekommen war.

Erst hatte er einige Jahre bei einer schwedischen Bank gearbeitet, und danach war er nach London gezogen. Zusammen mit einem anderen Schweden, den er vom Studium her kannte, gründete er eine Verwaltungsgesellschaft. Die beiden trafen einen Norweger, der bereits im Finanzsektor arbeitete, aber mit seinem Einkommen unzufrieden war. Er hatte Lust, etwas Eigenes zu machen, und schloss sich mit der Aussicht auf schnelles Geld seinen neuen schwedischen Freunden an. Thomas' schwedischer Geschäftspartner hieß Joachim Rothstaahl.

Irene spürte, wie ihr Herz schneller schlug. Bonetti und Rothstaahl! Der eine seit drei Jahren spurlos verschwunden, der andere gerade eben zusammen mit einem von Bonettis späteren Geschäftspartnern ermordet. In Irenes Kopf ging es wild durcheinander, als sie versuchte, alle diese Personen in den richtigen Zusammenhang zu bringen. Das Wichtigste war jedoch die Einsicht, dass es bereits vor sieben Jahren Kontakte zwischen mehreren von ihnen gegeben hatte. Womöglich hatte das zwar nichts mit den drei Morden zu tun, aber es war auf jeden Fall eine wichtige Beobachtung.

Der Norweger hieß Erik Dahl. Der Name sagte ihr nichts, aber sie notierte ihn sich, um später weitere Nachforschungen anzustellen. Die drei Geschäftspartner hatten mit Hilfe der richtigen Kontakte und feiner Diners in einem der schicksten und traditionsreichsten Clubs Firmen und Privatpersonen aus Skandinavien dazu gebracht, Geld in ihre Risikokapitalgesellschaft Pundfix zu investieren. Unter den Gästen waren stets prominente englische Politiker und der eine oder andere Lord gewesen. Das Ganze hatte sehr seriös und authentisch gewirkt.

In Wirklichkeit hatte es sich um eine Art Pyramidenspiel gehandelt. Frisches Geld, das in Pundfix investiert wurde, wurde für die hohen Dividenden verwendet und um diejenigen auszulösen, die die Gesellschaft verlassen wollten. Das ging eine Weile gut, aber schließlich flog die Sache auf, als ihr größter Kunde, eine norwegische Firma, einen Rechenschaftsbericht forderte. Es gab kein Geld, über das man Rechenschaft hätte ablegen können, da die drei Teilhaber bereits alles unterschlagen hatten. Thomas Bonetti hatte eingesehen, dass die Sache am Auffliegen war, und sich mit ein paar Millionen auf der hohen Kante aus der Gesellschaft zurückgezogen.

Joachim Rothstaahl kam mit dem Schrecken davon. Da er schwedischer Staatsbürger mit Wohnsitz in England war, konnte er in Norwegen nicht vor Gericht belangt werden. Vor dem Geschworenengericht in Oslo musste deswegen der Norweger Erik Dahl seinen Kopf hinhalten. Das Urteil lautete auf sieben Jahre Gefängnis wegen Untreue.

Irene stutzte. War Erik Dahl vielleicht aus dem Gefängnis

entlassen worden und hatte sich entschlossen, sich an seinen alten Gefährten zu rächen? Zum Zeitpunkt von Thomas Bonettis Verschwinden konnte er noch nicht auf freiem Fuß gewesen sein, aber vielleicht hatte man ihn ja jetzt freigelassen? Das ergab eine weitere Notiz auf ihrem Block. Das musste sie ebenfalls abchecken. Es gab jedoch einen Haken. Wo war die Verbindung zwischen Erik Dahl und Kjell Bengtsson Ceder? Sie schaute auf die Uhr. Zeit zum Mittagessen. Es war ein ergiebiger Vormittag gewesen.

Die obligatorische Erbsensuppe mit anschließendem Pfannkuchen, die in Schweden traditionell am Donnerstag gegessen wird, fand allgemeinen Anklang. Vielleicht war es eine Spur zu wenig Thymian gewesen, aber so kleinlich brauchte man nicht zu sein. Wahrscheinlich merkte Tommy überhaupt nicht, welche Gewürze der Suppe fehlten. Eifrig fuchtelte er mit seinem Löffel in der Luft herum, um seinen Worten Nachdruck zu verleihen. Dabei landete etwas Senf auf der blauen Papiertischdecke. Tommy reagierte nicht, vielleicht war es ihm auch gleichgültig. Er konzentrierte sich darauf, was seine Nachforschungen am Vormittag ergeben hatten.

»Was damals nachts wirklich auf Deck passiert ist, lässt sich nicht mehr genau feststellen. Schließlich waren Kjell Bengtsson Ceder und seine Frau Marie allein. Aber vielleicht konnte derjenige, der am Ruder stand, doch etwas sehen. Rate mal, wer das war?«

Er verstummte und lächelte. Irene ärgerte sich über ihn. Säuerlich sagte sie:

»Keine Ahnung.«

»Edward Fenton!«

Verwirrt starrte Irene ihn an.

»Fenton… meinst du den Arzt… Morgan Fenton…?«

»Nein. Edward! Morgan Fentons jüngeren Bruder! Ich hab dir doch erzählt, dass Morgan Fenton einen Bruder hat, der Banker in London ist. Erinnerst du dich? Er und seine Freundin waren mit auf dem Boot, Morgan Fenton und seine damalige Frau ebenfalls! Sie war schwanger. Wahrscheinlich war dieser Junge, mit dem du gestern Abend geredet hast, das Resultat.«

Irene nickte. Christopher Fenton war fünfzehn Jahre alt. Er war bei dem folgenschweren Törn also ebenfalls dabei gewesen, wenn auch nur als Fetus im Bauch seiner Mutter. Laut versuchte sie, für sich zusammenzufassen, was Tommys Informationen bedeuteten:

»Morgan und Edward Fenton waren also schon vor sechzehn Jahren mit Ceder befreundet. Sie kannten seine erste Frau Marie. Morgan Fenton ließ sich scheiden und heiratete einige Jahre später Tove Kaegler. Wiederum einige Jahre später ehelichte Kjell Bengtsson Ceder ihre Schwester Sanna. Gestern hast du auch was darüber gesagt, dass Sanna geschäftlich mit Edward Fenton zu tun gehabt habe, als sie noch das Internet-Unternehmen besaß. Das muss bedeuten, dass Edward auch Thomas Bonetti und Philip Bergman kannte! Interessant, aber kompliziert.«

»Genau! Ich habe die Brüder Fenton genauer unter die Lupe genommen, aber da ist nicht viel zu holen. Morgan ist hier in Göteborg Orthopäde, und Edward arbeitet bei einer großen amerikanischen Bank. Er ist irgendein hohes Tier bei der europäischen Niederlassung der Investmentbank H.P. Johnson's in London. Die Mutter der Brüder war Schwedin, der Vater ist Engländer. Die Mutter ist vor einigen Jahren gestorben. Der Vater lebt noch, aber seit einigen Jahren in Spanien.«

»Er muss schon recht alt sein.«

»Über achtzig.«

»Wie alt sind die Brüder Fenton?«

»Morgan ist einundfünfzig und Edward zweiundvierzig.«

»Dann ist Edward so alt wie wir«, konstatierte Irene.

»Jawohl. Die Eltern ließen sich Ende der siebziger Jahre scheiden, und die Mutter zog zusammen mit Edward hierher.

Nach einigen Jahren kam Morgan nach und studierte Medizin. Er ist hier geblieben und hat hier geheiratet.«

»Deswegen spricht Morgan Fenton auch so gut Schwedisch. Er wohnt schon seit über fünfundzwanzig Jahren im Land.«

»Ja. Er ließ sich hier nieder, aber Edward ging nach dem Gymnasium nach England. Er studierte Volkswirtschaft in Cambridge und machte eine steile Karriere im Finanzsektor. Offenbar hat er auch reich geheiratet. Allerdings nicht dieselbe Person, die er auf dem Segelboot dabeihatte, als Ceders erste Frau ums Leben kam. Edwards Frau ist Amerikanerin. Sie haben vor zehn Jahren geheiratet und zwei Kinder.«

»Unglaublich, was du alles über Edward Fenton herausgefunden hast. Wo hast du das alles her?«

»Aus dem Internet. Da gab es einiges über ihn. Er ist offenbar im Bankwesen eine bekannte Persönlichkeit. Außerdem interessiert sich die amerikanische Regenbogenpresse für ihn. Seine Frau stammt aus einer einflussreichen Familie. Ihr Vater heißt Sergio Santini und sie Janice. Ihr Bruder Sergio Jr. kümmert sich zusammen mit dem Vater um die Geschäfte der Familie. Ihr Vater ist jemand, wie die Amerikaner ihn lieben, ein Selfmademan. Er stammt aus armen Verhältnissen und hat sich abgerackert, um sich das Studium zu finanzieren. Dann hat er eine steile Karriere hingelegt. Er hat ein ganzes Geschäftsimperium aufgebaut und ist heute schwerreich.«

»Edward hat also in die Großfinanz eingeheiratet?«

»Jawohl.«

»Merkwürdig, dass er nicht für seinen Schwiegervater arbeitet.«

»Er hatte bereits einen guten Job bei einer Bank, als er seine spätere Frau kennen lernte. Vielleicht hatte er einfach keine Lust, für seinen Schwiegervater und Schwager zu arbeiten.«

Irene erzählte, was sie über Thomas Bonetti und seine

tollen Streiche in der Londoner Bankenwelt herausgefunden hatte. Wie erwartet stieg Tommys Erregung, als sie ihm von den Kontakten zwischen Bonetti und Joachim Rothstaahl berichtete.

»Genau das haben wir die ganze Zeit geahnt. Die Morde hängen zusammen!«, rief er.

Irene ermahnte ihn, leiser zu sein. Sie merkte, dass die Leute an den Nachbartischen die Ohren spitzten. Es war zwar nicht ungewöhnlich, dass in der Kantine der staatlichen Versicherung polizeiliche Angelegenheiten verhandelt wurden, aber das Wort »Mord« in allen seinen flektierten Formen zog immer noch die allgemeine Aufmerksamkeit auf sich.

»Es scheint vollkommen klar zu sein, dass sich alle, die in die Sache verwickelt sind, bereits länger kannten. Wir müssen herausfinden, was sie für ein Verhältnis zueinander hatten«, stellte Tommy mit gedämpfter Stimme fest.

»Wie immer graben wir in der Vergangenheit«, meinte Irene seufzend.

»Dort findet sich auch meist die Wahrheit. Wir …«

Tommy wurde unterbrochen. Sein Handy begann, in der Brusttasche seines Jeanshemds zu vibrieren.

»Hallo, Birgitta«, sagte er.

Anschließend hörte er eine Weile zu und wandte sich dann an Irene. Er hielt den Daumen hoch, und ihr war klar, dass sie die Leiche identifiziert hatten. Das dritte Mordopfer war Philip Bergman.

Nur Sannas Mutter Elsy Kaegler war zu Hause. Sie hütete Ludwig, während ihre Tochter Besorgungen machte. Es gab viel zu tun, unter anderem wollte Sanna mit einem Bestattungsunternehmen über die Beerdigung ihres Mannes sprechen. Elsy erwartete sie erst am späten Nachmittag zurück. Irene bat sie, ihr auszurichten, dass sie gegen halb fünf wieder vorbeischauen würden.

Svante Malm, dem Mann von der Spurensicherung, war es in den Ferien in Griechenland gelungen, sich etwa zehntausend neue Sommersprossen zuzulegen. Irene dachte an Krister, der goldblond war. Nach ihrer Kretareise vor einem Monat hätte er mit Svante konkurrieren können. Leute mit rötlicher Haut sollten nicht sonnenbaden, taten es aber trotzdem und sahen dann aus wie verbrühte Tomaten. Anschließend schuppen sie sich und sind wieder genauso bleich wie vorher. Darüber hatte sie mit ihrem Mann seit zwanzig Jahren vor sämtlichen Sommerferien gesprochen, ohne dass es etwas genützt hätte. Krister holte sich jedes Jahr einen Sonnenbrand. Svante sah jedoch munter und ausgeruht aus und winkte Irene und Tommy fröhlich zu, als sie ins Konferenzzimmer schlenderten. Sie setzten sich ganz nach hinten. Irene fiel auf, dass Kajsa Birgersdotter im Gegenzug ganz vorne Platz genommen hatte. Sie drehte sich um und lächelte. Irene beantwortete das Lächeln nicht, da ihr klar war, dass es nicht für sie bestimmt war.

Kommissar Andersson räusperte sich, ehe er das Wort ergriff:

»Ich will nur ein paar Worte sagen, bevor Svante weitermacht. Die beiden Opfer wurden als Joachim Rothstaahl, zweiunddreißig Jahre alt, und Philip Bergman, dreißig Jahre alt, eindeutig erkannt. Bergman wurde heute von seinen Eltern identifiziert. Sein Vater sah ihn am Montagabend gegen sieben wegfahren, um Rothstaahl zu treffen. Er wies darauf hin, dass seine neue Jacke fehlt. Offenbar hatte er auch eine Tasche dabei. Die Jacke ist aus hellem Leder. Das Auto von Bergman fehlt ebenfalls. Er hatte sich das seines Vaters geliehen, einen schwarzen Saab 93 Aero, das neueste Modell. Bergman wohnte nicht mehr in Schweden. Laut Auskunft seiner Eltern wohnte er in Paris. Ehrlich gesagt, warum muss diese Bagage eigentlich im Ausland wohnen? Können sie die Leute nicht hier zu Hause betrügen?«

Einige Zuhörer kicherten. Svante Malms langes Pferdegesicht verzog sich zu einem Grinsen.

»Hast du viel Geld verloren, als diese so genannten ›Platzierer‹ mit deinen Aktien spekuliert haben?«, fragte er spöttisch.

»Ich habe nie welche besessen und gedenke auch nicht, mir welche zuzulegen!«, konterte der Kommissar.

»Wenn man sieht, wie die Sache ausgegangen ist, war das sehr klug. Für uns, die von dem neuen Rentensystem betroffen sind, sieht es schon schlechter aus. Wir hatten keine Wahl. Unsere Reserve fürs Alter ist damit futsch. Die Fonds, die für die Sicherung unseres Lebensabends sorgen sollten, investierten in Internet- und Telekomaktien. Das Geld verschwand ganz einfach im Nichts. Einiges wurde auch von den alten Rentenfonds unterschlagen. Brüder und Schwestern, das werden magere Jahre im Alter.«

»Hast du vor, Politiker zu werden?«, fragte Jonny boshaft.

»Nein, aber glaubt mir, man hat uns um unsere Pension betrogen.«

»Hör schon auf, wegen deiner Pension zu jammern, und fang an, für deinen Lohn zu arbeiten«, meinte Jonny.

Andersson wirkte verärgert und nickte zustimmend.

»Okay. Der Doppelmord in Långedrag. Ich habe einige Bilder des Hauses und der Umgebung«, sagte Svante.

Er schaltete den Projektor ein und drehte sich um, um die Dias zu kommentieren. Da die Leinwand immer noch nicht repariert war, warf er die Bilder direkt an die Wand.

»Das Grundstück liegt abgelegen in der Nähe des Käringbergs. Es handelt sich um ein umgebautes Sommerhaus. Drei Zimmer und Küche, insgesamt fünfundachtzig Quadratmeter, voll unterkellert. Der Carport ist neueren Datums.«

Das Haus war aus Holz und schien erst kürzlich hellgrau angestrichen worden zu sein. Türen und Fensterrahmen waren dunkelblau. Es wirkte nicht besonders groß oder ungewöhnlich, aber als Svante die Bilder vom Grundstück zeigte, änderte Irene ihre Meinung. Es handelte sich um ein großes Hanggrundstück mit naturbelassenem Bewuchs und kilometerweitem Meerblick. Noch nie hatte sie bei einer Ermittlung so viele Häuser gesehen, die so nah am Meer lagen. Die Erklärung war einfach: Ein Meerblick kostete Unsummen.

»Ab Montagabend und die nächsten anderthalb Tage regnete es recht heftig. Die Leichen wurden erst am Mittwoch gefunden, und da waren die meisten Spuren im Freien bereits weggespült. Wir haben uns alle Mühe gegeben, Spuren von einem dritten Fahrzeug zu finden. Ohne Erfolg. Auf dem mit Kies befestigten Parkplatz vor dem Haus waren nur die Reifenspuren von zwei Autos zu finden.«

Tommy hob die Hand.

»Gab es keine Spuren von dem Auto, mit dem Rothstaahls Vater gekommen ist?«, wollte er wissen.

»Nein. Er ist Fahrrad gefahren. Die Eltern wohnen nur knapp einen Kilometer entfernt. Joachim hat das Haus vor einigen Jahren nach dem Tod seines Großvaters übernommen. Laut seinem Vater hat er es renovieren lassen und wollte es ausbauen, wenn er nach Schweden zurückkehren würde«, antwortete Jonny.

»Wo wohnte er jetzt?«, wollte Tommy wissen.

»In Paris.«

Sowohl Irene als auch Tommy reagierten, aber Irene war schneller.

»Joachim Rothstaahl und Philip Bergman wohnen, ich meine wohnten, also beide in Paris«, konstatierte sie.

»Ja.«

»Warum mussten sie sich dann in Göteborg treffen?«

Auf diese Frage wusste Jonny keine Antwort. Er zuckte mit den Achseln.

Der Mann von der Spurensicherung zeigte das nächste Bild, die Nahaufnahme einer Türklinke.

»Das ist die Haustür. Rothstaahls Vater fand sie am Mittwoch unverschlossen vor. Nichts deutet darauf hin, dass jemand das Schloss aufgebrochen hat. Die Terrassentür war abgeschlossen. Sie lässt sich nur von innen öffnen.«

Es folgte eine Fotoserie aus dem Inneren des Hauses. Svante Malm verweilte bei den Küchenbildern.

»In einer Tüte waren drei Flaschen Rotwein, eine Tüte Brötchen und zwei Baguettes lagen auf dem Tisch. Im Kühlschrank waren ein Paket Roastbeef und eine große Packung fertiger Kartoffelsalat. Es gab auch ein Stück eben erst gekauften Cheddarkäse, ein Päckchen streichfähige Butter, vier Dosen Bier, eine ungeöffnete Milchtüte und einen Karton mit sechs Eiern.«

»Wirkt so, als hätten sie es sich gemütlich machen wollen. Waren sie schwul?«, fragte Jonny.

Malm zuckte mit den Achseln.

»Dieser Rothstaahl wollte doch mit seiner Freundin zusammenziehen. Da kann er doch wohl nicht… so gewesen sein!«, fauchte Andersson.

»Sag das nicht«, murmelte Irene, aber so leise, dass nur Tommy sie hören konnte.

»Wir haben natürlich so viele Haare und Fasern wie möglich sichergestellt. Aber ich bin pessimistisch, denn das Haus war sehr schmutzig. Bisher gibt es nichts, was wir als eine heiße Spur bezeichnen könnten. Nichts, was auch nur an das Reflexband aus Askim heranreichen würde. Wir sind damit beschäftigt, die Fingerabdrücke auszuwerten. Die Kugeln befanden sich noch in den Opfern, nach denen brauchten wir also nicht zu suchen. Ich habe jedoch eine Theorie, wie der Mörder vorgegangen sein könnte. Ich gehe davon aus, dass es sich um eine Person handelt.«

Svante Malm machte den Diaprojektor aus und schaltete stattdessen den Overheadprojektor ein. Auf diesen legte er einen mit schwarzem und rotem Filzstift gezeichneten Grundriss des Hauses.

»Wenn man in die Diele kommt, liegt die Küche gleich links. Nach rechts geht es ins Wohnzimmer. Man muss durch die Küche, um ins Schlafzimmer zu gelangen. Vorn in der Diele gibt es zwei Türen. Die eine führt zur Toilette, die andere direkt neben der Küche in eine Kleiderkammer. Ich glaube, dass sich der Mörder in der Kleiderkammer versteckt hielt. Er könnte jedoch auch nach dem Eintreffen von Rothstaahl und Bergman durch die Haustür gekommen sein. Die beiden hätten in diesem Fall die Tür aufgelassen. Ich glaube aber, dass sie ihn dann durch das Küchenfenster gesehen hätten. Einer der beiden wäre dann in die Diele gegangen, um ihn zu begrüßen.«

Er schaltete den Diaprojektor wieder ein und zeigte das nächste Bild. Das Foto war von oben aufgenommen worden und zeigte das Durcheinander in der Kleiderkammer. Schuhe, Sitzkissen für Gartenmöbel, Trainingsklamotten und der dunkelblaue Frotteegürtel eines Bademantels. Jemand schien ihn einfach auf den Boden geworfen zu haben. Ein Stück davon hing über die Schwelle.

»Mir fiel auf, dass die Tür nur angelehnt war. Sie ließ sich nicht schließen, da der Bademantelgürtel im Weg lag. Da ging mir auf, dass vielleicht jemand nicht gewollt hatte, dass die Tür geschlossen werden konnte, weil er von innen herausschauen wollte. Von dort sind es höchstens drei Schritte in die Küche, in der die Opfer standen. Wahrscheinlich hat der Mörder sie überrascht. Rothstaahl hat sicher nichts begriffen. Ich glaube, dass Bergman sich herumwarf und versuchte, zur Schlafzimmertür zu flüchten. Er hatte noch genug Zeit, um zu begreifen, was geschehen würde.«

Svante entwarf ein glaubwürdiges Szenario. Es war äußerst unschön, da die beiden Männer keinerlei Chance gehabt hatten. Mochten sich der Kommissar und Jonny noch so viel über Damenrevolver auslassen, der Mörder hatte genau gewusst, was er tat.

Die Frage lautete nur, *warum*.

Svante bedankte sich fürs Zuhören und versprach, unverzüglich von sich hören zu lassen, wenn neue Erkenntnisse vorlägen. Dann verließ er das Zimmer.

»Ich habe mich heute Morgen mit einem Onkel von Rothstaahl unterhalten. Er wohnt ganz unten an der Zufahrt zum

Haus. Offenbar hat Großvater Rothstaahl Anfang der fünfziger Jahre ein großes Stück Wildnis dort draußen gekauft. Ich wünschte mir, mein Großvater hätte das auch getan«, meinte Jonny und verzog das Gesicht.

»Was hatte er denn für einen Beruf? Ich meine nicht deinen Großvater, sondern den von Rothstaahl«, unterbrach ihn Tommy.

»Er hatte ein Kleiderunternehmen. Joachims Vater und Onkel haben die Firma übernommen und handeln immer noch mit Textilien. Offenbar interessierte sich Joachim nicht dafür. Jedenfalls sagt der Onkel, er hätte Philip Bergmans Auto gegen halb acht gesehen. Er behauptet, dieses Fahrzeug sei kurz vor acht wieder zurückgekommen. Bergman sei gefahren. Er hätte die helle Lederjacke wiedererkannt.«

Der Kommissar schien nachzudenken. Nach einer Weile hellte sich seine Miene auf.

»Kann sein, dass Bergman wegfuhr, um noch was einzukaufen, was sie vergessen hatten, und dann zurückkehrte und dass sie dann erst erschossen wurden ...«

Ein Blick auf Jonnys Gesicht brachte Andersson zum Verstummen. Langsam schüttelte dieser den Kopf und sagte:

»Nein. Der Onkel und seine Frau saßen von etwa halb acht bis zehn am großen Panoramafenster. Sie hatten im offenen Kamin Feuer gemacht und hörten Musik. Von dort aus hatten sie den totalen Überblick. Sie sahen jeden, der den Weg benutzte. Bergman kam nicht zurück. Zwischen halb acht und zehn fuhr auch kein anderes Auto vorbei.«

»Stehen an diesem Weg keine anderen Häuser?«, fragte Irene.

»Nein, nur das des Onkels am Anfang und das von Joachim am Ende.«

»Eine Sackgasse also?«

»Ja.«

»Wie groß ist der Abstand der Häuser?«

»Knapp hundert Meter.«

»Sie haben nichts gehört, was wie Schüsse klang?«

»Nein.«

Irene dachte darüber nach, was Jonny gesagt hatte.

»Nur ein kleiner Einwand. Wenn sie vor dem offenen Kamin saßen, hatten sie doch wohl keinen totalen Überblick über den Weg? Und wenn sie von dort aus gewöhnlich die Aussicht aufs Meer bewundern, bezweifle ich, dass sie das letzten Montag ebenfalls taten. Schließlich regnete es in Strömen«, wandte sie ein.

»Ich war heute zu Hause bei ihnen. Die Sessel und der offene Kamin befinden sich in einem verglasten Anbau. Er hat Fenster in drei Richtungen. Der Kamin steht in einer Ecke. Zwei große Sessel stehen Richtung Fenster, also mit Meerblick. Der Weg verläuft höchstens fünfzehn Meter unterhalb des Hauses. Sie sehen vielleicht nicht jedes Auto, aber sie hören es mit Sicherheit. Im Übrigen sind der Onkel und seine Frau beide um die sechzig und wirken kerngesund. Sie sind weder taub noch verwirrt«, sagte Jonny.

»Aber Philip Bergman kann mit dem Auto gar nicht weggefahren sein, da es ganz offenbar nicht zurückkam. Zweifellos lag Philip ermordet im Haus«, beharrte Tommy.

»Es war nicht Philip, der mit dem Auto gegen acht wegfuhr. Es war der Mörder, der Philips Auto nahm, um damit in aller Gelassenheit den Tatort zu verlassen. Und er nahm nicht nur das Auto mit, sondern auch das Jackett. Im Regen und in der Dunkelheit fiel Rothstaahls Onkel nur das helle Jackett des Mannes am Steuer auf. Deswegen glaubte er, dass Philip fuhr«, meinte Irene.

»Das klingt in der Tat wahrscheinlich«, stimmte ihr Tommy zu.

»In diesem Fall sind wir dem Zeitpunkt der Morde schon näher gekommen. Irgendwann zwischen 19.30 Uhr und Punkt 20 Uhr.«

Die meisten nickten zustimmend, nur Jonny runzelte nachdenklich die Stirn.

»Das kann stimmen. Bleibt nur die Frage, warum der Onkel und die Tante die insgesamt vier Schüsse nicht gehört haben. Kann die Musik so laut gewesen sein, dass sie die Schüsse übertönte?«

»Schalldämpfer«, meinte Tommy.

»Weshalb glaubst du das?«, wollte Andersson wissen.

»Auch in Askim hat niemand irgendwelche Schüsse gehört. Wieso sollte der Mörder es auch riskieren, dass jemand was hört? Schalldämpfer. Kleine Pistole mit kleinem Kaliber mit Geschossen ohne Mantel, die sich stark verformen. Die Schüsse sofort tödlich. Wir haben es hier mit einem Profi zu tun«, entschied Tommy.

Irene tendierte dazu, ihm Recht zu geben. Eine großkalibrige Waffe war schwer und erforderte ein Holster, wenn sie nicht zu sehen sein sollte. Meist war sie dann als Ausbuchtung unter der Jacke zu erkennen. Eine Waffe mit kleinerem Kaliber war handlicher und ließ sich deswegen leichter unter der Kleidung verstecken.

»Was hatte Philip Bergman wohl in seiner Tasche, was der Mörder mitgenommen haben könnte?«, fragte Kajsa Birgersdotter.

Das war eine sehr berechtigte Frage, die sie in aller Eile fast vergessen hätten. Jonny warf Kajsa einen verärgerten Blick zu, und zwar aus dem einfachen Grund, dass er keine Antwort wusste.

»Keine Ahnung«, gab er schließlich widerwillig zu.

»Ich finde auch, dass Irene da eine wichtige Frage gestellt hat. Warum mussten sie sich hier in Göteborg treffen, wo doch beide in Paris wohnten?«, fuhr Kajsa fort.

»Dem sollten wir auf den Grund gehen«, sagte Tommy nickend.

»Wie schreitet deine Untersuchung über dieses Computerunternehmen voran?«, fragte Andersson und sah Kajsa auffordernd an.

»IT-Unternehmen. Danke, gut. Ich will mich morgen mit

einem Journalisten treffen, der gerade ein Buch über den IT-Crash schreibt. In dem gibt es ein Kapitel über ph.com. Ich hoffe, dass er mir weitere Auskünfte geben kann.«

Irene und Tommy referierten kurz, was ihre Nachforschungen am Vormittag ergeben hatten. Wie erwartet beschleunigten die Berichte über die früheren Berührungspunkte aller Beteiligten den Puls der versammelten Ermittler.

»Bonetti und Rothstaahl haben in London zusammen undurchsichtige Geschäfte gemacht. Dort gab es noch eine zwielichtige Figur, den Norweger Erik Dahl, um den müssen wir uns noch kümmern. Philip Bergman, Sanna Kaegler und Thomas Bonetti haben ph.com aufgebaut und dann in den Ruin getrieben. Die Brüder Fenton und Kjell Bengtsson Ceder waren alte Freunde. Beide waren bei dem Segeltörn dabei, bei dem Ceders erste Frau vor sechzehn Jahren umkam. Vor einem Jahr hat Ceder dann überraschend Sanna Kaegler geheiratet. Jetzt hat es den Anschein, als hätten Philip Bergman und Joachim Rothstaahl gemeinsam irgendetwas geplant. Wo in diesem Spinnennetz aus Beziehungen findet sich nur die Erklärung für die drei Morde?«, fragte Irene ihre Kollegen.

»Vier Morde«, sagte Tommy.

»Was? Vier?«, rief der Kommissar.

»Vergiss Bonetti nicht. Er hat seit drei Jahren kein Lebenszeichen mehr von sich gegeben. Vermutlich, weil er tot ist.«

Birgitta war während dieses Resümees ungewöhnlich still gewesen. Jetzt bat sie um das Wort.

»Wir müssten uns anschauen, wie es bei Bergman und Rothstaahl zu Hause aussieht. Also in Paris.«

»In Paris! Das geht nicht!«, sagte Andersson nachdrücklich.

»Wie sollen wir sonst herausfinden, was sie vorhatten?«, fragte Birgitta.

»Wir müssen uns bei den örtlichen Behörden erkundigen«, erwiderte Andersson vage.

»Das können wir tun. Aber es wird dauern, bis wir eine

Antwort bekommen. Und nach dem zu urteilen, was wir über diese Herren bislang gehört haben, glaube ich kaum, dass die Pariser Behörden eine Ahnung davon haben, was sie derzeit so trieben. Wenn sich das Projekt der zwei Kumpane noch im Vorbereitungsstadium befand, dann müssten wir irgendwas in ihren Computern finden. Habt ihr euch die Computer von Bergman und Rothstaahl angeschaut?«

Birgitta richtete diese Frage an Jonny, aber Fredrik Stridh beantwortete sie.

»Nein. Aus dem einfachen Grund, dass es in dem Haus keine Computer gab. Auf dem Schreibtisch im Schlafzimmer stand ein Drucker mit etlichen Kabeln, aber kein Computer.«

»Solche Leute benutzen Laptops, damit sie auch in der Bahn, im Flugzeug und im Hotelzimmer arbeiten können«, meinte Birgitta.

»Dann glaube ich, dass das die Antwort auf die Frage ist, was der Mörder in der Tasche mitgenommen hat: die Notebooks von Bergman und Rothstaahl«, sagte Irene.

»In Paris könnten noch Disketten liegen«, meinte Birgitta.

»Ja, ja. Hör schon mit Paris auf!«, zischte der Kommissar.

Er legte seine Stirn in tiefe Falten und wirkte einen Augenblick lang abwesend.

»Du kannst noch mal mit Bergmans Eltern reden. Die wissen vielleicht, was geplant war. Dann müssen wir wissen, wie viel Geld auf seinen diversen Konten war. Das gilt übrigens für alle Beteiligten. Kümmert euch um ihre finanziellen Verhältnisse. Irene und Tommy sollen sich mit Sanna Kaegler-Ceder unterhalten und mal schauen, wie sie auf die Nachricht von Bergmans und Rothstaahls Tod reagiert. Jonny und Fredrik machen mit Rothstaahls Eltern, den Nachbarn und den Verwandten weiter.«

Er kam ins Stocken. Plötzlich rief er:

»Ich wusste, dass ich jemanden vergessen hatte! Kajsa holt weiterhin Informationen über dieses Computerunternehmen ein, bei dessen Konkurs so viel Geld verschwand.«

»IT-Unternehmen. Es hieß ph.com«, sagte Kajsa Birgersdotter seufzend.

Andersson tat so, als hätte er ihre Berichtigung nicht gehört.

Sanna Kaegler-Ceder hatte diskretes Make-up aufgelegt und sah bedeutend munterer aus als am Vortag. Ihr blondes Haar hing voll über ihre Schultern und glänzte frisch gewaschen im Licht der Jugendstillampe an der Decke. Sie ließ die Kriminalbeamten in die große Diele und ging vor ihnen her in die Bibliothek. Ein leichter Duft von Zitrone und Jasmin stieg von ihr auf. Irene fielen ihre schwarzen Lederkleider auf, eine kurze Jacke, geschnitten wie eine Jeansjacke, und dazu passende Hosen. Das ausgeschnittene weiße Seidentop brachte das Kreuz mit den Diamanten im Dekolleté gut zur Geltung.

Die Nachmittagssonne schien durch die schmutzigen Fenster und beleuchtete die glitzernden Staubpartikel, die in der Luft schwebten. Irene dachte an eine wohltätige Fee, die mit der Spitze ihres Zauberstabs magischen Staub verteilte, der langsam niedersank und schließlich auf dem blank polierten Couchtisch zur Ruhe kam. Wahrscheinlich geisterte der alte Disney-Dornröschenfilm durch ihr Unterbewusstsein. Vielleicht ließ sie der staubige Geruch alter Bücher an Märchen denken.

Sanna hätte sich als Prinzessin in einem modernen Erfolgsmärchen geeignet. Sie war jung, schön und reich. Aber ihr Prinz wollte nicht recht passen. Kjell Bengtsson Ceder war zwar reich, aber nicht jung. Außerdem war er nicht der Vater des kleinen Prinzen Ludwig gewesen.

Auf Sannas Aufforderung hin nahmen die Polizisten auf dem Sofa Platz. Sanna setzte sich auf einen der Sessel. Ihr Haar funkelte wie ein Heiligenschein im Gegenlicht vom Fenster, ihr Gesicht lag im Schatten. Dass die Beamten Mühe hatten, ihre Gesichtszüge zu erkennen, hatte für sie gewisse Vorteile. Irene hatte den Verdacht, dass Sanna genau deshalb ihren Platz eingenommen und ihnen den Platz auf dem Sofa angeboten hatte. Ruhig saß sie da und wartete auf ihre Fragen.

»Wann ziehen Sie wieder raus nach Askim?«, begann Tommy.

»Am Samstag. Das Haus wird morgen geputzt. Dann ist auch endlich die Alarmanlage installiert.«

»Unsere Spurensicherung kam zu dem Schluss, dass die Alarmanlage an jenem Abend, an dem Ihr Mann ermordet wurde, nicht in Betrieb war.«

»Nein. Mike… Michael Fuller, der Sicherheitschef des Hotel Gothenburg, hilft mir bei der Alarmanlage. Das ist sein Spezialgebiet.«

Tommy nickte und fuhr immer noch sehr entspannt fort:

»Ich würde Sie gern fragen, ob Sie von Ihrem alten Kompagnon Thomas Bonetti seit seinem Verschwinden etwas gehört haben?«

Es war deutlich zu sehen, dass Sanna zusammenzuckte. Auf diese Frage war sie nicht vorbereitet gewesen. Als sie nach einer Weile antwortete, klang ihre Stimme angespannt.

»Nein. Er… verschwand einfach. Wieso?«

»Haben Sie eine Vorstellung, warum er verschwunden sein könnte?«

Jetzt kam ihre Antwort bedeutend schneller, denn jetzt war sie vorgewarnt.

»Keine Ahnung. Seit ph.com im April 2000 eingestellt wurde, hatten wir keinerlei Kontakt mehr.«

»Warum nicht?«

»Wir… trennten uns nicht gerade als Freunde. Philip und ich hatten versucht, mit ihm zu reden. Er widersetzte sich unserem Ziel, die Website und alle örtlichen Büros funktionsfähig zu haben, bevor wir an die Börse gehen wollten. Wir arbeiteten rund um die Uhr! Thomas war für die Finanzen verantwortlich, aber er begriff nie, dass man auch investieren muss, wenn man gewinnen will. Unser Unternehmen war global! Sein einziges Ziel war, ph.com an die Börse zu bringen und so viel Geld wie möglich an sich zu reißen, bevor er sich aus dem Staub machte!«

Ihre Stimme hatte am Schluss gehässig geklungen. Es war deutlich, dass sie für ihren alten Freund nicht mehr viel Sympathie übrig hatte.

»Er unterschlug also Geld, ehe es zum Konkurs kam?«

»Ja.«

»Wie viel?«

Sie sahen, dass Sanna mit den Achseln zuckte, ehe sie antwortete:

»Ich weiß nicht genau. Wir fanden ihn mit fünf Millionen ab, aber wir wissen, dass er Gelder von ph.com auf ein Konto überwies, das er irgendwo besaß. Das wurde später auch bei der Polizei angezeigt. Ich weiß nicht genau, um was für eine Summe es da ging.«

»Erinnern Sie sich noch ungefähr?«

»Vielleicht fünf oder sechs Millionen.«

Das bedeutete, dass Bonetti bei seinem Verschwinden über mindestens zehn Millionen Kronen verfügt hatte und nicht über fünf, wie die Polizei bisher angenommen hatte. Stimmten Sannas Angaben auch? Es handelte sich immerhin um einen Unterschied von fünf Millionen Kronen.

»Kann es sich um noch mehr Geld gehandelt haben, das er aus dem Unternehmen abgezweigt hat?«, fragte Irene.

»Ja. Diesen Verdacht gab es ... vielleicht handelte es sich um ganze zwei Millionen Dollar.«

»Haben Sie Philip Bergman nach dem Konkurs noch einmal getroffen?«

»Ja. Aber nicht oft. Er blieb in London und ist jetzt nach Paris umgezogen.«

»Wann haben Sie ihn zuletzt gesehen?«

Sie dachte eine Weile nach und antwortete dann:

»Vor zwei Jahren in London.«

»Hatten Sie noch irgendwie anders Kontakt?«

»Gelegentlich via Mail. Außerdem gab es eine Gratulationskarte von ihm zur Hochzeit und zur Geburt von Ludwig.«

»Wissen Sie, was Philip Bergman in Paris macht?«

»Macht?«

»Was hat er für eine Arbeit?«

»Er macht Geschäfte. Er ist wirklich ein guter Geschäftsmann.«

»Wissen Sie, um was für Geschäfte es sich handelt?«

»Nein.«

»Was hatte er in London für eine Arbeit?«

»Er war als Kapitalverwalter tätig.«

»Für welches Unternehmen hat er dort gearbeitet?«

»Er und ein anderer Typ hatten zusammen eine Firma.«

»Wissen Sie, wie die hieß?«

»Ich habe den Namen vermutlich mal gehört… Eurofinance oder so…«

Irgendwo regte sich etwas in Irenes Unterbewusstsein.

»Wie hieß der andere Typ?«

»Joachim Rothstaahl.«

»Kennen Sie Joachim Rothstaahl?«

»Nicht sonderlich gut. Wir sind uns ein paar Mal in London begegnet.«

Das kam zwar nicht ganz unerwartet, aber Irene hatte trotzdem Mühe, ihre Gefühle zu unterdrücken. Das war ihr sicher anzusehen.

Joachim Rothstaahl hatte früher zusammen mit Thomas Bonetti eine Verwaltungsgesellschaft besessen. Jetzt schienen sich Bonettis alter und neuer Partner zusammengetan und ein ähnliches Unternehmen gegründet zu haben. Handelte es sich dabei auch um ein Pyramidenspiel? War Bergman und Rothstaahl in London der Boden zu heiß geworden? War das der Grund für ihren Umzug nach Paris gewesen?

Als hätte Sanna ihre Gedanken gelesen, fragte sie scharf:

»Warum fragen Sie eigentlich nach Thomas und Philip?«

Statt ihre Frage zu beantworten, stellte Tommy eine neue:

»Sie haben also im letzten Jahr abgesehen von einigen Mails und Glückwunschkarten nichts von Philip Bergman gehört?«

»Nein, darüber hinaus habe ich nichts von ihm gehört.«

»Wussten Sie, dass er letztes Wochenende nach Hause nach Göteborg fahren wollte?«

»Nein … hat er das getan?«

Das Erstaunen in ihrer Stimme klang echt.

»Ich muss Sie darauf vorbereiten, dass wir eine bedauerliche Neuigkeit haben«, sagte Tommy ruhig.

Die prinzessinnenähnliche Gestalt im Gegenlicht erstarrte, sagte aber nichts.

»Sowohl Philip Bergman als auch Joachim Rothstaahl sind tot aufgefunden worden. Erschossen. Ich spreche Ihnen für den Tod Ihrer Freunde unser Mitgefühl aus«, sagte er mit teilnahmsvoller Stimme.

Sanna saß vollkommen reglos da. Irene hörte ein leises, röchelndes Geräusch. Ihr war klar, dass Sanna etwas sagen wollte, es ihr aber nicht gelang, ein verständliches Wort über die Lippen zu bringen. Langsam erhob sie sich und stützte sich dabei schwer auf beiden Armlehnen ab. Aus ihrem Mund kam ein verzweifeltes Jammern, das plötzlich zu einem herzzerreißenden Schrei anwuchs.

»Nein! Nicht Philip! Nicht Phil …«

Dieses Mal kam Irene nicht mehr rechtzeitig, um sie aufzufangen.

»Sie ist also wieder ohnmächtig geworden?«, fragte Kommissar Andersson.

Tommy nickte.

»Jawohl. Offenbar tut sie das bei starken Gemütsbewegungen. Das behauptet auf jeden Fall ihre Mutter. Liegt am niedrigen Blutdruck, obwohl ich finde, dass es umgekehrt sein müsste.«

Es schauderte Irene immer noch, als sie an den Tumult dachte. Elsy Kaegler war, von den verzweifelten Schreien ihrer Tochter angelockt, in die Bibliothek gerannt gekommen, dann war sie ihnen leise schluchzend und die Hände ringend im Weg gestanden. Zum Schluss hatte sie sich zusammengenommen und den Hausarzt angerufen, der Sanna Beruhigungsmittel verschrieben hatte. Er hatte seine Praxis, nur Privatpatienten, ein paar Häuser weiter und war nach zehn Minuten eingetroffen. Es war eine Befreiung gewesen, ihm die Verantwortung zu überlassen. Einige Male wäre Sanna fast wieder zu sich gekommen, hatte aber sofort wieder das Bewusstsein verloren, als sie versucht hatte, sich zu erheben.

»In Askim ist sie ja auch schon ohnmächtig geworden, aber mich beschleicht immer mehr das Gefühl, dass das eher daran lag, dass sich Kjell Bengtsson Ceder in *ihrem* Haus befand«, meinte Irene nachdenklich.

»Ich erinnere mich, dass sie irgendwas davon sagte, das Haus sei besudelt«, meinte Tommy und nickte zustimmend.

»Sie bekam wirklich einen ordentlichen Schock, als sie hörte, dass Rothstaahl und Bergman tot sind«, konstatierte Irene.

»Ich glaube, es war hauptsächlich die Neuigkeit von Bergmans Tod, Rothstaahl schien sie nicht so gut zu kennen.«

»Ich glaube, man muss alles, was diese Dame sagt, mit Vorsicht genießen. Außerdem sollten wir die DNA der beiden Herren im Leichenschauhaus ermitteln lassen. Vielleicht ist der kleine Ludwig jetzt wirklich vaterlos«, meinte Irene viel sagend.

»Glaubst du, dass Rothstaahl oder Bergman der Vater des Jungen sein könnten?«, fragte Andersson.

»Wer weiß? Nur Sanna kennt die Antwort auf diese Frage. Möglicherweise auch der Vater, aber das ist schließlich nie so sicher. Alle sind davon ausgegangen, dass Kjell Ceder das Kind gezeugt hat.«

»Aber Sanna und Kjell wussten doch, dass er es nicht gewesen sein konnte. Warum gab sich Ceder als Vater für das Kind eines anderen her?«, beharrte der Kommissar.

»Diese Frage werden wir Sanna stellen, wenn die Zeit dafür reif ist«, versicherte ihm Tommy.

»Es gibt viele Fragen, auf die diese Dame eine Antwort finden muss«, murmelte Andersson.

Er erhob sich und rieb sich müde die Augen. Es war nicht zu übersehen, dass er alt und verbraucht wirkte.

Wieso beharrt er darauf, weiter dem Dezernat vorzustehen? Weil das sein Leben ist, beantwortete sich Irene ihre eigene Frage.

»Nun, jetzt machen wir Feierabend. Wir sehen uns bei der Morgenbesprechung«, sagte Andersson. Und dann nahm er seinen abgetragenen Mantel vom Haken neben der Tür.

KAPITEL 6

Bergmans Wagen wurde auf Saltholmen gefunden«, teilte Kommissar Andersson bei der Morgenbesprechung am Freitag mit.

»Er stand auf einer Wiese, die als Parkplatz dient, wenn in den Sommermonaten der Parkplatz der Dauerparker überfüllt ist. Die Spurensicherung befasst sich gerade mit dem Wagen. Weder eine Jacke noch eine Tasche wurden in dem Fahrzeug gefunden«, fuhr er fort.

»Saltholmen. Von hier aus fahren die Dampfer in die Schären. Auch die nach Styrsö«, meinte Irene.

»Denkst du an diesen Gemütsmenschen Bonetti?«, wollte Andersson wissen.

»Ja.«

Der Kommissar sah sie eine Weile nachdenklich an.

»Du findest, dass der Fall Bonetti stinkt?«, meinte er dann.

»Haargenau. Es besteht ein Zusammenhang zwischen diesen Morden und Bonettis Verschwinden. Unsere damaligen Ermittlungen haben nichts erbracht. Ich möchte mir die Akten noch einmal vornehmen, denn jetzt wissen wir mehr. Vielleicht fällt mir etwas auf, was damals noch nicht wichtig erschien. Im Hinblick darauf, was Bergman und Rothstaahl zugestoßen ist, sollten wir die Bonetti-Sache wohl als Mord und nicht als Vermisstenfall betrachten. Jedenfalls inoffiziell«, sagte Irene.

»Bitte keine überstürzten Schlussfolgerungen! Drei gesicherte Morde reichen, verdammt noch mal! Nach Bonetti wurde aufgrund von Wirtschaftsdelikten gefahndet. Du hast selbst gesagt, dass er ziemlich viel Dreck am Stecken hatte. Er hatte mehr als genug Gründe, um zu verduften!«

Andersson wurde rot und trommelte mit den Fingern irritiert auf der Tischplatte herum. Er sah Irene verärgert an. Hier saßen sie mit drei Mordermittlungen mitten in der Scheiße, und sie kam mit einem alten Fall an! Er wurde aus seinen Gedanken gerissen, als er Irenes Blick begegnete. Widerwillig erinnerte er sich an frühere Ermittlungen, in denen sich ihr Instinkt stets bewährt hatte. Einige Male stand die Sache zwar auf der Kippe, aber im Allgemeinen hatte sie zum Schluss immer Recht behalten. Bei Mordfällen benötigte ein tüchtiger Ermittler drei Dinge: Erfahrung, Intuition und Sturheit. Irene besaß jede dieser Eigenschaften.

»Okay. Du kriegst den ganzen Tag für Bonetti«, sagte er grimmig.

Irene nickte, ohne irgendein Gefühl des Triumphs erkennen zu lassen. Sie wusste sehr gut, dass sie sich durchaus auf einer falschen Fährte befinden konnte. Dann würde sie einen ganzen Arbeitstag vergeuden. Allerdings war das bei Ermittlungen nichts Ungewöhnliches. Es ging darum, Fakten ans Licht zu befördern und sie anschließend genauestens zu prüfen. Danach überlegte man sich, ob man sie verwenden oder verwerfen sollte. Oft waren Dinge, die auf den ersten Blick unwichtig erschienen, von entscheidender Bedeutung, und man erkannte dies erst sehr viel später, wenn weitere Informationen zusammengetragen worden waren. Irene hatte das Gefühl, dass es in den alten Akten rund um das Verschwinden von Thomas Bonetti etwas geben könnte, das sich plötzlich als Spur erweisen mochte.

»Tommy, du hast doch die Verhöre mit Sanna Kaegler-Ceder durchgeführt. Ich will, dass du sie mehr unter Druck setzt. Sie muss Dinge wissen, die sie uns vorenthält! Irgendwie kannte sie sämtliche Opfer. Und wie ich gestern schon sagte, solltet ihr euch die Finanzen des Paares Kaegler-Ceder ansehen. Geld war immer schon ein starkes Motiv für Mord«, sagte Andersson.

Der Kommissar betrachtete seine Untergebenen. Kajsa fehlte. Sie traf den Journalisten, der das Buch über die Internet-Unternehmen schrieb, wollte aber zur Nachmittagsbesprechung erscheinen. Birgittas Platz war ebenfalls leer, da sie von Philip Bergmans Eltern gebeten worden war, bereits um acht Uhr morgens zu ihnen zu kommen. Sie wollten zu ihrem Sommerhaus fahren, um dem Ansturm der Presse zu entrinnen. Am Vortag hatten die Abendzeitungen mit riesigen Schlagzeilen verkündet: »Zwei bekannte Finanzmänner ermordet!« und: »Goldenes Kalb ermordet!«

Irene hatte sich von Kajsa Birgersdotter erläutern lassen, warum die Presse Philip Bergman den Spitznamen Goldenes Kalb gegeben hatte. Der Name beruhe auf seinem unglaublichen Geschick, Investoren anzulocken, und zwar fast ohne selbst einen Finger zu rühren. Sie hätten sich regelrecht darum geprügelt, dabei sein und um das Goldene Kalb tanzen zu dürfen.

»Okay. Dann legen wir los«, sagte der Kommissar und stand auf. Auf der Schwelle drehte er sich nochmals um und fügte hinzu:

»Ich habe heute Morgen noch eine weitere Besprechung, aber nach dem Mittagessen könnt ihr mich wieder erreichen.«

Er sah nicht sonderlich glücklich dabei aus, als er das sagte, denn er gehörte absolut nicht zu jenen, die Treffen dieser Art genossen. Seiner Ansicht gab es zu viele Meetings und zu wenig finanzielle Mittel, um wirklich etwas auszurichten. Immer ging es nur darum, Geld zu sparen und eine funktionierende Organisation zu zerschlagen. Jetzt war er bald vierzig Jahre bei der Polizei, und seiner Meinung nach war früher alles besser gewesen.

Irene begann damit, die Zeugenaussagen aus der Långedrag-Marina noch einmal gründlich unter die Lupe zu nehmen.

Drei Männer und zwei Jungen, Jugendliche, hatten damals übereinstimmend ausgesagt, dass Thomas Bonetti gegen acht mit seinem BMW angebraust gekommen sei. Er habe geparkt und zwei Umhängetaschen aus dem Kofferraum gehoben. Einer der Männer erinnerte sich noch, dass Thomas beim Aussteigen mit seinem Handy telefoniert habe. Es war ihnen nie gelungen, das Gespräch zu ermitteln.

Laut keuchend hatte Bonetti dann seine Taschen auf den Steg geschleppt und war zu seinem Boot gegangen. Sämtliche Zeugen hatten den Eindruck gehabt, dass die größere Tasche sehr schwer gewesen sei. Er hatte die Taschen an Bord gehievt, den Motor angelassen und die Leinen losgemacht. Die fünf Zeugen hatten dem Boot nachgeschaut, bis es am Horizont verschwunden war.

Die fünf Zeugenaussagen enthielten nichts, was Irenes Interesse geweckt hätte. Höchstens das Gespräch mit dem Handy war bedenkenswert. Schade, dass sie nie hatten ermitteln können, mit wem Bonetti gesprochen hatte.

Die Verhöre mit Bonettis Eltern hatten ebenfalls nichts ergeben. Er hatte ihnen nur mitgeteilt, dass er über gewisse Dinge in aller Ruhe nachdenken wolle. Sie hatten beide nicht gewusst, was das gewesen sein könnte. An einer Stelle hatte Irene den Ton etwas anmaßend gefunden. Antonio Bonetti hatte gesagt: »Thomas beschäftigt sich mit dem Global Business. In dieser Branche lässt sich nicht mehr so einfach erklären, was genau man eigentlich tut. Das begreifen alle großen Geschäftsleute recht rasch. Man sagt nur, was für die Öffentlichkeit bestimmt ist, und versucht, es so klingen zu lassen, als würde es unter dem Siegel der Verschwiegenheit erzählt. Da er nicht einmal uns gesagt hat, worum es ging, muss es sich um eine Riesensache gehandelt haben.«

Das eigene endgültige Untertauchen vorzubereiten, konnte man vermutlich als Riesensache bezeichnen, dachte Irene sarkastisch. Und dann: großer Geschäftsmann? In ihren Augen war er ein Betrüger. Aber auch Sanna hatte davon gesprochen, dass Philip Bergman ein großer Geschäftsmann gewesen sei. Erachten sie sich wirklich selbst als seriöse Geschäftsleute?, fragte sich Irene irritiert.

Es gab nur noch eine weitere Zeugenaussage. Sie war telefonisch an dem Tag eingegangen, an dem die Zeitungen über Thomas Bonettis Verschwinden berichtet hatten. Eine Frau hatte die Notrufnummer gewählt und darum gebeten, mit einem Ermittler im Bonetti-Fall sprechen zu dürfen. Sie war mit der Kriminalpolizei verbunden worden und hatte mit einem Inspektor gesprochen, den Irene nur dem Namen nach kannte. Er hatte die Aussage der Frau notiert und am Schluss einen eigenen Kommentar hinzugefügt: »Die Zeugin spricht sehr undeutlich, ist offenbar nicht ganz nüchtern. Habe ihr mitgeteilt, dass wir wieder von uns hören lassen, falls wir der Meinung sind, dass es der Ermittlung weiterhelfen könnte.«

Nichts in der Akte deutete darauf hin, dass dies jemals geschehen war.

Sie hieß Annika Hermansson, wohnte neben dem Sommerhaus der Bonettis und kannte daher Thomas' luxuriöse Jacht und auch deren Motorengeräusch. Laut ihrer Aussage war das Boot kurz vor halb neun an ihrem Haus vorbeigefahren und hatte an Bonettis Steg angelegt. Nach etwa zehn Minuten war es wieder ausgelaufen, was sie mit Erstaunen und Neugier festgestellt hatte. Deswegen hatte sie es auch mit dem Fernglas beobachtet. Das Boot war hinter Branteskär verschwunden und hatte dort vermutlich angelegt, denn sie hatte nicht gesehen, dass es die Schäre verlassen hatte. Laut ihrer Aussage hatte sie »stundenlang« dagesessen, um zu sehen, wo er wohl hinwollte. Als nichts geschehen war, war es ihr langweilig geworden, und sie war ins Bett gegangen. Worauf sie jedoch besonders hinweisen wollte, war, dass jemand »Nisses Seezeichen«, einen Steinhaufen, verschoben hatte. Darum sollte sich die Polizei besser kümmern, denn das stellte eine Gefahr für den Schiffsverkehr dar!

Der Inspektor hatte sich für die Informationen bedankt

und aufgelegt. Abschließend hatte er in seinem Rapport noch geschrieben: »Branteskär ist auf der Seekarte eingezeichnet und liegt 2,5 Kilometer von dem Ort auf Styrsö entfernt, an dem die Zeugin wohnt. Im Hinblick auf die späte Tageszeit, den Abstand und die Dunkelheit ist es unwahrscheinlich, dass sie mit dem Fernglas überhaupt etwas erkennen konnte.«

Irene musste ihrem Kollegen Recht geben. Gleichzeitig sah sie ein, dass es sich hierbei um die erste und einzige Zeugenaussage im Bonetti-Fall handelte, die nicht ordentlich überprüft worden war. Nach einigen Minuten Bedenkzeit griff sie zum Hörer und wählte die Nummer, die Annika Hermansson drei Jahre zuvor angegeben hatte.

Die Mittagsfähre in die südlichen Schären hatte etwa dreißig Passagiere, überwiegend Mütter mit kleinen Kindern und Rentner mit Einkaufstüten, an Bord. Die Sonne strahlte vom fast wolkenlosen Himmel und ließ die Wellenkämme funkeln. Die Möwen umflogen kreischend die Fähre, vielleicht hielten sie sie für ein Fischerboot. Nach einer halbstündigen angenehmen Schifffahrt ging Irene in Styrsö Bratten an Land.

Der Kontrast zu ihrem vorigen Besuch hätte größer nicht sein können. Da es kaum windete, konnte sie ihre Jacke aufknöpfen. Hier draußen fast am offenen Meer hatte man noch das Gefühl, es sei Sommer. Die Birken trugen gelbe Blätter, aber die Brise, die durch ihre Kronen wehte, duftete immer noch nach Sommer. Das Thermometer auf der Fähre hatte auf fünfzehn Grad gestanden, was für Mitte September nicht schlecht war. Irene schlug denselben Weg ein, den sie mit Tommy an jenem zugigen, kalten Dezembertag vor fast drei Jahren genommen hatte, als sie nach Spuren von Thomas Bonetti in dessen Sommerhaus gesucht hatten.

Die Adresse, die sie von Annika Hermansson bekommen hatte, führte sie zu dem Haus mit der hübschen Glasveranda, an das sie sich noch von ihrem letzten Besuch erinnerte. Die Veranda hatte Sprossenfenster mit roten und grünen Scheiben in regelmäßigen Abständen. Es handelte sich um ein recht großes Haus aus Holz. Wie die meisten anderen geräumigeren Häuser auf der Insel war es sicher Anfang des vorigen Jahrhunderts als Sommerhaus für eine reiche Familie aus Göteborg errichtet worden. Als Irene näher trat, sah sie, wie heruntergekommen das alte Gebäude war. Die Farbe der Fensterrahmen war fast abgeblättert, und die hübschen Regenrinnen, die in Drachenköpfe ausliefen, waren durchgerostet. Die gelbe Wandfarbe hatte sich an mehreren Stellen gelöst. Das Gras auf der kleinen Rasenfläche vor der Haustür war kniehoch. Das Einzige, was noch an einen Garten erinnerte, war das Geißblatt, das eine der Regenrinnen hochrankte.

Irene klopfte an die schiefe Tür. Nach einer Weile hörte sie einen heiseren Ruf:

»Kommen Sie rein! Es ist offen!«

Irene drückte die Klinke hinunter und trat ein. Gestank von Schmutz und kalten Zigaretten schlug ihr entgegen sowie, unverkennbar, der Geruch von saurem Wein. Eine zusätzliche, durchdringende Duftnote entströmte verdorbenem Katzenfutter.

»Hallo«, sagte Irene laut.

»Hallo, hallo. Ich bin in der Küche«, antwortete eine raue Frauenstimme.

Irene machte einen großen Schritt über den Unrat in der engen Diele und ging in die Richtung, aus der die Stimme gekommen war.

Die Küche war groß und hell. Die Sonne schien durch ein Südfenster und würde im Laufe des Nachmittags zum Westfenster weiterwandern, und dennoch würden die Sonnenstrahlen kaum jemanden belästigen, da sie erst eine dicke Schmutz- und Salzschicht durchdringen mussten. Solche Außenrollos sind schon praktisch, dachte Irene. Die Kücheneinrichtung aus Kiefernholz stammte aus den Siebzigern, Kühlschrank und Herd waren avocadogrün. In der Küche stank es

Ekel erregend, und Irene beglückwünschte sich dazu, noch nicht zu Mittag gegessen zu haben.

Die Frau saß mit einer schwarzen Katze auf dem Schoß am Küchentisch. Sie kraulte sie hinter dem Ohr, ein lautstarkes Schnurren war der Lohn. Als Irene über die Schwelle trat, sahen Katze und Frau auf.

»Guten Tag. Ich heiße Irene Huss. Ich bin die Kriminalinspektorin, die vorhin bei Ihnen angerufen hat. Sind Sie Annika Hermansson?«

Die Frau nickte.

»Es geht um das Verschwinden von Thomas Bonetti. Sie hatten angerufen…«

»Das wird aber auch langsam Zeit! Ich habe sogar mehrmals angerufen, aber Ihnen war das ja egal. Man muss wirklich jahrelang anrufen, bis die Polente mal reagiert! Sonst kann es gar nicht schnell genug gehen, wenn Leute anrufen und Lügen über einen verbreiten…«

Sie unterbrach sich und murmelte dann etwas Unhörbares. Auf dem Tisch stand ein halbvolles Wasserglas mit Rotwein, aus dem sie einen großen Schluck trank.

»Wollen Sie auch?«, fragte sie und zeigte großzügig auf den Weinkarton auf der Küchenzeile.

»Nein, danke. Ich bin im Dienst«, sagte Irene und zwang sich zu einem freundlichen Lächeln.

Nichts an Annika Hermansson lud zu größerer Herzlichkeit ein. Ihr Haar war schwarz gefärbt, an den Wurzeln jedoch schon wieder mehrere Zentimeter grau. Ihr Gesicht war verquollen und teigig, die Spuren langjährigen Alkoholmissbrauchs. Ihr Oberkörper, der in einem schmutzigen T-Shirt steckte, war korpulent, Arme und Beine jedoch fast anorektisch dünn. Irene fühlte sich an eine Spinne erinnert. Annika Hermanssons Alter ließ sich schwer schätzen, vermutlich war sie etwas über fünfzig.

»Okay. Auch gut. Im Karton ist sowieso nicht mehr viel drin. Billy bringt nachher die neuen«, murmelte Annika.

»Wer ist Billy?«, fragte Irene, um mit der betrunkenen Frau ein Gespräch anzuknüpfen.

»Mein Sohn.«

Irene hob alte Zeitungen und anderen Müll von einem Hocker und setzte sich. Die Katze fauchte sie an und sprang auf den Boden. Offensichtlich fühlte sie sich von Irene eines behaglichen Stündchens beraubt.

Mühsam erhob sich die Spinnenfrau von der Bank am Küchentisch und ging mit unsicheren Schritten auf den Weinkarton zu, um nachzufüllen. Als sie zu ihrem Platz zurückschlurfte, verschüttete sie einiges, wischte es aber nicht auf. Schwer atmend und stöhnend machte sie es sich wieder auf der Bank bequem. Irene bat sie zu erzählen, was sich an jenem Septemberabend vor drei Jahren zugetragen hatte.

»Ich hörte das rasende Ungetüm näher kommen, was mir seltsam erschienen ist. So spät am Abend und dann um diese Jahreszeit. Nach dem 1. September kommen die Bonettis nie hier raus. Das Boot gehörte dem Jungen. Den Burschen habe ich nie gemocht. Ein Angeber, der eine Menge Lügen verbreitet. Ist fünf Jahre älter als Billy und kam immer her, um nach Billy zu fragen. Sonst wollte niemand mit ihm spielen. Billy wollte es auch nicht.«

Sie verstummte und trank eine beträchtliche Menge Rotwein. Damit sie nicht den Faden verlor, lotste sie Irene vorsichtig weiter:

»Er war also bei seinen Freunden nicht so beliebt?«

»Freunde? Haha! Der hatte keine!«

Annika lachte roh. Um ihre Zähne hätte sich dringend ein Zahnarzt kümmern müssen, falls sie überhaupt noch zu retten waren. Irene fühlte sich an einen abgebrannten Stall erinnert, als sie die schwarzen Zahnstümpfe sah.

»Wie lange besitzen die Bonettis das Sommerhaus schon?«, fragte Irene.

»Schon lange. Da war Thomas noch gar nicht auf der Welt. Seine Schwester war ein Baby, als sie hier raus zogen. Ich wollte auf sie aufpassen. Durfte ich nicht. Ich war zwar erst acht, aber hatte Erfahrung mit Kleinkindern. Ich hatte zwei jüngere Brüder.«

Für Irene kam das wie eine kalte Dusche. Thomas Bonettis Schwester war fünfunddreißig Jahre alt. Wenn Annika Hermansson acht Jahre älter war, hieß das, dass sie nur ein paar Jahre älter war als sie selbst. Billy musste neunundzwanzig sein. Dann hatte Annika ihren Sohn also ungefähr mit sechzehn bekommen.

»Haben Sie außer Billy noch weitere Kinder?«

»Nein. Nur Billy. Das reicht!«

Wieder stieß sie ein heiseres Lachen aus. Sie wühlte in dem Durcheinander auf dem Tisch. Ein triumphierender Ruf signalisierte, dass sie eine zerdrückte Schachtel Zigaretten gefunden hatte. Mit zitternden Händen fischte sie einen platten, aber noch ziemlich langen Stummel heraus. Sie seufzte zufrieden, als sie ihn sich zwischen ihre rissigen Lippen schob. Sie sah Irene mit ihren rot unterlaufenen Augen an und fragte:

»Feuer?«

Irene schüttelte den Kopf. Nach einem erneuten Herumwühlen auf dem Tisch fand Annika endlich eine Schachtel Streichhölzer. Nach mehreren Versuchen gelang es ihr endlich, die Kippe anzuzünden. Sie inhalierte tief und ließ den Rauch dann genüsslich durch die Nase entweichen.

»Ich habe nie jemandem erzählt, wer Billys Vater ist. Das darf niemand erfahren. Aber bezahlt hat er die ganze Zeit. Bis jetzt. Damit ich es niemandem sage …«

Bewusst hielt sie inne und sah Irene durch den Zigarettenrauch an. Sie kniff die Augen zusammen, und ihre teigigen Tränensäcke gerieten in Bewegung. Ihr Blick war bösartig.

Irene fand, dass es an der Zeit war, wieder auf den Abend vor drei Jahren zu kommen.

»Sie hörten also an jenem Abend, als Thomas verschwand, sein Boot hier vorbeifahren?«, fragte sie.

»Ja. Wie gesagt war das merkwürdig, denn…«

»Um wie viel Uhr war das?«

»Irgendwann zwischen acht und halb neun.«

»Wie können Sie sich bei der Zeit so sicher sein?«

Annika deutete auf die gegenüberliegende Wand. Irene drehte sich um und sah eine große Küchenuhr aus Kiefernholz.

»Billy hat die beim Werken gemacht. Mit Batterie«, verkündete Annika stolz.

»Erzählen Sie mir, was an jenem Abend geschah. Sie hörten also das Boot vorbeifahren, und…«

Irene nickte der Frau auf der gegenüberliegenden Seite des Küchentischs aufmunternd zu.

»Er drosselte den Motor und ließ das Boot an den Steg gleiten, was nicht weiter merkwürdig war. Aber dann geschah etwas Komisches: Er ließ den Motor wieder an und verschwand mit rasendem Tempo aufs Meer.«

»Wie viel Zeit verging zwischen dem Ausschalten und dem erneuten Anlassen des Motors?«

»Höchstens eine Viertelstunde. Vielleicht auch nur zehn Minuten.«

»Sie haben also gehört, wie er den Motor des Bootes wieder anließ, konnten es aber nicht sehen?«

»Nein. Ihre Landungsbrücke liegt jenseits der Landzunge. Aber dann sah ich das Boot, als es wieder ein Stück weiter draußen auf See war.«

»Was taten Sie da?«

»Ging hoch zum Fernglas.«

»Sie sind also hochgegangen und haben Ihr Fernglas geholt?«

»Nein. Hören Sie mir doch zu! Ich ging hoch zum Fernglas. Fertig.«

Irene war sich nicht sicher, wie sie weiterfragen sollte. Annika hatte aggressiv geklungen, und sie war ausreichend betrunken, um richtig in Rage zu geraten. Dann wäre aus ihr kein vernünftiges Wort mehr herauszubringen.

»Handelt es sich um ein besonderes Fernglas?«, fragte Irene vorsichtig.

»Ob es sich um ein besonderes handelt? Darauf können Sie Gift nehmen!«

Das krächzende Lachen schlug Irene wieder über dem Tisch entgegen, gemischt mit dem sauren Geruch von Rotwein.

»Wie konnten Sie mit dem Fernglas überhaupt etwas erkennen? Schließlich war es schon recht dunkel.«, fuhr Irene fort.

Annika Hermansson erhob sich auf ihren dünnen Beinen.

»Kommen Sie«, sagte sie.

Unsicheren Schrittes ging sie durch die Küche. Dann bahnte sie sich unbeholfen ihren Weg durch die voll gestellte Diele auf die Treppe ins Obergeschoss zu. Mit festem Griff packte sie das wacklige Geländer und quälte sich dann die knarrende Treppe hoch.

Sie gelangten in einen großen Raum mit einem Balkon zum Meer. Vor dem Balkonfenster stand ein großes Fernrohr.

»Ein Swarovski mit Flussspatlinse«, erläuterte Annika stolz.

Irene kannte sich mit Fernrohren nicht aus. Ihr war jedoch klar, dass es sich um ein besseres Modell handeln musste. Das Okular saß in einem 45-Grad-Winkel auf dem Fernrohr. Annika Hermansson nahm die Verschlusskappe ab und richtete das Fernrohr auf ein kleines Motorboot, das auf dem Wasser tuckerte. Die beiden Passagiere waren mit bloßem Auge nur als ein blauer und ein roter Punkt zu erkennen. Als Irene in das Fernrohr schaute, traf sie fast der Schlag. Die beiden standen hautnah vor ihr.

Der Mann im Boot trug Schnurrbart und Brille. Die Frau mit der roten Jacke trug eine rote Baskenmütze, unter der ein paar graue Locken im Wind flatterten. Das Paar schien um die Siebzig zu sein. Irene sah sie miteinander sprechen. Die Frau reichte dem Mann eine Thermoskanne aus Stahl.

Als Irene aufschaute, sah sie wieder nur ein kleines Boot mit zwei kaum sichtbaren Farbklecksen an Bord.

»Mein Gott! Ein so starkes Fernrohr!«, rief Irene.

»Nicht wahr? Die Lichtstärke beträgt sechzehn Komma null, die Vergrößerung ist zwanzigfach«, gluckste Annika zufrieden.

Das bedeutete, dass man das Fernrohr noch bei geringstem Dämmerlicht benutzen konnte. Am Meer hielt sich die Dämmerung länger als an Land.

Irene trat zur Seite.

»Könnten Sie das Fernrohr auf Branteskär richten?«, fragte sie.

Annika beugte sich vor und bewegte ihr Fernrohr. Nach einer Weile hatte sie es geschafft.

»Hier. Ich habe es auf Nisses Seezeichen eingestellt.«

»Danke.«

Irene erblickte eine kleine Insel mit einem Ufer, das steil zum Meer abfiel. Am äußersten Rand war die Spitze einer Bake zu erkennen, die aus aufgeschichteten Steinen bestand.

»Liegt das Seezeichen von uns aus gesehen hinten auf der Insel?«, fragte Irene.

»Ja.«

»Wieso heißt es Nisses Seezeichen?«

»Weil Nisse es aufgeschichtet hat. Mehrfach wäre er fast auf den Untiefen zwischen Branteskär und Ärskär aufgelaufen. Also errichtete er das Seezeichen, damit es leichter fällt, auf Abstand zu bleiben. Jetzt hat es jemand versetzt. Das habe ich mehrmals gemeldet. Aber wen kümmert das schon!«

»Wann haben Sie gemerkt, dass sich der Steinhaufen nicht mehr am selben Ort befand?«

»Damals! Als Thomas verschwand. Ich hab es bereits nach ein paar Tagen gesehen. Ich dachte mir nichts dabei… aber als er dann vermisst gemeldet wurde, erinnerte ich mich wieder… an das Seezeichen… dass es jemand versetzt hatte.«

Annika schwankte und ließ sich auf ein durchgesessenes

Sofa sinken. Sie rülpste lautstark und gähnte anschließend kräftig. Langsam hob sie die Beine aufs Sofa und legte sich zurecht. Nach weniger als einer Minute schnarchte sie laut.

»Das war nicht übel!«, sagte Kommissar Andersson.

Voller Respekt sah er Irene an, Nach drei ergebnislosen Jahren noch eine neue Spur zu finden, war eine Leistung.

»Was wirst du jetzt aufgrund der Zeugenaussage dieser Frau Schluckspecht unternehmen?«, wollte er wissen.

»Ich habe mir überlegt, dass man sich Nisses Seezeichen einmal näher anschauen sollte. Laut Annika Hermansson hat es jemand ungefähr zum Zeitpunkt von Thomas Bonettis Verschwinden verrückt. Sie meinte auch, sein Boot sei hinter Branteskär in eine Bucht eingelaufen, sie habe aber nie gesehen, wie es die Insel wieder verließ«, sagte Irene.

»Meinst du, jemand hat das Boot unter dem Steinhaufen versteckt?« Jonny Blom grinste.

»Nein. Aber Thomas«, sagte Irene trocken.

Einen Augenblick wurde es im Konferenzzimmer still.

»Glaubst du das wirklich?«, fragte Andersson schließlich.

»Ganz abwegig ist es nicht. Ich glaube Annika, dass jemand das Seezeichen versetzt hat. Ihr Haus ist eine einzige Müllkippe, aber sie besitzt dieses Fernrohr, das ganz sicher mehrere tausend Kronen wert ist. Åhlén schätzt den Preis auf etwa fünfzehntausend. Ich hatte das Gefühl, dass sie selten bis nie das Haus verlässt. Das Fernrohr ist ihr einziger Kontakt zur Außenwelt. Sicher kennt sie jeden Stein und jeden Umriss der Inseln, die sie durch ihr Fernrohr sehen kann«, sagte Irene.

»Du willst, dass wir unter dem Steinhaufen nachsehen?«, stellte der Kommissar fest und seufzte.

»Ja.«

Andersson legte seine Stirn in bekümmerte Falten und dachte eine Weile nach. Schließlich hatte er einen Entschluss gefasst und sagte:

»Dann machen wir das! Ich rede mit der Wasserpolizei, die sollen ein paar Leute von der Spurensicherung auf das Inselchen mitnehmen.«

»Auf die Schäre. Branteskär«, verbesserte ihn Irene.

Der Kommissar tat, als habe er sie nicht gehört. Stattdessen wandte er sich an Tommy.

»Was hat die gnädige Frau Ceder denn heute verlauten lassen?«

»Nichts.«

»Nichts?«

»Nein. Sie ist heute wieder raus nach Askim gezogen. Sie hat sich ein Attest besorgt, wonach sie sich ein paar Tage ausruhen muss. Ihre Mutter sagt, dass sie sich weigert, mit dem ganzen Journalistengesindel zu reden, aber schließlich kann sie sich kaum weigern, uns Rede und Antwort zu stehen. Sie kann es mit diesem ärztlichen Attest nur hinauszögern. Frühestens am Dienstag können wir wieder mit ihr sprechen«, sagte Tommy.

»Dieses verdammte Frauenzimmer sollten wir vorladen und auseinander nehmen!«, murmelte Andersson.

»Sie ist clever. Aber vielleicht nicht so clever, wie sie glaubt. Ich habe die finanziellen Verhältnisse des Paares Kaegler-Ceder näher unter die Lupe genommen. Sannas Millionen sind in rasendem Tempo zusammengeschmolzen. In Schweden hat sie letztes Jahr ein Einkommen von zweiundfünfzigtausend und ein Vermögen von zweihundertneunzehntausend Kronen versteuert. Leider kriege ich nicht raus, ob sie Geld im Ausland liegen hat, aber hier in Schweden ist es jedenfalls bald zu Ende.«

»Hat sie es für den Hausbau in Askim verschwendet?«, wollte Birgitta wissen.

»Offenbar nicht. Ich habe beim Grundbuchamt angerufen, und es hat sich herausgestellt, dass das Grundstück in Askim schon seit Jahren im Besitz von Kjell Bengtsson Ceder war. Er hat es von seiner ersten Frau geerbt und behalten. Keine schlechte Idee im Hinblick auf die Wertsteigerung.«

»Und dann hat er es Sanna überlassen«, stellte Birgitta fest.

»Ja. Obwohl Ceders Aktiengesellschaft den Hausbau bezahlt hat. Seine Firma, die K. Bengtsson Ceder AG, ist der offizielle Eigentümer seiner Restaurants und seines Hotels. Das Interessante ist, dass der letzte Rechenschaftsbericht der Gesellschaft ein beträchtliches Minus ausweist.«

»Minus?«, echote Andersson.

»Sie haben Riesensummen verloren. Soweit ich das beurteilen kann, steht es um die Finanzen so schlecht, dass ein Konkurs in greifbarer Nähe erscheint«, sagte Tommy.

»Und gleichzeitig hat Sanna ihr Haus mit dem Teuersten ausstatten dürfen, ohne dass jemand die Kosten in Frage gestellt hätte. Ist das nicht merkwürdig?«, meinte Irene.

»Doch, schon. Aber vielleicht hat Kjell Ceder ja auch genau das getan. Es in Frage gestellt, meine ich. Wir wissen, dass sie sich an dem Samstag, bevor er erschossen wurde, getroffen haben. Vielleicht haben sie bei diesem Mittagessen über die Kosten für das Haus und die Lage seiner Aktiengesellschaft gesprochen«, schlug Tommy vor.

»Aber das Personal des Restaurants hat ausgesagt, dass sie sich nicht gestritten haben«, wandte Birgitta ein.

»Natürlich nicht. Schließlich war es ja Ceders eigenes Lokal. Das Personal hat vielleicht Angst, die Arbeit zu verlieren. Wer erbt das Imperium von Ceder? Sanna, wer sonst?«

Birgitta schüttelte den Kopf. Sie war anderer Meinung.

»Ich habe mich mit dem Personal unterhalten. Der Sicherheitschef Michael Fuller sah die beiden im Speisesaal. Er sagt, sie hätten sich nicht gestritten. Sowohl der Oberkellner als auch die Bedienung, die ihren Tisch betreute, sowie ein weiterer Kellner haben Ähnliches ausgesagt. Ich glaube, ich hätte gemerkt, wenn ihre Aussagen nicht gestimmt hätten.«

»Das schließt nicht aus, dass sie sich aufgrund der schlechten wirtschaftlichen Lage der Aktiengesellschaft über das Haus unterhalten haben könnten. Vielleicht war der Streit über das nicht vorhandene Geld bereits abgeschlossen. Vielleicht ging es jetzt nur noch darum zu retten, was noch zu retten war«, beharrte Tommy.

Andersson schnaubte lautstark, um seine Verärgerung kundzutun.

»Hört schon auf zu spekulieren und fragt diese Madame doch selbst! Es ist verdammt noch mal an der Zeit, dass sie die Karten auf den Tisch legt«, sagte er barsch.

»Sie ist eine harte Nuss«, erwiderte Tommy mit einer resignierten Grimasse.

»Du hast mit ihr geredet. Lass bloß nicht locker! Sie weiß sicher mehr, als sie uns erzählt hat«, entschied der Kommissar.

Er wandte sich an Birgitta.

»Was hast du über Philip Bergman in Erfahrung gebracht?«, fragte er.

»Ich habe mit seinen Eltern gesprochen. Sie sind vor Trauer vollkommen gebrochen. Es war also nicht leicht, ein Gespräch mit ihnen zu führen. Philip war ihr einziges Kind. Immerhin habe ich herausgefunden, dass Philip viele Jahre im Ausland gelebt hat. Erst in London und danach bald zwei Jahre in Paris. Auf die Frage, warum er nach Paris gezogen sei, habe ich keine richtige Antwort erhalten. Sie äußerten sich recht vage, angeblich aufgrund von ›Geschäften, Finanzberatung und ähnlichen Aufträgen‹. Sie sind sehr stolz auf Philip und sein Geschick als Geschäftsmann.«

»Geschäftsmann? Der hat doch wohl nur Geschäfte mit dem Geld anderer Leute gemacht und zugesehen, dass es verschwand!«, unterbrach Andersson.

»Da hast du nicht Unrecht. Die Frage ist, warum er sich so urplötzlich mit Joachim Rothstaahl zusammengetan hat. Rein instinktiv habe ich das Gefühl, dass die zwei etwas planten, was nicht ganz sauber war.«

»Hast du zu Hause bei Bergmans Eltern was gefunden?«

»Nein. Sein Zimmer ist genauso, wie er es damals verlassen hat. Ich durfte mir das Wenige, das sich noch darin befindet, ansehen. Laut Aussage des Vaters hat Philip an besagtem Montagnachmittag eine große Umhängetasche gepackt und gesagt, er wolle über Nacht wegbleiben. Er hat noch darum gebeten, sich das Auto des Vaters ausleihen zu dürfen, und erzählt, dass er zu Joachim nach Hause fahren wolle. Davon, dass sie noch eine andere Person treffen würden, sei nicht die Rede gewesen. Im Zimmer fanden sich weder ein Computer noch irgendwelche Papiere. Nicht der geringste Anhaltspunkt. Laut seinen Eltern hatte er für den Mittwoch ein Flugticket zurück nach Paris gebucht. Dort liegt wahrscheinlich alles, was einigermaßen interessant sein könnte.«

»Paris!«, schnaubte Andersson.

Birgitta ignorierte ihn und fuhr fort:

»Philip verfügte über keinerlei Vermögen in Schweden. Er war immer noch schwedischer Staatsbürger. Vor Jahren hatte er mal mit dem Gerichtsvollzieher zu tun, als er die Raten für sein Auto nicht mehr bezahlte. Das war kurz vor seinem Umzug nach London.«

»Was machen seine Eltern?«, fragte Irene.

»Der Vater war Optiker und die Mutter Krankenschwester. Sie wohnen in Tuve in einem Reihenhaus. Dort ist Philip aufgewachsen.«

»Entschuldige, dass ich unterbreche, aber Sannas Mutter ist nach der Scheidung ebenfalls dorthin gezogen. Philip und Sanna haben sich bereits in den letzten Schuljahren vor dem Gymnasium kennen gelernt«, sagte Kajsa.

Andersson sah sie erstaunt an, erinnerte sich dann aber an den Spezialauftrag, den er ihr gegeben hatte.

»Du kannst uns von diesen beiden Kuckuckseiern erzählen, wenn wir mit Rothstaahl fertig sind«, sagte er.

Kajsa nickte wohlerzogen und wartete geduldig ab, bis sie an die Reihe kam.

Der Kommissar wandte sich wieder an Birgitta.

»Hast du noch mehr?«, fragte er.

»Nein. Wahrscheinlich trug er alles, was für uns interessant sein könnte, in dieser Umhängetasche bei sich. Einschließlich des Laptops. Ich finde immer noch, dass wir so schnell wie möglich nach Paris aufbrechen sollten, um Papiere und Disketten sicherzustellen. Vielleicht befindet sich in seiner Pariser Wohnung noch ein Computer.«

Fredrik Stridh meldete sich zu Wort:

»Ich stimme Birgitta zu. Wir haben immer noch keinen Hinweis darauf, womit sich Joachim Rothstaahl im Augenblick beschäftigt hat. In seinem Haus gibt es kein Fitzelchen, was für uns von Interesse wäre. Wahrscheinlich hat der Mörder alles mitgenommen, als er sich davonmachte. Eventuell nach Paris. Joachim wohnte am …«

Fredrik unterbrach sich und begann dann von seinem Block abzulesen.

»B-o-u-l-e-v-a-r-d R-a-s-p-a-i-l.«

Er buchstabierte die Adresse.

Birgitta rief:

»Bergman hatte dieselbe Adresse! Er wohnte im Haus Nummer 207.«

»Volltreffer! Da wohnte Rothstaahl auch«, sagte Fredrik.

Birgitta und Fredrik wandten sich an Andersson. Die düsteren Runzeln auf seiner Stirn vertieften sich, und er sagte dumpf:

»Nein. Es ist zu teuer, nach Paris zu fahren, nur um sich ein paar Wohnungen anzuschauen. Wir können die französischen Kollegen um Amtshilfe bitten.«

»Können wir das? Es geht um zwei schwedische Staatsbürger, die hier in Schweden ermordet wurden. Zufälligerweise wohnten beide in Paris. Ich bezweifle, dass die französische Polizei daran interessiert ist, sich mit dieser Sache zu befassen«, wandte Birgitta ein.

Andersson starrte sie verärgert an. Demonstrativ sah er dann zu Fredrik hinüber und sagte:

»Was habt ihr über Rothstaahl noch herausgekriegt?«

»Die erste Information, wonach Rothstaahl mit seiner

Freundin zusammenziehen wollte, stimmt nicht. Das Mädchen ist eine alte Freundin von ihm, die ein paar Jahre in Vänersborg gewohnt, aber jetzt einen Job in Göteborg gefunden hat. Sie wollte Rothstaahls Haus für mindestens ein Jahr mieten. Am Dienstag war sie wegen der Schlüsselübergabe und der Unterschrift des Mietvertrags hinter ihm her, denn sie wusste, dass er am Mittwoch nach Paris zurückfliegen wollte«, informierte Fredrik.

»Am selben Tag, an dem auch Philip Bergman zurückfliegen wollte. Warum mussten sie sich hier in Göteborg treffen? Sie waren schließlich in Paris Nachbarn«, unterbrach ihn Birgitta.

»Genau. Was haben Bergmans Eltern gesagt? Welchen Grund hatte ihr Sohn für seinen Besuch in der Heimat?«, wollte Tommy wissen.

»Er hätte sie und seine alten Freunde treffen wollen.«

»Was er offensichtlich nicht getan hat. Dagegen traf er sich mit dem Freund, den er in Paris täglich hätte sehen können«, stellte Irene erneut fest.

Fredrik nickte zustimmend und fuhr fort:

»Und Joachim Rothstaahl kam nach Göteborg, um sich um die Vermietung seines Hauses zu kümmern. Philip Bergman und Rothstaahl trafen Freitag spätabends mit derselben Maschine ein. Am Samstag befand sich Rothstaahl tagsüber in seinem Haus, aß dann aber bei seinen Eltern zu Abend. Am Sonntag traf sich der ganze Rothstaahl-Clan bei einem Onkel und einer Tante. Laut seinen Eltern begab er sich direkt nach Hause, als sie gegen zehn Uhr abends aufbrachen. Bei dieser Gelegenheit sahen sie ihn zum letzten Mal. Seine Mutter hat dann noch am Montag um die Mittagszeit ganz kurz mit ihm gesprochen. Da schien es ihm noch gut zu gehen. Die Familie befindet sich unter Schock und hat keine Ahnung, warum Joachim ermordet wurde. Sie besitzt eine Menge Kleiderläden im ganzen Land, aber Joachim hatte mit den Geschäften seiner Familie nichts zu tun.«

Irene betrachtete das vergrößerte Foto von Joachim Rothstaahl, das am Anschlagbrett hing. Es handelte sich um ein neues Passfoto. Er hatte ein schmales Gesicht, das ganz von seinen dunklen Augen dominiert wurde. Sie funkelten freundlich. Die schmalen Lippen waren zu einem leichten Lächeln verzogen. Sein dichtes braunes Haar war aus der hohen Stirn gekämmt. Es war der Inbegriff eines lebendigen und sympathischen jungen Mannes, der da von der Wand auf Irene herabblickte. Daneben hing das Bild des Tatortes. Joachim war darauf fast nicht wiederzuerkennen.

»Zazza- und Escada-Boutiquen«, erklärte Birgitta.

»Oh. Dann ist klar, dass sie reich sind. Das sind große Ketten«, sagte Irene.

Selbst sie hatte das eine oder andere Kleidungsstück bei Escada gekauft. Die Kleider der Zazza-Kette passten mehr zu ihren Töchtern.

»Und ich meinerseits habe das Leben und die finanziellen Verhältnisse von Joachim Rothstaahl überprüft«, sagte Jonny Blom.

Er verstummte, um sich zu versichern, dass ihm die volle Aufmerksamkeit gebührte.

»Nach dem Desaster in London kam Joachim nach Hause. Erst war er fast ein halbes Jahr arbeitslos und ergatterte dann einen Job bei einer Bank hier in der Stadt. Wenn man sich seine Finanzen ansieht, wirkt alles recht normal. Die ganze Zeit wohnte er mietfrei in seinem Haus. Vor fast zwei Jahren trat er eine neue Stelle bei einer ausländischen Bank an und zog nach Paris.«

»Einer französischen Bank?«, warf Irene ein.

»Nein. Einer amerikanischen. H.P. Johnson's heißt sie und … was ist denn jetzt schon wieder?«

Jonny hatte den Faden verloren, als er Irenes wilden, stieren Blick bemerkte.

»H.P. Johnson's! Bei dieser Bank ist Edward Fenton Europachef!«, rief sie.

»Und?«, fragte Jonny ausdruckslos.

»H.P. Johnson's ist eine Investmentbank. Alle, Kjell Bengtsson Ceder, Sanna Kaegler, Philip Bergman und Joachim Rothstaahl, hatten etwas mit dieser Bank zu tun. Vielleicht Thomas Bonetti auch, als er in London war. Das wissen wir nicht, das lässt sich aber herausfinden«, sagte Irene eifrig.

»Was für ein Unterschied besteht zwischen einer Investmentbank und einer normalen Bank?«, wollte der Kommissar wissen.

Kajsa Birgersdotter räusperte sich nervös.

»Eine Investmentbank verwaltet Risikokapital und platziert es dort, wo es ihrer Meinung nach die größten Renditen abwirft. Zum Teil sind dann enorme Gewinne die Folge! Beispielsweise verwalteten Risikokapitalgesellschaften in den USA im Jahre 1990 dreieinhalb Milliarden Dollar. Zu Beginn des neuen Jahrtausends waren es schon einhundertundvier Millarden«, sagte sie.

»Und wo kommt dieses risikobereite Kapital her?«, wollte Andersson verärgert wissen.

Kajsa antwortete nicht sofort, sondern dachte nach.

»Es handelt sich hierbei um Geld, das gerade nicht gebraucht wird. Man spielt damit, denn man geht große Risiken ein. Wie gewonnen, so zerronnen, so in der Art«, sagte sie schließlich.

»Habt ihr noch mehr über Rothstaahl herausgefunden?«, fragte Andersson.

»Nein. Er hat schließlich die letzten beiden Jahre in Frankreich gelebt. Genau wie sein Freund Bergman. Vielleicht würde es ja doch etwas bringen hinzufahren ...«, antwortete Jonny.

»Fangt ihr schon wieder an?«, unterbrach ihn der Kommissar.

Zornesröte stieg ihm ins Gesicht, und Irene hörte, wie es beunruhigend in seiner Luftröhre zu pfeifen begann. Er saß lange da und trommelte mit den Fingern auf die Tischplatte.

Niemand im Zimmer brach das Schweigen. Mit einem wütenden Blick auf Birgitta sagte er schließlich:

»Wenn jetzt jemand… kann jemand Französisch?«

Nur Kajsa Birgersdotter hob die Hand.

»Ach so. So ist das«, stellte der Kommissar fest.

»Aber die Franzosen können Englisch«, wandte Birgitta ein.

»Längst nicht alle«, erwiderte Andersson im Brustton der Überzeugung.

Irene war überzeugt, dass er nie einen Fuß auf französischen Boden gesetzt hatte.

»Okay, Kajsa. Kannst du uns schnell noch vortragen, was du über dieses Computerunternehmen und Bergman und Kaegler in Erfahrung gebracht hast?«, fragte er dann.

Kajsa stand auf und wandte sich an die Kollegen. Sie hob den Blick nicht von ihren Papieren und begann, laut vorzulesen:

»Sanna und Philip gingen seit dem achten Schuljahr in dieselbe Klasse und waren mehrere Jahre lang unzertrennlich. Sie scheinen auch ein Paar gewesen zu sein, aber niemand weiß es genau. Beide besuchten das Wirtschaftsgymnasium. Direkt nach dem Abitur studierten sie an der Handelshochschule, was ihnen aber recht bald zum Hals heraushing. Sie liehen sich Geld bei der Bank und kauften sich in eine Boutiquenkette ein. Sowohl Philip als auch Sanna waren sehr modebewusst. Gemeinsam gelang es ihnen, innerhalb weniger Jahre den Umsatz beträchtlich zu steigern. Die Boutiquenkette hieß…«

Sie machte eine Pause und sah ihre Zuhörer an. Ihre Stimme zitterte vor verhaltener Erregung, als sie sagte:

»Zazza.«

»Hier haben sich die Wege von Bergman, Rothstaahl und Kaegler schon sehr früh gekreuzt! Das ist mehr als deutlich, aber ich kann mir trotzdem keinen Reim darauf machen«, meinte Irene seufzend.

Kajsa nickte und schaute wieder in ihre Papiere.

»Nach einigen erfolgreichen Jahren veräußerten Sanna und Philip ihre Anteile an der Zazza-Kette an die Familie Rothstaahl, die daraufhin alleiniger Eigentümer der Boutiquen wurde. Gerüchteweise heißt es, Meinungsverschiedenheiten zwischen Bergman-Kaegler und der älteren Generation Rothstaahl hätten Sanna und Philip dazu veranlasst zu verkaufen. Aber sie machten ein gutes Geschäft. Dann begegneten sie Thomas Bonetti. In seinen Londoner Jahren hatte er eine Menge Geld angehäuft. Gemeinsam beschlossen sie, in die neue Art des Einkaufens zu investieren. Sie hofften auf den Boom im Internet-Handel. Philip sah voraus, dass es sich hierbei um die Einkaufsmethode der Zukunft handelte. Bergman, Kaegler und Bonetti wollten an vorderster Front mitmischen. Im Jahre 1998 gründeten sie ph.com.«

Kajsa machte eine kurze Pause nach ihrem langen Vortrag. Noch bevor sie weiterlesen konnte, sagte Andersson:

»Du behauptest also, dass Bergman und Kaegler mit Rothstaahl schon vor der Gründung des Computerunternehmens Geschäfte machten?«

»Des Internet-Unternehmens. Ja, sie waren einander geschäftlich verbunden. Jedenfalls waren die Brüder von Joachims Vater auch Mitinhaber der Zazza-Kette. Inzwischen haben sie sich aus dem Geschäftsleben zurückgezogen, und die beiden Cousins von Joachim haben die Leitung übernommen«, sagte Kajsa.

Der Kommissar sah Irene grimmig an.

»Und jetzt waren Bergman und Rothstaahl dabei, wieder etwas Neues auszuhecken. Irene, nimm Kajsa mit und fahr so schnell wie möglich nach Paris. Ich rede mit den Chefs. Wenn wir in diesem Fall weiterkommen wollen, müssen wir rauskriegen, was diese beiden Herren im Schilde führten«, sagte er energisch.

Irene und Kajsa saßen wie vom Blitz getroffen da.

KAPITEL 7

Himmlische Düfte strömten Irene entgegen, als sie die Tür ihres Reihenhauses öffnete. Krister hatte sie am Nachmittag angerufen und gefragt, was sie sich zum Abendessen wünsche. Nachdem sie eine Weile nachgedacht hatte, hatte sie geantwortet: »Deine Fischsuppe mit viel Knoblauch und Safran, anschließend vielleicht eine kleine Mousse au Chocolat.« Die Bouillabaisse à la Glady's war einer der Publikumserfolge des Restaurants, in dem Krister als Küchenchef arbeitete. Sie konnten sie nicht von der Speisekarte nehmen, genauso wenig wie ihre berühmte Mousse au Chocolat. Das Rezept der Mousse war ein wohlgehütetes Geheimnis, aber Irene wusste, dass Krister mit einem Schuss edlen Kognaks irgendeinen Unsinn trieb.

Es war eines ihrer heiligen Wochenenden. Jedes dritte Wochenende hatten sowohl Irene als auch Krister sowohl Freitag als auch Samstag frei, und die ganze Familie versuchte dann jeweils, sich zu versammeln und abends gut zu speisen. Bei den Zwillingen konnte man nie genau wissen, ob sie auch wirklich zu Hause sein würden, aber wenn sie nichts anderes vorhatten, nahmen sie ebenfalls an den Mahlzeiten teil. Oft verschwanden sie anschließend, um noch etwas zu unternehmen. Krister brummelte dann nicht selten etwas missmutig vor sich hin: »Es ist schon komisch, dass heutzutage alles immer erst zu einem Zeitpunkt beginnt, an dem wir früher bereits wieder zu Hause hätten sein müssen!«

Irene hatte sich von Krister die Artikelnummern eines Weiß- und eines Rotweins geben lassen. Er sagte ihr nie die Namen, da er wusste, dass sie sie nicht aussprechen konnte. Deswegen war es Irene auch sehr recht, dass in vielen der staatlichen Spirituosenläden neuerdings Selbstbedienung herrschte.

Sammie war wie immer der Erste, der sie zu Hause willkommen hieß. Sein Schwanz kreiste wie ein Propeller, und er sprang freudig an ihr hoch. Obwohl er bereits das ehrbare Alter von zehn Jahren erreicht hatte, war er gesund und munter. In den letzten Jahren hatten sich seine Sehkraft und sein Gehör deutlich verschlechtert, aber Irene hatte den Verdacht, dass er wie alle Älteren sowieso nur das hörte, was er hören wollte.

»Hallo, Liebling. Hast du den Wein mitgebracht?«, war Kristers Stimme zu vernehmen. Er versuchte, die Dunstabzugshaube zu übertönen.

»Klar. Zwei Flaschen von jeder Sorte«, antwortete Irene.

Sie schüttelte den Hund ab und trug die grünen Plastiktüten in die Küche. Die Flaschen schlugen klirrend aneinander, als sie die Tüten auf den Tisch stellte. Ohne ihre Jacke auszuziehen, ging sie auf Krister zu und fasste ihn an den Schultern. Rasch drehte sie ihn wie beim Tango herum, zog ihn auf ihr vorgeschobenes Knie und küsste ihn auf den Mund.

Als sie ihn losließ, rutschte er lachend auf den Fußboden.

»Du bist nicht ganz bei Trost! Aber so ist das eben, wenn man eine ehemalige Europameisterin in Jiu-Jitsu heiratet, selber schuld.«

Bevor Irene noch entkommen konnte, zog er sie nach unten und hielt sie in einer Umarmung fest. Sein Kuss ließ sie wohlig erschauern, und sie verspürte plötzlich dringlichere Bedürfnisse, als ihren Hunger zu stillen.

»Was macht ihr da?«

Irene und Krister hielten inne und wandten sich zur Küchentür. Dort standen ihre Töchter und sahen sie entsetzt an.

»Wir veranstalten einen Ringkampf«, murmelte Krister.

Immer noch kichernd ließen sie voneinander ab. Irene stand auf und ging in die Diele, um ihre Jacke aufzuhängen. Krister nahm wieder eine aufrechte Position ein und stellte sich an den Herd.

»Was krieg ich?«, fragte Jenny.

Sie war seit einigen Jahren Veganerin. Im Augenblick trug sie ihre Haare kohlrabenschwarz gefärbt mit violetten Strähnchen. Außerdem war sie ganz in Schwarz gekleidet. Die Rolle der Sängerin in einer der bekanntesten Popbands in Göteborg erforderte ziemliche Investitionen, was Haarfärbemittel und Mode anging. Es war gut möglich, dass sie nächste Woche schon mit einer neonrosa Frisur in Flower-Power-Klamotten aus dem Secondhandladen erschien.

»Du bekommst ein Moussaka mit Hafermilch. Steht schon im Ofen«, antwortete Krister.

Mit der Zeit hatte er immer mehr Gefallen an der vegetarischen Küche gefunden. Jennys Veganerkost stellte insofern eine Herausforderung dar, als sie überhaupt nichts Tierisches wie Käse oder Milch enthalten durfte.

»Super. Gibt es Nachtisch?«

»Ja, aber leider ist es eine Mousse au Chocolat. Du musst dir einen Obstsalat machen. Du kannst ja einen Schuss Portwein dazugeben, dann …«

Jenny unterbrach ihn mit einem deutlichen Seufzer.

»Du weißt doch, dass ich keinen Alkohol trinke!«

»Ja schon, aber ein kleiner Schuss kann doch wohl nicht schaden. Er erhöht das Geschmackserlebnis. Du kannst es ja als ein Gewürz betrachten«, schlug ihr Vater vor.

»Dann nehme ich den Portwein, und du kümmerst dich um den Obstsalat«, erbot sich Katarina großzügig.

Sie lächelte ihre Schwester an, die das nicht genauso lustig zu finden schien.

»Bleibt ihr heute Abend zu Hause?«, fragte Irene.

»Don’t go out tonight. Theeere’s a baaad mooon on the

riiise«, sang Jenny, tanzte in die Diele und verschwand die Treppe hinauf in den ersten Stock.

»Heute Abend schon, aber nicht heute Nacht«, antwortete Katarina, nachdem ihre Schwester verschwunden war.

»Ist das immer noch … wie heißt der Neue?«, meinte Krister spöttisch.

»Was soll das heißen, dieser Neue? Wir sind jetzt ein halbes Jahr zusammen! Jedenfalls fast«, protestierte seine Tochter.

Sie nahm die Weinflaschen aus den Tüten und betrachtete sie kritisch.

»Christobal Verdelho. Weiß, also zur Fischsuppe«, stellte sie fest.

Sie las das Etikett der Rotweinflasche.

»Hécula. Spanisch. Was gibt es morgen zum Abendessen?«

»Schweinefilet mit Pfifferlingen und Preiselbeeren. Dazu Kartoffelbrei.«

»Klingt gut, aber ich bin nicht da. Morgen früh wollen wir nach Anholt segeln. Wir übernachten auf dem Boot und kommen am Sonntag wieder nach Hause.«

Katarinas Freund durfte sich das Segelboot seiner Eltern leihen, wenn diese es nicht brauchten. Weder Irene noch Krister konnten segeln, aber sie vertrauten Johan und machten sich daher keine Sorgen. Er war schon als Säugling gesegelt und kannte die Schären wie seine Westentasche.

»Segelt ihr nur zu zweit?«, wollte Krister wissen.

»Ja.«

»Ihr habt doch wohl Schwimmwesten dabei? Ich meine, falls einer von euch reinfällt, dann …«

»Wir tragen immer Schwimmwesten, wenn wir auf offener See segeln«, versicherte Katarina.

Man fragt sich, warum nicht alle segelkundigen Leute so klug sind, dachte Irene. Warum hatten Kjell Bengtsson Ceder und seine Frau Marie keine Schwimmwesten getragen, als sie in jener Unwetternacht vor sechzehn Jahren an Deck gegangen waren? Das Boot hatte sich mitten auf der Nordsee befunden, und der Wind hatte fast Sturmstärke gehabt. Tommy hatte Recht. Irgendwas stimmte mit diesem Unfall nicht. Konnte dieser Vorfall irgendwie mit den jüngsten Mordfällen zusammenhängen? Das wirkte nicht wahrscheinlich, aber…

»Hallo, hallo! Erde an Irene, bitte melden!«, sagte Krister. Er sah sie forschend an, lächelte aber auch ein wenig dabei.

»Wie bitte? Verzeih. Ich war in Gedanken«, entschuldigte sich Irene.

»Das merken wir. Ich habe dich gefragt, wo der Korkenzieher ist, und Papa wollte wissen, ob du vor dem Essen einen Schluck Sherry möchtest«, sagte Katarina.

»Nein, danke. Einen Whisky. In der obersten Schublade neben dem Herd«, antwortete Irene verwirrt.

Krister und Katarina tauschten einen viel sagenden Blick aus.

»Mama. Setz dich doch einfach aufs Sofa. Papa bringt dir deinen Whisky, und ich mache den Wein auf. Dann gehe ich mit Sammie raus, wenn wir gegessen haben.«

In der Diele war das Scharren von Krallen auf Parkett zu hören. Sammie hatte offenbar seinen Namen und »raus« gehört. Sein Gehör schien offenbar doch noch ganz in Ordnung zu sein.

»Nein. Leg dich wieder hin. Du musst noch etwas warten«, sagte Katarina zu ihm.

»Warten« kommt im Vokabular von Hunden nicht vor. Als er begriff, dass der Spaziergang auf unbestimmte Zeit vertagt war, senkte er den Schwanz und trottete zu Jenny in den ersten Stock hinauf.

Irene leistete der Aufforderung ihrer Tochter Folge und begab sich ins Wohnzimmer. Sie ließ sich aufs Sofa sinken und zog die Beine an. Erst jetzt erlaubte sie sich, sich ihrer Müdigkeit hinzugeben. Sie hatte das Gefühl, ihr Gehirn hätte sich in Watte verwandelt und ihre Muskeln in Gelee. Konnte das am Alter liegen? Nie im Leben! Wenn es ihr nur gelang, am Sonntag ins Dojon zu kommen und mit ihrer Jiu-Jitsu-Gruppe zu trainieren, würde es ihr gleich viel besser gehen. Anschließend wollten Krister und sie an der Volksabstimmung über die Einführung des Euro teilnehmen. Sie war sich immer noch nicht sicher, ob sie mit ja oder mit nein stimmen sollte. Morgen wollte sie mindestens fünf Kilometer joggen gehen, obwohl ihr das rechte Knie immer mehr zu schaffen machte. Sie war gezwungen, beim Laufen eine elastische Stützbandage zu tragen. Es handelte sich um eine alte Verletzung aus ihrer aktiven Zeit als Handballspielerin. Vielleicht hätte sie nicht warten und sich schon damals operieren lassen sollen. Düster stellte Irene fest, dass der altersbedingte Verfall ihres Körpers bereits eingesetzt hatte.

»Liebling, es ist nur noch ein kleiner Schluck Whisky übrig. Hättest du ihn gerne oder lieber etwas anderes?«, ließ sich Kristers Stimme aus der Küche vernehmen.

»Gieß ihn mir ein. Ich kaufe eine neue Flasche im Duty-free-Shop, wenn ich nach Paris fahre«, antwortete Irene zerstreut.

In der Küche wurde es still. Irene hörte, dass Krister und Katarina es plötzlich eilig hatten. Beide bauten sich im Wohnzimmer vor ihr auf und sahen sie fragend an.

Irene machte eine abwehrende Handbewegung.

»Ja, ja, ich erzähle euch alles, wenn ich meinen kleinen Whisky bekommen habe«, sagte sie.

Kommissar Andersson rief am Freitagabend gegen neun an und bestätigte, dass Irene und Kajsa nach Paris fahren würden. Birgitta hatte von Joachim Rothstaahls Eltern den Schlüssel zur Wohnung erhalten. Erst hatten sie sich geweigert, ihn aus der Hand zu geben, und Birgitta hatte ihre ganze Geduld und Überredungskunst aufbieten müssen. Schließlich war es ihr auch gelungen, etwas sehr Interessantes in Erfahrung zu bringen: Joachim und Philip Bergman hatten in derselben Wohnung gewohnt. Die Eltern der beiden hatten dies während der ersten Verhöre mit keinem Wort erwähnt. Sie hatte Philips Mutter angerufen und gefragt, ob es zutreffe, dass ihr Sohn mit Joachim zusammengewohnt habe. Die Mutter hatte dies bestätigt, dann aber rasch hinzugefügt, dass es nur vorübergehend gewesen sei. Philip habe eine eigene Wohnung gesucht. Es sei aber äußerst schwierig und teuer gewesen, im Zentrum von Paris etwas zu finden.

»Komm morgen im Präsidium vorbei. Der Schlüssel liegt am Empfang. Ihr fliegt Montag um 8.20 Uhr von Landvetter ab. Der Rückflug ist um 20 Uhr von Paris«, sagte Andersson.

Irene war zunächst sprachlos und sagte dann:

»Ich hole dann morgen den Schlüssel. Vielen Dank für die Mühe mit den Buchungen und …«

»Du musst dich nicht bei mir bedanken, darum hat sich Birgitta gekümmert«, unterbrach sie der Kommissar.

Das hätte Irene klar sein müssen, wenn sie nur etwas nachgedacht hätte.

»Übrigens füge ich auch den Papierstapel, den ich von Kajsa bekommen habe, hinzu, dann kannst du ihn auf dem Flug durchsehen«, fuhr er fort.

»Papierstapel?«, wiederholte Irene.

Auf den kleinen Schluck Whisky waren zwei Glas Wein gefolgt. Das hatte sie nicht nur müde, sondern auch etwas langsam gemacht.

»Kajsa hat von diesem Journalisten ein Kapitel seines Buches bekommen. Offenbar schreibt er über diese ganzen Computerunternehmen und dieses ganze Geld, das nach dem IT-Crash verschwunden ist. Er hat ihr den Abschnitt über Bergmans, Kaeglers und Bonettis Unternehmen gegeben«, sagte Andersson.

»Ph.com«, ergänzte Irene.

»Genau. Da diese Ermittlung so weit reichend ist, kann ich mich nicht mit allen Details befassen. Es ist vermutlich gut, wenn ihr, Kajsa und du, den Hintergrund der Betrügereien dieser drei Hampelmänner kennt.«

Irene wusste, dass er sich für Computerdinge überhaupt nicht interessierte, von Wirtschaftsverbrechen ganz zu schweigen, denn da waren gute Computerkenntnisse erforderlich, wenn man richtig recherchieren wollte. Sicher war er sehr erleichtert, dass er die IT- und Finanzfragen Kajsa und ihr überlassen konnte. Sie war in der Tat neugierig, was diese Papiere enthielten.

KAPITEL 8

Ein Raunen ging durch den Nachtclub, als der junge Mann seinen Einzug hielt. Den Gästen fielen zwar auch die zwei Personen auf, die ihm auf dem Fuß folgten, aber alle Blicke galten ihm. Betont langsam schlenderte er die Treppe hinunter. Er war sich bewusst, welchen Eindruck er hinterließ.

Er trat an die Bar und bestellte drei Wodka Martini. Seine beiden Freunde lachten über eine seiner Bemerkungen. Keiner der drei war nüchtern. Nonchalant zog er eine Visakarte aus der Tasche und überließ sie dem Barkeeper. Die Karte lag dann den ganzen Abend hinter der Bar. Bereits nach wenigen Minuten kam die erste junge Frau und gesellte sich zu ihm. Bald waren es mehrere. Einige kannte er schon von früher. Mit den unbekannten Mädchen begann er eine beiläufige Unterhaltung, dann gab er allen Champagner aus, natürlich den teuersten.

Keine Frau über fünfundzwanzig war darunter.

Die Frau in seiner Gesellschaft war eine kühle nordische Schönheit mit hellblauen Augen, platinblondem, hoch toupiertem Haar und diskretem Make-up. Ihre Kleider hingegen waren aufsehenerregend. Sie konnte sie nur in einer der teuersten Boutiquen Londons gekauft haben. Obwohl sie genauso betrunken war wie die beiden Männer in ihrer Gesellschaft, wirkte sie gelangweilt. Sie hatte noch kaum an ihrem Glas genippt, als sie abrupt aufstand und dem Blonden einen flüchtigen Kuss auf die Wange gab. Dann drehte sie sich auf dem Absatz um und verschwand die Treppe hinauf zum Ausgang. Er schien nicht zu merken, dass sie ging.

An der Bar war es heller als im übrigen Lokal. Die Lampen ließen sein dichtes blondes Haar schimmern, das etwas länger war, als die Mode es vorschrieb. Seine Gesichtszüge waren regelmäßig, mit hohen Wangenknochen und einem energischen Kinn. Oft feuerte er sein charmantes Lächeln ab. Sein durchtrainierter Körper und seine exklusive Kleidung unterstrichen noch den Eindruck von Schönheit und Erfolg, den er erwecken wollte.

Sein Freund war klein und dick. Er sah aus wie fast vierzig, war aber in Wirklichkeit gerade erst dreißig geworden. Das helle rotblonde Haar war bereits etwas schütter, und er wurde von lästigen Schweißausbrüchen heimgesucht. Der schlecht sitzende Anzug spannte sich um seine korpulenten Glieder. Das konnte ihm egal sein. Er konnte sich neue leisten. Er konnte es sich sogar leisten, alles zu kaufen, was er sich nur wünschte.

In den frühen Morgenstunden wurde das Fest immer ausgelassener. Die zwei Männer und die jungen Frauen in ihrer Gesellschaft waren die letzten Gäste. Natürlich wurde nicht geschlossen, bevor sich die Bande bequemte, den Club zu verlassen. Das Personal wusste, dass es ordentlich Trinkgeld gab, wenn man sich verhielt, wie es von einem erwartet wurde. Als beispielsweise der Blonde mit einem kurzen Strohhalm ein weißes Pulver direkt vom Bartresen schnupfte, schaute der Barkeeper weg. Auch als der Kräftige eines der Mädchen, das am betrunkensten war, auf die Herrentoilette schleifte, sie zwang, sich über das Waschbecken zu beugen, und sie vergewaltigte. Der Rausschmeißer, der zufällig hereinschaute, zog sich rasch zurück. Was er gesehen hatte, war sicher einen großen Schein wert.

Für das Personal, das die Orgien der Freunde kannte, waren die Eskapaden dieser Nacht nichts Ungewöhnliches. So endeten die Arbeitstage der Führungsgruppe von ph.com für gewöhnlich.

Diese Episode hat sich tatsächlich genau so zugetragen. Das Mädchen zeigte die Vergewaltigung auf der Toilette bei der Polizei an, zog aber die Anzeige nach den ersten Verhören zurück. Mehrere Personen, mit denen ich gesprochen habe, haben bestätigt, dass das Führungstrio oft im Besitz von Kokain war und in den frühen Morgenstunden auch ganz offen schnupfte. Die Angestellten des Szenelokals Zodiak bestätigten dies, als ich sie interviewte. Da es sich um Bergman-Kaegler-Bonettis Lieblingslokal hier in Göteborg handelte, bekam das Personal etliche ähnlich gelagerte Festnächte mit. Eines konnten die Chefs von ph.com wirklich, und zwar feiern!

Ich habe mir ph.com als ein typisches Beispiel für das Schicksal vieler Dotcom-Unternehmen ausgesucht, die Ende der 90er wie Pilze aus dem Boden sprossen. Ich gehe hier nicht im Detail auf das Finanzierungskarussell ein, weil dies in einem eigenen Kapitel behandelt wird (siehe Kapitel 6: Ratgeber, Investoren und Investmentbanken). Statt dessen möchte ich ein Gesamtbild der Ereignisse und ihrer Ursachen liefern.

Das unwahrscheinliche Märchen vom Aufstieg und Fall der ph.com begann, als Philip Bergman und Sanna Kaegler im Jahre 1998 Thomas Bonetti auf einem Fest in Göteborg kennen lernten. In verschiedenen Interviews haben sie selbst erzählt, wie es zu dem Entschluss kam, Internet-Unternehmer zu werden.

Alle drei glaubten blind an diesen neuen Typ des Handels, der im Internet um sich gegriffen hatte. In den USA gab es Unternehmen wie Netscape und amazon.com (siehe Kapitel 4: Die ersten Internet-Unternehmen in den USA), die sich bereits erfolgreich an der Börse etabliert hatten. Dort waren auch rentable Unternehmen wie Intel, Apple und Compaq vertreten. Die schnellen Wertsteigerungen verlockten große Kapitalanleger dazu, ihr Geld auch in nicht an der Börse geführte Unternehmen zu investieren. Nicht zuletzt den amerikanischen Rentenfonds war sehr daran gelegen, ihr Geld in Unternehmen der

New Technology zu investieren. Das taten sie durch Risikokapitalgesellschaften, die Geld in die neuen Unternehmen steckten. Ein amerikanischer Journalist schätzte, dass etwa vierzig Prozent des Geldes der Risikokapitalgesellschaften in den 90ern aus den Rentenfonds stammten.

Vom Sommer 1998 bis zum Sommer 1999 stieg der Wert der Internet-Aktien um 400 Prozent! Das Interesse an den neuen Internet-Unternehmen war enorm und Risikokapital beinahe unbegrenzt verfügbar. Den Investoren bereitete es allmählich Mühe, neue Projekte zur Geldanlage zu finden. Die Chancen für ein neu gegründetes Internet-Unternehmen, an Kapital zu kommen, standen also sehr gut.

Im Nachhinein erscheint es bemerkenswert, dass die Investoren nicht vorsichtiger waren. Die Internet-Unternehmen verfügten über keinerlei festes Vermögen und machten oft riesige Verluste. Der Wert der Aktien gründete sich einzig auf die Überzeugung, dass die große Internet-Revolution bevorstand. Niemand wollte diesen Zug verpassen.

Der Gedanke, der in der Partynacht im Februar 1998 geboren wurde, lief darauf hinaus, dass man ein globales Internet-Unternehmen schaffen und an die Börse bringen wollte. Anfänglich war es kein Thema, was man eigentlich verkaufen wollte. Es ging nur darum, überhaupt etwas via Internet zu veräußern. Die drei wollten von Anfang an dabei sein, Ziel war es, ein führendes IT-Unternehmen zu werden.

Philip Bergman und Sanna Kaegler hatten gerade ihre Anteile an der Zazza-Kette verkauft. Es gab Gerüchte, wonach sie von den beiden anderen Mitbesitzern, den Brüdern Gillis und Walther Rothstaahl, mehr oder minder zwangsweise ausbezahlt worden waren, da immer größere Probleme bei der Zusammenarbeit aufgetreten waren. Dieses Gerücht haben sowohl Bergman als auch Kaegler bestritten. Stattdessen haben sie behauptet, sie seien der Modebranche überdrüssig gewesen und hätten neue Herausforderungen gesucht. ›Wir haben Zazza von der Mittelmäßigkeit an die absolute Spitze geführt. Wir haben das Gefühl, dass es an der Zeit ist, uns anderweitig umzutun‹, sagte Philip Bergman zum Wirtschaftsreporter der Göteborgs-Posten anlässlich des Verkaufs. Beide wurden mit je sieben Millionen Kronen abgefunden, einer stattlichen Summe, wenn man bedenkt, dass sie sich nur mit je einer Million an der Kette beteiligt hatten.

Philip besaß Visionen und konnte überzeugen. Er war, wie allseits bestätigt, charmant und charismatisch. Kurz gesagt: Er hatte alles, was nötig war, um ein erfolgreicher Internet-Unternehmer zu werden.

Sanna war äußerst trendbewusst und hatte einen Sinn für neue Strömungen. Sie hatte bei Zazza erfolgreich im Marketing und im PR-Bereich gearbeitet. Sie konnte, wenn nötig, ebenfalls sehr charmant sein, besaß aber eine zurückhaltendere Art als Philip. Es kam fast nie vor, dass sie sich irgendeiner von Philips Ideen widersetzte. Sie ergänzten sich und standen einander immer bei.

Thomas Bonetti passte eigentlich nicht in ihre Gesellschaft. Er gehörte definitiv nicht zu den ›beautiful people‹ und würde das auch nie tun. Die Modebranche interessierte ihn nicht im Geringsten, und er kannte sich auf diesem Gebiet auch nicht aus. Aber er hatte Erfahrungen im Ausland gesammelt und verfügte durch Leute, die er in seinen Londoner Jahren kennen gelernt hatte, über Kontakte zu internationalen Großbanken.

Zusammen wollten sie ein siegreiches Trio werden. Sie wollten als Erste in Europa mit dem Internet-Handel beginnen. Der ›first mover advantage‹ sei wichtig, schärfte Thomas Bonetti seinen neuen Geschäftspartnern wiederholt ein.

Im März hatten sie sich für den Vertrieb exklusiver Mode und Accessoires entschieden. Kaufte man einen Armani-Anzug, sollte man auch die passenden Schuhe und Socken, Schlipse und Hemden, Manschettenknöpfe, After-Shaves, Parfüms, Armbanduhren, Siegelringe usw. erstehen können.

›Wir bieten unseren Kunden einen komplett neuen Lebensstil innerhalb einer Minute! Perfekt für den gehetzten Menschen von heute!‹, rief Philip begeistert auf der ersten (und einzigen) Einführungsveranstaltung für die ph.com-Angestellten.

Ende April 1998 fuhren die drei nach London. Sie wohnten im exklusiven Hotel Hilton. Eigentlich fand Sanna es zu teuer, aber sowohl Thomas als auch Philip hielten eine solide Fassade für wichtig. Alle drei waren sich einig, dass das Unternehmen nicht schwedisch, sondern weltumspannend sein sollte. Natürlich wollten sie an das richtig große Risikokapital herankommen. Daher war es naheliegend, das Geld im Ausland zu beschaffen. Sie waren nach London gefahren, um die ersten Verhandlungen mit verschiedenen internationalen Firmen zu führen, die ihrem Projekt Glaubwürdigkeit verleihen sollten. Schon vor ihrer Reise hatten sie Termine mit den angesehensten Rechtsanwaltskanzleien und Wirtschaftsprüfern vereinbart. Mit angesehenen Partnern würde es leichter sein, die Kontakte zu den finanziellen Ratgebern zu knüpfen, die die Verbindung zu den Investmentbanken herstellen konnten.

Recht bald erkannten sie, dass sie mit einer amerikanischen Investmentbank am besten beraten sein würden. Schließlich lag ihr größter Markt in den USA. Um bei den großen Modehäusern Vertrauen zu wecken, benötigten sie das Image eines globalen Unternehmens mit guten Kontakten zu Beratern an der Wall Street. Deswegen war es nur natürlich, dass sie von Anfang an versuchten, H.P. Johnson's für den Auftrag zu interessieren. Sie umwarben die Mitarbeiter der Europa-Niederlassung der amerikanischen Investmentbank regelrecht. Als sie ihre Geschäftsidee vorstellten, sagte Philip selbstsicher:

›Wir rechnen mit einem Kapitalbedarf von fast hundert Millionen Dollar.‹

Die Banker rechneten mit einer Provision von sieben Prozent, also einem Verdienst von sieben Millionen Dollar für die Bank. Natürlich war H.P. Johnson's interessiert!

H.P. Johnson's war eine alte, renommierte Handelsbank, und ph.com öffnete ihr ein Tor zum Internet-Sektor. Mehrere ihrer Konkurrenten hatten sich bereits auf dieses Gebiet vorgewagt, und die Chefs der Bank beschlossen, den Kampf mit ihnen aufzunehmen.

Zu Beginn des Herbstes 1998 willigte H.P. Johnson's ein, sich für das Milliardenprojekt zu verbürgen. Sie wurden die offiziellen Berater von ph.com.

Nichts deutet darauf hin, dass die Bank je den Hintergrund der drei Schweden kontrollierte. Über den Grund dafür lassen sich nur Mutmaßungen anstellen. Vielleicht wollte man das Projekt nicht in Frage stellen, da es H.P. Johnson's ermöglichte, in den lukrativen Internetmarkt einzusteigen.

Im Herbst 1998 kam das Projekt richtig in Schwung. Die drei verpflichteten eine der international bekanntesten Anwaltskanzleien, Andersen & Andersen & Schoultze, als ihre juristischen Ratgeber.

Das Führungstrio von ph.com hielt die Zeit für gekommen, Kapital für das Projekt einzuwerben. Bisher hatten sie alles mit eigenem Geld finanziert. In einem Investitionsmemorandum hielten sie fest, dass sie neunhundertfünfzigtausend Dollar einbrachten. Jeder zahlte einhundertfünfzigtausend Dollar, der Rest bestand aus bereits beglichenen Rechnungen.

Alle drei bereiteten sich auf eine Tournee durch ganz Europa und die USA vor. Sie wollten Kontakte zu den Lieferanten knüpfen, aber vor allem ging es darum, Kapital zu beschaffen.

Nach abgeschlossener Finanzierungsrunde Ende Februar 1999 hatte die Gesellschaft vierzig Millionen Dollar beisammen. Es…«

»Etwas zu trinken?«

Irene wurde von der Stimme der Stewardess aus ihrer Lektüre gerissen. Verwirrt betrachtete sie das Angebot und entschloss sich schließlich für ein Mineralwasser. Kaffee gab es erst später. Vorsichtig stieß sie Kajsa an, die neben ihr mit offenem Mund schnarchte. Sie zuckte zusammen und versuchte, wach zu werden.

»Kaffee… oder Fanta… mit Milch«, murmelte sie schlaftrunken.

»Sie hätte auch gern ein Mineralwasser«, entschied Irene.

Sie bekamen ihre funkelnden Dosen. Wenig später erschien ein Steward mit Sandwiches und Plastikbechern für den Kaffee.

»Hast du schon alles gelesen?«, wollte Kajsa wissen und deutete mit dem Kinn auf den Papierstapel auf Irenes Knien.

»Nein. Es dauert etwas, weil ich mich durch diese ganzen Spezialbegriffe kämpfen muss. Aber eins steht wohl fest. Es gelang ihnen, bis in die oberen Regionen der Großfinanz vorzudringen, und zwar nicht etwa, weil sie etwas in der Hand gehabt hätten, sondern weil sie die Banker und Anwälte in Grund und Boden redeten und dazu brachten, an ihre Visionen zu glauben. Eigentlich unfassbar!«

»Ja, das ist es wirklich«, sagte Kajsa und kaute auf ihrem Schinkensandwich herum.

Irene hatte das deutliche Gefühl, dass sie nicht ganz von derselben Sache sprachen und sie definitiv nicht aus derselben Perspektive betrachteten, beschloss aber, nicht nachzuhaken. Rasch beendete sie ihr Essen, um die Lektüre fortsetzen zu können.

Die folgenden Seiten überflog sie nur. Es ging darum, wer wie viel investiert hatte. Dann begann sie, wieder aufmerksamer zu lesen:

»Im Dezember mietete Philip Bergman ein großes Büro an der Charing Cross Road. Schwedische Architekten bauten es um, damit es eine ›cool attitude‹ ausstrahlte, wie Philip Bergman sich ausdrückte. Ende Januar war alles fertig. Ehe noch die letzten Handwerker die trendige Bürolandschaft verlassen hatten, begann ph.com, Personal einzustellen. Es war kein Problem, kompetente und interessierte Bewerber zu finden. Englands bekannteste Personalberatung wurde damit beauftragt, die Richtigen zu verpflichten. Man rechnete damit, dass ph.com im Londoner Büro etwa hundert Angestellte benötigte. Die meisten erfolgreichen Bewerber waren Mitte zwanzig. Sie kamen größtenteils von Beraterfirmen und waren häufig Freunde und Bekannte der Führungsgruppe.

Im Frühjahr 1999 begann ph.coms globale Expansion. Ein großes Büro wurde in New York am Broadway eröffnet. Nach ein paar Monaten gab es dort ebenfalls etwa hundert Angestellte. Außerdem wurden Niederlassungen in Stockholm, Frankfurt am Main, Paris und Amsterdam eröffnet.

Philip Bergman hatte die Vision, dass ph.com in Europa und in den USA in insgesamt sechs verschiedenen Sprachen lanciert werden sollte. Alle Preise sollten, einschließlich eventueller Zölle und der Frachtspesen, sofort in die Landeswährung umgerechnet werden. Alle erhältlichen Kleider sollte sich der Kunde in verschiedenen Farben und zusammen mit verschiedenen Accessoires virtuell betrachten können. Die eigene Homepage sollte sich von allen anderen auf dem Markt unterscheiden und Besucher durch ihr freches Design anlocken.

Gewisse Experten rieten von Anfang an ab, da die Gestaltung einer solchen Homepage enorme Probleme mit sich bringen würde. Sowohl Philip als auch Sanna waren jedoch unnachgiebig. Es würde klappen, es musste klappen! Auch Thomas Bonetti war ihrer Meinung. Als Wirtschaftswissenschaftler wusste er, was zu einer hohen Bewertung auf dem Aktienmarkt führte: viele Besucher der Homepage eines Unternehmens, schnelles Wachstum und rasch wachsende Angestelltenzahlen. Es kam nicht in Frage, innezuhalten oder den Anschein zu erwecken, man zögere!

Andere Berater wagten es auch, sich der Geschäftsidee zu widersetzen, einen ›Lebensstil‹ zu verkaufen. Die bekannten Modehäuser würden sich nicht auf dieses Konzept einlassen. Sie würden verlangen, dass ph.com die Kollektionen vor Beginn der Saison kaufte. Das würde große Lagerkosten und das Risiko, auf das Falsche zu setzen, mit sich bringen. Sanna reagierte wütend auf diesen Einwand:

›Ich arbeite jetzt schon seit Jahren im Bereich Mode und Design! Ihr habt davon doch überhaupt keine Ahnung!‹, erklärte sie den Beratern. Die Kritik verstummte. Schließlich beißt man nicht die Hand, die einen füttert.

Auch das Betriebsklima bei ph.com ließ keine Kritik zu. Man war ein Teil des ph.com-Geistes. Das heißt, man kam frühmorgens und ging erst spätabends. Es wurde erwartet, dass man auch am Wochenende zur Verfügung stand. Protestierte man, wurde man kaltgestellt. Dann gehörte man nicht mehr zu der coolen Gang und durfte nicht mehr bei den nächtlichen Partys dabeisein. Ein Privatleben der Angestellten war ausgeschlossen. Man pflegte fast ausschließlich mit anderen ph.com-Angestellten Umgang. Recht bald kristallisierte sich ein innerer Kreis um das Führungstrio heraus. Gleichzeitig wurde das gesamte Unternehmen von einer starken Solidarität mit und einem großen Glauben an ph.com durchdrungen.

Das Interesse der Medien konzentrierte sich immer mehr auf Philip Bergman und Sanna Kaegler. Sie liebten es, im Rampenlicht zu stehen, und führten ihre trendigen Londoner Wohnungen gerne in Einrichtungszeitschriften vor. Bonetti besaß ebenfalls eine Wohnung an einer guten Adresse, gewährte aber nie Journalisten Einlass. Die Mieten wurden von ph.com bezahlt. Alle drei erhielten einen Lohn von einhundertfünfzigtausend Dollar im Jahr. Oft waren ihre Gesichter auf dem Umschlag von Fortune zu sehen. Wie ein Mantra wiederholten sie in den Interviews, dass sie die avancierteste Technik des Internet kreieren würden.

Dort türmten sich bald die wirklichen Probleme. Bergman

und Kaegler verwarfen ständig Vorschläge für Homepages, die ihnen von Electroz vorgelegt wurden. Im Februar 1999 gab Electroz auf, und ph.com hatte keinen Partner mehr für die Technik. Zum ersten Mal zeigte Philip Bergman Anzeichen von Nervosität. Er hatte den Investoren versprochen, dass die Homepage im April 1999 fertig sein würde. Die Trojka wollte Ende März eine zweite Finanzierungsrunde einläuten. Deshalb wollten sie den Investoren gegenüber nicht offiziell zugeben, dass man das Datum für die Etablierung der Homepage nicht einhalten konnte.

Zur gleichen Zeit wies Thomas Bonetti darauf hin, dass die finanzielle Kontrolle innerhalb des Unternehmens unzulänglich bzw. teilweise gar nicht vorhanden sei. Alle Abteilungen tätigten ihre Bestellungen, ohne mit der Zentralbuchhaltung, für die er zuständig war, Rücksprache zu halten. Es gingen keine monatlichen Berichte ein, und so war es unmöglich, die Finanzen ordentlich in den Griff zu bekommen. Thomas und das Gespann Philip und Sanna gerieten sich wegen der mangelnden Kontrolle der Finanzen des Unternehmens immer häufiger in die Haare. Thomas zog den Kürzeren, da er immer die beiden Partner, die füreinander durch Feuer und Wasser gingen, gegen sich hatte. Auch für die anderen in der Firma wurde zunehmend deutlicher, dass es um die Harmonie in der Führungscrew nicht sonderlich gut bestellt war. Vielleicht entschloss sich Thomas bereits da, seine Schäfchen ins Trockene zu bringen. Während einer feuchtfröhlichen nächtlichen Party vertraute er einigen Mitarbeitern an, dass er nur noch versuchen wolle, ph.com an die Börse zu bringen, um dann rasch seine Aktien zu verkaufen.

Die zweite Finanzierungsrunde war ein voller Erfolg. Gleichzeitig gelang es, einen neuen Partner für die Technik zu gewinnen: Watsis. Doch auch diese Firma hatte Bedenken, da man den Zeitrahmen für zu knapp hielt. Die Homepage bis zum 1. Juni 1999 fertigzustellen war unmöglich. Trotz ihrer ausdrücklichen Bedenken gab Bergman den 1. Juni 1999 als Startdatum für die Homepage bekannt. Es ging darum, die Investoren bei Laune zu halten. Die Führungscrew beauftragte bekannte Webdesigner aus New York. In Stockholm und Berlin kümmerte man sich um die Administration und die Logistik. Da alle unter Hochdruck arbeiten mussten, waren diese Dienstleistungen natürlich besonders teuer.

Ein Beraterteam beraumte den frühestmöglichen Termin für die Einführung der Homepage auf den 1. November 1999 an. Philip Bergman und Sanna Kaegler protestierten, mussten sich aber schließlich fügen. Wünschten sie die coolste und technisch ausgereifteste Homepage des Internets, dann musste es eben dauern dürfen, wenn es funktionieren sollte.

Nach außen hin ließen sie sich nichts anmerken, und positive Artikel in Wirtschaftszeitungen auf der ganzen Welt erhöhten das Interesse der Investoren an ph.com noch weiter. Das Verlangen nach Internet-Aktien war enorm. Die zweite Investitionsrunde war bald abgeschlossen, und die Investoren standen bereits für die dritte Schlange. Rasch floss das Geld in die Kassen von ph.com.

Die Berater von H.P. Johnson's rieben sich die Hände. Höchste Zeit für den Börsengang!

Da auch die dritte Finanzierungsrunde ein Erfolg war und sogar überzeichnet wurde, wurde der Wert von ph.com vor der Börsenemission auf einhundertfünfzig Millionen Dollar festgesetzt.

Während dieser erfolgreichen Periode wurde das Verhältnis zwischen Bergman-Kaegler und Bonetti immer frostiger. Im Herbst 1999 wurde die Kluft noch größer. Sanna Kaegler und Philip Bergman wollten Bonetti loswerden, da er er ›nicht mehr am gleichen Strang zog‹.

Gleichzeitig zeichnete sich immer deutlicher ab, dass die Homepage auch am 1. November nicht fertiggestellt sein würde. Bei Probeläufen hängte sie sich auf, Bestellungen wurden nie ausgeführt, und es dauerte viel zu lange, weiter zu klicken. Das Datum wurde um einen Monat verschoben.

In den schicken Niederlassungen in Schweden, Deutschland, England, Frankreich, den USA und Holland waren eine Menge Leute angestellt worden. Die jungen Mitarbeiter erhielten hohe Löhne und konnten durch Europa und die USA reisen und in feinen Hotels wohnen. Eigentlich hatten sie keine direkten Arbeitsaufgaben, solange die Homepage nicht in Betrieb war. Niemand in der Firma wusste, was er solange tun sollte. Die jungen Berater bekamen hübsche Titel, es wimmelte nur so von Vice Presidents. Das Datum der Internet-Etablierung näherte sich, und die Erwartungen wuchsen parallel dazu immer mehr.

Es gab große Probleme mit den Lieferanten. Mehrere sehr bekannte Marken brachen ihre Zusammenarbeit ab. Die Idee, nur auf Bestellung Kleider an ph.com zu liefern, missfiel ihnen. Die Markenlieferanten verlangten, dass das Unternehmen die Kollektionen jeweils kaufen und vorrätig haben sollte, um sie dann im Internet weiter zu verkaufen. Und tatsächlich: Ganze Kollektionen von u. a. Prada und Kenzo wurden bestellt (von wem, konnte nie geklärt werden). Plötzlich verfügte ph.com über ein großes Kleiderlager und sah sich genötigt, ein Lagerhaus im Freihafen von London anzumieten. Zusammen mit allen Lockwaren und Werbegeschenken, die für die Lancierung angeschafft worden waren, beliefen sich die Kosten bereits auf ca. dreizehn Millionen Dollar. Das waren Ausgaben, mit denen niemand gerechnet hatte.

Das Kapital schwand, und niemand hatte Kontrolle über die Ausgaben.

Zu diesem Zeitpunkt tauchte ein anonymer Investor auf. Da es sich um fünfzehn Millionen Dollar handelte, beschloss Bergman, dass es eine vierte Investitionsrunde nur für diesen Investor geben würde. Man verdoppelte den Wert der Gesellschaft, und plötzlich wurde ph.com auf dreihundertfünfzig

Millionen Dollar bewertet, ohne auch nur für einen einzigen Dollar etwas verkauft zu haben!

Auch für die Berater von H.P. Johnson's war es ein gutes Geschäft. Ihre Honorare wurden in Aktien umgewandelt; sie besaßen nun eine bedeutende Beteiligung an ph.com.

Bei einer Vorstandsversammlung von ph.com wurde beschlossen, das Unternehmen spätestens im März 2000 an die Börse zu bringen.

Sanna und ihre Angestellten stellten hohe Ansprüche an die Website. Die Vorschläge, die ihnen unterbreitet wurden, fanden sie ›hässlich, banal, alles andere als trendig‹. Infolgedessen geriet die Arbeit weiter in Verzug, und die Homepage war bald so durchdesignt, dass niemand mehr wusste, was er eigentlich anklicken sollte. Der Zeitdruck und das Fehlen eines Gesamtkonzepts führten dazu, dass die ganze Homepage aus sich überlappenden Programmen bestand. Daher war sie unerhört langsam und mit Unmengen Bugs behaftet. Tests ergaben, dass es bis zu fünfundvierzig Minuten dauern konnte, einen Kauf abzuschließen.

Als sich der Tag der Internet-Einführung von ph.com näherte, herrschte nackte Panik. Die Homepage funktionierte nicht wie erwünscht. Trotzdem beschloss man, sie zu lancieren, damit die Investoren nicht die Geduld verloren.

Am Morgen des 1. Dezember 1999 stieß Philip Bergman mit seinen erschöpften Mitarbeitern mit Champagner an. Endlich war ph.com im Internet!

Bergman hatte aufs Weihnachtsgeschäft gehofft, aber der erwartete Boom blieb aus. Viele Interessierte und Neugierige besuchten die Homepage, aber als sie realisierten, wie aufwendig und schwierig der Einkauf war, schenkten sie ihr einfach keine Beachtung mehr. Im Januar 2000 musste auch Bergman zugeben, dass die Lage katastrophal war. Sie hatten nicht einmal zehn Prozent dessen verkauft, was sie prognostiziert hatten. Nach außen hin ließ sich die Führung nichts anmerken. Nicht die geringsten Andeutungen einer Warnung waren zu vernehmen, was jeglicher Geschäftsmoral widersprach und geradezu kriminell war. Rückblickend wirkt ihr Verhalten in keinster Weise verwunderlich. Sie wollten das Unternehmen an die Börse bringen und schnelles Geld verdienen.

Der große und unkontrollierte Geldverbrauch brachte sich jedoch unangenehm in Erinnerung. Das Führungstrio entschloss sich, eine fünfte Investitionsrunde einzuläuten. Mindestens fünfundvierzig Millionen Dollar mussten her. Bei einer Vorstandssitzung im Januar 2000 wurde beschlossen, den Börsengang auf ›irgendwann‹ im zweiten Quartal zu verschieben.

Ein großer Rückschlag war auch die große Anzeigenkampagne, die Sanna Kaegler für den Börsengang bestellt hatte. Sie hatte eine Menge Geld gekostet und wurde mit einem Kredit bezahlt. Der Kreditrahmen wurde weit überschritten, was Sanna nicht zu bekümmern schien. Bergman gelang es, neue Bedingungen auszuhandeln. Die Grenze wurde auf neun Millionen Dollar festgesetzt. Auch dieses Geld sollte eines Tages von ph.com zurückgezahlt werden, aber auch das schien den Eigentümern keine Sorgen zu bereiten.

Die Schulden häuften sich. Sie hatten zu viele gut bezahlte Angestellte, zu viele und zu teure Büros in aller Welt, teure Berater und ein zu großes Warenlager. Dazu kam noch, dass die Verspätung des Projekts um sechs Monate bis zur Lancierung das Unternehmen eine Menge Geld gekostet hatte. Der Verkauf war immer noch katastrophal schlecht! Es kam also kein neues Geld herein; das Unternehmen war dabei auszubluten.

Die Führungscrew hatte bereits vor Weihnachten Sparmaßnahmen beschlossen. Man wagte nicht, alle teuren Büros zu schließen und Angestellte zu entlassen; das würde den Investoren die falschen Signale geben. Was blieb, war ein

Erlass, dass alle ihre Handyrechnungen und Reisekosten zu senken hätten.

Das ganze Projekt ph.com beruhte auf einer gigantischen Fehleinschätzung. Die Prämisse war, dass reiche Leute exklusive Markenwaren via Internet kaufen würden. Bergman hatte voller Überzeugung behauptet: ›Wir werden einen neuen Typus Kunden zum Internet-Handel locken! Unsere Kunden wissen, was sie haben wollen. Sie haben viel Geld und einen guten Geschmack. Das Einzige, was sie nicht haben, ist Zeit. Der Zeitgewinn, den sie dadurch erzielen, dass sie bei uns bestellen, wird ph.com einen großen Kundenkreis bescheren!‹

Die Lieferanten ließen sich auf keine Rabatte ein. Bereits da wusste man aus Umfragen, dass die Hauptmotivation für einen Einkauf im Internet in dem Wunsch bestand, etwas billiger zu bekommen. Offenbar stellten die Kunden von ph.com keine Ausnahme dieser Regel dar, denn der Verkauf zog nicht an. Er betrug immer noch nur knapp zehn Prozent der ursprünglichen Prognose.

In den ersten Monaten des neuen Jahrtausends tauchten die ersten kritischen Artikel über ph.com in der Presse auf. Was verbarg sich eigentlich unter der coolen und trendigen Oberfläche? Den Medien gegenüber zeigten sich Bergman und Kaegler uneingeschränkt zuversichtlich, aber sie waren natürlich im Innersten zutiefst erschüttert – und zwar weniger wegen der katastrophalen wirtschaftlichen Situation von ph.com, sondern eher, weil über sie nicht mehr nur positiv berichtet wurde.

Beide waren sicher sehr erleichtert, als Thomas Bonetti ganz überraschend erklärte, er wolle ph.com wegen ›neuer, eigener Projekte‹ verlassen. Das war Ende Januar. Bonetti wollte umgehend mit der Arbeit aufhören. Das halbherzige Angebot, weiter im Vorstand zu bleiben, nahm er nicht an, und am 1. Februar verließ er ph.com endgültig.

Im März 2000 platzte die IT-Blase. Nach einer unsicheren Prognose für Intel begannen plötzlich die Technikaktien des NASDAQ zu fallen. Im April fielen sie um fünfundzwanzig Prozent. Es dauerte mehrere Monate, bis der Markt in den USA begriffen hatte, was passiert war. In Europa dauerte es noch länger. Mehrere Dotcom-Unternehmen gingen im Jahre 2000 bankrott. Tausende Konkurse machten Hunderttausende von Beschäftigten innerhalb des IT-Sektors arbeitslos. Der Begriff ›Dotcom-Tod‹ wurde geprägt.

Natürlich überlebte ph.com mit seinen schlechten Finanzen nicht sonderlich lange. Im April 2000 war der Konkurs ein Faktum. Aus der fünften Finanzierungsrunde wurde nichts. Die Investoren hatten kalte Füße bekommen und spürten den kalten Atem des ›Dotcom-Tods‹, obwohl zu Beginn des Jahres 2000 noch niemand ahnte, was für Ausmaße die Sache annehmen würde.

Von Seiten H.P. Johnson's wurden einige Versuche zur Rettung unternommen. Noch Anfang März setzte man sich dort für den Börsengang ein. Doch dieser zerschlug sich bald endgültig, die Schulden holten ph.com ein und verschlangen am 15. April das Unternehmen restlos.

Den Tränen nahe erklärten Sanna Kaegler und Philip Bergman dem Personal im Londoner Büro, dass alle Schuld bei den Investoren liege. Sie seien ihren Verpflichtungen nicht nachgekommen. Jetzt habe man ph.com den Teppich unter den Füßen weggezogen! Davon, dass die Investoren über einhundert Millionen Dollar in das Unternehmen gepumpt hatten, ohne eine einzige Krone zurückzubekommen, war nicht die Rede!

Da es so gut wie keine Buchhaltung in dem Unternehmen gegeben hatte, ließ sich kaum erklären, wohin das Geld verschwunden war. Allein die Reklame und das Marketing hatten neununddreißig Millionen Dollar gekostet. Wer eigentlich bezahlt worden war, konnte nie richtig geklärt werden. Den Angestellten von ph.com gelang es, in nicht ganz einem Jahr einhundertundneun Millionen Dollar durchzubringen. Das entsprach nach damaligem Kurs einer Millarde schwedischer Kronen. Darüber nachzudenken, wohin dieses Geld verschwand, ist schwindelerregend. Einige Monate nach dem Konkurs behaupteten Sanna Kaegler und Philip Bergman, ihr ehemaliger Partner Thomas Bonetti habe mehrere Millionen Dollar unterschlagen. Bonetti wies diese Anklagen kategorisch zurück und behauptete, Sanna und Philip hätten das Geld selbst beiseite geschafft, nur um ihm dann die Schuld zuzuschieben. Es gab weder eine Ermittlung noch ein gerichtliches Nachspiel, da Thomas Bonetti im September 2000 verschwand.«

Irene beendete die Lektüre, als eine Stimme aus dem Lautsprecher mitteilte, man habe mit dem Landeanflug begonnen und die Passagiere sollten sich bitte wieder anschnallen. Im Text, den sie gelesen hatte, wimmelte es von wirtschaftlichen Fachausdrücken, die sie nicht verstanden hatte, aber eines war vollkommen klar: Beim ph.com-Konkurs war Geld verschwunden, und zwar sehr viel Geld.

KAPITEL 9

Irene und Kajsa hatten beide einen Rucksack als Handgepäck mitgenommen. Da sie nicht über Nacht bleiben wollten, brauchten sie keine Reisetasche. Es war angenehm, nicht zu denen zu gehören, die in der Gepäckausgabe warten mussten. Der Flughafen Charles de Gaulle war ein trauriger Koloss aus grauem Beton, aus dem sie sich schnellstmöglich mit dem Flughafenbus in die Stadtmitte von Paris entfernten.

»Der Bus fährt über den Boulevard Raspail in die Stadt. Die Frage ist, wo wir aussteigen sollen. Die Straße ist verdammt lang«, sagte Kajsa.

Sie studierte den Stadtplan, den sie sich an der Information auf dem Flughafen hatte geben lassen. Nach einer Weile faltete sie ihn zusammen und sagte:

»Wir müssen vor dem Place Denfert Rochereau aussteigen. Dann gehen wir einfach den Boulevard entlang, bis wir zur Hausnummer 207 kommen.«

Irene nahm den Stadtplan und betrachtete ihn. Sie versuchte, sich zu orientieren. Es gelang ihr, den Boulevard Raspail zu finden, und sie konnte Kajsa nur zustimmen, er war wirklich lang. Gegen einen Spaziergang bei dem schönen Wetter hatte sie jedoch nichts einzuwenden. Das Wetter erinnerte an einen schönen schwedischen Sommertag.

Sie begannen, sich dem Zentrum von Paris zu nähern. Auf den breiten Boulevards war die Geschwindigkeit auf siebzig Kilometer in der Stunde begrenzt. Der dichte Verkehr floss rasch dahin. Zwischen den Häusern gab es viele Bäume und blühende Beete. Trotz Stein und Asphalt schien Paris eine grüne Stadt zu sein. Der Fahrer sagte die Haltestelle an, an der sie aussteigen wollten. Draußen blieben sie kurz stehen und sogen die Luft ein, die nach Benzin roch.

»Ich bin hungrig. Sollen wir zu Mittag essen, bevor wir uns die Wohnung ansehen?«, fragte Kajsa.

»Gute Idee.«

Sie gingen in Richtung eines breiten Boulevards, der laut Stadtplan Montparnasse hieß. Fast auf der Ecke fanden sie Haus Nummer 207, in dem Philip Bergman und Joachim Rothstaahl ihre Wohnung gehabt hatten. Das Haus war etwas niedriger als die anderen achtgeschossigen Gebäude ringsumher und wirkte auch etwas älter. Es war gut unterhalten, hellgrau verputzt und hatte schwarz gestrichene Balkongeländer aus Gusseisen.

»Wir sind da«, stellte Irene fest.

»Ja. Und da drüben liegt ein Restaurant, das vielversprechend aussieht«, sagte Kajsa und deutete auf die andere Seite der stark befahrenen Kreuzung.

An der großen Kreuzung lagen mehrere Lokale. Bei zweien handelte es sich um exklusive Fischrestaurants, die übrigen waren Bistros und Cafés. Das Vielversprechende hatte Tische in der Sonne.

Auf einem großen Schild über der Tür stand La Rotonde, und sie entschlossen sich, es zu versuchen. Nachdem sie die große Kreuzung an mehreren Ampeln überquert hatten, ließen sie sich an einem Marmortischchen auf knarrende Korbstühle sinken. Der ganze Bürgersteig vor dem Lokal war mit Tischen und Stühlen voll gestellt, und fast alle waren besetzt. Sie hatten Glück, überhaupt noch einen freien Tisch gefunden zu haben.

Mit Kajsas Hilfe gelang es Irene, ein Bier zu bestellen, eine Flasche Mineralwasser und Hühnchen mit Noilly-Prat-Sauce auf Gemüsebett. Nach dem Essen bestellten sie einen Café au lait und lehnten sich auf den knackenden Stühlen zurück. Irene freute sich, dass sie einer Eingebung zufolge ihre Sonnenbrille eingepackt hatte. So konnte sie ungeniert die Menschen beobachten, die in einem nie versiegenden Strom an ihrem Tisch vorbeikamen.

Sie zahlten, blieben aber noch einen Moment in der warmen Sonne sitzen.

»In dieser Stadt herrscht wirklich eine tolle Stimmung«, meinte Irene.

»Ja. Hier ist immer etwas los. Diese Stadt schläft nie.«

»Warst du schon mal hier?«

Kajsa lächelte, ehe sie antwortete:

»Ich habe fünf Monate hier gewohnt und als Au-pair gearbeitet. Aber dann bin ich nach Hause gefahren. Es war nicht so spaßig, auf zwei Kleinkinder aufzupassen. Die Familie wohnte auch ziemlich weit außerhalb … da war die Ausbildung bei der Polizei verlockender.«

»Dann ist es nicht verwunderlich, dass du so gut Französisch kannst«, meinte Irene.

»Nein, obwohl es zehn Jahre zurückliegt, ist viel hängen geblieben.«

»Du redest nicht wie jemand aus Göteborg, nach Stockholm klingt es aber auch nicht. Wo kommst du eigentlich her?«

»Aus Eskilstuna.«

»Aha. Wie hat es dich dann nach Göteborg verschlagen?«

Irene war sich bewusst, dass sie Kajsa aushorchte, aber die Gelegenheit schien günstig.

Kajsa schwieg lange, bevor sie antwortete:

»Das Übliche. Ein Mann«, entgegnete sie kurz.

Irene witterte interessante Informationen und ließ sich nicht abschrecken.

»Ach. Seid ihr noch zusammen?«

»Nein.«

»Und du hast dir keinen anderen zugelegt?«

»Nein.«

Kajsa unternahm nicht einmal den Versuch zu verbergen, wie sehr sie sich über Irenes aufdringliche Fragen ärgerte. Aber Irene hatte nicht die Absicht, so einfach aufzugeben. Jetzt hatte sie Kajsa da, wo sie sie haben wollte. Ruhig sagte sie:

»Überleg es dir genau, bevor du was mit einem Neuen anfängst. Ein verheirateter Mann bedeutet Schwierigkeiten, und zwar für dich und für seine Frau und seine Kinder. Je mehr Kinder, desto mehr Schwierigkeiten. Kinder kommen immer zuerst, denn sie leiden unter einer Scheidung am meisten. Und wenn du es warst, die die Trennung verursacht hat, wirst du immer die zweite Geige spielen. Schließlich war es deine Schuld, dass die Ehe in die Brüche ging.«

Kajsa wurde leichenblass, aber bevor sie irgendwie reagieren konnte, hatte Irene sich erhoben.

»Jetzt müssen wir aber wirklich los. Philips Mutter hat gesagt, die Wohnung sei nicht so groß. Wir werden sie wohl gründlich durchsuchen können, bevor wir wieder in den Flughafenbus steigen müssen. Ich meine mich zu erinnern, dass er um sechs fährt«, fuhr sie unbeschwert fort.

Ohne eine Erwiderung ihrer Kollegin abzuwarten, steuerte Irene den nächsten Zebrastreifen an.

Kajsa schwieg, während sie auf Haus Nummer 207 zugingen. Sie war nicht dumm und hatte Irenes Botschaft empfangen, die lautete: Pfoten weg von Tommy. Mit ihm wollte Irene bei Gelegenheit auch noch reden. Irgendetwas stimmte zwischen ihm und Agneta offenbar nicht mehr. Oder gab es einen anderen Grund? Vielleicht gehörte er inzwischen auch zu den alten Knochen, die begehrliche Blicke auf alle jungen Frauen warfen? Oder handelte es sich um eine verspätete Midlife-Crisis? Dieser Gedanke war ihr vor einigen Tagen gekommen – nicht auszuschließen, dass die Erklärung so simpel war. Was wusste sie eigentlich über Tommys Gefühle, über den Mann, den sie ihren besten Freund nannte? Die Antwort lautete: Recht wenig. Sie redeten nur selten über Liebe und Sex in ihrem eigenen Leben, was wenig verwunderte. Schließlich waren sie beide seit etlichen Jahren verheiratet und hatten Kinder. Die Familien trafen sich oft, und Tommys Frau war Irenes beste Freundin. Eine Affäre oder eine eventuelle Scheidung von Tommy und Agneta würde auch für Irene Folgen haben.

Sie blieben vor der Haustür stehen und lasen die ordentlichen Namensschilder aus funkelndem Messing. J. Rothstaahl wohnte im fünften Stock. Irene nahm den Schlüssel aus der Innentasche ihres Rucksacks. Sie steckte ihn ins Schloss, und die schwere Tür glitt auf. Die Scharniere quietschten.

Das Entree war in nüchternem Weiß gestrichen und wirkte sauber und ordentlich. Ein schwacher Duft von Putzmittel lag in der Luft.

»Kein Fahrstuhl«, stellte Irene fest und begann, die Treppen hochzusteigen.

Kajsa folgte ihr schweigend. Hinter einigen Wohnungstüren waren Stimmen und Musik zu hören, aber sonst herrschte vollkommene Stille.

Vom obersten Treppenabsatz gingen drei Türen ab. Auf einer stand »J. Rothstaahl«. Irene fiel auf, dass es keinen Zettel gab, der über einen Untermieter namens P. Bergman informiert hätte.

Sie drehte den Schlüssel im Schloss und öffnete. Auf dem Fußboden hinter der Tür lag ein großer Stapel Post, überwiegend Reklame. Der Flur war recht eng und nur mit einem älteren Spiegel plus passender Kommode möbliert. Irene stellte fest, dass es in der Wohnung nicht sonderlich muffig roch. Das war bemerkenswert, da seit anderthalb Wochen niemand mehr in der Wohnung gewesen sein konnte. Vielleicht lag es ja daran, dass Türen und Fenster in alten Häusern nicht sonderlich dicht schlossen.

»Wir teilen die Zimmer auf«, sagte sie.

Kajsa nickte und verschwand durch eine der offenen Türen

in die Küche. Irene öffnete die Tür, vor der sie stand: ein kleines Bad mit Dusche. Es roch deutlich nach teurem Rasierwasser und Herrenparfüm. Auf dem Bord vor dem Spiegel stand ein kleines schwarzes Necessaire. Im Übrigen gab es in dem kleinen Raum nichts von Interesse. Irene ging zurück in den Flur und betrat von dort aus das nächste Zimmer. Ein geräumiges Schlafzimmer mit einem extra breiten Doppelbett, auf dem eine schöne weißblaue Tagesdecke lag. Vor den hohen Fenstern hingen lange Gardinen aus demselben Stoff. Der Holzfußboden war sorgfältig abgeschliffen und lackiert. Auch hier war der Duft von Herrenparfüm durchdringend. Merkwürdig, dass er so deutlich war… Sie öffnete eine Tür, die, wie sie vermutet hatte, in eine große Kleiderkammer führte.

Der Stoß überrumpelte sie total. Er war so kräftig, dass sie den Halt verlor und kopfüber in die Kleiderkammer flog. Dass sie stundenlang Falltechniken geübt hatte, bewahrte sie davor, mit dem Kopf gegen die Rückwand zu knallen. Es gelang ihr gerade noch, ihren Arm hochzureißen und damit den Fall abzufangen. Im gleichen Moment hörte sie, wie die Tür zugeworfen und der Schlüssel umgedreht wurde. Um sie herum war es stockfinster.

Ein durchdringender Schmerz strahlte von ihrem rechten Ellbogen in den ganzen Arm aus. Er fühlte sich gelähmt an. Sie versuchte, die Hand zu bewegen, aber sie gehorchte ihr nicht. Vor Schmerzen stöhnend, begann sie sich aufzurichten, da ließ ein Geräusch sie erstarren. Durch die dicke Holztür hörte sie deutlich Kajsas Stimme:

»Wa…? Neiiin!«

Zwei schwere Schläge, dann blieb lange alles still. Irene lauschte intensiv nach Geräuschen von draußen, hörte aber nur ihr eigenes Blut in den Ohren rauschen und pochen. Was war mit Kajsa? Befand sich der Angreifer noch in der Wohnung? Wie eine Antwort hörte Irene rasche Schritte, die sich zu ihrer Erleichterung entfernten. Erst als die Wohnungstür ins Schloss schlug, fiel ihr auf, dass sie den Atem angehalten hatte. Wer auch immer sie angegriffen hatte, befand sich nun nicht mehr hier. Dass es sich um einen Mann gehandelt hatte, davon war Irene überzeugt. Es war ein starker und recht großer Mann gewesen, der sie wie beim Hockey von hinten angegriffen hatte. Eine Frau hätte nicht so viel Kraft besessen. Irene war fast ein Meter achtzig groß und wog fast siebzig Kilo. Außerdem war sie gut durchtrainiert.

Mit ihrer noch funktionierenden linken Hand tastete sie den Türrahmen entlang, um den Lichtschalter zu suchen. Nach einer Zeit, die ihr vorkam wie eine Ewigkeit, hatte sie ihn endlich gefunden. Erleichtert stellte sie fest, dass die Glühbirne auch wirklich funktionierte. Sofort konzentrierte sie sich auf das Türschloss. Es wirkte altmodisch und stabil, und als Irene durch das Schlüsselloch schaute, sah sie, dass der Schlüssel steckte.

Irene scherzte immer, dass sich das Meiste mit Gewalt lösen ließe, aber hinter diesen Worten hatte sich jeweils ein gewisser Ernst verborgen. Jetzt setzte sie einen kleinen Schritt zurück und trat dann so fest wie möglich gegen das Schloss. Beim dritten Tritt gab die Tür nach. Mit einem splitternden Krachen flog sie auf, und sie stürzte nach draußen.

Irene fand Kajsa auf der Schwelle zwischen Wohnzimmer und Flur. Sie lag auf dem Rücken, ihr Kopf in einer Blutlache, die rasch größer wurde. Blut strömte aus einer offenen Wunde an der Schläfe. Umständlich nahm Irene ihren Rucksack ab, zog ihr Reserve-T-Shirt heraus und drückte es fest auf die Wunde. Erleichtert vernahm sie ein leises Jammern aus Kajsas Mund. Diese versuchte, den Kopf zu schütteln, hielt dann aber abrupt inne. Offensichtlich war sie wieder ohnmächtig geworden.

Fieberhaft dachte Irene nach. Ihr rechter Arm war immer noch so gut wie unbrauchbar. Sie würde gezwungen sein, das T-Shirt, das sie auf Kajsas Wunde drückte, loszulassen, aber das ließ sich nicht ändern. Kurz entschlossen öffnete sie das

Außenfach ihres Rucksacks und fischte ihr Handy heraus. Sie drückte auf die Schnellwahltaste, bis die Nummer erschien, die sie brauchte. Sie beglückwünschte sich zu dem Einfall, alle Nummern mit Ländervorwahl abzuspeichern. Damit hatte sie nach einer Ermittlung in Kopenhagen vor einigen Jahren begonnen. Mit einem Seufzer der Erleichterung drückte sie die Taste und hoffte inständig, dass die Person, die sie erreichen wollte, auch abhob. Ihr Herz machte einen Freudensprung, als eine wohlbekannte Stimme sagte:

»Inspektorin Birgitta Moberg-Rauhala.«

»Hallo, Birgitta. Hier ist Irene. Kennst du die französische Notrufnummer?«

KAPITEL 10

Inspektor Verdier besaß kalte, graublaue, dicht stehende Augen über einer schmalen Nasenwurzel. Das dünne, graumelierte Haar hatte er wenig kleidsam schräg gescheitelt. Er trug einen hellbeigen Trenchcoat und darunter einen makellosen grauen Anzug und schien trotz der Wärme nicht zu schwitzen. Irene fühlte sich an eine Figur aus den Ture-Sventon-Büchern ihrer Kindheit erinnert. Der Unterschied zu der Geschichte bestand darin, dass in der krassen Wirklichkeit der Pariser Notaufnahme der Polizist aussah wie der Schurke Ville Vessla. Er war eingetroffen, noch während man Irene und Kajsa untersucht hatte. Geduldig hatte er gewartet, als man Irene zum Röntgen ihres Ellbogens geschoben hatte, und er hatte es auch nicht eilig gehabt, als der kräftig verstauchte Arm in eine passende Schlinge gehängt worden war. Irene hatte mit Erleichterung vernommen, dass nichts gebrochen war. Der dunkelhäutige Arzt mit den müden Augen schrieb etwas Unbegreifliches auf einen Rezeptblock und ermahnte sie dann in holprigem Englisch, dreimal täglich zwei Tabletten mit viel Wasser einzunehmen. Irene nickte und versuchte, auszusehen wie eine gehorsame Patientin. Sie fragte nach dem Befinden von Kajsa Birgersdotter, aber der Arzt zuckte mit den Achseln und meinte bedauernd:

»Not my patient.«

Danach rauschte er zur Tür hinaus, und Inspektor Verdier folgte ihm. Nach wenigen Minuten kam der Inspektor zurück.

»Ihre Kollegin hat eine Gehirnerschütterung. Sie muss noch bis morgen zur Beobachtung hier bleiben«, sagte er in gutem Englisch, aber mit einem ausgeprägten französischen Akzent.

Seine Stimme klang nicht im Geringsten bedauernd. Es handelte sich um eine trockene Feststellung. Irene hatte den Verdacht, dass man ihn geschickt hatte, weil er Englisch sprach und nicht etwa wegen seiner mitfühlenden Art oder sozialen Kompetenz.

»Mir wäre es recht, wenn Sie mich zum Dezernat begleiten würden und dort zu Protokoll geben könnten, was vorgefallen ist«, fuhr Verdier fort.

In seiner Miene war nicht die leiseste Spur von Neugier zu erkennen, nur eine kühle, ausdruckslose Höflichkeit. Ehe Irene ihm noch antworten konnte, wurde das kleine Behandlungszimmer von den mächtigen Klängen der französischen Nationalhymne erfüllt. Irene schaffte es, ihr Handy aus dem Rucksack zu ziehen und dranzugehen.

»Wie geht's?«, ließ sich Birgittas Stimme vernehmen.

»Gut. Oder eigentlich nicht… Kajsa hat eine Gehirnerschütterung und muss zur Beobachtung eine Nacht in der Klinik bleiben. Mein Ellbogen war nicht gebrochen, aber… du, ich ruf dich später an.«

Irene beeilte sich, ihr Handy abzustellen. Schweigend betrachtete Inspektor Verdier sie mit seinen hellen Augen. Nachdrücklich klopfte er mit dem Zeigefinger auf ein Schild an der Wand, auf dem ein durchgestrichenes Handy abgebildet war.

Rasch packte Irene ihre Sachen zusammen. Den Rucksack hängte sie über die gesunde linke Schulter, die Jacke legte sie über den Arm. Verdier versuchte nicht einmal andeutungsweise, ihr beim Tragen zu helfen, hielt ihr aber die Tür auf, als sie das Zimmer verließen.

Er lotste sie durch die betriebsame Notaufnahme und weiter durch die Krankenwagenschleuse. Eine Krankenschwester sagte etwas zu ihm, verstummte aber, als er ihr einen finsteren Blick zuwarf und mit seinem Dienstausweis fuchtelte. Irene war klar, dass Patienten und Angehörige diesen Weg nicht benutzen durften. Man konnte überfahren werden, wenn ein Krankenwagen mit Vollgas angerast kam. Aber das galt nur für Normalsterbliche, nicht für Inspektor Verdier. Mit wehenden Rockschößen strebte er dem Parkplatz zu, ohne sich darum zu scheren, ob sie ihm folgte oder nicht. Er schloss die Türen eines dunkelgrauen Renault Mégane auf und hielt eine davon auf. Es überraschte sie kaum, dass es sich dabei um die Tür zum Rücksitz handelte. Offenbar wollte sich ihr französischer Kollege während der Fahrt nicht unterhalten. Dazu würden sie noch mehr als genug Zeit haben. Schweigend fuhren sie durch den Nachmittagsverkehr. Irene schaltete ihr Handy wieder ein und wählte Birgittas Nummer, die sofort abhob.

»Was war los?«

»Man darf im Krankenhaus kein Handy benutzen. Jetzt werde ich gerade zum Verhör ins Präsidium gefahren.«

»Verhör?«

»Ja. Da kommt was auf mich zu. Mit diesem Kollegen ist nicht gut Kirschen essen.«

Sie begegnete Verdiers ausdruckslosem Blick im Rückspiegel und zwang sich zu einem Lächeln. Birgitta kicherte:

»Du musst es halt so sehen: Immerhin bleibt dir eine Auseinandersetzung mit Sven erspart.«

Das hätte ihr noch gefehlt. Sie gab sich keinen Illusionen hin, was die Ansichten des Kommissars zu den neuesten Entwicklungen in Paris betraf. Sie seufzte tief und mied Verdiers Augen, die sie aus dem Rückspiegel anstarrten.

»Liebste Birgitta, kannst du nicht das Reisebüro anrufen und die Tickets auf morgen Nachmittag umbuchen? Und bitte sie darum, mir ein Hotel in der Nähe von Rothstaahls Wohnung zu besorgen. Ich habe keinen Wagen, und unser französischer Kollege sieht nicht so aus, als würde er mir seine Dienste als Chauffeur anbieten. Da ich nun einmal hier bin, will ich auch so viel wie möglich über Bergman und Rothstaahl in Erfahrung bringen.«

»Gut! Das könnte Andersson davon überzeugen, dass die ganze Reise kein totaler Flop war. Ich ruf wieder an, wenn ich die Sache mit dem Reisebüro geklärt habe. Und noch etwas: Ich habe heute Morgen bei der Pariser Niederlassung von H.P. Johnson's angerufen. Sie sagen, bei ihnen sei nie ein Joachim Rothstaahl angestellt gewesen. Das hatte sich der kleine Schlaumeier einfach nur ausgedacht, um seine Eltern zu beruhigen. Es stellt sich also immer mehr die Frage, was die beiden Burschen eigentlich in Paris trieben.«

Ein Gefühl der Verlassenheit ergriff Irene, nachdem sie das Gespräch beendet hatte. Der Kontakt mit der Heimat war unterbrochen. Jetzt musste sie in der fremden Großstadt, deren Sprache sie nicht beherrschte, allein klarkommen. Und der einzige Eingeborene, zu dem sie Kontakt hatte, war so herzlich wie ein Kühlschrank.

Bevor sie durch ein hohes Tor fuhren und das Auto abstellten, war Irene ein Gebäude aufgefallen, das sie wiedererkannte. Die vielen mit einem Drachenkopf geschmückten Türme und Türmchen konnten nur zu Notre Dame gehören.

Sie traten durch ein imposantes Holzportal mit Eisenbeschlägen, das den Anschein erweckte, als hätte es bereits dem Ansturm des Pöbels während der Französischen Revolution standgehalten. Jetzt wurde es von einem Polizisten in Uniform in einem Schilderhäuschen aus Glas bewacht. Er salutierte stramm, als sie vorbeigingen, was Verdier weitgehend ignorierte.

Sie betraten einen alten, klapprigen Fahrstuhl. Inspektor Verdier drückte auf einen Knopf, neben dem die Buchstaben P. J. standen. Daneben war *police judiciaire* in ein kleines Messingschild eingraviert. Der Aufzug brachte sie ein paar Stockwerke nach oben, und anschließend gingen sie durch dunkle Korridore. Durch kleine, schmutzige Fenster auf der einen Seite drang nur wenig Licht. Irene hatte das Gefühl, hundert Jahre in der Zeit zurückgereist zu sein. Der gedämpfte Lärm des Verkehrs und der Sirenen, der durch die Fenster drang, war das Einzige, was an die Gegenwart erinnerte.

Nach einem langen Marsch durch die düsteren Korridore blieb der Inspektor vor einer Tür stehen und schloss auf.

»Bitte schön«, sagte er und ließ sie vorgehen.

Sie betraten sein Dienstzimmer. Ein zerkratzter Schreibtisch und zwei Stühle waren die einzigen Möbel. An der Wand hing ein Bord mit ein paar Ordnern, und auf dem Schreibtisch stand ein uralter Computer. Es war kalt im Zimmer, und Irene zog umständlich ihre Jacke an, bevor sie sich auf den Stuhl setzte, auf den Verdier deutete.

Ehe Irene noch mit ihrem langen Bericht beginnen konnte, flötete ihr Handy schon wieder die Marseillaise. Birgitta teilte mit, dass sie im Hotel Montparnasse Raspail ein Zimmer bestellt habe. Laut der Dame im Reisebüro liege es ganz in der Nähe von Rothstaahls Adresse. Auch die Flugtickets habe sie umgebucht.

Während Irene in holprigem Englisch von den Mordfällen in Göteborg erzählte, saß Inspektor Verdier schweigend da und betrachtete sie. Es hingen keine Bilder an den Wänden, und es stand auch kein Blumentopf auf der Fensterbank, auf den sie ihren Blick hätte richten können. Irene sah sich gezwungen, in die kalten Augen des Inspektors zu blicken. Sie hätte sich nie träumen lassen, dass jemand nur so selten blinzeln musste. Aber es war effektiv. Einen Augenblick lang fühlte sich Irene versucht zu gestehen, sie habe Kajsa eins übergezogen und sich selbst in die Kleiderkammer eingeschlossen, nur um endlich seinem kalten, prüfenden Blick zu entrinnen. Sie riss sich jedoch zusammen und zwang sich, Verdier die Ereignisse so sachlich wie möglich zu schildern. Eine eiskalte Attitüde an den Tag legen konnte sie mindestens so gut wie er.

Als sie geendet hatte, herrschte lange Stille.

»Warum hat Ihr Chef zwei Frauen hierher geschickt?«, fragte Verdier schließlich.

Irene erstaunte seine Frage nicht im Geringsten, aber sie hatte sein Verhalten langsam satt.

»Er hat einfach seine besten Leute geschickt. Schließlich haben wir es mit einem gefährlichen Mörder zu tun«, antwortete sie.

Ein Glitzern erschien in den Augen des Franzosen, verschwand aber, bevor Irene es hätte deuten können.

Verdier saß lange da und starrte sie an. Trotzig starrte sie zurück und stellte zufrieden fest, dass er als Erster den Blick senkte. Er versuchte, seine Niederlage zu kaschieren, indem er sich von seinem unbequemen Stuhl erhob.

»Möchten Sie irgendwo hingefahren werden, Madame?«, fragte er.

Seine Stimme war immer noch voll kühler Höflichkeit, aber Irene hörte seine Absicht heraus, sie darauf aufmerksam zu machen, wie sehr er das »Madame« betonte und auf die Nennung ihres Dienstrangs verzichtete.

»Ja, bitte. Ich will zu meinem Hotel am Boulevard Raspail«, antwortete sie, ohne nachzudenken.

Sie war sich bewusst, dass sie die Adresse falsch aussprach, aber das war ihr egal, solange sie nur dieses deprimierende Zimmer verlassen und dem noch deprimierenderen Verdier entgehen konnte. Er reichte ihr seine Visitenkarte und sagte:

»Ich hätte gern Ihre Handynummer. Falls noch etwas sein sollte oder ich Sie brauche.«

Letzteres klang fast wie eine Drohung.

Ein junger Polizist in Uniform fuhr sie in einem Zivilwagen zurück zum Montparnasse. Irene setzte sich freiwillig auf den Rücksitz. Sie hatte keine Lust, auch nur den geringsten Versuch zu unternehmen, eine Unterhaltung in stockendem Englisch zu führen. Plötzlich war sie wahnsinnig müde. Das Geplänkel mit Inspektor Verdier war anstrengend gewesen, und auch der Überfall in der Wohnung und der anschließende

Besuch des Krankenhauses hatten sie Kraft gekostet. Dabei hatte sie nicht einmal Kajsa sehen dürfen.

Der Arzt hatte Irene versprochen, dass sie ihre Kollegin besuchen dürfe, sobald sie auf eine Station verlegt worden sei. Aber das würde kaum vor dem Abend der Fall sein, hatte er gesagt. Jetzt war es fast sechs, und Irene blieb noch Zeit, die Wohnung zu durchsuchen, bevor sie ins Krankenhaus zurück musste.

Aber erst einmal musste sie ein paar Tassen Kaffee trinken und vielleicht auch ein belegtes Brot essen. Der Ellbogen tat ihr inzwischen richtig weh, vielleicht sollte sie auch noch besser mit dem Rezept in die Apotheke gehen.

Sie nahm ihr Handy aus dem Rucksack und erwischte Krister, der gerade nach Hause gekommen war. Er war besorgt, als er von dem Überfall hörte. Nachdem er sich versichert hatte, dass Irene relativ unverletzt war, versprach er, sich zu Hause um alles zu kümmern. Im Laufe der Jahre hatte er sich daran gewöhnt. Er war ein Fels in der Brandung; ohne ihn wäre es Irene nie gelungen, Familie und Arbeit unter einen Hut zu bringen. Dass ihr jemand den Rücken freihielt, war für sie ebenso wichtig wie für ihre männlichen Kollegen mit Frau und Kindern. Und wie diese dachte sie nur selten darüber nach.

Das Auto bremste vor dem Hotel Montparnasse Raspail. Sie dankte ihrem uniformierten französischen Kollegen und hängte sich umständlich ihren Rucksack über die linke Schulter. Die Glastüren des Hotels öffneten sich automatisch, als sie sich dem Entree näherte.

Die Lobby war relativ klein und schien gerade erst in hellen Terrakottatönen gestrichen worden zu sein.

Die junge Frau hinter dem Empfangstresen trug ein strenggeschnittenes, dunkelblaues Kostüm und eine blendendweiße Bluse. Irene fiel auf, dass sie ungewöhnlich groß und schlank war. Die Glasperlen an den Hunderten von Zöpfchen auf ihrem Kopf rasselten, als sie sich erhob. Sie lächelte Irene herzlich an, und ihre Zähne funkelten in ihrem dunklen Gesicht. Was hat sie in einer Hotelrezeption verloren?, dachte Irene. Sie könnte auf den Catwalks der großen Modehäuser ein Vermögen verdienen. Schließlich war sie hier in Paris.

Irene nannte ihren Namen. Die Empfangsdame, die laut Namensschild Lucy hieß, suchte sie rasch im Computer. Dann nickte sie freundlich und sagte:

»Willkommen, Madame Huss. Ich hoffe, es gefällt Ihnen bei uns.«

Ihr Englisch war bedeutend besser als das von Irene.

»Danke.«

Irenes Blick fiel auf eine kleine Bar in der Ecke der Lobby.

»Entschuldigen Sie, aber wäre es wohl möglich, einen Kaffee und ein belegtes Brot zu bekommen?«

Sie hatte nicht die Kraft, die Müdigkeit in ihrer Stimme zu unterdrücken.

Lucy nickte und sagte sofort:

»Natürlich, Madame. Ich kümmere mich darum. Aber es wird einen Moment dauern.«

Sie hielt kurz inne, dann beugte sie sich über den Tresen.

»Entschuldigen Sie ... brauchen Sie Hilfe ...?«

Irene sah, dass sie auf ihre Schulter starrte.

»Nein, nur einen Kaffee und ein belegtes Brot«, antwortete sie verwirrt.

»Ich meine ... Madame, Sie haben Blut auf Ihrem Pullover.«

Ein Blick in den Spiegel hinter Lucy bestätigte ihre Worte. Hoch oben auf der linken Schulter waren deutliche Blutflecken auf Irenes hellblauem Top auszumachen.

»O nein! Ich habe doch schon mein Reserve-T-Shirt dazu benutzt, die Blutung zu stillen! Das ist nicht mein Blut. Meine Kollegin ... hatte einen Unfall.«

Ehe sie es sich noch anders überlegen konnte, hatte Irene bereits eine gekürzte Version der Ereignisse des Tages zum Besten gegeben. Die junge Frau hörte aufmerksam zu und nickte.

»Sie sind also Polizistin? Sie hatten gar nicht vor, in Paris zu übernachten?«, fragte sie nachdenklich, als Irene mit ihrem Bericht fertig war.

Lucy dachte eine Weile nach, dann rief sie:

»Madame! Ich weiß! Eine meiner Freundinnen kann Ihnen helfen! Sie brauchen ein neues T-Shirt und einen Slip. Nicht wahr?«

»Ja. Ich meine… ja, danke. Ich habe auch ein Rezept…«, antwortete Irene zerstreut.

Es gelang ihr, das Rezept im Außenfach des Rucksacks zu finden.

»Wo gibt es eine Apotheke?«, fragte sie.

»Madame Huss, geben Sie nur mir das Rezept. Gehen Sie in Ihr Zimmer und ruhen Sie sich eine Weile aus. Ich komme dann mit der Medizin, dem Kaffee und den Kleidern. Bitte schön. Zimmer 602.«

Benommen nahm Irene die Plastikkarte, die als Zimmerschlüssel diente, in Empfang und ging auf den winzigen Fahrstuhl zu. Es war ein herrliches Gefühl, endlich einen Teil der eigenen Sorgen jemand anderem überlassen zu können. Irene wusste, dass das ein trügerisches Gefühl war, dem sie bisher noch nie nachgegeben hatte. Vielleicht war es nun an der Zeit. Lucys herzliches Mitgefühl hatte den Knoten der Wut gelöst, den Inspektor Verdiers eiskalte Augen und seine abweisende Haltung in ihr gebildet hatten.

Das Zimmer war klein, aber sauber und sehr gut in Schuss. Das ganze Hotel schien frisch renoviert zu sein. Toilette, Dusche und ein einladendes Bett, was wollte man mehr?

Irene erwachte davon, dass es an der Tür klopfte. Ein Blick auf die Uhr verriet ihr, dass sie fast vierzig Minuten geschlafen hatte. Sie konnte sich nicht daran erinnern, dass sie sich aufs Bett gelegt hatte. Wahrscheinlich war sie eingeschlafen, noch ehe ihr Kopf das Kissen berührt hatte. Vollständig angekleidet lag sie auf der Tagesdecke.

Vor der Tür stand Lucy. Sie hielt ein Tablett in den Händen. An ihrem Handgelenk baumelte eine große Tüte aus buntem Papier.

»Bitte schön, Madame. Meine Freundin hätte gern achtunddreißig Euro. Die Tabletten kosten achtzehn«, sagte sie mit einem strahlenden Lächeln.

Irene war erleichtert, dass sie fünfzig Euro im Portmonnee hatte. »Nehmen Sie das so lange. Ich muss erst noch Geld abheben. Erst mal herzlichen Dank«, sagte sie und meinte es tatsächlich so.

»Es eilt nicht. An der nächsten Ecke Richtung Boulevard Montparnasse befindet sich ein Geldautomat. Es sind nicht einmal hundert Meter.«

Auf der Tüte stand in geschwungenen Buchstaben »Galeries Lafayette«. Sie enthielt ein hübsches blasslila Baumwolltop und einen Baumwollslip. Ganz unten lag ein durchsichtiges Necessaire aus Plastik mit Proben für Reinigungsmilch und Hautcreme und sogar einer winzigen Probe Wimperntusche.

Erst trank sie den Kaffee, dann schluckte sie zwei Tabletten und aß ein Brot mit Camembert und Weintrauben. Anschließend stellte sie sich so lange unter die Dusche, bis das heiße Wasser ihren Blutkreislauf wieder in Schwung gebracht hatte.

Der Schmerz im Arm hatte nachgelassen und war einigermaßen erträglich, als sie ihre neuen Kleider anzog. Sie föhnte sich rasch und cremte ihr Gesicht ein. Da die Tuben französisch beschriftet waren, wählte sie auf gut Glück: War es Tag- oder Nachtcreme oder etwa die Reinigungsmilch?

Es war kein Problem, den Geldautomaten zu finden. Irene hob hundert Euro ab. Umgehend kehrte sie wieder ins Hotel zurück und beglich ihre Schulden bei Lucy.

Rothstaahls Wohnung lag fast direkt gegenüber vom Hotel Montparnasse Raspail. Als Irene unbeschadet die andere Seite des stark befahrenen Boulevards erreicht hatte, nahm sie sich vor, in Zukunft nur noch die Ampeln zu benutzen.

Irene steckte den Schlüssel ins Schloss. Gerade, als sie ihn umdrehen wollte, hielt sie inne. Wenn der Mann, der Kajsa und sie überfallen hatte, zurückgekehrt war? Nach kurzem Überlegen kam sie zu dem Schluss, dass dies recht unwahrscheinlich war. Trotzdem überfiel sie eine Art eisiger Unruhe, als sie, alle Sinne geschärft, die Tür öffnete.

Der Duft von Herrenparfüm war fast ganz verschwunden. Dass sie nicht begriffen hatte, was der starke Duft zu bedeuten hatte! Sie öffnete die Tür zur Dusche und stellte fest, dass das Necessaire weg war. Hatte der Täter daran gedacht, seine Toilettensachen mitzunehmen, oder hatte die Spurensicherung der französischen Polizei es mitgenommen? Sie ging in die Diele, um sich einen Überblick zu verschaffen. Der große Blutfleck auf der Schwelle war noch da. Ein rascher Blick in die Küche, ins Schlafzimmer und ins Wohnzimmer bestätigte ihren Verdacht: Nichts deutete darauf hin, dass die französischen Kollegen der Wohnung einen Besuch abgestattet hatten. Sie selbst hatte die Tür abgeschlossen, als der Krankenwagen eingetroffen war, um Kajsa und sie ins Krankenhaus zu transportieren. Inspektor Verdier hatte nicht um den Schlüssel gebeten. Sie hätte ihn ihm auch nicht überlassen, was er vielleicht geahnt hatte.

Die Küche mit Fenster zum Hinterhof war klein. Die Fassaden zum Hof waren schmutzig und in einem recht schlechten Zustand. Das Wichtigste war natürlich, dass das Haus vom Boulevard aus schick wirkte. In einem Schrank standen ein einfaches weißes Service für sechs Personen, gewöhnliche Wassergläser, ein Korb mit Besteck sowie einige Schüsseln. In der Speisekammer fanden sich nur unverderbliche Lebensmittel wie Reis und Pulverkaffee. Drei Töpfe und eine Pfanne bildeten das restliche Kücheninventar. Offenbar war in der Küche nie gekocht worden. Je länger Irene die Möbel betrachtete, desto überzeugter war sie, dass die Wohnung möbliert vermietet worden war. Die Einrichtung bestand aus zusammengewürfeltem Mobiliar ohne die geringste persönliche Note. Hier gab es kein modisches Design, nur eine ganz gewöhnliche Standardeinrichtung. Das passte schlecht zu dem, was Irene über Philips Glanztage bei ph.com gelesen hatte, diese Wohnung ließ sich jedenfalls in keiner Hochglanzzeitschrift vorführen. Andererseits handelte es sich ja um Joachim Rothstaahls Wohnung. Vielleicht hatte er einen anderen Geschmack.

Das Schlafzimmer sah aus wie vor einigen Stunden, als sie die Wohnung zusammen mit den Sanitätern verlassen hatte. Es lief ihr kalt den Rücken herunter, als sie die eingetretene Tür zur Kleiderkammer betrachtete. Sie gab sich einen Ruck, trat ein und machte Licht. Offenbar hatten Philip Bergman und Joachim Rothstaahl je eine Hälfte der Kleiderkammer gehabt. Da Philip bedeutend größer und athletischer als Joachim gewesen war, waren seine Kleider ein paar Nummern größer. Alles hing ordentlich auf Bügeln, auch die Kleider von Joachim auf der anderen Seite. Darunter standen die Schuhe in zwei Reihen hintereinander. Irene konnte es nicht lassen, sie zu zählen. Philip hatte siebenundvierzig Paar besessen, Joachim nur zweiundzwanzig. Irene überschlug rasch in Gedanken und kam zu dem Ergebnis, dass sie selbst nur neun Paar besaß, einschließlich ihrer Gummistiefel und der Seglerschuhe, die sie gerade anhatte.

Die Kleiderschränke besaßen Fächer und Schubladen, in denen nicht dieselbe Ordnung herrschte wie in der Kleiderkammer. Unterhosen, T-Shirts und Strümpfe lagen unordentlich durcheinander.

Das Bett konnte von Interesse sein. Falls ihr Angreifer in der Wohnung übernachtet hatte, musste er Spuren hinterlassen haben. Irene knipste die Halogenleuchten am Kopfende des Bettes an und richtete sie auf den Überwurf. Nach kurzer Zeit entdeckte sie ein paar Haare dort, wo sie auch hingehörten, nämlich auf einem Kissen. Irene ging in die Küche und fand unter der Spüle eine Rolle dünne weiße Mülltüten. Sie nahm die Rolle ins Schlafzimmer mit. Da sie keine Handschuhe dabei hatte, zog sie sich eine Tüte über die linke Hand. Die rechte wagte sie noch nicht zu benutzen. Jede Bewegung der Finger verursachte unerträgliche Schmerzen im Ellbogen. Es war umständlich und anstrengend, die Haare aufzulesen und in eine andere Tüte zu legen, aber es ging. Als sie fertig war, war sie zufrieden, wusste aber, dass sie noch viel Arbeit vor sich hatte. Vorsichtig nahm sie die Tagesdecke vom Bett und wiederholte die Prozedur mit den beiden Kopfkissen, denn auch dort fand sie etliche Haare. Sie legte alle in dieselbe Tüte. Malm und Åhlén durften sie später sortieren, das würde ihnen keine große Mühe bereiten. Joachims und Philips Haare konnte man rasch nachweisen. Falls sich Haare einer dritten Person fanden, konnte es interessant werden. Nicht unwahrscheinlich, dass diese vom Angreifer stammten. Es bestand natürlich auch die Möglichkeit, dass sie von einer unschuldigen Bettgenossin eines der beiden Mieter stammten. Irene ahnte jedoch, dass es sich nicht so verhielt. Sorgfältig knotete sie die dünne Mülltüte zu und verstaute sie in ihrem Rucksack.

In einer Ecke stand ein einfacher Schreibtisch mit einem Laserdrucker und etlichen Kabeln. Ein Computer war nicht vorhanden. Irene zog die Schubladen heraus, fand aber nichts von Interesse. An der Wand über dem Schreibtisch hing ein Bord mit ein paar Ordnern. Auf einem stand »Wohnung«. Irene nahm ihn herunter und blätterte. Den Mietvertrag hatte Joachim Rothstaahl am 1. April 2001 unterschrieben. Er hatte die Wohnung komplett möbliert für eintausendfünfhundert Euro im Monat gemietet. Irene rechnete rasch im Kopf nach. Er hatte also vierzehntausend Kronen für eine Wohnung bezahlt, die laut Mietvertrag nur neunundsechzig Quadratmeter groß war. Das war vermutlich ein Grund mehr gewesen, sich einen Untermieter zuzulegen.

Der nächste Ordner, der ihr Interesse weckte, trug die Aufschrift »EuroFond« in goldenen Lettern. Er enthielt ein paar umfangreiche Broschüren auf Büttenpapier. Sie enthielten Diagramme, die einen seriösen Eindruck erweckten, und schöne Fotos von Paris mit schwedischem, englischem und französischem Text. Dem schwedischen Text entnahm Irene, dass sich die Broschüre an Unternehmen und Privatpersonen wandte, die Geld in einen Aktienfond mit einer sehr hohen Rendite investieren wollten. »Garantiert der beste Fond auf dem Markt mit der höchsten Rendite«, versicherte die Broschüre. Irene verstaute den Ordner in ihrem Rucksack.

Der einzige neuere Einrichtungsgegenstand im Wohnzimmer war ein funkelnagelneuer Großbildfernseher. Irenes Blick fiel auf ein Regal mit amerikanischen Action- und Horrorvideos. Titel wie »Das Schweigen der Lämmer« und »Seven« hatte sie schon mal gehört. Als sie die Videos aus dem Regal nahm, sah sie, dass dahinter noch weitere mit Titeln wie »Loveboy« und »Beach Boy Sex« lagen, auf denen schöne, muskulöse Männer in gewagten Positionen abgebildet waren. Sie wunderte sich nicht, sondern fand nur bestätigt, was sie bereits in Göteborg vermutet hatte.

Die ganze Wohnung erweckte den Eindruck, als hätten ihre Bewohner schon des längeren und ohne Probleme zusammengewohnt. Nichts deutete darauf hin, dass einer der beiden nur vorübergehend dort gewohnt hatte. Dass das Verhältnis von Philip und Joachim auch ein sexuelles gewesen war, war höchst wahrscheinlich.

In dem Text, den sie im Flugzeug gelesen hatte, stand, dass Philip eine große Anziehungskraft auf junge Frauen ausgeübt hatte, was aber noch lange nicht bedeuten musste, dass dies auf Gegenseitigkeit beruht hatte. Vielleicht hatten die Mädchen auch nur die Fassade dargestellt, hinter der sich seine Homosexualität verbergen ließ. Oder war er bisexuell gewesen? Konnte das Motiv für den Mord etwa mit dem Privatleben der Beteiligten zusammenhängen? Das Sexualleben ist bei einer Mordermittlung immer von Interesse, aber Irene wusste aus Erfahrung, dass es nicht immer so einfach ist, in dieser Beziehung die Wahrheit herauszufinden. Menschen können sich sehr gut verstellen, wenn sie etwas verbergen wollen.

Plötzlich kam ihr ein Gedanke: die Haare. Die Dusche! Es konnten sich Haare des Täters im Abfluss befinden. Sie nahm die Rolle mit den Mülltüten mit in die Diele und öffnete die Tür zum Bad. Im schwachen Schein der Lampe über dem Waschbecken beugte sie sich über den Abfluss der Dusche. Enttäuschenderweise konnte sie kein einziges Haar entdecken. Ihr lädiertes rechtes Knie knackte, als sie sich wieder aufrichtete. Dieses Geräusch war jedoch nicht laut genug, um das Rasseln eines Schlüssels im Schloss der Wohnungstür zu übertönen.

KAPITEL 11

Merci, Madame Lauenstein«, erklang eine Männerstimme.

Irene erkannte sie sofort wieder. Ein Gefühl der Erleichterung und der Wut ersetzte den entsetzlichen Schrecken, den sie noch vor einigen Sekunden empfunden hatte. Wenn es der Mann gewesen wäre, der Kajsa und sie angegriffen hatte, hätte sie sich unbewaffnet und mit verletztem rechtem Arm nur schwer verteidigen können.

Eine Frauenstimme antwortete mit einem französischen Wortschwall, der von einem scharfen »Oui! Merci!« abgeschnitten wurde.

Die Wohnungstür wurde geschlossen, und es wurde still. Irene war klar, dass Verdier sich umsah. Bald würde er das Licht entdecken, das durch den Spalt der angelehnten Badezimmertür drang.

Als er vorsichtig die Tür öffnete, war sie bereit. Das Licht der Lampe wurde vom Lauf einer Pistole reflektiert.

»Bonjour, Monsieur Verdier«, sagte Irene.

Im Laufe des Tages hatte sie tatsächlich etwas Französisch gelernt.

Nun flog die Tür ganz auf, Inspektor Verdier hielt seine Pistole aber immer noch auf sie gerichtet.

»Was haben Sie hier zu suchen?«, fragte er verbissen.

»Dieselbe Frage könnte ich Ihnen stellen«, antwortete Irene ruhig.

Ein paar lange Sekunden lieferten sich ihre Blicke ein Duell.

Irene kannte seine Taktik inzwischen, Leute eiskalt niederzustarren, und betrachtete ihn daher unverwandt und mit einem leichten Lächeln. Es gelang ihm nicht, ihrem Blick standzuhalten, und er schaute zur Seite.

»Wer hat Sie reingelassen?«, fragte Irene, um die Oberhand zu behalten.

»Madame la con… die Hausmeisterin. Ich wollte mir den Tatort ansehen«, antwortete Verdier.

Ein Muskel begann, unter seinem einen Ohr zu zucken, als er die Zähne zusammenbiss. Er ließ die Pistole sinken und verstaute sie in ihrem Holster unter dem Jackett.

»Warum wollten Sie sich den Tatort ansehen?«, erkundigte sich Irene.

Verdier schwieg lange, ehe er antwortete.

»Dieser Überfall auf Ihre Kollegin und Sie ist Teil eines größeren Verbrechens«, sagte er schließlich.

»Das ist mir nichts Neues. Aber es geht um Morde, die in Schweden an schwedischen Staatsbürgern verübt wurden, und die die schwedische Polizei zu klären versucht. Die Opfer wohnten nur zufällig hier in Pa…«

»Es geht um ein anderes Verbrechen«, unterbrach sie Verdier.

Ein anderes Verbrechen? Hatte die französische Polizei ebenfalls Yuppies aus der Finanzszene mit Einschüssen im Kopf gefunden?

»Kommen Sie. Setzen wir uns«, sagte Verdier und deutete in Richtung Wohnzimmer.

Sie setzten sich auf die beigen Plüschsessel. Der Franzose drehte seinen Sessel so, dass er Irene fast gegenübersaß. Vielleicht wollte er beim Gespräch auch einfach nicht zur Seite schauen müssen, aber Irene hatte den Verdacht, dass er das gewohnheitsmäßig tat. Er wollte seinen Opfern in die Augen schauen. Aber die Dinge hatten sich geändert, sie fühlte sich nicht länger als eines seiner Opfer.

»Sie erzählten, die beiden Ermordeten seien hier in Paris im

Finanzsektor tätig gewesen. Ich habe mich bei einem Kollegen, der Experte für Wirtschaftsverbrechen ist, kundig gemacht. Vor einer Stunde hat er zurückgerufen. Joachim Rothstaahl taucht in seinem Register auf. Ein norwegischer Unternehmer hatte Alarm geschlagen, nachdem man ihm anbot, sein Geld in einen Aktienfond hier in Frankreich zu investieren. Der Norweger erkannte Rothstaahls Namen und seine Vorgehensweise. Ein guter Freund von ihm war durch Betrügereien Rothstaahls und seiner Kumpane sehr zu Schaden gekommen. Auch aus England wurde bestätigt, dass Rothstaahl in Wirtschaftsverbrechen verwickelt war. Er wurde jedoch nie verurteilt. Aus unerfindlichen Gründen fand der Prozess in Norwegen statt.«

Einen Teil des Gesagten wusste Irene bereits. Trotzdem war sie erstaunt. Zum einen darüber, dass die französische Polizei die Geschichte über das Pyramidenspiel Pundfix so schnell ausgegraben hatte, zum anderen darüber, dass Verdier tatsächlich die Fähigkeit zu besitzen schien, mehrere Sätze aneinander zu reihen und überdies die Wahrheit zu sagen.

Jetzt wusste sie, womit sich Joachim Rothstaahl in Paris beschäftigt hatte. Er war nicht bei H.P. Johnson's angestellt gewesen, wie er seinen Eltern gegenüber behauptet hatte. Er hatte seine lukrativen Betrügereien aus der Londoner Zeit wieder aufgenommen, dieses Mal jedoch in Paris und mit einem neuen Partner.

»Wusste Ihr Kollege irgendetwas über Philip Bergman?«, fragte Irene.

»Nein. Nur sein Name war ihm aus irgendeinem IT-Zusammenhang ein Begriff. Aber es war ihm neu, dass sich Bergman in Paris aufgehalten hatte und in die Geschäfte von Rothstaahl verwickelt gewesen war. Wissen Sie mehr über diese Geschäfte?«

Irene rang kurz mit sich selbst, dann beschloss sie, die Karten auf den Tisch zu legen. Sie beugte sich vor und holte den

EuroFond-Ordner aus ihrem Rucksack. Kollegial überließ sie Verdier die Hälfte der Broschüren.

»Bitte schön. Grüßen Sie Ihren Kollegen und danken Sie ihm in meinem Namen für die Informationen. Der Text ist auch ins Französische übersetzt worden. Apropos Französisch …«

Irene verstummte und sah Verdier an, der zerstreut in einer EuroFond-Broschüre blätterte.

»Könnten Sie im Krankenhaus anrufen und fragen, wie es Kajsa Birgersdotter geht? Ich kann kein Französisch, und dann wird es so kompliziert.«

»Natürlich. Mach ich.«

Irene schrieb Kajsas Namen und Geburtsdatum auf eine der Broschüren. Verdier zog sein Handy aus der Innentasche seines Jacketts. Dabei kam der Kolben seiner Pistole zum Vorschein. Nach einem langen Gespräch mit vielen Unterbrechungen, in denen er weiterverbunden wurde, sagte er schließlich:

»Ihrer Kollegin geht es gut. Sie muss aber die Nacht über noch zur Beobachtung dableiben. Bleibt ihr Zustand weiterhin stabil, wird sie morgen gegen zwölf entlassen. Die Schwester fand es unnötig, dass Sie jetzt noch vorbeikommen. Sie richtet Ihrer Kollegin Grüße von Ihnen aus.«

»Danke«, sagte Irene.

Das bedeutete also, dass sie sich ins Hotel begeben, zwei Schmerztabletten einnehmen und sich ins Bett legen konnte. Ihr Ellbogen machte sich wieder bemerkbar. Sich ins Hotel zurückzuschleppen, erschien ihr plötzlich als ein Ding der Unmöglichkeit.

Verdier erhob sich und machte eine rasche Runde durch die Wohnung. Irene blieb in ihrem Sessel sitzen. Nach einer Weile kam Verdier zurück ins Wohnzimmer. Er räusperte sich und fragte:

»Diese zwei Männer … waren sie … ein Paar?«

Offenbar hatte er die gleichen Schlüsse gezogen wie Irene. Sie nickte und erhob sich ebenfalls.

»Ich glaube«, antwortete sie.

Es herrschte Stille, während Verdier nachdachte. Irene war dazu schon viel zu müde.

»Ich schlage vor, dass wir uns morgen, nachdem Sie Ihre Kollegin abgeholt haben, zusammensetzen. Ich muss Ihre Aussage zum Überfall zu Protokoll nehmen. Wann geht Ihr Flug?«, fragte er.

»Um fünf.«

»Wo können wir uns treffen?«

Absolut nicht in Ihrem tristen Büro, hätte Irene fast geantwortet, konnte sich aber gerade noch beherrschen.

»Hier. Dann kann sich Kajsa notfalls auch auf dem Bett ausstrecken. Der Flughafenbus hält nicht einmal hundert Meter vom Haus entfernt.«

»Gut. Dann kommen ich gegen halb zwölf im Hotel vorbei. Anschließend holen wir Ihre Kollegin und fahren hierher«, entschied Verdier.

Irene hatte das Gefühl, dass er sich vergewissern wollte, dass sie nicht einfach nach Schweden verschwanden, ohne noch einmal mit ihm gesprochen zu haben. Aber wahrscheinlich tat sie ihm Unrecht. Er wollte sicher nur nett und hilfsbereit sein.

»In dieser Umgebung kann sie sich sicher auch leichter an das Vorgefallene erinnern und daran, wie der Mann aussah, der sie niedergeschlagen hat«, fuhr Verdier fort.

Mit ausdrucksloser Miene fragte er Irene:

»Sie wissen nicht zufälligerweise, wer Sie angegriffen hat?«

Irene seufzte laut und würdigte ihn keiner Antwort. Dieser Mann war nicht nett und freundlich, sondern krankhaft paranoid.

»Ich bin müde und muss meine Schmerztabletten nehmen«, sagte sie und deutete auf den unbrauchbaren Arm, der in der Schlinge hing.

Sie wäre den Franzosen gern losgeworden, denn es gab da noch etwas, das sie noch nicht gründlich genug untersucht hatte. Sie wollte Verdier aber auch nicht alleine in der Wohnung zurücklassen, da auch ihm eingefallen sein konnte, wonach es sich noch zu suchen lohnte. Sie war erleichtert, als er in einer sehr französischen Geste einfach nur mit den Achseln zuckte.

»Hier findet sich nichts mehr«, sagte er.

Sie verließen die Wohnung, und Irene schloss sorgfältig ab. Schweigend gingen sie die Treppe hinunter. Höflich hielt ihr Verdier die schwere Tür auf, und sie traten in den lauen Abend. Ein schwacher Wind wehte den Boulevard entlang und brachte die Düfte aus den umliegenden Restaurants mit. Im Nachbarhaus befand sich ein schickes Fischrestaurant. Schalentiere aller Art waren vor dem Haus in rostfreien Auslagen auf Eis zu besichtigen. Zwei Männer mit Gummischürzen öffneten Austern am laufenden Band. Die Kellner liefen hin und her und holten Hummer, Krabben und Austern, die sie mit Eis auf große Platten legten. Plötzlich wurde Irene hungrig, obwohl ihr der Sinn wirklich nicht nach Austern stand, die sie einmal in ihrem Leben gegessen hatte, was vollkommen ausreichte. Beim Hinunterschlucken der Auster hatte sie sich an die Folgen eines starken Schnupfens erinnert gefühlt. Außerdem verspürte sie nicht die geringste Lust, zusammen mit Verdier zu essen.

»Gute Nacht. Vielen Dank, dass Sie mich morgen abholen«, sagte Irene. Es gelang ihr, sich zu einem Lächeln zu zwingen.

»Bonne nuit, Madame.«

Zum ersten Mal glaubte Irene, die Andeutung eines Lächelns in seinem schmalen Gesicht zu entdecken, aber vielleicht irrte sie sich ja auch.

Ihre Wege trennten sich, und Irene beobachtete aus den Augenwinkeln, wie Verdier auf den grauen Mégane zuging. Sie hielt auf den Zebrastreifen zu. Auf der anderen Seite des großen Platzes, auf dem mehrere Boulevards zusammenliefen, sah sie das Schild eines Pizza Hut. Gehorsam überquerte sie die Straße an einer Ampel und betrat das Lokal. Sie bestellte eine große Pizza, eine Cola und einen Salat. Das Lokal war voll junger Leute, aber es gelang ihr, einen Platz am Fenster zu ergattern. Die Pizza schmeckte herrlich, und eine Weile lang vergaß sie fast die Schmerzen im Arm. Draußen pulsierten Licht, Bewegung, Menschen und Fahrzeuge in einem nie versiegenden Strom vorbei.

Um halb zehn war es soweit. Sie ging zum Boulevard Raspail 207 zurück und sah sich dabei die ganze Zeit über verstohlen um – es hätte sie nicht erstaunt, wenn Verdier plötzlich wieder aufgetaucht wäre.

Unbehelligt gelangte sie zur Wohnung und steckte den Schlüssel ins Schloss. Vorsichtig öffnete sie die Tür einen Spalt und spähte in die dunkle Diele. Die Luft schien rein zu sein. Leise trat sie über die Schwelle und schloss die Tür hinter sich. Sie tastete den Türrahmen entlang, fand den Lichtschalter und machte die Deckenlampe an.

Vielleicht hatte sie sich an die verschiedenen Gerüche in Rothstaahls Wohnung gewöhnt, denn es dauerte ein paar Sekunden, bis ihr aufging, dass der Duft nach Herrenparfüm wieder durchdringender war als noch vor einer Stunde, als sie die Wohnung verlassen hatte. Jetzt galt es, sich auf tausendmal geübte Reflexe zu verlassen.

Aus den Augenwinkeln sah sie, wie sich die Badezimmertür öffnete und ein Mann auf sie zustürzte. Sie drehte sich ein wenig von ihm weg, führte den Fuß mit einer kreisenden Bewegung von links nach rechts und trat nach hinten. Bei einem Ura-mawashi-geri tritt die Ferse fast mit der Kraft eines Pferdes. Der Mann hatte nichts dergleichen erwartet, und Irene traf ihn genau in die Magengrube. Er klappte zusammen wie ein Taschenmesser. Als er sein Kinn vorstreckte, setzte Irene einen Yoko-geri nach. Sie hob den Fuß in Kniehöhe und trat zur Seite. Es gab ein hohles Geräusch, als der Unter- und Oberkiefer des Mannes aufeinander knallten. Treffsicher hatte sie die Kinnspitze erwischt. Er fiel der Länge nach hin und blieb regungslos liegen.

Der Adrenalinstoß hatte sie hellwach werden lassen. Sie holte ein paar Mal tief Luft, ehe sie sich vorbeugte, um den Mann anzuschauen. Vorsichtig drehte sie ihn auf die Seite.

Er war groß und athletisch. Sein blondes Haar wurde bereits etwas schütter. Seine starke Sonnenbräune wirkte echt. Seine Kleidung war von lässiger Eleganz, er trug Khakihosen und ein farblich dazu passendes Polohemd. Sein Jackett war aus hellbraunem Cord, die Schuhe wirkten teuer. Ein gut aussehender Mann um die vierzig, der einen sehr ordentlichen Eindruck machte. Hegte er einen Groll gegen Polizistinnen? Oder die Polizei überhaupt?

Gerade als Irene seine Taschen untersuchen wollte, schnaufte er und öffnete die Augen. Sie stand rasch auf und trat einen Schritt zurück. Offenbar hatte der Bursche eine stärkere Kinnpartie, als sie geglaubt hatte. Er kniff die Augen zusammen und sah sie an. Seine Miene verfinsterte sich, und er langte in sein Jackett. Irene schwante nichts Gutes, und sie machte einen Satz auf die Wohnungstür zu. Glücklicherweise hatte sie sie nicht abgeschlossen und brauchte nur die Klinke hinunterzudrücken. Kaum war sie draußen, warf sie sich zur Seite.

Die Kugel pfiff an ihrem Kinn vorbei und schlug in die gegenüberliegende Wand ein. Putzbrocken wirbelten durch die Luft. Hals über Kopf rannte sie die Treppe hinunter. Hinter sich hörte sie, wie Türen geöffnet wurden, und erregte französische Stimmen erklangen.

Draußen auf der Straße verlangsamte sie ihr Tempo und hielt sich so nah wie möglich an der Hauswand, falls einer der Mieter aus dem Fenster schaute. Erst als sie die Kreuzung mit dem Fischrestaurant erreicht hatte, vor dem die Männer mit den Gummischürzen immer noch Austern öffneten, wagte sie es, sich unter die anderen Passanten zu mischen. Obwohl der Verkehr nicht spürbar abgenommen hatte, gelang es ihr, wohlbehalten über den Boulevard zu kommen. Sie bemühte sich, ruhig und gefasst zu wirken, als sie die Lobby betrat.

Lucy saß vor einem Monitor an der Rezeption und unterhielt sich in rasendem Tempo auf Französisch. Sie lächelten sich rasch an, und Irene eilte zum Fahrstuhl.

Als sie ihr Zimmer betrat, machte sie kein Licht, sondern stellte sich hinter die Gardine und schaute auf den Hauseingang, aus dem sie soeben herausgestürzt war. Die Tür wurde geöffnet, und ein Mann ging hastig in Richtung Boulevard Montparnasse. Es war der Mann, der auf sie geschossen hatte.

Wer war er?

Sie hatte nicht die geringste Ahnung, aber irgendetwas an ihm kam ihr bekannt vor.

KAPITEL 12

Inspektor Verdier rief Punkt halb acht an. Auf diese Zeit hatte Irene auch den Wecker in ihrem Handy eingestellt. Es dauerte daher eine ganze Weile, bis sie begriff, dass es nicht genügte, einfach das Wecksignal abzustellen, sondern dass sie auch antworten musste.

Er sagte nicht einmal seinen Namen, sondern fragte nur:

»Haben Sie gut geschlafen, Madame Huss?«

»Ja, danke. Die französischen Tabletten wirken sehr gut«, antwortete Irene.

Sie versuchte, munterer zu klingen, als sie sich fühlte.

»Es ist gestern Abend etwas vorgefallen... aber das wissen Sie vermutlich bereits?«

»Nein. Was denn?«

Irene war froh, dass sie kein Bildtelefon besaß. Verdier wäre sicher misstrauisch geworden, wenn er ihr spöttisches Lächeln gesehen hätte.

Einige Sekunden war es still, dann sagte er:

»Ich komme zu Ihrem Hotel.«

»Gut. Ich bin in einer halben Stunde unten im Frühstückszimmer«, antwortete Irene.

Eine große Kanne Kaffee, warme Croissants, verschiedene französische Käsesorten und ein weich gekochtes Ei verbesserten ihre Laune erheblich. Sie hatte die ganze Nacht wie ein Stein geschlafen und weder von unfreundlichen französischen Polizisten noch von schießenden, heimtückischen Mördern geträumt. Ihr Ellbogen hatte ihr beim Erwachen wehgetan, fühlte sich jedoch bedeutend besser an als am Vortag. Eine Tablette am Morgen müsste reichen, denn das starke Schmerzmittel machte träge; nahm sie zwei, dann schlief sie ein.

Ihr französischer Kollege kam genau zur dritten Tasse. Er war genauso gekleidet wie am Vortag und hatte sich auch im Übrigen nicht verändert. Möglicherweise sah er noch finsterer aus. Er setzte sich ihr gegenüber. Wie immer versuchte er, einen direkten Blickkontakt herzustellen, um ihre Miene beobachten zu können. Aber Irene kannte alle Vernehmungstricks und hatte sich eine Strategie zurechtgelegt.

»Bonjour, Monsieur Verdier«, sagte sie lächelnd.

»Bonjour, Madame Huss«, antwortete Verdier und unternahm nicht den geringsten Versuch, seiner Stimme einen freundlichen Klang zu verleihen.

»Auch eine Tasse Kaffee?«, fragte Irene freundlich und deutete auf die Kaffeekanne.

»Nein, danke.«

Sein Mund wurde zu einem schmalen Strich, als er seine dünnen Lippen zusammenpresste. Für seine Verhältnisse war das eine ungewöhnlich lebhafte Mimik. Der Blick, den er Irene zuwarf, war superfrostig.

»Was wissen Sie über den Vorfall gestern Abend?«, fragte er.

»Das haben Sie schon am Telefon gefragt. Ich weiß immer noch nicht, was Sie meinen«, antwortete Irene bestimmt.

»Sind Sie sich da sicher?«

»Ja, natürlich.«

Er sah sie durchdringend an, aber Irene kannte diese Taktik bereits und erwiderte seinen Blick gelassen. Ein geladenes Schweigen trat ein, und Irene entschied sich, es zu brechen.

»Ist es nicht langsam an der Zeit, dass Sie mir sagen, was passiert ist?«

Verdier unternahm einen weiteren Versuch, sie mit seinem Blick zu bezwingen, gab dann aber auf. Abrupt erhob er sich und holte sich eine Kaffeetasse. Er füllte sie zur Hälfte mit Milch und goss dann bis zum Rand Kaffee dazu. Hastig kippte er den Zuckerstreuer drei Mal über der Tasse um und rührte dann heftig. Die hellbraun verfärbte Milch schwappte auf die Untertasse. Er trank einen Schluck der Mischung, als wolle er sich für das Bevorstehende stärken. Schweigend beobachtete ihn Irene und wartete sein nächstes Manöver ab.

Die kühle Fassade des Inspektors hatte Risse bekommen. Er war nicht dumm und besaß Intuition. Natürlich musste es ein frustrierendes Gefühl sein, dass die Inspektorin bedeutend mehr wusste, als sie ihm verraten wollte. Er ahnte, dass sie irgendwie in den dramatischen Vorfall vom Vorabend verwickelt war, wusste aber nicht, wie.

»Es ist doch Kajsa nichts zugestoßen?«, fragte Irene, und es gelang ihr, besorgt zu klingen.

»Nein.«

Verdier nahm noch einen Schluck von seinem Milchkaffee, ehe er fortfuhr:

»Gestern Abend um Viertel vor zehn war aus Rothstaahls Wohnung ein Schuss zu hören. Mehrere Nachbarn riefen die Polizei, aber als die Kollegen eintrafen, war niemand mehr in der Wohnung, nur die Tür stand offen, und in der Wand des Treppenhauses war ein Einschuss.«

Irene sperrte die Augen auf und versuchte, entsetzt zu wirken.

»Ein Schuss? Aber wer …?«

Absichtlich beendete sie den Satz nicht.

»Wir wissen nicht, wer geschossen hat. Hingegen wissen wir, dass sich zwei Männer in der Wohnung befanden.«

Zwei Männer? Irene hoffte, dass ihr Gesichtsausdruck sie nicht verriet. Verdier warf ihr einen prüfenden Blick zu und fuhr dann fort:

»Die Nachbarn hörten den Schuss. Niemand wagte jedoch,

die Tür zu öffnen, um nachzusehen, aber einige stellten sich hinter die Wohnungstür und lauschten. Erst rannte der eine Mann die Treppe hinunter. Ein paar Minuten später hörten sie eine zweite Person, aber langsamer. Ein Nachbar öffnete die Tür und sah gerade noch einen großen, breitschultrigen Mann. Er war blond.«

»Hat dieser Nachbar den Mann erkannt?«, unterbrach Irene.

»Nein. Er sah ihn auch nur von hinten.«

»Und der erste Mann… hat den auch jemand gesehen?«, fragte Irene.

Sie war wirklich froh, dass sie ihre Seglerschuhe angehabt hatte. Kein feminines Klappern, wenn man mit ihnen rannte. Sie rannte auch wirklich schnell, dank sei ihrem jahrelangen Joggen! Außerdem hatte man es natürlich ganz besonders eilig, wenn auf einen geschossen wurde.

»Nein. Niemand hat ihn gesehen. Aber wir haben noch nicht alle Zeugen vernommen«, erwiderte er scharf.

Die beiden Männer, die vor dem Restaurant Austern geöffnet hatten, erschienen vor Irenes innerem Auge. Sie konnte nur hoffen, dass sie zu viel zu tun gehabt hatten, um die große Frau zu bemerken, die kurze Zeit nach dem Schuss in der Menge der Passanten aufgetaucht war. Und Lucy! Die hatte sie fast vergessen. Es konnte Ärger geben, falls Verdier mit ihr sprach. Plötzlich verspürte Irene das Bedürfnis, den Inspektor schnellstmöglich aus dem Hotel zu schaffen. Aber wie? Sie hatte das deutliche Gefühl, dass er sie im Auge behalten wollte, bis die Maschine mit Kajsa und ihr an Bord abgehoben hatte. Am Vorabend war ihr keine Zeit geblieben, die Wohnung zu durchsuchen. Auf einmal fiel ihr ein, dass die französische Polizei die Wohnung vermutlich nach dem gestrigen Vorfall durchsucht hatte.

»Ist etwas aus der Wohnung entwendet worden?«, fragte sie.

Verdier zuckte mit den Achseln.

»Keine Ahnung. Uns ist jedenfalls nichts aufgefallen. Haben Sie eine Vermutung, was das hätte sein können?«

»Vielleicht. Haben Sie irgendwelche Disketten gefunden?«

»Computerdisketten?«

»Ja.«

Er dachte eine Weile nach, dann ergriff er sein Handy und wählte. Nach einer kurzen Unterhaltung steckte er es wieder weg.

»Nein. Es wurden keine Disketten gefunden. Warum wollen Sie das wissen?«

»Die Computer von Bergman und Rothstaahl wurden nach den Morden gestohlen, und wir haben auch keine Disketten am Tatort in Göteborg gefunden. Wir glauben, dass uns die Computer oder Disketten einen Hinweis darauf geben könnten, was die beiden planten. Solange wir nichts finden, können wir darüber nur Mutmaßungen anstellen.«

»Und hier in Paris gibt es auch keine Disketten. Wahrscheinlich sind noch mehr Leute am Treiben dieser beiden Herren interessiert«, stellte Verdier fest.

Irene überlegte rasch ihre Alternativen. Es war besser, gemeinsam mit Verdier die Wohnung zu durchsuchen, statt gar nicht mehr dorthin zurückzukehren. Außerdem wollte sie ihm keine Gelegenheit geben, mit Lucy zu sprechen. Daher sagte sie leichthin:

»Vielleicht haben sie die Disketten ja versteckt. Wir sollten nach ihnen suchen.«

»Meinen Sie, dass sie sie in der Wohnung versteckt haben?«

»Ja.«

Verdier erhob sich.

»Auf geht's.«

Methodisch durchsuchten sie die ganze Wohnung. Sie fanden keine einzige Diskette, aber in einem Schuhkarton in der Kleiderkammer drei Tütchen mit einem weißen Pulver. Verdier rieb sich von dem Pulver aufs Zahnfleisch und klassifizierte es ohne Zögern als Kokain. In einer Videohülle fanden sie Dutzende rosa Tabletten, wahrscheinlich Ecstasy.

Sie ließen sich auf den Plüschsesseln nieder und legten die Drogen auf den Couchtisch. Nachdenklich betrachtete Verdier den Fund.

»Das sind etliche Gramm Kokain, sehr große Mengen. Wussten Sie, dass sie mit Drogen handelten?«, fragte er.

»Nein. Aber zu Bergmans Glanzzeiten soll einiges an Kokain konsumiert worden sein«, antwortete Irene.

Verdier nickte und versank dann in nachdenkliches Schweigen.

»Diese beiden Männer hier bezeichneten sich selbst als Berater und brachten skandinavische Unternehmen dazu, in ihren Aktienfond EuroFond zu investieren. Laut Ihren Angaben und denen meines Kollegen war Rothstaahl schon einmal in London in so eine Sache verwickelt. Wir wissen jetzt, dass sie sich auch mit Drogen beschäftigten. Ich frage mich, wie sie es wagen konnten, solche Risiken einzugehen?«

Er sah Irene an, und da ihr nichts Besseres einfiel, konterte sie mit einer Gegenfrage:

»Was für Risiken?«

»Gefasst zu werden. Rothstaahl muss klar gewesen sein, dass es nur eine Frage der Zeit sein konnte, bis jemandem sein Name und Unternehmen auffallen würde. Das System ist dasselbe wie beim letzten Mal. Überdies begannen er und sein Partner auch noch, mit Drogen zu handeln, denn dies hier übersteigt den Eigenbedarf. Das wirkt nicht sonderlich schlau. Rauschgiftdelikte werden hierzulande streng geahndet. Ich habe den Eindruck, dass sie verzweifelt waren.«

»Verzweifelt?«, wiederholte Irene etwas dumm.

»Ja. Sie brauchten offenbar dringend Geld.«

Sie dachte über seine Worte nach und musste ihm Recht geben. Sie sah sich in dem öden Wohnzimmer um, das ganz und gar nicht dem Standard entsprach, an den sich

Philip Bergman während seiner Erfolge mit ph.com gewöhnt hatte.

Weshalb waren sie so sehr auf schnelles Geld aus gewesen? Hatten sie das Lebensgefühl und das viele Geld der späten Neunziger zurückholen wollen? Oder war es um ganz andere Dinge gegangen?

Irene versuchte nachzudenken, fand aber keine plausible Erklärung. Wahrscheinlich waren Rothstaahl und Bergman Verbrecher gewesen, die keinerlei Skrupel gekannt hatten, und die vor nichts zurückgeschreckt waren, wenn's um Geld ging. Richtig gewissenlos und geldgierig mussten sie gewesen sein, da sie offenbar auch mit Drogen gehandelt hatten.

Bergmans Aufstieg und Fall in der Geschäftswelt wirkte irgendwie jämmerlich, vom Goldenen Kalb, das alle bewundert hatten, zu einem zwielichtigen Betrüger und Dealer. Die letzten Jahre hatte er ein halboffizielles Leben als Partner einer anderen dubiosen Figur aus der Welt der Finanzen geführt. Irgendwie konnte sich Irene keinen Reim darauf machen; da stimmte etwas nicht. Nur was? Sie kam nicht drauf, aber irgendwas war da. Wenn sie es doch nur entdecken könnten, dann wäre sie der Lösung vermutlich bedeutend näher gekommen.

»Sie wissen nicht, wie die beiden auf die schiefe Bahn gerieten?«, fragte Verdier, der offenbar ähnlichen Gedanken nachhing wie sie.

»Nein. Vielleicht handelte es sich um reine Geldgier«, antwortete Irene.

»Schon möglich.«

Ihr kam ein Gedanke.

»Vielleicht hat ja dieser Mann, der Kajsa und mich überfiel, das Rauschgift hier in der Wohnung versteckt? Oder einer der Männer, die gestern Abend hier waren?«, meinte sie.

Verdier nickte und erwiderte:

»Diese Möglichkeit besteht natürlich.«

Er stand auf und sah auf die Uhr.

»Es ist Zeit, Ihre Kollegin abzuholen, Kajsa Berger… Bjerg…«

»Birgersdotter.«

»Danke.«

Ein durchdringender Geruch von Urin und Reinigungsmitteln schlug ihnen entgegen, als sie die Station betraten. Kajsa saß auf einem Stuhl im Korridor und erwartete sie. Sie war blass und wirkte müde. Ein großer Verband um den Kopf ließ sie noch elender erscheinen. Eine riesige Krankenschwester watschelte auf Irene zu und begann, auf Französisch auf sie einzureden. Inspektor Verdier kam ihr zu Hilfe und übernahm die Unterhaltung. Die Schwester reichte Irene einen großen braunen Umschlag und sagte ein paar Worte zu Verdier. Anschließend lächelte sie Kajsa an und tätschelte ihr die Wange. Dann verschwand sie den Korridor entlang.

»Sie hat mich den ganzen Morgen wie ein kleines Kind behandelt«, murmelte Kajsa auf Schwedisch.

Verdier deutete auf Kajsa und fragte Irene:

»Spricht sie Englisch?«

Bevor Irene antworten konnte, entströmte Kajsa ein wütender Wortschwall, der wie waschechtes Französisch klang. Irene verstand zwar kein Wort, aber nach Verdiers Gesichtsausdruck zu urteilen, verstand dieser genau, was Kajsa sagte. Als sie fertig war, verzog er den Mund und meinte trocken:

»Aus Rücksicht auf Madame Huss sollten wir uns vielleicht ans Englische halten.«

Irene hörte, dass Kajsa etwas auf Schwedisch murmelte.

»Die Schwester meinte, Madame… nein… Mademoiselle Kajsa bedürfe der Ruhe. Sie hat eine Gehirnerschütterung erlitten und muss sich ein paar Tage ausruhen«, sagte Verdier.

Irene streckte die Hand aus, um Kajsa aus dem Stuhl hochzuhelfen, aber diese machte nur eine abwehrende Handbewegung und stand ohne Hilfe auf. Sie wurde noch eine Spur bleicher, schwankte und begann dann vorsichtig, sich auf den Ausgang zuzubewegen.

»Wie geht's?«, fragte Irene.

»Was glaubst du?«, schnaubte Kajsa.

Sie schwiegen und sprachen erst wieder, als sie im Auto saßen. Irene hatte sich zu Kajsa auf den Rücksitz gesetzt. Verdier ließ den Motor an und fädelte sich in den Berufsverkehr ein.

»Wir fahren zu Rothstaahls Wohnung, weil wir uns dort ungestört unterhalten können«, sagte Irene auf Schwedisch.

Kajsa warf ihr einen raschen besorgten Blick von der Seite zu.

»Warum müssen wir dorthin fahren?«, fragte sie.

»Die Alternative wäre Verdiers Büro, und das würdest du nicht wollen.«

Wahrscheinlich hatte der Inspektor seinen Namen gehört, denn er warf Irene einen scharfen Blick im Rückspiegel zu. Sie beugte sich zu ihm vor und erklärte:

»Ich will nur von Kajsa wissen, wie es ihr geht. In der Wohnung reden wir dann wieder Englisch.«

Sie lehnte sich zurück und warf ihm ein schwaches Lächeln zu. Er erwiderte es nicht. Als sie sich wieder an Kajsa wandte, um die Unterhaltung fortzusetzen, entdeckte sie, dass ihre Kollegin eingeschlafen war. Jedenfalls hielt sie die Augen geschlossen.

Irene seufzte laut und konzentrierte sich auf den Anblick des Eiffelturms in der Ferne.

Kajsa wollte sich nicht aufs Sofa legen. Sie setzte sich auf einen der durchgesessenen Sessel, Verdier ebenso. Irene nahm auf dem Sofa Platz.

Verdier kam sofort zur Sache:

»Kannten Sie den Mann, der Sie angegriffen hat?«

»Nein«, antwortete Kajsa mit Bestimmtheit.

»Wie sah er aus?«

»Groß. Blond. Nicht fett, aber kräftig. Oder eher stark. Das ist ein besseres Wort: stark.«

Kajsa wirkte ausgesprochen zufrieden, das richtige Wort gefunden zu haben. Irene gab ihr Recht. Es entsprach dem Eindruck, den auch sie von dem Mann gewonnen hatte.

»Alter?«

»Zwischen dreißig und fünfundvierzig. Es ging so schnell. Ich hatte keine Zeit … und dann schlug er mir schon auf den Kopf, und ich wurde ohnmächtig … wahrscheinlich habe ich einiges vergessen.«

»Wahrscheinlich. Wir möchten Ihnen dabei helfen, sich an möglichst viel zu erinnern«, sagte Verdier.

»Womit hat er dir auf den Kopf geschlagen?«, warf Irene ein.

»Keine Ahnung. Ich sah nur, dass er so etwas wie … wie ein Eisenrohr … in der Hand hielt. Recht lang.«

»Könnte es sich um ein kleines Brecheisen gehandelt haben? Oder um eine große Taschenlampe?«, schlug Irene vor.

»Eher ein Brecheisen. Habt ihr eines gefunden?«

»Nein. Er hat die Waffe mitgenommen. Die Tür war auch nicht aufgebrochen. Er besaß einen Schlüssel. Und den hat er immer noch«, stellte Irene fest.

»Ich werde Madame Lauenstein bitten, das Schloss auswechseln zu lassen«, sagte Verdier rasch.

Er sah Kajsa an und sagte dann:

»Hier in der Wohnung ist geschossen worden. Die Spurensicherung hat die Kugel sichergestellt. Kaliber achtunddreißig. Aber darüber kann Ihnen sicher Madame Huss mehr erzählen.«

Als er das sagte, richtete er seinen Stahlblick auf Irene. Schon wieder, dachte sie. Widerwillig bewunderte sie seine Sturheit und seinen Instinkt. Er hatte Recht, obwohl er auf der vollkommen falschen Fährte war. Aber sie hatte keine Lust, ihn auf die richtige zu führen. Sie wollte einfach jeglichen Scherereien mit der Pariser Polizei aus dem Weg gehen. Schlimm genug, dass sie überhaupt in die Sache reingezogen worden waren.

Es war schwierig, Kajsas Erinnerungsvermögen auf die Sprünge zu helfen. Schließlich bat sie darum aufzuhören. Sie sei müde und habe Kopfschmerzen. Außerdem habe sie einen wahnsinnigen Hunger! Irene erbot sich, Pizza im Pizza Hut zu holen, aber Kajsa stellte sich an wie ein kleines Kind und sagte, wenn sie schon mal in Paris sei, dann wolle sie auch französisch essen. Sie beschlossen, wieder das La Rotonde zu besuchen. Dorthin war es nicht weit, und sie wussten, dass das Essen gut war.

Nach einem guten Mittagessen, das aus gegrillter Forelle mit Dillkartoffeln bestand, taute Kajsa auf.

»Ich will auf keinen Fall wieder in diese deprimierende Wohnung zurück«, erklärte sie beim Kaffee, zu dem sie Apfelkuchen aßen.

»Das ist auch nicht nötig«, meinte Verdier.

Er hatte keinen Apfelkuchen bestellt, sondern sich mit einem Café au lait begnügt.

»Es ist bald Zeit, den Bus zum Flughafen zu nehmen«, meinte Irene.

Sie konzentrierte sich darauf, mit der Gabel durch die knusprige Kruste des Apfelkuchens zu stechen. Wenn sie zu fest drückte, würde sicher ein Stück auf Verdiers Schoß landen. Ein fürchterlicher Gedanke! Sie sah den Franzosen an und merkte, dass er Kajsa beobachtete.

Plötzlich sagte er:

»Was hat er denn gesagt, als er auf Sie zustürzte?«

»Wer?«, fragte Kajsa überrumpelt.

»Der Mann, der Sie angegriffen hat. Was hat er gesagt, als er zuschlug?«

Kajsa sah ihn verwundert an. Sie öffnete den Mund, um zu antworten, schloss ihn aber sofort wieder.

»Mein Gott«, flüsterte sie dann auf Schwedisch.

Sie sah Irene an und sagte:

»Als er zuschlug, zischte er: ›Scheiße, Scheiße, Scheiße‹, und zwar auf Schwedisch.«

KAPITEL 13

Scheiße, Scheiße, Scheiße«, wiederholte Andersson nachdenklich.

Er ließ sich auf seinen Platz an der Schmalseite des Konferenztisches sinken. Sie hatten eine Pause gemacht, nachdem er ans Telefon gerufen worden war. Er hatte das Gespräch in seinem Büro entgegengenommen. Alle im Konferenzraum hatten die Gelegenheit genutzt, sich die Beine zu vertreten und Kaffee zu holen. Irene und Kajsa hatten fast den ganzen Vormittag damit verbracht, ihren Kollegen von ihren Erlebnissen in Paris zu berichten. Birgitta Moberg-Rauhala, Tommy Persson, Fredrik Stridh und Jonny Blom hatten aufmerksam zugehört. Irene fand, dass Jonny zuviel Tamtam um Kajsas bandagierten Kopf machte. Ihr rechter Arm in der Schlinge war ihm kaum aufgefallen.

»Bergman und Rothstaahl treiben krumme Geschäfte mit einem Pyramidenspiel. Sie wohnen als schwules Pärchen zusammen. Dealen. Beide werden hier in Göteborg ermordet, als sie zu Hause auf Besuch sind. Kajsa und Irene werden von einem Mann niedergeschlagen, der etwas auf Schwedisch murmelt. Wahrscheinlich ist es derselbe Mann, dem Irene später am Abend noch einmal in der Wohnung begegnet. Er schießt mit einer Pistole Kaliber 38 auf sie. Weder Kajsa noch Irene erkennen ihn. Möglicherweise hat er das Rauschgift in der Wohnung deponiert. Die Frage lautet nur: Warum? Was hatte er in der Wohnung zu suchen? Hat er auch Bergman und Rothstaahl ermordet? Falls ja, warum? Und was zum Teufel hat das mit dem Mord an Kjell Bengtsson Ceder zu tun?«, fasste Jonny die Lage zusammen.

Andersson nickte und warf ihm einen düsteren Blick zu.

»Das Ganze wird noch unübersichtlicher. Das war eben Svante Malm am Telefon. Sie befinden sich auf der Insel und untersuchen den Steinhaufen, von dem diese Frau Schluckspecht behauptet, er sei verschoben worden. Sie hat Recht. Sie haben eine Leiche unter den Steinen gefunden.«

Seine Worte lösten betroffenes Schweigen aus. Nicht zuletzt Irene war sprachlos, obwohl sie bereits geahnt hatte, aus welchem Grund das Seezeichen versetzt worden war.

»Irene und Tommy sollen rausfahren. Wahrscheinlich habt ihr nach drei Jahren endlich Thomas Bonetti gefunden«, fuhr der Kommissar ungerührt fort.

»Ich fahr mit«, sagte Kajsa rasch.

Trotzig schaute sie unter dem Rand ihrer Bandage hervor. Von der linken Schläfe aus breitete sich ein riesiger Bluterguss ums Auge aus.

»So, wie du aussiehst, kannst du nicht arbeiten. Der Arzt in Paris fand, dass du dich bis Montag krankschreiben lassen sollst«, wandte der Kommissar entschieden ein.

Kajsa wirkte enttäuscht. Sie warf ihrem Chef einen lilaumrandeten, wütenden Blick zu, widersprach aber nicht. Andersson konnte kein Wort Französisch und konnte daher auch nicht gelesen haben, was der französische Arzt geschrieben hatte. Wahrscheinlich hatte er sich das mit der Krankschreibung einfach ausgedacht. Aber es war sicher gut, dass sich Kajsa etwas ausruhte, schließlich war mit einer Gehirnerschütterung nicht zu spaßen. Das wusste Irene aus eigener Erfahrung.

Birgitta meldete sich zu Wort.

»Ich habe mir über diese Sache mit dem Geld Gedanken gemacht. Alle Opfer verfügten zeitweilig über extrem viel Geld. Jetzt haben wir festgestellt, dass die meisten Beteiligten fast ihr ganzes Geld wieder losgeworden sind. Das Vermögen Ceders sowie das von Bergman und Rothstaahl ist in den letzten drei Jahren drastisch zusammengeschmolzen. Das von Sanna Kaegler ebenfalls. Und niemand weiß, wohin das Geld von Thomas Bonetti verschwunden ist«, sagte sie.

»Der IT-Crash. Da haben sie ihr Geld verloren«, sagte Jonny voller Überzeugung.

Birgitta schüttelte den Kopf.

»Wir wissen, dass Geld von ph.com in den Taschen der Teilhaber verschwand. Sanna und Philip schoben das Thomas Bonetti in die Schuhe, der praktischerweise verschwunden war«, meinte sie.

»Diese Sanna Kaegler …! Tommy! Sobald die Leiche auf der Insel identifiziert ist, knöpft ihr euch dieses Frauenzimmer noch einmal vor!«, unterbrach sie Andersson.

»Was Sanna betrifft, kann ich euch erzählen, dass weder Bergman noch Rothstaahl Vater des kleinen Ludwig waren. Die DNA-Ergebnisse kamen heute Morgen«, informierte Birgitta.

»Klar, dass keine von diesen Schwuchteln der Vater war! Und dieser Ceder auch nicht. Wer ist es dann?«, meinte Jonny streitsüchtig.

»Wir kümmern uns jetzt um diese Morde und nicht um irgendwelche Vaterschaftsfragen«, entschied Andersson.

Irene hatte jedoch das dringliche Gefühl, dass das eine mit dem anderen zusammenhing, ohne genau erklären zu können, warum.

Das Polizeiboot holte sie an der Fiskebäck-Marina ab. Irene und Tommy kannten den Kapitän Torbjörn Melander gut, seit sie damals beide im dritten Polizeidistrikt gearbeitet hatten. Alle drei waren mit dem Streifenwagen im Zentrum von Göteborg unterwegs gewesen, um für Recht und Ordnung zu sorgen. Torbjörn war ein paar Jahre älter als sie und auf der Insel Brännö geboren und aufgewachsen. Als vor ein paar Jahren die Stelle als Kapitän auf dem Polizeiboot frei geworden war, hatte er sich sofort beworben und sie auch bekommen. Es war für ihn wie eine Heimkehr gewesen.

Sie saßen neben ihm im Ruderhaus. Die See wurde rauer, als sie sich nicht mehr im Schutz von Styrsö befanden. Das Boot schlug schwer in den Wellentälern auf. Ein feiner Nieselregen hüllte alles in einen grauen Nebel. Irene war nicht sonderlich an die See gewöhnt, machte sich aber trotzdem keine Sorgen, denn Torbjörn kannte jedes Inselchen und jeden Felsen in den Schären von Nordkoster bis Anholt. Er benötigte weder Kompass noch Seekarte, um Branteskär zu finden.

»Der Kompass sitzt hier«, sagte er und deutete auf seine Brust.

Vor ihnen tauchten die Umrisse von Branteskär aus dem Nebel auf. Sie machte ihrem Namen, steile Schäre, alle Ehre.

»Von dieser Seite aus kommt man nicht an Land. Auf der Rückseite liegt eine kleine Bucht, und das ist auch die einzige Stelle, an der man anlegen kann«, sagte Torbjörn.

Das Anlegemanöver dauerte ein Weilchen, da es von dem zunehmenden Wind erschwert wurde.

»Ich bleibe hier auf dem Boot. Ich muss noch ein paar Fender auslegen und zusehen, dass wir nicht irgendwo dagegenhauen«, meinte Torbjörn.

Irene verlor fast das Gleichgewicht, als sie vom glatten Vordeck aus an Land springen wollte. Das hätte gerade noch gefehlt, dass sie vor den Augen der Kollegen ins Wasser fiel! Damit hätte sie dann bis zur Pension leben müssen. Es war auch nicht sonderlich einfach, die Felswand hochzuklettern, da sie sich nur mit einer Hand festhalten konnte. Sie waren gezwungen, sich wie Riesenkrebse seitwärts zu bewegen, um die steilste Stelle zu umgehen. Es wurde etwas leichter, als sie unterhalb des Seezeichens bei einer Spalte voller Geröll anlangten, das das Inlandeis vor ein paar tausend Jahren beim Abschmelzen zurückgelassen hatte.

Svante Malm und zwei Polizisten tranken gerade Kaffee aus Thermoskannen. Ein eisiger Wind pfiff hoch oben auf der Schäre, und kühle Feuchtigkeit drang durch die Regenkleidung. Sie hatten eine Persenning über das Grab gespannt, um es vor dem Nieselregen zu schützen.

»Trinkt einen Schluck Kaffee. Der Bursche hat jetzt ein paar Jahre gewartet, da kommt es auf fünf Minuten auch nicht mehr an«, begrüßte sie Svante.

Irene nahm den Becher dankbar mit klammen Händen entgegen. Wer denkt schon Ende September daran, ein Paar Handschuhe einzustecken? Jedenfalls nicht sie. Das Getränk wärmte durch das dünne Plastik und taute ihre steif gefrorene linke Hand auf. Die rechte hing warm und trocken unter der Jacke. Sie würde die Schlinge vermutlich nicht mehr lange benötigen, der Ellbogen fühlte sich allmählich wieder besser an.

»Glaubst du, dass es sich um Thomas Bonetti handelt?«, fragte Tommy ohne Umschweife.

»Ich glaube, dass die Zeit, die die Leiche hier gelegen hat, stimmen könnte. Einige wenige Gewebereste sind noch übrig, aber viel mehr nicht. Die Insekten haben gute Arbeit geleistet. Die Kleider und Haare sind noch da. Es handelt sich um Herrenkleidung, und das Haar ist recht dünn und blond, rotblond.«

»Das bestärkt unseren Verdacht, dass es sich um Bonetti handelt«, sagte Tommy und nickte.

Der Mann von der Spurensicherung goss sich dampfenden Kaffee nach. Er blies in den Becher und betrachtete die beiden Kripoleute durch den Dampf.

»Ich habe noch etwas feststellen können. An der linken Hand der Leiche fehlen alle Finger außer dem Daumen.«

»Es ging recht schnell, die Unterlagen von Thomas Bonettis Zahnarzt zu beschaffen. Er hatte denselben Zahnarzt wie seine Eltern. Der Gerichtsodontologe hat sich die Zähne der Leiche gestern Abend bereits angesehen und sie mit den

Röntgenbildern Bonettis verglichen. Sie stimmen überein. Wir haben also Thomas Bonetti gefunden«, sagte Tommy.

Es war Freitagmorgen, und sie saßen um den Konferenztisch und versuchten, die letzten Entwicklungen im Fall Bonetti zu analysieren. Eine unangenehme, graue Dämmerung klebte an den Fenstern, und sie hatten Licht machen müssen. Jetzt gibt es kein Zurück, der Herbst ist da, dachte Irene düster. Sie tröstete sich damit, dass sie mit Tommys Frau Agneta am Wochenende Pilze pflücken gehen wollte. Sie fuhren immer in den Wald Härskogen, in dem sie eine gute Stelle kannten.

»Und Svante hatte Recht. An der linken Hand fehlen vier Finger. Sie liegen nicht im Grab, denn die Spurensicherung hat den Steinhaufen genauestens durchsucht«, fuhr Tommy fort.

Der Kommissar schnaufte und hustete dann, um die Atmung zu erleichtern. Bei feuchtem Wetter verschlimmerte sich sein Asthma immer.

»Folter. Ein deutlicher Hinweis auf Folter«, sagte er mit belegter Stimme.

»Warum hätte ihn jemand foltern sollen?«, fragte Fredrik.

»Geld. Bei diesem Fall dreht sich alles um Geld«, antwortete Irene rasch.

»Aber das stimmt nicht. Als Bonetti verschwand, war doch das gesamte Kapital von ph.com schon weg«, wandte Birgitta ein.

»Eben. Und wer wurde der Unterschlagung bezichtigt?«, fragte Irene.

Ehe noch jemand antworten konnte, beantwortete sie selbst ihre rhetorische Frage:

»Thomas Bonetti.«

Nachdenkliches Schweigen breitete sich aus. Schließlich fragte Fredrik Stridh:

»Wie viel Geld soll Bonetti denn unterschlagen haben?«

»Mehrere Millionen. Möglicherweise sogar eine Summe in

der Größenordnung von fünfzehn bis zwanzig Millionen, laut Sanna Kaegler«, antwortete Irene.

»Fünfzehn Millionen. Leute haben schon für weniger ihr Leben und ihre Finger lassen müssen«, stellte Birgitta fest.

»Aber warum wurde er gefoltert, bevor man ihn ermordete? Oder wurden die Finger erst nach dem Mord abgetrennt?«, fragte Fredrik.

»Das wissen wir nicht. Vielleicht beantwortet die Obduktion diese Frage. Aber das lässt sich so lange nach Eintritt des Todes vermutlich kaum noch feststellen. Die Leiche war schon stark verwest«, antwortete Irene.

Ein grinsender Totenkopf, der aus den Resten einer Peak-Performance-Jacke hervorschaute, tauchte vor ihrem inneren Auge auf. Die Jacke war aus stabilem Nylon und relativ gut erhalten gewesen. Auch die Hose und die Schuhe hatten sich in einem guten Zustand befunden. Qualität zahlt sich aus, dachte Irene und verzog das Gesicht.

»Hingegen besteht kein Zweifel an der Todesursache. Zwei Schüsse in die rechte Schläfe. Eine Kugel befand sich noch im Schädel. Das Kaliber steht noch nicht fest, aber ich wette, dass es sich um Kaliber 25 handelt«, fuhr sie fort.

»Aber warum wurde er vor drei Jahren ermordet? Und warum mussten Ceder, Bergman und Rothstaahl plötzlich so viel später auch noch dran glauben?«, beharrte Birgitta.

»Wenn wir die Antwort auf diese Frage kennen, dann haben wir den Fall gelöst«, antwortete Tommy.

Marianne Bonetti wirkte ruhig und gefasst, als sie den Kriminalbeamten die schwere Eichentür öffnete. Ihre Augen hinter den dicken Brillengläsern waren jedoch verquollen und rot geweint. Die ältere Frau war sehr korpulent, was sie jedoch zum Teil mit einem gut geschnittenen dunkelblauen Kostüm kaschierte. Unter der Jacke trug sie eine cremefarbene Seidenbluse und eine Kette mit großen, rosa schimmernden Perlen. Ihr kräftiges Haar war schwarz gefärbt und zu einem riesigen Knoten hochgesteckt. Die Haarfarbe bildete einen starken Kontrast zu dem bleichen, stark geschminkten, schlaffen Gesicht. Ihr schweres Parfüm löste bei Irene Atemnot aus. Diamanten funkelten, als sie die Hände hob, um ihnen den Weg zu weisen. Schwerfällig führte sie sie in ein großes, hohes Zimmer, das mit teuren Designermöbeln in kühlem, nordischem Stil eingerichtet war. Die korpulente Dame passte nicht im Geringsten zu ihrem Wohnzimmer. Wahrscheinlich war es das Werk eines Innenarchitekten.

»Nehmen Sie doch Platz, mein Mann kommt gleich«, sagte sie.

In Anbetracht ihres fülligen Körpers klang ihre Stimme überraschend hell und mädchenhaft. Sie deutete auf zwei Sessel mit weiß und beige gestreiftem Leinenbezug.

Irene hatte ein paar Stunden zuvor bei den Eltern von Thomas Bonetti angerufen und mit der Mutter gesprochen. Sie hatte gefragt, ob sie zu einem Gespräch ins Präsidium kommen könnten. Marianne Bonetti hatte sie gebeten, stattdessen zu ihnen nach Långedrag zu kommen, da sie nicht die Kraft habe, das Haus zu verlassen, nachdem sie die Nachricht vom Tod ihres Sohnes erhalten habe.

Jetzt ließ sich die mollige Dame auf einen der Sessel sinken. Irene fiel auf, dass sie nervös ein Taschentuch in der Hand zerknüllte. Mit teilnahmsvoller Stimme sagte Tommy:

»Wir bedauern natürlich außerordentlich …«

»Es ist besser, endlich Gewissheit zu haben«, fiel Marianne Bonetti ihm ins Wort.

»Das kann ich verstehen. Diese jahrelange Ungewissheit muss unerträglich gewesen sein«, erwiderte Tommy.

Sie nickte und schluckte.

»Wie konnte nur jemand … Thomas … war so lieb …«

Ihre Stimme versagte. In der folgenden Stille hörten sie, wie die Haustür geöffnet und wieder geschlossen wurde. Rasche Schritte näherten sich. Antonio Bonetti betrat das Wohnzimmer und kam auf sie zu. Sowohl Irene als auch Tommy erhoben sich, um ihn zu begrüßen. Er gab ihnen einen festen Handschlag, und Irene merkte, dass er etwas schwitzte. Der Staranwalt war einen halben Kopf kleiner als seine Frau und fast vollkommen kahl. Seine wenigen Haare hatte er über seinen sommersprossigen Schädel gekämmt. Sein Anzug war elegant, konnte aber den beginnenden Bierbauch nicht verbergen. Am Ringfinger trug er einen breiten Siegelring aus Gold, der zu der massiven Rolex an seinem Handgelenk passte. Antonio Bonetti war Anfang sechzig und immer noch einer der gefragtesten Strafverteidiger Schwedens. Nunmehr übernahm er nur noch Prozesse, die ihm die maximale Aufmerksamkeit der Medien garantierten und die er mit Sicherheit gewann. Er hatte über die Jahre an vielen Talkshows teilgenommen und den Zuschauern Zusammenhänge erläutert. Natürlich stets zum Vorteil seiner Mandanten.

»Habt ihr bereits mit dem Gespräch begonnen?«, fragte er und warf seiner Frau einen raschen Blick zu.

Seine Augen glichen farblosen Pfützen, umrahmt von weißen Wimpern und Brauen.

»Sie sind gerade erst eingetroffen … wir haben gerade eben Platz genommen«, beeilte sich Marianne Bonetti zu antworten.

Irene war klar, dass sich der Anwalt hatte vergewissern wollen, dass die Polizisten nicht begonnen hatten, seine Frau in seiner Abwesenheit auszufragen.

Antonio Bonetti setzte sich auf die Couch. Er schlug seine Beine in den ordentlich gebügelten Hosen übereinander, und Irene fielen seine extra hohen Absätze auf.

»Gibt es irgendwelche Hinweise?«, fragte der Anwalt und sah Tommy an.

»Überhaupt keine. Wir wissen nicht mehr als vor drei Jahren. Doch, eines steht fest: Er wurde ermordet, aber warum, wissen wir nicht. Haben Sie vielleicht eine Idee?«, fragte Tommy freundlich.

»Nein. Tommy hatte keine Feinde. Als er verschwand, wurden etliche... Lügen in die Welt gesetzt, aber das war alles unbegründete, üble Nachrede«, antwortete der Anwalt und betonte die letzten Worte.

»Er wurde der Unterschlagung bezichtigt, kurz bevor er verschw...«

»Lügen!«, fauchte Bonetti.

Verärgert wippte sein Fuß mit dem eleganten Schuh auf und ab. Für einen Mann hatte er ungewöhnlich kleine Füße.

»Das waren die anderen beiden. Sanna Kaegler und Philip Bergman. Die steckten unter einer Decke und schoben Thomas beim Konkurs von ph.com den Schwarzen Peter zu. Gleichzeitig nutzten sie die Gelegenheit, das Unternehmen vor dem Crash auszuplündern«, sagte er etwas ruhiger.

»Haben Sie irgendwelche Beweise dafür?«, fragte Tommy.

»Nein. Nur ein paar Äußerungen von Thomas in diesem letzten Sommer. Er sprach einmal davon, dass Philip und Sanna irgendwelche Provisionen, so genannte Kickbacks, kassiert hätten. Ich habe mich nie darum gekümmert, da die Ermittlung eingestellt wurde, als Thomas verschwand. Ich hatte damals viel am Hals. Einmal das Verschwinden von Thomas, zum anderen einen großen Arzneimittelprozess. Der größte jemals in Schweden. Unlustig, aber wir haben gewonnen.«

Wahrscheinlich war er sich nicht bewusst, dass ein zufriedenes Lächeln über sein Gesicht huschte. Sie sprachen über den Tod seines Sohnes, und er lächelte zufrieden über einen gewonnenen Prozess. Irene lief es kalt den Rücken hinunter, und sie schrieb »Kickbacks« auf ihren Block.

»Ist Thomas jemals bedroht worden?«, setzte Tommy die Vernehmung fort.

Beide Eltern schüttelten den Kopf.

»Nie«, sagte der Anwalt.

»Hatte er irgendwelche Feinde?«

»Keine«, sagte seine Mutter bestimmt.

Plötzlich erinnerte sich Irene an etwas, das Annika Hermansson gesagt hatte: »Er hatte keine Freunde. Niemand wollte mit ihm spielen. Nicht mal Billy.« Sie warf eine Frage ein:

»Wer waren seine Freunde?«

Die Eltern schauten Irene an. Sie antworteten nicht. Das Schweigen lastete auf ihnen, bis Marianne Bonetti es schließlich brach:

»Thomas hatte so viele Geschäftsfreunde. Er wohnte in London … Wir kannten nicht alle seine Freunde.«

»War er mit irgendwelchen Freunden hier in Göteborg in Verbindung geblieben?«, fragte Irene.

»Vielleicht … aber er war nicht so oft zu Hause«, erwiderte sie zögernd.

»Joachim Rothstaahl wurde nur wenige Kilometer von hier ermordet. Auch er war hier in Långedrag aufgewachsen. Kannten sich Thomas und Joachim schon als Kinder?«

»Nein. Der Altersunterschied war zu groß. Ich glaube, er betrug vier oder fünf Jahre. Das ist viel. Zumal bei Jugendlichen. Sie lernten sich erst in London kennen«, antwortete Marianne Bonetti.

»Hatte er Freunde auf Styrsö?«

»Nein, soweit ich weiß, nicht. Warum wollen Sie das wissen?«, fragte sie erstaunt.

»Thomas fuhr schließlich an diesem letzten Abend nach Styrsö. Vielleicht wollte er jemanden treffen? War er immer noch mit Billy Hermansson befreundet?«

»Nein. Das glaube ich ni …«

Marianne Bonetti schwieg abrupt, als sich ihr Mann rasch erhob. Sie sah ihn besorgt an, als er sich mit der Hand an die Brust fuhr. Sein großer Siegelring funkelte vor dem dunklen Anzugstoff.

»Meine Medizin …«, murmelte Antonio Bonetti und eilte aus dem Zimmer. Sie hörten das Klappern seiner Absätze auf dem Parkett in der Diele.

»Antonio leidet an Angina pectoris. Er muss Medikamente

nehmen … Wie Sie sicher verstehen, hat ihn die Sache sehr mitgenommen. Er zeigt es nicht … Er unterdrückt seine Trauer«, erklärte Marianne Bonetti.

»Wir verstehen, dass dies für Sie sehr schwierig ist«, sagte Tommy.

Sie nickte und trocknete sich die Augen mit dem Taschentuch, das sie während des ganzen Gesprächs in der Hand gehalten hatte.

Styrsö. Wieso hatte Antonio Bonetti so heftig reagiert, als sie die Rede auf Styrsö gebracht hatten? Vorher schien er die Lage doch vollkommen im Griff gehabt zu haben? Verheimlichte er ihnen etwas? Irene beschloss, nicht locker zu lassen.

»Ich hole uns etwas Mineralwasser«, sagte Marianne Bonetti und erhob sich schwerfällig aus dem tiefen Sessel.

Ehe die Polizisten noch ablehnen konnten, war sie ihrem Mann gefolgt.

Irene beugte sich vor und tat so, als würde sie einen Strumpf gerade ziehen.

»Hak wegen Styrsö noch mal nach. Damit ist was«, flüsterte sie Tommy zu.

»Hm«, antwortete er leise.

Sie vernahmen das entfernte Rauschen einer Wasserspülung. Nach einer Weile betraten die Eheleute Bonetti gemeinsam wieder das Zimmer. Antonio Bonetti trug drei Flaschen Ramlösa und seine Frau ein silbernes Tablett mit vier geschliffenen Kristallgläsern. In jedem Glas lagen ein paar Eiswürfel. Sie legte vier vergoldete Untersetzer auf den Couchtisch und stellte jedem ein Glas hin. Die Eiswürfel klirrten, als ihr Mann das sprudelnde Mineralwasser eingoss. Sie setzten sich auf ihre Plätze. Der Anwalt trank einen Schluck Ramlösa.

»Ich leide an Angina pectoris. Eventuell muss ich mich im Winter operieren lassen«, sagte er.

Irene und Tommy nickten verständnisvoll. Tommy trank einen Schluck Mineralwasser und sagte dann:

»Um wieder auf Styrsö zurückzukommen, gab es dort jemanden, mit dem Thomas sich verabredet haben könnte?«

»Nein.«

Mit einem energischen Knall stellte Bonetti sein Glas wieder auf den Untersetzer.

»Hatte er keinen Kontakt mehr zu Billy Hermansson?«, warf Irene ein.

Der Anwalt warf ihr einen schwer zu deutenden, hastigen Blick zu. Bevor sie sich einen Reim darauf machen konnte, sah er wieder weg.

»Nein. Sie spielten miteinander, als sie klein waren«, sagte er bestimmt.

»Sie haben also keine Ahnung, warum er an diesem letzten Abend nach Styrsö wollte?«, beharrte Irene.

»Nein. Wir wissen jetzt auch nicht mehr als früher. Er sagte, er müsse in Ruhe nachdenken.«

Antonio Bonetti wirkte wieder hochmütig und gefasst. Irene fiel auf, dass seine Hand zitterte, als er sein Glas hinstellte, aber vielleicht war das auch eine Nebenwirkung der Medizin.

»Haben Sie noch seinen Computer?«, fragte Irene.

»Computer? Was für einen Computer?«, wollte der Anwalt verärgert wissen.

»Seinen privaten. Vermutlich besaß er einen tragbaren. Haben Sie den?«, verdeutlichte sie.

Beide Eltern schienen nachzudenken. Schließlich schüttelte der Vater den Kopf.

»Ich kann mich nicht erinnern, dass wir bei seinen Sachen einen Computer gefunden hätten. Du?«

Er wandte sich an seine Frau.

»Nein. Ein Computer war da keiner. Weder hier noch in London«, erwiderte sie.

»Sie haben auch keine Disketten gefunden?«

»Nein«, antworteten die Eheleute einstimmig.

»Hinsichtlich eventueller Anfeindungen fiel uns Thomas'

Beteiligung an Pundfix ein. Dieses Unternehmen betrieb er zusammen mit Joachim Rothstaahl, der, wie Sie wissen, vor einer guten Woche ermordet…«

»Thomas hatte sich von diesem Norweger Dahl hinters Licht führen lassen! Der wurde dann auch verurteilt und bekam eine lange Gefängnisstrafe! Diese unglückselige Geschichte mit Pundfix ist schon lange nicht mehr aktuell!«, schnauzte sie der Anwalt an.

»Ich habe über Erik Dahl Erkundigungen eingezogen. Bevor wir hierher kamen, erhielt ich die Antwort der norwegischen Polizei. Dahl wurde von einem Mitgefangenen im Dezember desselben Jahres, in dem Thomas ermordet wurde, erstochen«, sagte Tommy ruhig.

Das war auch für Irene eine Neuigkeit. Gleichermaßen erstaunt wie das Ehepaar Bonetti sah sie Tommy an.

»Eine Menge Leute aus dieser Gruppe haben in den letzten drei Jahren ein gewaltsames Ende gefunden«, meinte er.

»Bloß weil ein Unternehmen Konkurs anmeldet und ein paar Leute große Summen verlieren, werden in der Geschäftswelt noch lange keine Morde verübt!«, rief Antonio Bonetti.

Das kommt ganz darauf an, um was für Geschäfte es sich handelt, dachte Irene.

»Man muss immer mit der Gefahr einer globalen Krise und einer daraus folgenden Rezession rechnen. Das gehört zu den Risiken des Geschäftslebens«, fuhr der Anwalt fort.

Und was Ihr Sohn damals mitverursacht hat, war eine der schlimmsten Rezessionen überhaupt, lag Irene bereits auf der Zunge.

»Hatte Thomas eine Freundin?«, fragte Tommy.

»Thomas hatte viele Freundinnen«, antwortete Bonetti hochmütig mit der Betonung auf »viele«.

»Können Sie uns ein paar Namen nennen? Uns interessiert vor allem das vergangene Jahr. Winter, Frühjahr und Sommer 2000«, verdeutlichte Tommy.

Das Ehepaar Bonetti tauschte einen Blick aus. Sie schienen nicht antworten zu wollen.

»Er brachte nie eine Frau mit nach Hause. Sie müssen bedenken, dass er in London wohnte ... und ständig um die Welt reiste ... er war so selten zu Hause. Seine Geschäfte nahmen ihn vollkommen in Anspruch ... ich glaube nicht, dass er Zeit für eine feste Beziehung hatte«, sagte die Mutter schließlich.

Das weitere Gespräch mit dem Ehepaar Bonetti ergab nichts Neues. Es war mehr als deutlich, dass sie nicht sonderlich viel über das Privatleben ihres Sohnes wussten.

Beim Abschied zog der Anwalt einige Visitenkarten aus der Brusttasche seines Jacketts und überreichte ihnen je eine mit den Worten:

»Ich möchte unterrichtet werden, sobald die Obduktion abgeschlossen ist. Sie können mich unter den Telefonnummern auf der Karte erreichen. Als Angehöriger will man natürlich wissen ... ob er gelitten hat.«

Seine Stimme versagte fast bei diesem letzten Satz. Irene nickte und schaute ihm ernst in die Augen. Das kostete Kraft. Sie hatten ihm noch nicht von den abgetrennten und verschwundenen Fingern erzählt. Vor dem Besuch hatten sie sich darauf geeinigt, mit diesem Detail zu warten, bis der endgültige Obduktionsbericht vorlag.

»Agneta hat gesagt, dass ihr am Wochenende zusammen Pilze pflücken wollt«, sagte Tommy.

Sie befanden sich auf dem Weg zurück ins Zentrum und waren in den üblen Freitagnachmittagsverkehr geraten.

»Ja, am Sonntag. Letztes Wochenende hat es nicht geklappt. Sie hatte wohl allerhand zu tun«, erwiderte Irene.

Tommy murmelte leise:

»Das kann man wohl sagen.«

Aus einem für Irene nicht nachvollziehbaren Grund breitete sich ein Schweigen im Auto aus, das keiner von ihnen brach, bevor sie vor dem Präsidium einparkten. Tommy stellte den

Motor ab und nahm den Schlüssel aus dem Zündschloss. Er holte tief Luft, als wollte er etwas sagen, überlegte es sich dann aber in letzter Sekunde anders.

»Nein, übrigens ... sie soll mit dir reden«, meinte er und stieg aus.

Irene hatte Mühe, auf dem Weg zum Entree mit ihm Schritt zu halten.

»Das bringt uns nicht sonderlich weiter«, stellte der Kommissar fest.

Er stützte die Ellbogen auf dem Tisch auf und presste die Fingerspitzen so fest zusammen, dass es in den Gelenken knackte.

»Nein. Aber ich fand, dass Bonetti irgendwie auf Styrsö reagierte. Ich habe vor, morgen noch einmal auf die Insel zu fahren«, sagte Irene.

»An einem Samstag? Glaubst du, das bringt was?«, fragte Tommy.

»Krister arbeitet dieses Wochenende. Ich kann Sammie mitnehmen. Oder nein ... das ist vermutlich keine gute Idee. Annika Hermansson hat eine Katze.«

»Da fliegen dann die Fetzen!«, kicherte Andersson.

Er kannte die Geschichte von Sammie, der die Katze der Nachbarn totgebissen hatte, und von allen Verwicklungen, die daraus entstanden waren. Eine Hexe war ihnen bei der Lösung des Problems behilflich gewesen ... Der Kommissar fand, dass es eine richtig unterhaltsame kleine Episode gewesen war, die sich da im Zusammenhang mit dem Mord an einer Pfarrersfamilie in Kullahult abgespielt hatte.

»Sammie muss zu Hause bleiben. Ja, ich glaube wirklich, es könnte was bringen. Mir kommt es so vor, als hätten wir etwas übersehen oder die Bedeutung eines Details nicht erkannt. Ihr wisst, wie es einem manchmal ergeht«, sagte sie.

Sowohl Tommy als auch Andersson nickten.

Krister hatte Freitagabend frei, musste aber Samstag und Sonntag arbeiten. Sie hatten Kerzen angezündet, die sich im schwach goldgelben Wein spiegelten. Vor ihnen auf den Tellern lagen gratinierte Krebse, eines ihrer Lieblingsgerichte. Der Duft von Dijonsenf, Sherry, Dill, Käse und Meer vereinigte sich zu einer Duftsinfonie, bei der einem das Wasser im Munde zusammenlief. Krister hob sein Glas und sah Irene in die Augen.

»Skål, meine Schöne, auf einen behaglichen Abend und ein herrliches Mahl«, sagte er.

Sie stießen an und befeuchteten mit dem kühlen Wein den Gaumen.

»Und dann habe ich noch eine gute Neuigkeit«, fuhr er fort und stellte das Glas hin.

»Erzähl«, forderte ihn Irene auf.

»Meine Schwester hat heute angerufen, und zwar Maggan, nicht Ulla. Sie wollen Papas Auto nicht haben, weil sie selber recht neue besitzen. Maggans Familie hat sogar zwei Autos.«

Kristers Vater war kurz vor Mittsommer überraschend gestorben. Seine Mutter war vierundachtzig und litt an schwerem Gelenkrheumatismus. Jetzt sollte das Haus seiner Eltern am Stadtrand von Säffle verkauft werden, denn seine Mutter hatte eine schöne Zweizimmerwohnung im Erdgeschoss gefunden, die sogar eine kleine Terrasse besaß und nur wenige Gehminuten von Kristers Schwester Ulla entfernt lag. Kristers Schwestern wohnten mit ihren Familien noch in Säffle, was Irene und Krister im Sommer einiges an Lauferei erspart hatte. Sein Bruder Stefan lebte nach seiner Scheidung allein. Er war der Älteste. Er wohnte in Stockholm und hatte nicht sonderlich viel Kontakt mit der übrigen Familie. Jedes seltene Mal, wenn er sich blicken ließ, fuhr er ein neues, sportliches Auto. Trotz aller Börsen- und Bankkrisen verdienten die leitenden Angestellten der Banken nach wie vor ausgezeichnet.

Jetzt wollten die Schwestern den Volvo loswerden, der in

der Garage stand. Am 1. Dezember musste das Haus geräumt sein.

»Ein Volvo 740 von 1992, nicht mal achtzigtausend Kilometer auf dem Tacho, der ist eigentlich gerade erst eingefahren«, meinte Krister.

»Obwohl er elf Jahre alt ist und damit auch nur zwei Jahre jünger als der Saab«, wandte Irene ein.

»Aber gut in Schuss. Pedantisch gepflegt. Und er ist nur ein Viertel dessen gelaufen, was der Saab auf dem Tacho hat. Wir bekommen ihn für fünfundzwanzigtausend Kronen.«

Irene lächelte.

»Das klingt nach einem guten Geschäft. Wir schlagen zu. Skål! Auf das neue Auto!«

»Skål. Ich habe Montag frei. Dann fahre ich mit dem Zug nach Säffle und komme mit dem Volvo zurück. Und dann gebe ich eine Anzeige für den Saab auf. Immerhin ist er gerade durch den TÜV gekommen. Wenn wir noch fünftausend für ihn kriegen, ist das okay.«

»Wie viel ist der Volvo noch wert?«

»Weiß nicht. Aber schon allein wegen Sammie ist ein Kombi super. Dahinten sitzt er viel sicherer. Wir legen uns ein Hundegitter zu, um den Laderaum abzutrennen. Und wenn wir nach Sunne fahren, können wir so viel Gepäck mitnehmen, wie wir wollen.«

Irene sah ihren Mann erstaunt an.

»Was meinst du damit, nach Sunne fahren? Unser Saab hat doch für unsere paar Sommerwochen immer ausgereicht?«

Das Sommerhaus bei Sunne hatte früher Kristers Eltern gehört, vor einigen Jahren hatten diese es jedoch auf ihre Kinder überschrieben. Anfänglich hatten sie die Sommermonate strikt wochenweise aufgeteilt, aber später war das nicht mehr nötig gewesen. Irene und Krister hatten die Häuslerkate benutzen können, wann immer sie wollten. Stefan aus Stockholm war nie dort, Maggans Familie hatte sich ein Sommerhaus direkt am Vänern gekauft, und Ullas Familie hatte in ein großes Boot investiert, mit dem sie den ganzen Sommer über unterwegs waren.

»Ulla und Maggan wollen, dass wir ihre Anteile an dem Sommerhaus kaufen.«

Irene hätte sich fast am Wein verschluckt.

»Das können wir uns nicht leisten«, sagte sie hustend.

»Doch. Wenn wir das Reihenhaus verkaufen und uns stattdessen eine Wohnung kaufen.«

»Das Reihenhaus verkaufen!«

»Die Mädchen ziehen ohnehin bald aus. Nur du und ich bleiben übrig. Und Sammie«, meinte er noch, als er das Schnarchen des Hundes unter dem Tisch hörte.

»Zentral gelegene Wohnungen sind genauso teuer wie ein Reihenhaus hier draußen«, protestierte Irene.

»Nicht ganz. Außerdem kostet die Instandhaltung eines Hauses mehr. Gartenarbeit liegt uns beiden nicht. Bald müssen wir die Fenster und die Holzverkleidung der Giebel neu streichen und in zwei Jahren die Fassade und den Schuppen. Das Holz der Fassade ist nicht von bester Qualität, schließlich wurde in den siebziger Jahren beim Bau immer gepfuscht. Und die Innenverschalung …«

»Verkaufen! Ehrlich gesagt kommt das alles etwas plötzlich, ich muss da erst noch drüber nachdenken«, sagte Irene.

Sie stießen nochmals an und lächelten sich zu, aber innerlich gab es Irene einen Stich ins Herz. Der Gedanke, das Reihenhaus, in dem sie fünfzehn Jahre gelebt hatten, zu verkaufen, tat weh.

KAPITEL 14

Die dunkelgraue Dünung brach sich am steinigen Ufer. Tiefhängende, schwere Regenwolken hatten am Vormittag für etliche Schauer gesorgt. Mit gebeugtem Kopf kämpfte Irene gegen den starken Gegenwind. Inzwischen kannte sie den Weg zu Annika Hermanssons Haus recht gut. Eingedenk ihrer früheren Besuche auf Styrsö hatte sie sich warm angezogen. Sogar an die Handschuhe hatte sie dieses Mal gedacht.

Man hätte glauben können, eine Neutronenbombe sei auf der Insel explodiert, kein Leben weit und breit, nur die Häuser standen noch. Das einzige Lebewesen, dem sie begegnete, war eine Fischmöwe, die sie von einem Stein am Ufer anglotzte. Kreischend flog sie auf, als sich Irene näherte. Sie sah keine weiteren Anzeichen von Leben, bis sie Annika Hermanssons Haus erreichte. Auf der Treppe saß die schwarzweiße Katze und beobachtete sie mit einem bösartigen Funkeln in ihren gelben Augen.

»Hallo, Mieze. Kennst du mich noch?«, fragte Irene und beugte sich zu ihr hinab.

Zur Antwort legte die Katze die Ohren zurück und fauchte. Irene zog die ausgestreckte Hand zurück. Man konnte sich nicht mit allen anfreunden. Katzen spürten sicher, wenn sie eine Hundebesitzerin vor sich hatten.

Energisch klopfte Irene an die Tür und öffnete, als sie von innen einen leisen Ruf zu vernehmen meinte. Derselbe Übelkeit erregende Geruch wie beim letzten Besuch schlug ihr entgegen. Sie holte einmal tief Luft, bevor sie in die voll gestellte Diele trat.

»Hallo, Annika. Ich bin's, Irene Huss. Ich habe gestern angerufen, und Sie waren mit meinem Kommen einverstanden.«

Während sie noch sprach, ging sie auf die Küche zu, aus der Gemurmel drang. Es klang, als versuche jemand, durch einen Knebel hindurch zu sprechen. Sie blieb wie angewurzelt auf der Schwelle stehen, als sie das formlose Bündel auf dem Boden entdeckte. Erst glaubte sie, Annika sei bewusstlos oder tot, aber dann hörte sie zu ihrer Erleichterung ein Lallen. Sie lebte, war aber offenbar unglaublich betrunken.

Irene kniete sich neben Annika hin und versuchte, ihren Zustand zu beurteilen. Sie hatte erbrochen und stank nach Urin. Vergebens versuchte sie, etwas zu sagen, aber das einzige, was über ihre kraftlosen Lippen kam, waren der Geruch von Erbrochenem und Schnaps. Sie lag auf dem Bauch mit zur Seite geneigtem Kopf, was sie vermutlich davor bewahrt hatte, an ihrem Erbrochenen zu ersticken. Ihr Kopf lag in einer Blutlache. Als Irene sie vorsichtig näher in Augenschein nahm, bemerkte sie eine tiefe Wunde über der linken Schläfe, die jedoch offensichtlich nicht von einem Überfall, sondern von der Tischkante stammte. Annika lag auf ihrem eigenartig angewinkelten linken Arm. Als Irene ihn anfasste, schrie sie auf. Er war wohl gebrochen.

Irene erhob sich, nahm ihr Handy und wählte den Notruf. Sie forderte einen Krankentransport an und versuchte zu erklären, wo das Haus auf Styrsö lag.

»Wir schicken ein Ambulanzboot. Können Sie es in Empfang nehmen?«, fragte die Frauenstimme.

»Klar. Das Haus liegt direkt am Wasser. Ich warte draußen.«

»Gut. Ich gebe Ihre Handynummer durch, dann melden die sich, sobald sie in der Nähe sind. Dann brauchen Sie nicht länger als nötig draußen zu stehen.«

»Danke.«

Sehr viel mehr konnte sie für Annika nicht tun. Sie lag in der richtigen Position und hatte sich bereits mit Alkohol betäubt. Irene fand im Durcheinander auf der Küchenbank eine schmutzige Decke, die sie über ihr ausbreitete.

Sie konnte die Zeit, die ihr bis zum Eintreffen des Ambulanzbootes blieb, genauso gut nutzen. Vorsichtig begann sie, sich in dem heruntergekommenen Haus umzusehen. Sie bewegte sich behutsam, nicht weil sie Angst gehabt hätte, etwas herunterzureißen, sondern weil sie keine große Lust hatte, in etwas Übelriechendes zu treten. Sie beschloss, mit dem Obergeschoss anzufangen, und erklomm die schiefe Treppe.

Das Schlafzimmer besaß ein großes südwestliches Giebelfenster mit einer großartigen Aussicht aufs Meer. Irene öffnete das Fenster und sicherte es mit einem rostigen Haken, um sich überhaupt im Zimmer aufhalten zu können. Der Wind rüttelte wütend am Fenster, aber der Haken schien zu halten. Einige gerahmte Fotos standen auf der zerkratzten, grün lasierten Kommode. Irene trat näher heran, um sie genauer betrachten zu können.

Auf dem ersten Bild, das sie in die Hand nahm und ins Licht hielt, war ein junges Mädchen mit einem Baby auf dem Schoß zu sehen. Es dauerte eine Weile, bis Irene klar wurde, dass das Annika und Billy sein mussten. Da es sich um ein Farbfoto handelte, sah man, dass Annika einmal schulterlanges, rotbraunes Haar gehabt hatte. Sie lächelte ein wenig und schaute ruhig, fast trotzig, in die Kamera. Das Baby war ein paar Monate alt und vollkommen kahlköpfig. Irene nahm mit Erstaunen zur Kenntnis, wie süß Annika in jungen Jahren ausgesehen hatte. Niemand, der sie jetzt betrachtete, hätte das geahnt.

Auf dem nächsten Foto war ein sieben oder acht Jahre alter magerer Junge abgebildet. Er stand mit nacktem Oberkörper auf einem Steg und hielt eine Angel in der Hand. Lachend zeigte er eine Zahnlücke und den winzigen Fisch, den er gefangen hatte. Sein fast kreideweißes Haar wehte im Wind. Im Hintergrund war der Schuppen eines Fischers zu erkennen.

Das letzte Foto zeigte einen ernsten jungen Mann mit weißer Studentenmütze. Er hatte zahlreiche Pickel in seinem bleichen Gesicht und schien sich in seinem Anzug und in der engen Mütze nicht wohl zu fühlen.

In der oberen Diele stand das Fernrohr, aber Irene nahm sich nicht die Zeit hindurchzuschauen. Stattdessen durchquerte sie die Diele und öffnete die Tür zum zweiten Schlafzimmer.

Hier roch es muffig, aber nicht schmutzig. Ein schmales Bett mit einem verblichenen, dunkelblauen Frotteeüberwurf stand an der einen Wand und ein IKEA-Kiefernschreibtisch mit einer rot lackierten Lampe vor dem Fenster. Die Tischplatte war bis auf einen Briefbeschwerer aus buntem Glas leer. Ein gewöhnlicher Küchenstuhl diente als Schreibtischstuhl. Auf dem Fensterbrett stand eine sonnengebleichte Pelargonie aus Plastik. Die Gardinen waren hellblau mit weißen Quadraten und passten zu dem verschlissenen Flickenteppich. Ein leeres Regal stand auf einer Kommode, wie auch Annika sie in ihrem Zimmer hatte, aber diese hier war dunkelblau lasiert. An der Wand hing ein Plakat mit der Überschrift »Zitronensäurezyklus« und kreisförmig angeordneten chemischen Formeln. Die Schubladen der Kommode sowie die beiden Schränke waren leer. Das Zimmer war aufgeräumt, hier hatte schon lange niemand mehr gewohnt. Hatte Annika geflunkert, als sie behauptet hatte, Billy helfe ihr?

Irene verließ das Zimmer und ging die laut knarrende Treppe hinunter ins Erdgeschoss. Plötzlich hörte sie, wie die Haustür geöffnet wurde. Sie erstarrte mitten in der Bewegung und hielt den Atem an. Es konnte sich noch nicht um die Besatzung des Ambulanzbootes handeln. Außerdem hatte noch keiner angerufen.

Da klingelte ihr Handy.

»Hallo. Kriminalinspektorin Irene Huss«, sagte sie so laut, dass es bis zur Haustür zu hören sein würde.

»Tobbe Johansson vom Ambulanzboot. Wir kommen gerade unter der Brücke nach Donsö durch. Können Sie sich jetzt vors Haus stellen?«

»Ja.«

Ein schmächtiger Mann starrte Irene erstaunt an. Sie erkannte ihn von der Fähre wieder, auf der an diesem trüben Tag nur wenige Passagiere gewesen waren. Er hielt eine Konsumtüte in der einen und eine große Segeltuchtasche in der anderen Hand. Seine khakifarbene Fjällrävenjacke mit dazu passenden Hosen zeigte, dass er wusste, wie man sich auf den Inseln bei diesem Wetter zu kleiden hatte. Die Kapuze war noch hochgezogen. Mit einem Knall ließ er die Plastiktüte und die Tasche fallen. Hastig schob er die Kapuze zurück. Sein dünnes rotblondes Haar war schütter und wies zwei ausgeprägte Geheimratsecken auf. Das Erstaunen in seinen hellen Augen verwandelte sich in Wut, als er fauchte:

»Es war nicht zu überhören, dass Sie von der Polizei sind. Was wollen Sie hier?«

Irene schaltete ihr Handy aus, bevor sie antwortete:

»Ich habe Annika Hermansson gestern angerufen und mit ihr ausgemacht, dass wir uns heute hier treffen würden. Als ich ankam, fand ich sie auf dem Küchenfußboden. Sie ist gestürzt und hat sich den Arm gebrochen. Ich habe das Ambulanzboot bestellt und erhielt soeben von ihnen den Rückruf, dass sie gleich anlegen und ich vor dem Haus warten soll. Sie können ja solange zu ihr reingehen.«

Er ließ sie vorbei, und sie trat ins Freie. Es war angenehm, endlich wieder frische Luft atmen zu können, und sie füllte die Lungen mit tiefen Atemzügen.

»Wir gehen hoch in ihr Zimmer«, sagte Irene.

Die Sanitäter hatten Annika Hermansson weggebracht. Unschlüssig stand Billy in der Küche. Sein bleiches Gesicht wirkte müde und gequält. Auf Irenes Vorschlag hin nickte er zustimmend.

Irene setzte sich auf einen Stuhl, und Billy ließ sich aufs Bett fallen. Er wirkte verlegen. Sein großer Adamsapfel tanzte an seinem mageren Hals auf und nieder, als er nervös schluckte.

»Es ist nicht so, wie Sie denken«, sagte er aggressiv.

»Was denke ich denn?«, fragte Irene ruhig.

»Dass mir meine Mutter egal ist … dass es mir egal ist, dass sie in diesem … Dreck hier lebt!«

Eine hektische Röte breitete sich von seinem Hals über seine Wangen aus.

»Es ist Ihnen also nicht egal«, stellte Irene fest.

Er schluckte ein paar Mal und fuhr dann fort:

»Wir sind mit derselben Fähre gekommen, aber ich war noch einkaufen. Das tue ich immer. Aber sie erlaubt mir nicht zu putzen … sie will das nicht.«

Seine Stimme und sein Blick flehten um Verständnis. Irene wollte, dass er weitersprach, und fragte daher nur:

»Warum nicht?«

Er senkte seinen Blick auf den fadenscheinigen Flickenteppich und schwieg lange. Schließlich seufzte er.

»Meine Lebensgefährtin … meine Mutter kann sie nicht ausstehen. Sie … also meine Mutter … flippte vollkommen aus, als Emma und ich zusammengezogen sind. Ich musste mich immer um meine Mutter kümmern. Sie trank schon, als ich klein war. Aber als Emma und ich … da war plötzlich alles aus! Das hier … dieses Elend ist ihre Rache. An mir.«

»Wie lange wohnen Emma und Sie schon zusammen?«

»Fast vier Jahre.«

»Aber Sie kaufen trotzdem Wein und Schnaps für Ihre Mutter«, stellte Irene fest.

Er zuckte mit den Achseln.

»Ich bin gezwungen. Sie weigert sich, das Haus zu verlassen. Helfe ich ihr nicht, dann lässt sie sich den Stoff von ihren alten Freunden besorgen. Diese so genannten Freunde verlangen eine beträchtliche Provision. Dann geht ihr ganzes Geld für Schnaps drauf. Ich fahre einmal oder zweimal die Woche zu ihr raus. Dann kaufe ich ihr den ganzen Alkohol und das Essen. Auf diese Art habe ich einen gewissen Überblick über ihre Finanzen.«

»Ich verstehe. Sie will also nichts gegen ihren Alkoholismus unternehmen?«

Billy verzog seinen Mund zu einem schiefen Lächeln.

»Sie kennen meine Mutter nicht.«

»Nicht sonderlich gut, das stimmt. Ich habe sie aber vor einer guten Woche kennen gelernt. Wir haben den Fall Thomas Bonetti wieder aufgerollt. Wie Sie wissen, wurde sein alter Kompagnon von ph.com, Philip Bergman, vor knapp drei Wochen ermordet. Ihre Mutter hatte an dem Abend, an dem Thomas zuletzt gesehen wurde, einige Beobachtungen gemacht. Ihre Zeugenaussage blieb jedoch damals unberücksichtigt… um ehrlich zu sein, war sie betrunken, als sie anrief. Deswegen hat sich damals niemand eingehender mit ihr befasst. Ich habe sie im Zuge der neuen Entwicklungen aufgesucht und mit ihr gesprochen, und dank ihrer Beobachtungen ist es uns gelungen, Thomas' Leiche auf Branteskär zu finden.«

Billys Adamsapfel tanzte wie ein Jojo auf und ab, ehe es ihm gelang, die Sprache wiederzufinden.

»Ich habe davon gehört… von dem Fund, meine ich. Aber meine Mutter hat mir gegenüber mit keinem Wort erwähnt, dass Sie mit ihr gesprochen hatten. Ich wusste nicht, dass sie etwas Wichtiges gesehen hatte. Das Einzige, woran ich mich erinnere, ist, dass sie mir damals immer damit in den Ohren lag, dass sie Thomas' Boot an jenem Abend gesehen hätte.«

»Hat sie nie davon gesprochen, dass jemand Nisses Seezeichen versetzt hätte?«

»Das ist das Einzige, wovon sie jetzt schon seit Jahren spricht.«

»Seit drei Jahren. Jemand hatte es tatsächlich versetzt. Thomas lag darunter. Der Mörder hatte ganz einfach die Leiche neben das Seezeichen gelegt und dann die Steine umgeschichtet. Nisses Seezeichen bewegte sich um etwas mehr als einen Meter. Ihre Mutter hatte Recht.«

Billy nickte.

»Sie ist eigentlich recht klug… sie hatte gute Noten in der Schule. Aber es waren viele Geschwister. Meine Großeltern wollten, dass sie zu arbeiten anfing. Dann wurde sie im ersten Sommer nach der Neunten schwanger. Mit mir. Und damit war auch die Sache mit dem Job vorbei. Gelegentlich half sie mal irgendwo aus. Und als sie Hasse traf, ging alles recht schnell.«

»Wer ist Hasse?«

»War. Hasse ist tot. Er hat sich vor sieben oder acht Jahren zu Tode getrunken. Betrauert von niemandem. Nicht einmal von meiner Mutter. Aber da hatte sie schon selbst angefangen, recht viel zu trinken.«

»Sie hatten also eine recht schwierige Kindheit?«, sagte Irene vorsichtig.

Er zuckte leicht mit seinen schmalen Schultern.

»Geht so. Ich hatte meine Großeltern. Man kann sagen, dass ich mehr oder minder bei ihnen aufgewachsen bin. Und dann habe ich auch Onkel und Tanten hier auf der Insel und viele Cousins und Cousinen. Aber dann starb mein Großvater vor zehn Jahren, und Großmutter erkrankte an Parkinson. Wenig später starb auch sie.«

»Was haben Sie für einen Beruf?«

»Ich bin Chemiker. Ich arbeite in Stenungsund, wohne aber in Kungälv.«

»Von dort ist es ziemlich weit nach Styrsö.«

»Ja, aber es geht.«

Irene überlegte, wie sie die letzten, unausweichlichen Fragen formulieren sollte, die sie stellen musste, denn sie waren heikel. Sie entschloss sich, direkt zu sein.

»Ihre Mutter sagte, Thomas und Sie hätten als Kinder miteinander gespielt. Wie war er?«

Billy starrte wieder auf den Teppich, und sein Adamsapfel tanzte mehrmals auf und nieder, ehe er antwortete:

»Er war fast fünf Jahre älter als ich, aber niemand wollte mit ihm spielen. Ich auch nicht, aber manchmal holte er mich ab. Er gab immer damit an, wie reich sein Vater sei und was er für tolle Sachen von ihm bekomme. Im Gegensatz zu mir, der ich keinen Vater hatte und außerdem arm war. Er war so einer, der immer andere mobbte. Das war seltsam, denn ich erinnere mich, dass er auch gemobbt wurde. Sie wissen schon, er war fett und trug eine Brille. Und dann bekam er immer einen Sonnenbrand. Er wurde immer ›die verbrühte Ratte‹ genannt. Das war das Einzige, was wir gemein hatten.«

Es lag Irene auf der Zunge zu sagen: Sie haben nicht nur genauso wenig Pigmente wie er, sondern auch dieselbe Haar- und Augenfarbe, aber sie beherrschte sich. Antonio Bonetti hatte heftig reagiert, als Billys Name gefallen war. Sie ertappte sich dabei, ihn durchdringend anzustarren. Er merkte das und rutschte verlegen hin und her.

»Billy, Ihre Mutter behauptet, nie jemandem erzählt zu haben, wer Ihr Vater sei. Wissen Sie es?«

»Nein. Es ist mir auch egal. Er hat neunundzwanzig Jahre lang nichts von sich hören lassen, und jetzt spielt es auch keine Rolle mehr.«

Die Enttäuschung, die in seiner Stimme mitschwang, entging ihr nicht.

»Sie erwähnte auch, Geld dafür erhalten zu haben, seine Identität zu verschweigen«, fuhr Irene fort.

»Das ist auch so etwas, womit sie mir seit Jahren in den Ohren liegt. Sie sagt, er sei verheiratet und reich. Das tut sie nur, um sich wichtig zu machen.«

»Glauben Sie? Haben Sie die Möglichkeit, die Einzahlungen auf ihr Konto zu überprüfen?«

»Ja. Ich kümmere mich um ihre Finanzen. Da gibt es keine unklaren Überweisungen. Aber …«

Er unterbrach sich und biss sich auf die Unterlippe.

»Was haben die Finanzen meiner Mutter mit dem Mord an Thomas zu tun?«, fragte er unfreundlich.

»Es könnte ein indirekter Zusammenhang bestehen«, antwortete Irene.

Das war eine Lüge. Die letzten Fragen zielten eigentlich darauf ab, herauszufinden, ob Thomas Bonetti einen Halbbruder besessen hatte, der Billy Hermansson hieß.

Seine Probleme mit dem Gewicht und die Sehschwäche hatte Thomas von seiner Mutter geerbt, aber die Haarfarbe von seinem Vater. Dieselbe Haarfarbe hatte auch Billy. Und er wurde auf dieselbe Weise kahl wie Thomas mit Anfang dreißig.

Billy betrachtete sie misstrauisch aus seinen hellen Augen und zuckte dann wieder mit den Achseln.

»Es gibt da etwas, worüber ich nachgedacht habe. Mehrmals hat sie Briefe ohne Absender erhalten. Normale, braune Umschläge. Mit der Schreibmaschine adressiert. Wobei sie jeweils … triumphiert hat.«

»Tja, es ist halt immer nett, Post zu bekommen …«

»Sie verstehen mich nicht. Meine Mutter bekommt nie irgendwelche Briefe. Nie schreibt ihr jemand. Abgesehen von der Person mit den braunen Umschlägen.«

»Haben Sie sie gefragt, wer der Absender ist?«

»Ja, aber sie lacht mich immer nur aus.«

»Wirkt sie dabei geheimnisvoll?«

»Ja.«

»Genauso, wie wenn Ihr Vater zur Sprache kommt?«

Billy zuckte zusammen und sah sie scharf an.

»Vielleicht.«

Er öffnete den Mund, um etwas zu sagen, schloss ihn dann aber wieder. Er runzelte die Stirn, und Irene sah, dass es ihm Mühe bereitete weiterzusprechen.

»Wenn es stimmt, was sie über die Zahlungen meines … Vaters sagt, dann erhält sie sie mit größter Wahrscheinlichkeit in diesen braunen Umschlägen«, meinte er und atmete gleichzeitig aus.

»Glauben Sie, dass Sie noch einen dieser Umschläge finden könnten? Vielleicht hat sie einige aufgehoben«, meinte Irene.

»Ich kann mal schauen«, erwiderte er.

Irene war erleichtert. Sie hätte keine Lust gehabt, selbst den ganzen Müll im Haus zu durchsuchen.

»Gut. Hier ist meine Karte mit meiner Adresse und Telefonnummer. Falls Sie einen Umschlag finden, sollten Sie vorsichtig sein. Fassen Sie ihn nicht häufiger als nötig an und stecken Sie ihn in einen größeren Umschlag.«

»Wegen der Fingerabdrücke?«

»Genau.«

KAPITEL 15

Das Regenwetter hatte sich am Sonntagmorgen gelegt. Laut Wetterbericht sollten die letzten Tage im September richtig schön werden. Irene war zum Jiu-Jitsu-Training gefahren. Sie musste Zurückhaltung üben, denn sobald sie nicht aufpasste, spürte sie ihren Ellbogen.

Nach einem eiligen Mittagessen packte sie Sammie, eine Thermoskanne Kaffee, Gummistiefel und einen Korb für die Pilze ins Auto und fuhr in den Härskogen an die Stelle, wo Agneta und sie in den letzten Jahren immer Pilze gepflückt hatten. Sie befand sich am Rand des Waldes und gehörte nicht zum Naturreservat. Weder private Grundstücke noch Häuser lagen in der Nähe, also galt das Jedermannsrecht.

Aber aus dem Pilzepflücken wurde nichts.

»Ich muss dir was erzählen«, sagte Agneta als Allererstes.

Irene nickte aufmunternd. Schließlich hatte man Freunde, um sich ihnen anvertrauen zu können.

»Tommy und ich lassen uns scheiden.«

Irene wurde schwindlig, und sie sah sich nach einer Stelle um, an der sie sich hinsetzen konnte. Ihr war schlecht. Wie konnte Agneta nur so unberührt wirken?

»Ich ziehe am 1. Oktober aus.«

»So ... bald?«, stammelte Irene.

Warum, warum?, rief es in ihr. Ihre besten Freunde. Und sie hatte nichts geahnt. Oder vielleicht doch?

»Ist das wirklich so ernst... das mit Kajsa?«, brachte sie mit Mühe über die Lippen.

»Kajsa? Wer ist das?«, fragte Agneta und runzelte fragend die Stirn.

Bevor Irene noch etwas antworten konnte, fuhr sie fort:

»Falls er mit jemandem im Präsidium flirtet, hoffe ich, dass was daraus wird. Er hat es nötig. Schließlich ist er der Vater unserer drei Kinder, und ich mag ihn immer noch sehr.«

»Aber dann ... wenn du ihn immer noch ...«, warf Irene mit aufkeimender Hoffnung ein.

»Ich kann es nicht ändern, aber ich liebe ihn nicht mehr. Ich bin der großen Liebe begegnet. Das klingt so verdammt dumm, aber die Leidenschaft hat mich wirklich gepackt. Es ist wie eine... Naturgewalt! Es reißt einen einfach mit. Man kann sich nicht dagegen auflehnen.«

Ihre braunen Augen füllten sich mit Tränen.

»Wer ist es?«

»Er heißt Olof und ist Arzt im Krankenhaus. Wir kennen uns schon seit vielen Jahren. Wir haben uns immer voneinander angezogen gefühlt, aber die ganze Zeit dagegen angekämpft. Wir haben schließlich beide Familie. Seine beiden Kinder sind erwachsen. Aber lässt es sich nicht mehr aufhalten. Wir wagen einen Neubeginn.«

Irene fühlte sich ganz schwach. Wut packte sie. Wie konnte Agneta das nur Tommy und den Kindern antun? Doch sie versuchte, ihre Gefühle zu verbergen.

»Wie lange geht das jetzt schon?«, fragte sie.

»Seit dem Frühjahr.«

»Und wie lange weiß Tommy schon davon?«

Eigentlich wollte Irene das gar nicht wissen. Sie wollte am liebsten nach Hause fahren, sich aufs Bett werfen und heulen. Die Fahnderin in ihr behielt jedoch die Oberhand. Sie musste wissen, was Sache war.

Agneta schnäuzte sich und wischte sich die Tränen von den Wangen.

»Tommy… vermutlich hat er bereits letzten Sommer geahnt, was die Uhr geschlagen hatte. Wir haben miteinander geredet… mein Gott, wie viel wir miteinander geredet haben! Aber es lässt sich nicht ändern. Ich kann meine Gefühle nicht verleugnen. Olof und ich ziehen nach Alingsås in eine Wohnung. Tommy kann bis auf weiteres das Haus behalten.«

Irene war tief betroffen. Weder Tommy noch Agneta hatten mit ihr über ihre Ehekrise gesprochen. Ihre zwei besten Freunde, kein einziges Wort.

»Warum habt ihr nichts gesagt?«, fragte sie deshalb.

»Die Krankheit deines Schwiegervaters nahm euch doch letzten Sommer vollkommen in Anspruch. Dann ist er gestorben, und dann war die Beerdigung. Und dann wart ihr ja auch im August zwei Wochen auf Kreta. Außerdem wollten wir versuchen, das Ganze selbst wieder auf die Reihe zu kriegen, und nicht auch noch andere damit belasten.«

Agneta verstummte und sah Irene in die Augen. Dann fuhr sie fort:

»Ich hoffe, dass das unserer Freundschaft keinen allzu großen Abbruch tut und dass wir uns auch in Zukunft treffen werden, beispielsweise zum Pilzepflücken.«

Sie lächelte schwach, als sie das Letzte sagte.

»Klar«, murmelte Irene.

Sie wusste jedoch, dass es nie wieder so wie früher werden würde.

Auf dem Heimweg wurde Irene von Schuldgefühlen übermannt. Sie hatte der armen Kajsa Unrecht getan. Seit dem Überfall in Rothstaahls Wohnung hatten sie nicht mehr richtig miteinander gesprochen. Kajsa hatte im Flugzeug geschlafen. Und dann hatte Andersson Kajsa nach Hause geschickt. Morgen würde sie wieder zum Arbeiten kommen. Irene hatte das Gefühl, sich bei Kajsa entschuldigen zu müssen. Aber erst musste sie mit Tommy reden.

Tommy war ruhig und gefasst, als Irene ihm erzählte, sie habe von der bevorstehenden Scheidung gehört. Aber als sie ihn fragte, weshalb sie nicht versuchten, ihre Ehe zu retten, fuhr er sie an.

»Du hast ja keine Ahnung, wovon du sprichst! Das geht nur Agneta und mich etwas an! Begnüg dich einfach mit der Information, dass wir uns scheiden lassen«, sagte er wütend.

»Aber ich will doch nur darüber reden...«, meinte Irene vorsichtig, wurde aber barsch unterbrochen:

»Wie gesagt. Es geht dich nichts an! Und hör damit auf, ungebeten gute Ratschläge zu verteilen!«

Er erhob sich abrupt und verließ das Zimmer mit wütenden Schritten. Verdutzt sah sie mit an, wie die Tür hinter seinem steifen Rücken ins Schloss fiel. Seine Bemerkung über die ungebetenen Ratschläge legte die Vermutung nahe, dass Kajsa von ihrem Gespräch in Paris erzählt hatte. Vielleicht hatte Tommy deswegen seine Wut an ihr ausgelassen. Tief in ihrem Herzen wusste sie, dass sie es nicht besser verdient hatte.

Konnte dieser Montag überhaupt noch schlimmer werden?

Wie als Antwort auf ihre Überlegung klopfte es. Bevor sie noch etwas sagen konnte, wurde die Tür geöffnet, und Jonny Blom schaute herein.

»Hast du Sven gesehen?«, fragte er.

»Der sitzt in einer Besprechung.«

»Aha. Du siehst aber munter aus. Hast du heute Morgen zu wenig Koffein abbekommen?«

Wenn es einen Menschen gab, dem sie von ihrem Kummer nichts erzählen wollte, war es Jonny. Sie versuchte sich zusammenzureißen und zu einem Lächeln zu zwingen.

»Nein. Ich denke nur nach. Am Samstag war ich auf Styrsö, um noch einmal Annika Hermansson zu befragen. Daraus wurde aber nichts. Sie lag bewusstlos auf dem Fußboden. Vollkommen blau. Sie war mit dem Kopf gegen die Tischkante geprallt und hatte sich den Arm gebrochen. Ihr Sohn kam dann hinzu. Ich habe festgestellt, dass ›Vater unbekannt‹ auf seiner Geburtsurkunde steht. Aber ich habe in dieser Hinsicht einen Verdacht«, improvisierte sie rasch und dennoch ganz wahrheitsgemäß.

Jonny trat ein und schloss die Tür hinter sich. Schwer ließ er sich auf den Besucherstuhl fallen.

»Wen hast du in Verdacht?«, fragte er.

»Das will ich nicht sagen, bevor ich nicht ... gewisse Dinge überprüft habe.«

Sie nahm einen großen weißen Umschlag vom Tisch und wedelte damit herum.

»Der kam heute Morgen mit der Post. Darin liegt ein weiterer Umschlag, wahrscheinlich übersät mit den Fingerabdrücken des Absenders. Und in einer Plastikhülle in meinem Schreibtisch liegt die Visitenkarte des Mannes, den ich in Verdacht habe, der Vater von Annikas Sohn zu sein. Auf der Visitenkarte befinden sich seine Fingerabdrücke, denn er trug keine Handschuhe, als er sie mir überreichte. Die Frage ist, ob ich diese Sache weiterverfolgen oder auf sich beruhen lassen soll. Wahrscheinlich ist sie für die Ermittlung bedeutungslos, aber wie gesagt, man kann es nie wissen.«

Jonny sah sie nachdenklich an.

»Aber du glaubst, dass da was im Busch ist?«

»Ich weiß nicht. Wahrscheinlich mische ich mich nur wieder in etwas ein, das mich eigentlich gar nichts angeht.«

Es gelang ihr nicht, die Bitterkeit in ihrer Stimme zu verbergen.

Jonny zog die Augenbrauen hoch. Ihr Tonfall war ihm nicht entgangen. Er beugte sich ein wenig vor und sagte nachdrücklich:

»Gelungene Ermittlungen setzen immer eine fast krankhafte Neugier voraus. Außerdem wissen alle, dass du dich immer in alles einmischst.«

Er erhob sich, schenkte ihr ein aufmunterndes Lächeln und verschwand aus ihrem Büro.

Ungläubig starrte sie auf die geschlossene Tür. Es war ein Wunder geschehen. Jonny Blom hatte ihren Tag gerettet.

»Laut der Stridner legen die Schnittflächen den Schluss nahe, dass Thomas Bonettis Finger mit einer Zange abgetrennt wurden. ›Kneifzange‹ steht da sogar. Wie will sie die Schnittflächen von Kombizangen und Kneifzangen unterscheiden können?«, meinte Andersson sarkastisch.

»Wenn sie Kneifzange schreibt, dann wette ich meinen Kopf darauf, dass es auch eine war«, meinte Birgitta.

»Ich auch«, pflichtete Irene ihr bei.

Der Kommissar tat, als hätte er ihre Bemerkungen nicht gehört. Er überflog weiter das vorläufige Gutachten der Pathologie.

»Mal sehen… Größe… Zähne… Blutgruppe… Kleider, passt alles auf Bonetti. Todesursache… Schussverletzung des rechten Schläfenknochens. Sie schreibt Os temporale und in Klammern Schläfenknochen. Vielen Dank. Zwei Schüsse. Kaliber fünfundzwanzig. Keine besonderen Überraschungen. Erhärtet den Verdacht, dass es sich um dasselbe Schwein handelt, das vor ein paar Wochen die drei anderen ermordet hat. Dass die Leiche drei Jahre dort gelegen hat, wissen wir ja bereits, und das passt auch zu den Erkenntnissen der Stridner. Ich habe die Spurensicherung vorhin nach Bonettis Brille gefragt. Sie haben sie nicht gefunden. Hat jemand einen Kommentar? Tut euch keinen Zwang an.«

Er lehnte sich zurück und schaute seine Inspektoren auffordernd an. Auch Kajsa warf er einen Blick zu, wandte ihn dann aber rasch wieder ab. Sie war kein schöner Anblick. Man konnte ihren Mut nur bewundern. Die meisten Frauen hätten sich geweigert, sich so in der Öffentlichkeit zu zeigen.

»Die Frage, die sich mir aufdrängt, ist, warum der Mörder die Leiche so weit auf die Schäre hochgeschleppt hat. Es ist ein beschwerlicher Weg. Wieso hat er sie nicht einfach ins Wasser geworfen? Das wäre viel einfacher gewesen«, meinte Tommy.

»Besonders im Hinblick darauf, dass Thomas Bonetti nicht gerade ein Fliegengewicht war«, sagte Irene.

»Er war recht klein, ein Meter sechzig nur, aber wog um die hundert Kilo. Sie müssen mindestens zu zweit gewesen sein, um ihn da hochzuwuchten«, vermutete Birgitta.

»Gibt es irgendwelche Verletzungen an seinem Körper oder Risse in der Kleidung, die darauf hindeuten könnten, dass er die Felsen hochgeschleift wurde? Beispielsweise mit Hilfe eines Seils um die Knöchel«, fragte Fredrik.

Andersson schüttelte den Kopf.

Irene dachte daran, wie schwierig es gewesen war, das erste Felsstück hinter der Bucht zu erklimmen. Die Felswand war steil ins Wasser abgefallen. Sie hatten versucht, eine quer verlaufende Spalte entlangzuklettern, und sich mit den Fingern an Vorsprüngen festgeklammert. Es konnte nur eine Erklärung geben.

»Da ich selbst an diesem Felsen hochgeklettert bin, glaube ich nur an eine Möglichkeit. Thomas Bonetti ist selbst geklettert.«

»Selbst? Warum hätte er das tun sollen?«, fragte Jonny.

»Weil ihn jemand mit einer Pistole bedroht hat, ihm Folter in Aussicht stellte oder ihn bereits gefoltert hatte. Weil er Todesängste ausstand.«

»Zu Recht«, murmelte Birgitta.

Es wurde eine Weile still, während sich alle das Szenario, das Irene entworfen hatte, vorstellten. Den dicken Thomas, der zitternd vor Angst auf die Schäre kletterte, nur um im Septemberdunkel kaltblütig hingerichtet zu werden. Eine grausige Szene.

»Wie konnten sie beim Klettern im Dunkeln etwas sehen? Mit Hilfe von Taschenlampen?«, fragte Fredrik und beantwortete seine Frage im selben Atemzug selbst.

»Gut möglich. Vielleicht eine Stirnlampe. Aber es ist in der Tat auch möglich, einhändig zu klettern. Das habe ich gemacht, allerdings bei Tageslicht«, sagte Irene.

»Aber es ist mühsam. Daher glaube ich, dass sie ihm die

Finger abgeschnitten haben, nachdem sie ihn erschossen hatten«, meinte Tommy nachdenklich.

Da niemand etwas sagte, setzte er seine Überlegungen fort:

»Wieso hat der Mörder seine Finger abgetrennt? Oder zumindest vier Stück?«

»Als Trophäen«, meinte Jonny im Brustton der Überzeugung.

Irene und Jonny sahen sich rasch über den breiten Konferenztisch hinweg an. Sie erinnerten sich immer noch an die Trophäen, die ein Serienmörder, den sie gemeinsam gejagt hatten, gesammelt hatte. Es waren keine lieben Erinnerungen.

»Sehr gut möglich. Du denkst sicher an den Mörder von damals, der seine Opfer immer zerstückelte«, sagte Tommy.

»Ein typischer Serienmörder«, erwiderte Jonny und nickte.

»In der Tat. Aber die Frage lautet, ob es sich in diesem Fall auch um einen typischen Serienmörder handelt. Unser Mann hat zwar mehrere Personen ermordet, aber alle hatten etwas miteinander zu tun. Keines der drei jüngsten Opfer wurde verstümmelt. Nur Thomas Bonetti. Warum?«

»Ich glaube an die Trophäen. Eine Erinnerung an den Mord. Macht über das Opfer«, beharrte Jonny.

Er hatte sich in die Psyche von Serienmördern vertieft, nachdem er einem begegnet war. Rein statistisch betrachtet würde er mit größter Wahrscheinlichkeit auch der einzige bleiben, dem er in seinen Dienstjahren als Ermittler beim Dezernat für Gewaltverbrechen begegnete.

»Dann hätte er aber von den drei letzten Opfern auch etwas abschneiden müssen.«

Auch Tommy blieb beharrlich bei seiner Ansicht.

»Falls es wirklich derselbe Mörder war. Thomas könnte einem anderen Mörder zum Opfer gefallen sein als die drei anderen«, wandte der Kommissar ein.

»Wohl kaum. Vergiss nicht das ungewöhnliche Kaliber der Geschosse«, erinnerte Birgitta.

Andersson sah sie übellaunig an, verteidigte seine These

daraufhin aber nicht weiter. Er hatte selbst darauf hingewiesen, dass es sich im Hinblick auf das Kaliber wahrscheinlich um ein- und denselben Mörder handeln musste. Er räusperte sich laut und sagte:

»Es stellt sich nach wie vor die Frage, warum er oben beim Seezeichen erschossen wurde.«

»Der Mörder wollte verhindern, dass die Leiche gefunden wird. Offenbar war ihm das wichtig. Aber ich frage mich immer noch, warum er sie dann nicht einfach im Meer versenkt hat«, sagte Tommy.

»Versenken.« Irene fiel es wie Schuppen von den Augen. Das war das Schlüsselwort!

»Der Mörder hat sie nicht im Meer versenkt, weil er nichts hatte, womit er sie hätte versenken können!«, sagte sie aufgeregt.

»Jetzt fängt sie schon wieder an!«, seufzte Jonny und verdrehte die Augen.

Irene ignorierte seinen Versuch, komisch zu sein. Stattdessen suchte sie nach einer möglichst pädagogischen Ausdrucksweise.

»Man kann keine Leiche ohne Gewicht versenken. Denn sonst treibt sie recht rasch wieder an die Oberfläche. Und das wollte unser Mörder unbedingt verhindern. Das ist wahrscheinlich die Erklärung dafür, warum er Thomas zum Seezeichen auf Branteskär schleifte.«

»Klingt plausibel«, stimmte ihr Andersson zu.

»Die Finger«, erinnerte Tommy.

»Die Finger, stimmt. Was wollte er mit den vier Fingern?«, fragte Andersson.

»Trophäen«, wiederholte Jonny stur.

»Wenn sie abgeschnitten wurden, ehe er ermordet wurde, handelt es sich um Folter«, behauptete Birgitta.

Jonny seufzte.

»Was hätte es für einen Grund gegeben, diesen kleinen, fetten Börsenschieber zu foltern?«, fragte er gehässig.

»Dass er ein kleiner, fetter Börsenschieber war.«

Alle sahen Kajsa an, die plötzlich ihr Schweigen gebrochen hatte.

»Was meinst du damit?«, fragte der Kommissar.

Es kostete ihn Überwindung, freundlich zu sein, während er in ihr vielfarbiges Gesicht blickte. Als sich ihr die allgemeine Aufmerksamkeit zuwandte, überzog eine rosige Röte ihre Wangen, die einen interessanten Kontrast zu ihrem blaulila umrahmten linken Auge bildete.

»Schließlich war er ja ein Börsenschieber. Er hatte in London ungesetzliche Dinge getan und wurde im Zusammenhang mit dem ph.com-Konkurs der Unterschlagung bezichtigt. Vielleicht wurde er gefoltert, damit er seine Kontonummer preisgibt«, sagte sie eifrig.

Irene nickte und sagte:

»Kajsa hat Recht. Allen Opfern ist gemeinsam, dass sie Börsenschieber waren und unsaubere Geschäfte machten, außer möglicherweise Kjell Bengtsson Ceder. Aber alle vier kannten sich.«

»Kannte Ceder wirklich Rothstaahl und Bergman? Und kannte er Bonetti?«, wollte Andersson wissen.

»Nein. Aber Sanna kannte sie«, antwortete Irene.

Jetzt kam Leben in den Kommissar. Er sprang von seinem Stuhl auf und sah Tommy durchdringend an.

»Hast du sie nochmals verhört?«

Tommy schüttelte den Kopf.

»Nein. Nach den Morden an Ceder und Bergman war sie am Boden zerstört. Insbesondere der Tod Bergmans hat sie mitgenommen.«

»Jetzt setzt du sie unter Druck!«, entschied der Kommissar.

Er sah Tommy finster an, um das Gesagte noch zu unterstreichen.

»Irene und Tommy knöpfen sich die kleine Frau Ceder nochmals vor und suchen nach weiteren Berührungspunkten der vier Opfer. Birgitta und Kajsa, ihr überprüft die Finanzen, vielleicht taucht ja noch etwas auf, das wir übersehen haben. Seht euch auch noch einmal an, ob die Anklagen gegen Bonetti nach dem ph.com-Konkurs begründet waren. Und dann könnt ihr euch auch noch einmal die Finanzen der Familie Ceder vornehmen. Redet mit Bosse oder jemand anderem vom Dezernat für Wirtschaftskriminalität, obwohl es dort im Augenblick personell recht eng ist. Jonny und Fredrik sollen sich um die Vorhaben von Bergman und Rothstaahl kümmern. Da sie nach Schweden kamen, um sich in Rothstaahls Haus zu treffen, liegt der Verdacht nahe, dass die Sache auch hier laufen sollte. Redet noch einmal mit ihren Eltern. Ich habe das Gefühl, dass sie Dinge verschweigen, die ihre Söhne in ein schlechtes Licht rücken könnten.«

»Haltet eure Späheraugen offen nach Computern und Disketten. Solche Burschen haben keine Aktenordner. Alles befindet sich auf Festplatten«, warf Birgitta noch abschließend ein.

Auch Irene hatte sich wiederholte Male überlegt, weshalb sich Philip und Joachim unbedingt in Göteborg treffen mussten, wo sie doch in Paris zusammenwohnten. Es gab nur eine logische Erklärung. Sie sagte:

»Sie kamen nicht nach Göteborg, um sich miteinander zu treffen, sondern um jemanden zu treffen, der nicht nach Paris fahren wollte oder konnte.«

Sanna Kaegler-Ceder sei nicht zu sprechen, teilte ihre Mutter Elsy mit. Ihre Tochter habe von ihrem Arzt starke Beruhigungsmittel erhalten und schlafe tief. Sie dürfe nicht gestört werden oder sich wieder aufregen, fügte ihre Mutter noch scharf hinzu.

»Teilen Sie Sanna mit, dass sie sich morgen früh um neun im Präsidium einzufinden hat. Sie soll nach mir fragen«, sagte Tommy energisch.

Er legte auf und schaute auf die Uhr.

»Bald halb fünf. Ich glaube, ich gehe heute etwas früher

nach Hause. Ich habe einiges zu erledigen, und außerdem bin ich erkältet. Ich habe Halsschmerzen. Bis morgen.«

Bevor Irene noch etwas erwidern konnte, hatte er das Zimmer verlassen.

»Tschüs«, sagte sie zur bereits geschlossenen Tür.

Den ganzen Nachmittag hatte er es vermieden, länger mit ihr allein zu sein. Kajsa saß zusammen mit Birgitta ein paar Zimmer weiter und arbeitete fleißig.

Irene erwog ernsthaft, auch die Biege zu machen, sich aufs Bett zu werfen und die Decke über den Kopf zu ziehen.

Da klingelte das Telefon.

»Hallo. Hier ist Svante. Ich habe deinen Umschlag und die Visitenkarte dazwischengeschoben. Nach wenigen Minuten stand fest, dass die Fingerabdrücke übereinstimmen, und zwar mit hundertprozentiger Sicherheit.«

Irene dankte dem Mann von der Spurensicherung und legte nachdenklich auf. Sollte sie dem weiter nachgehen? Jedenfalls wollte sie sich die Eheleute Bonetti noch einmal vornehmen. Die Frau war bei ihrer letzten Begegnung kaum zu Wort gekommen. Sie fasste einen Entschluss und griff wieder zum Hörer.

»Guten Tag. Hier ist Inspektorin Irene Huss. Ich hätte noch ein paar ergänzende Fragen. Darf ich morgen Nachmittag vorbeikommen?«

KAPITEL 16

Sanna Kaegler-Ceder hatte das Meiste von ihrer Frische eingebüßt. Die Müdigkeit hatte tiefe Furchen um ihren Mund gegraben und dunkle Ringe um ihre Augen hinterlassen. Sie strahlte eine Resignation aus, die neu an ihr war. Sie tat Irene richtig Leid. Viele Menschen, die ihr nahe standen, waren ermordet worden. Thomas Bonetti konnte zwar kaum dazu zählen, wenn man ihr Verhältnis aus der letzten ph.com-Zeit bedachte, aber sie musste ihn trotzdem gut gekannt haben.

Sanna versuchte, mit Hilfe eines schwarzen Lederkostüms und einer tief ausgeschnittenen Bluse mit einem breiten Kragen, den Schein zu wahren. Sie trug sowohl das teure Kruzifix als auch den Ring. Die schwarzen Stiefel mit den hohen Pfennigabsätzen schienen sie nicht zu behindern. Irene hätte an ihrer Stelle das Gleichgewicht verloren. Sie tröstete sich damit, dass sie das mit ihren ein Meter achtzig auch nicht nötig hatte.

»Ich verkrafte das alles noch nicht. Ich muss immer noch starke Schlaftabletten nehmen und bin morgens fürchterlich müde«, teilte Sanna ohne Umschweife mit.

Als wolle sie den Wahrheitsgehalt unterstreichen, gähnte sie herzhaft, während sie sich setzte.

Tommy nickte und erwiderte mit einem freundlichen Lächeln:

»Das dachte ich mir schon. Deswegen habe ich auch neun Uhr gesagt. Wir fangen hier gewöhnlich um halb acht an.«

Sanna sah ihn ungläubig an, konnte seiner Miene aber nicht entnehmen, ob er die Wahrheit sagte. Er flunkerte natürlich, aber Irene hatte nicht vor, ihr das zu verraten.

Tommy raschelte mit ein paar Papieren, die er vor sich auf dem Tisch liegen hatte. Er blätterte suchend. Schließlich hielt er inne und schaute auf. Es gelang ihm, Sannas Blick aufzufangen.

»Heute wollen wir über Philip Bergman reden«, sagte er knapp.

Sanna erstarrte und verzog keine Miene.

»Philip und Sie waren alte Schulfreunde. Sie waren sehr gut befreundet, und laut gewissen Auskünften waren Sie mehr als nur befreundet. Was für ein Verhältnis hatten Sie?«

Sie zögerte ein paar Sekunden, ehe sie antwortete:

»Er war mein bester Freund.« Ihre Stimme zitterte leicht.

Irene konnte nicht umhin, Tommy einen Blick zuzuwerfen, aber er erwiderte ihn nicht.

»Sie waren nie zusammen? Also ein Paar?«

»Nein. Wir teilten alles, nur nicht das Bett.«

In ihrer Stimme lag Bitterkeit, die sie nicht zu verbergen suchte.

»Wussten Sie, dass er homosexuell war?«

Es dauerte wieder eine Weile, bis sie antwortete.

»Ja. Aber erst … seit zwei Jahren. Eines Abends erzählte er mir von seinen Plänen, in Paris mit Joachim zusammenzuziehen.«

»Wie haben Sie darauf reagiert?«

»Ich glaube … ich bekam einen Schock.«

»Hegten Sie nie einen Verdacht?«

»Nein. Nie! Er nahm es mit seinem Äußeren sehr genau und ging oft ins Fitnessstudio, aber das tun viele andere Männer schließlich auch. Er umgab sich immer mit sehr jungen Mädchen. Am liebsten Teenagern, und das fand ich merkwürdig. Er war schließlich ein intelligenter und kluger Bursche, und dann riss er kleine Mädchen auf. Er erklärte mir einmal, er habe keine Lust auf diesen ganzen Zirkus. Ich begriff überhaupt nichts… bis er mir alles erzählte.«

»Waren Sie selbst einmal in Philip verliebt?«

Erschrocken sah sie Tommy an. Mit dieser Frage hatte sie offenbar nicht gerechnet.

»Ich… nein… doch. Vielleicht auf dem Gymnasium. Eine Weile. Es hat mir schon zugesetzt, dass mir alle anderen Jungen hinterherliefen, er aber nicht interessiert war. Die Mädchen waren wie wild hinter ihm her. Eine kurze Zeit hatte er eine Beziehung mit einem Mädchen, aber danach blieb er Single, bis er mit Joachim zusammenzog, was aber keiner der beiden an die große Glocke hängte. Ich glaube, ich war die Einzige, der Philip davon erzählte, und zwar eher unbeabsichtigt. Er war bei der Gelegenheit ziemlich betrunken.«

»Wissen Sie, ob einer der beiden es seinen Eltern erzählte?«

»Glaube ich nicht«, sagte sie und schüttelte energisch den Kopf.

Diesen Eindruck hatte auch Irene. Niemand hatte geahnt, dass Philip und Joachim ein Verhältnis miteinander hatten, ehe Kajsa und sie die Wohnung in Paris in Augenschein nahmen.

»Wissen Sie, was für Geschäften Philip und Joachim in Paris nachgingen?«

»Wir hatten in den letzten zwei Jahren keinen sonderlichen Kontakt mehr. Er brach fast ganz ab, nachdem… nachdem er mir von dieser Sache… mit Joachim erzählt hatte. Dann zog er nach Paris, und wir telefonierten nur noch oder schrieben E-Mails. Ich bekam ein Hochzeitsgeschenk, als ich heiratete, und eine Gratulationskarte zu Ludwigs Geburt.«

»Sozusagen über Nacht wurden aus innigen Freunden entfernte Bekannte«, stellte Tommy fest.

»Ja. Wie gesagt: Nachdem er mir von Joachim erzählt hatte, veränderte sich alles.«

»Waren Sie es, die den Kontakt nicht aufrechterhalten wollte, oder wollte er es nicht mehr?«

Sie schien sich die Antwort sehr genau zu überlegen.

»Vielleicht beide, aber vor allem er. Joachim übernahm meine Position als bester Freund und Vertrauter.«

Wieder war der bittere Tonfall deutlich zu hören.

»Haben Sie deswegen Kjell Bengtsson Ceder geheiratet?«

»Nein. Ich spürte, dass die Zeit knapp wurde. Ich wollte Kinder haben. Kjell war ja schon älter und sehnte sich nach einem Erben. Wir mochten uns … also ergriffen wir die Gelegenheit und heirateten.«

Irene hielt den Atem an. Jetzt hatte Tommy seine Chance, und er nutzte sie.

»Wer ist Ludwigs Vater?«, fragte er ruhig.

Sanna erblasste, und ihre Lippen verschwanden in ihrem bereits farblosen Gesicht. Irene bereitete sich darauf vor, dass sie wieder in Ohnmacht fiel.

»Was … was meinen Sie? Kjell natürlich!«, versuchte sie lahm.

»Wussten Sie, dass Kjell sich vor fünf oder sechs Jahren einer Vasektomie unterzogen hatte? Er konnte keine Kinder zeugen.«

»Hat er … das wirklich …?«

Wortlos starrte sie Tommy an, der gelassen zurückblickte. Plötzlich schlug Sanna die Hände vors Gesicht und begann zu weinen. Irene reichte ihr ein Päckchen Taschentücher, das sie dankbar entgegennahm. Es dauerte mehrere Minuten, bis sie sich wieder beruhigt hatte. Sie putzte sich die Nase und trocknete ihre rot geweinten Augen.

»Er hat mir nie erzählt, dass er keine Kinder zeugen kann. Wir hatten eine lose Beziehung, bevor wir heirateten. Wir trafen uns, wenn wir beide Lust dazu hatten. Hatten Spaß. Aber ich war auch mit anderen Männern zusammen. In New York ging ich auf viele Partys und traf dort einen gewissen Mark. Zwei Tage verbrachten wir in einem Hotel und kamen nicht mehr aus dem Bett. Ich hatte zwar meine Pille vergessen, glaubte aber nicht, dass etwas passieren würde. Wahrscheinlich wurde ich damals schwanger. Es war der beste Sex meines Lebens! Aber ehrlich gesagt kenne ich nur Marks Vornamen. Er war verheiratet, und wir einigten uns gleich zu Anfang darauf, uns nur dieses eine Mal in New York zu sehen«, sagte sie mit tränenerstickter Stimme.

»Und er hat nie wieder von sich hören lassen?«

»Natürlich nicht. Er kennt weder meine Adresse noch meinen Nachnamen. Wir waren einfach Mark und Sanna.«

Trotzig und fast triumphierend warf sie den Kopf zurück. Tommy nickte nur und verriet mit keiner Miene, was er von dieser Geschichte hielt.

»Und dann hielt Kjell um Ihre Hand an«, sagte er einfach.

»Ja. Ich teilte ihm mit, er sei der Vater des Kindes. Er freute sich wahnsinnig und erwähnte seine Operation mit keinem Wort… Sie haben doch die Wahrheit gesagt? Sie lügen mich doch nicht an, um mich zum Reden zu bringen?«, fragte sie plötzlich misstrauisch.

»Nein. Die Vasektomie wurde bei der Obduktion festgestellt.«

»Obduk… mein Gott! Er erzählte, er hätte sich mal einen kleinen Leistenbruch operieren lassen. Das war vielleicht diese Operation. Ein paar Jahre vor unserer Hochzeit. Es könnte hinkommen.«

In diesem Augenblick warf Tommy Irene einen schnellen Blick von der Seite zu. Plötzlich erinnerte sie sich an seine Leistenbruchoperation vor einigen Jahren. Hatte er zu jenem Zeitpunkt *seine* Vasektomie durchführen lassen? Das war in der Tat sehr wahrscheinlich. Und Kajsa hatte äußerst heftig reagiert, als er überraschend vor ein paar Wochen von seinem kleinen Eingriff erzählt hatte. Hatte sie sich bereits vorgestellt, dass sie ein Paar werden und eine Familie gründen würden? Kajsa hatte keine Kinder. Sie war Anfang dreißig, und vielleicht wurde die Zeit für sie auch langsam knapp. Wie weit war eigentlich das Verhältnis der beiden bereits gediehen?

Irene bemerkte plötzlich, dass ihre Gedanken abgeschweift waren und sie von dem, was Tommy und Sanna gesagt hatten, einiges verpasst hatte.

»…mehrmals, sowohl Philip als auch ich. Aber er erledigte seine Arbeit nicht. Es war nicht leicht für uns, ihn zu kontrollieren. Er hatte an der Fachhochschule studiert und war für die Finanzen des Unternehmens verantwortlich.«

»Wie gelang es ihm, das Geld aus ph.com herauszuschleusen?«

»Die Buchprüfer stellten fest, dass er dafür falsche Rechnungen benutzt hatte. Mit Hilfe verschiedener Transaktionen gelangte das Geld auf seine eigenen Konten. Von dort wurde es an eine Bank in Luxemburg überwiesen, einige Tage später ging es weiter auf die Cayman Islands. Dort verschwand es. Eine klassische Unternehmensplünderung!«

»Um was für Summen ging es dabei?«

»Möglicherweise bis zu fünfzehn oder sechzehn Millionen Kronen. Er hatte ein Konto, auf dem das Geld war, das ihm von Pundfix geblieben war. Er hat selbst einmal gesagt, dass es sich um fünf Millionen handelte. Dazu kam sein aus Gehalt und Spesen zusammengespartes privates Kapital. Laut Polizei befanden sich auf diesem Konto fast fünf Millionen. Alles in allem besaß er also ungefähr fünfundzwanzig Millionen, als er verschwand.«

Sannas Stimme bebte vor unterdrückter Wut. Es schien ihr plötzlich sehr wichtig zu sein, die Kriminalbeamten über Bonettis zwielichtige Geschäfte zu unterrichten.

Irene fand es bemerkenswert, wie rasch der Betrag im Zuge der Ermittlung gestiegen war. Jetzt wussten sie auch, dass Thomas nicht mit dem Geld verschwunden, sondern ermordet worden war. Wo war das Geld geblieben?

»Wie hat er nur in einem Jahr so viel Geld anhäufen können? Fast fünf Millionen ist ziemlich viel…«

»Wie gesagt, es kam einiges an Spesen zusammen. Wir sind alle drei wie verrückt um die Welt gereist. Das war wirklich anstrengend! Außerdem bezahlte ph.com die Miete seiner Wohnung in London.«

»Hat das Unternehmen nicht Ihnen allen die Miete gezahlt?«

Sie warf Tommy einen raschen Blick zu, zuckte leicht mit den Achseln und murmelte etwas Unverständliches.

»Wie bitte? Was haben Sie gesagt?«, fragte Tommy freundlich, aber unerbittlich zurück.

»Ich sagte, dass es uns auch wirklich zustand. Schließlich rackerten wir uns ab! Tag und Nacht! Sie verstehen gar nicht …«

Tommy warf ihr einen langen, nachdenklichen Blick zu und sagte dann:

»Nein. Das verstehen wir vermutlich nicht. Ein Kapital von einer Milliarde Kronen zusammenzubekommen und dann innerhalb eines Jahres durchzubringen ist zweifellos eine Leistung.«

»Das war nicht unsere Schuld!«

»Wessen Schuld war es dann?«

»Ich bin keine Buchhalterin oder Börsenanalytikerin. Ich war für Design und Marketing zuständig.«

Sie sah ihn kühl an. Alle Mitteilsamkeit war wie weggeblasen.

»Was hatte Philip für eine Ausbildung?«

»Er war Jurist.«

Ohne das geringste Zittern in der Stimme log sie sie an. Irene und Tommy wussten, dass Sanna und Philip nach dem Gymnasium nicht studiert hatten. Warum setzte sie ihnen eine Lüge vor, die so leicht zu entlarven war? Offenbar unterschätzte sie die beiden Kriminalbeamten und versuchte, sie einzuschüchtern, indem sie mit fiktiven Hochschulstudien angab.

Tommy nickte nur und blätterte in seinen Papieren. Irene wusste, dass er jetzt ein anderes Thema anschneiden würde.

»Wie gut kannten Sie Joachim Rothstaahl?«, fragte er.

»Joachim? Fast gar nicht.«

Sannas Erstaunen klang echt.

»Wie haben Sie ihn kennen gelernt?«

»Auf einer Party in London. Thomas hat ihn Philip und mir vorgestellt. Das war unsere erste Begegnung. Verwandte von ihm hatten uns ein Unternehmen in der Modebranche abgekauft, das wir vorher groß rausgebracht hatten.«

»Aber Sie waren Joachim vorher noch nie begegnet?«

»Nein.«

»Und Sie haben ihn auch später nie mehr getroffen?«

»Nein. In der Tat nicht.«

»Aber Philip und Joachim müssen sich doch wohl nach dieser ersten Begegnung in London weiterhin getroffen haben?«

»Ja. Offenbar.«

»Davon wussten Sie nichts?«

»Nein. Sowohl Philip als auch ich hatten viele Freunde, ohne dass der andere sie jeweils gekannt hätte.«

Sie fasste sich an die Stirn und sagte theatralisch:

»Jetzt ist es genug. Ich bin vollkommen fertig! Schließlich bin ich krankgeschrieben. Ich habe eine furchtbare Zeit hinter mir. Ich habe nicht die Kraft, noch weiter zu sprechen.«

»Eine letzte Frage: Wo waren Sie am Montagabend zwischen sieben und acht? Es geht um den Abend, an dem Philip und Joachim ermordet wurden.«

Sanna starrte ihn an. Die Müdigkeit war aus ihren Augen gewichen. Auf dem Grund ihrer schönen blauen Augen spiegelte sich das blanke Entsetzen.

»Zu Hause. Ich war mit Ludwig zu Hause.«

»In Askim?«

»Ja.«

»Alleine?«

»Ja.«

Irene versuchte, sich vorzustellen, wie Sanna aus der Kleiderkammer sprang und Philip und Joachim mit vier gezielten

Schüssen erschoss. Falls es ihnen irgendwie gelang, ihr Alibi für den Zeitpunkt des Mordes an Kjell Bengtsson Ceder zu knacken, dann war es nicht undenkbar, dass sie tatsächlich die Pistole gehalten hatte. Hingegen wollte sie nicht recht zu dem Bild passen, das sie sich von Thomas Bonettis Mörder machte. Wahrscheinlich wäre sie rein körperlich zu dieser Tat nicht fähig gewesen.

Oder doch? Sanna hatte während dieses Verhörs demonstriert, welch eine Lügnerin und Schauspielerin sie war. Sie wirkte zwar schmal und zerbrechlich, aber Irene sah, wie durchtrainiert und eisern sie war.

Irene brach ihr Schweigen und stellte ihr eine letzte Frage:

»Haben Sie je mit einer Pistole geschossen?«

Sanna schüttelte den Kopf.

»Nein. Nie!«, sagte sie mit Nachdruck.

Zum ersten Mal während des Verhörs war Irene davon überzeugt, dass sie die Wahrheit sagte.

»Sie lügt wie gedruckt!«, sagte Irene entrüstet, nachdem Sanna gegangen war.

»Ja, aber sie ist nicht so schlau, wie sie glaubt. Im Gegenteil ist sie eine so schlechte Lügnerin, dass es uns auffällt«, stellte Tommy fest.

Er trommelte mit seinem Stift gegen die Tischkante und sah Irene nachdenklich an.

»Glaubst du an diese Geschichte mit Ludwigs Zeugung?«, fragte er.

»Nein. Ein so abgebrühtes Mädel wie Sanna geht nicht einfach zwei Tage lang mit einem unbekannten Amerikaner ins Bett, ohne zu verhüten. Nicht in den Zeiten von Aids.«

»Nicht?«

»Nein. Zu gefährlich. Aber in ihrer Geschichte könnte ein Körnchen Wahrheit stecken.«

»Und zwar?«

»Dass Ludwig wirklich in New York gezeugt worden ist.

Erinnerst du dich an den Pullover, den er an jenem Tag trug, als Kjell Bengtsson Ceder erschossen wurde? Wir haben die Windel von Ludwig gewechselt und ihn gefüttert. Er trug ein winziges hellblaues T-Shirt, auf dem ›Made in New York‹ stand.«

»Wo du es sagst, erinnere ich mich auch dran.« Tommy nickte.

»Ich frage mich, was sie mit ihren Lügen bezweckt«, meinte Irene nachdenklich.

»Oder wen sie schützen will.«

»Sie hat zwar kein Alibi für den Montagabend, an dem Philip und Joachim ermordet wurden, aber ich kann mir nicht vorstellen, dass sie sie erschossen hat. Ich glaube, dass sie Philip geliebt hat.«

»Gerade deswegen könnte sie ihn ermordet haben. Klassisches Eifersuchtsdrama«, schlug Tommy vor.

»Nein. Joachim vielleicht, aber nicht Philip. Der Mord an Philip hat sie am meisten mitgenommen. Die anderen drei haben ihr, glaube ich, nicht so viel bedeutet.«

»Nein, genau! Kjell Bengtsson Ceder scheint ihr nicht das Geringste bedeutet zu haben! Warum hat sie ihn dann geheiratet, und warum hat er sich darauf eingelassen?«

»Vielleicht sehnte er sich ja wirklich nach einem Erben…«

»Wohl kaum. Er wollte überhaupt keine Kinder! Ein Mann, der eine Vasektomie vornehmen lässt, wird genauestens darüber aufgeklärt und weiß, dass es sehr schwer ist, die Fertilität wieder herzustellen. Es ist so gut wie unmöglich. Er hatte sich also dafür entschieden, nach dem Eingriff keine Kinder zu bekommen. Ich spreche aus eigener Erfahrung.«

Irene sah ihn an und überlegte kurz. Jetzt war vermutlich der richtige Augenblick.

»Ich möchte mich dafür entschuldigen, dass ich ins Fettnäpfchen getreten bin, was Kajsas und dein Verhältnis angeht. Zu meiner Verteidigung kann ich nur vorbringen, dass ich deine und Agnetas Ehe retten wollte. Und unsere Freundschaft. Also die Freundschaft zwischen Agneta, Krister, dir und mir. Ich hätte mir nicht in meinen wildesten Träumen ausmalen können, was los ist! Nicht bevor mir Agneta am Sonntag alles erzählt hat. Ich kann nur sagen, dass es mir sehr Leid tut, wenn ich Kajsa in Paris zu nahe getreten bin.«

Tommy seufzte und lächelte leicht.

»Da musst du schon mit ihr drüber reden. Zum Teil ist es auch meine Schuld. Ich hätte schon früher etwas sagen sollen. Aber ich hatte irgendwie keine Lust dazu. Noch nicht.«

»Ist Kajsa so etwas wie… ein kleiner Trost?«, erdreistete sich Irene zu fragen.

»Tja. Zur Zeit ist sie noch gar nichts. Nur eine nette Frau, die sich offenbar in mich verguckt hat, was schmeichelhaft ist. Das kann ich gebrauchen. Wir haben bisher erst einmal zusammen zu Mittag gegessen. Da habe ich ihr einen kleinen Kuss gegeben und sie anschließend umarmt. Das ist alles. Zufrieden?«

Die Ironie des letzten Wortes entging ihr nicht. Erneut spürte sie, wie ihre Ohren heiß wurden.

»Es war nicht meine Absicht herumzuschnüffeln…«

»Nicht? Das sähe dir auch gar nicht ähnlich«, sagte er scharf.

Irene war richtig beleidigt. Sie schien also dafür bekannt zu sein, sich immer in Sachen einzumischen, die sie nichts angingen! Plötzlich erinnerte sie sich an Jonnys Worte: »Ein guter Ermittler steckt immer seine Nase in alles rein.« Und erneut schenkten ihr seine Worte umgehend Trost und Zuversicht. Sie war eine gute Ermittlerin. Sie hatte sofort gespürt, dass zwischen Tommy und Agneta irgendetwas nicht stimmte. Aber sie hatte wegen zu geringer Sachkenntnis übereilte Schlüsse gezogen. Mit anderen Worten war es genau so wie zu Beginn fast jeder Ermittlung gewesen.

Der Nachmittagsverkehr Richtung Långedrag war recht dicht. Irene ließ ihren Gedanken freien Lauf, während sie sich vom Verkehrsrhythmus leiten ließ. Marianne Bonetti hatte sie gebeten, wieder zu ihrem Haus zu kommen. Offenbar hegte sie einen großen Widerwillen dagegen, es zu verlassen. Irene hoffte, dass ihr Mann nicht zu Hause sein würde. Das hatte sie am Telefon nicht sagen können, als sie den Termin vereinbart hatten. Denn dann hätte der Anwalt beim Gespräch garantiert neben seiner Frau gesessen. Das wäre so sicher gewesen wie das Amen in der Kirche, wie es Irenes Mutter auszudrücken pflegte.

Einen Augenblick lang hatte sie ein schlechtes Gewissen. Es war lange her, seit sie mit ihrer Mutter gesprochen hatte, die derzeitigen Ermittlungen nahmen ihre ganze Zeit in Anspruch. Die Reise nach Paris hatte ja auch einen Tag länger gedauert als geplant. Außerdem war ihre Mutter mit ihrem Lebensgefährten Sture in der vergangenen Woche mit ihrem Pensionärsverein in Lübeck gewesen. Rentner schienen immer viel zu tun zu haben. Sture hatte ihre Mutter im vergangenen Sommer sogar dazu überredet, die Green Card im Golf zu erwerben, was während der Sauregurkenzeit sogar zu einer kleinen Meldung in der Göteborgs Posten geführt hatte: »Gerd macht ihre Green Card mit 75!« Ein Foto hatte ihre Mutter gezeigt, wie sie in lässiger Pose an der geliehenen Golftasche lehnte. Irene hatte den kleinen Artikel ausgeschnitten und mit einem Magneten am Kühlschrank befestigt. Einige Tage später waren sie nach Säffle gefahren, um auf die Beerdigung von Kristers Vater zu gehen.

Säffle, genau. Krister hatte an seinem freien Montag den Volvo geholt. Er war noch erstaunlich gut in Schuss, befand sich aber gerade zur Inspektion in der Werkstatt. Der Inhaber der Werkstatt war ein Freund von Krister. Die Bremsen mussten getestet und einige Verschleißteile ausgetauscht werden. Danach sei der Wagen wieder wie neu, hatte der Inhaber der Werkstatt versichert. Es gab ihr einen Stich ins Herz, wenn sie daran dachte, dass sie jetzt ihren alten Saab verkaufen würden, denn er hatte ihnen wirklich treue Dienste geleistet. Aber auch er konnte nicht ewig rollen.

In letzter Sekunde gelang es ihr durch eine Vollbremsung, einen Auffahrunfall zu vermeiden. Ein paar Autos weiter vorne lief ein kleiner Junge über die Straße. Wie durch ein Wunder war nichts passiert, und der Junge kam heil über die Straße. Es war aber knapp gewesen. Irene spürte, wie ihr Herz schneller schlug, und sie zwang sich dazu, sich voll und ganz auf den Verkehr zu konzentrieren. Es war gefährlich, sich beim Autofahren zu entspannen, obwohl ihr klar war, dass sie dazu ohnehin nur selten Gelegenheit hatte, viel zu selten.

Zu Irenes großer Freude war Marianne Bonetti allein zu Hause. Sie hatte nach wie vor verweinte Augen, und Irene war klar, dass sie aufrichtig um ihren Sohn trauerte, obwohl er – aus natürlichen Gründen – seit drei Jahren kein Lebenszeichen mehr von sich gegeben hatte. Es war wohl so, wie sie bei ihrem letzten Besuch gesagt hatte: Jetzt hatten sich ihre schlimmsten Befürchtungen bestätigt. Gleichzeitig half ihr die endgültige Gewissheit über seinen Tod sicherlich bei der Bewältigung ihrer Trauer. Obwohl die Umstände seines Todes keinerlei Trost boten. Die Eltern wussten noch nicht, dass der Leiche vier Finger fehlten. Irene war klar, dass es allmählich an der Zeit war, sie darüber zu informieren. Dieses makabere Detail würde sicher früher oder später in einer Zeitung auftauchen, dem Informanten ein hübsches Sümmchen einbringen und die Auflage steigern. In dieser Hinsicht gab sie sich keinerlei Illusionen hin. Es wäre also von Vorteil, die Eltern auf die Neuigkeit vorzubereiten, aber Irene wollte dies nicht in Angriff nehmen, solange die Mutter allein im Haus war. Das musste warten, bis ihr Mann zugegen war.

Marianne Bonetti hatte ihr dunkelblaues Kostüm gegen ein nougatbraunes ausgetauscht, im Übrigen sah sie aus wie bei Irenes erstem Besuch.

Wie beim vorigen Mal wurde Irene ins Wohnzimmer geleitet. Auf dem Couchtisch stand Teegeschirr für zwei Personen auf einem Tablett. Die Tassen waren aus dünnem chinesischem Porzellan, Teekanne und Zuckerschale aus Silber. Der dunkle Schokoladenkuchen auf einem Teller aus Bleikristall war in dicke Scheiben geschnitten und duftete frischgebacken und verführerisch.

»Ich habe die Milch vergessen!«, rief Marianne Bonetti und schlug die Hände zusammen, wobei alle ihre Brillanten funkelten.

»Danke, ich nehme keine«, sagte Irene.

»Gut. Ich trinke auch keine Milch, ich bin allergisch dagegen.«

Sie stellte die Tassen und die Kuchenplatte auf den Tisch. Schwer atmend beugte sie sich dann vor und goss Irene ein. Eine Weile sprachen sie über alltägliche Dinge, und Irene ließ sich den Kuchen schmecken. Sie wusste, dass es Marianne Bonetti wichtig war, ihrem Treffen den Anschein eines gewöhnlichen nachmittäglichen Kaffeetrinkens zu geben. Als Fahnderin war ihr das über die Jahre schon mehrfach aufgefallen. Die Polizei wurde wie ein geladener Gast behandelt. Oft waren es ältere Damen, die sie auf diese Art empfingen. Dass auch die Anwaltsgattin mit den traurigen Augen sich so verhielt, legte den Verdacht nahe, dass sie sehr einsam war.

Als sie das zweite Stück Kuchen mit einer zweiten Tasse Tee hinuntergespült hatte, entschloss sich Irene, ihr eigentliches Anliegen vorzubringen. Vorsichtig sagte sie:

»Wie ich schon am Telefon sagte, würde ich gerne bestimmte Dinge mit Ihnen besprechen.«

Marianne bedeutete ihr mit ernstem Nicken, dass sie das verstanden habe.

»Wir versuchen uns ein genaueres Bild von dem letzten Tag zu machen, an dem Thomas noch lebte, und auch die Zeiten einzugrenzen. Ich habe alle Zeugenaussagen, die vor drei Jahren protokolliert wurden, noch einmal genauestens durchgelesen. Bestimmte Dinge sind noch etwas vage, und einiges wird in den Ermittlungsunterlagen überhaupt nicht angesprochen. Versuchen Sie sich an den Tag zu erinnern, an dem Thomas nach Styrsö wollte. Haben Sie ihn an diesem Tag gesehen?«

»Ja. Er kam gegen halb sechs hierher und holte sich Lebensmittel und ein paar Flaschen Wein. Er lieh sich auch meine Stiefel. Die von Antonio waren zu klein.«

»Sagte er bei dieser Gelegenheit, dass er nach Styrsö wolle?«

»Ja. Ich fragte, warum, und er erwiderte, er müsse in aller Ruhe über einige Sachen nachdenken. Das war verständlich. Diese grässlichen Menschen Sanna Kaegler und Philip Bergman versuchten, Thomas alles in die Schuhe zu schieben! In Wahrheit hatte er sie mehrfach darüber informiert, dass das Unternehmen dem Konkurs nahe sei. Sie wollten nichts davon wissen. Das hatte er Antonio und mir bereits im Herbst erzählt. Er war wirklich sehr besorgt.«

Irene beeilte sich, sie zu unterbrechen:

»Können Sie sich erinnern, ob er an jenem Tag noch etwas anderes sagte?«

Thomas' Mutter schüttelte zuerst den Kopf, besann sich dann aber anders.

»Er sagte, er wolle noch in das Systembolaget am Jaegerdorffsplatsen, weil wir fast keinen Whisky mehr zu Hause hatten. Daran erinnere ich mich noch ganz deutlich«, meinte sie eifrig.

»Wie wirkte Thomas bei dieser letzten Begegnung?«

Marianne traten Tränen in die Augen. Sie nahm die Brille ab und trocknete sich die Augen mit einem Taschentuch.

»Er war... gestresst. Das war er immer. Er war immer in eine Menge wichtiger Geschäfte involviert, und dauernd riefen ihn Leute auf seinem Handy an.«

»Rief ihn auch jemand an, als er seine Sachen für Styrsö zusammenpackte?«

»Ja... da bin ich mir ziemlich sicher. Wie gesagt, klingelte sein Handy dauernd. Doch! Jetzt erinnere ich mich! Es rief auch ein Mann hier an und wollte ihn sprechen.«

»Während er packte?«

»Nein. Kurz nachdem er gefahren war. Ungefähr fünfzehn bis dreißig Minuten später.«

»Erinnern Sie sich, wer das war?«

»Nicht richtig... es ist so lange her... aber er war von irgendeiner Bank in England. Daran erinnere ich mich noch.«

Marianne schien sich richtig darüber zu freuen, dass sie sich nach so langer Zeit noch daran erinnerte.

»Wissen Sie, um welche Bank es sich handelte?«

»Nein, nur dass es eine englische Bank war.«

»Es ist nicht so leicht, sich an die Namen von englischen Banken zu erinnern, besonders wenn man gleichzeitig noch Englisch reden soll.«

»Aber das brauchte ich nicht. Der Mann sprach Schwedisch.«

»Ach? Aber dann hatte er doch wahrscheinlich auch einen schwedischen Namen?«

Es war Marianne anzusehen, wie sehr sie ihr Gedächtnis bemühte. Schließlich schüttelte sie ihr schwarz gefärbtes, hochgestecktes Haar.

»Nein. Er nannte seinen Namen nicht. Da bin ich mir in der Tat ganz sicher. Er sagte nur, er rufe im Auftrag der Bank an und wolle mit Thomas sprechen. Er wollte wissen, wo er zu erreichen sei.«

»Und was haben Sie ihm geantwortet?«

»Ich sagte, was ja auch stimmte, dass Thomas ein paar Tage Urlaub bräuchte und zu unserem Sommerhaus gefahren sei. Dann gab ich dem Bankmenschen Thomas' Handynummer.«

»Haben Sie ihm gesagt, wo das Haus liegt?«

»Natürlich nicht. Thomas hatte mich gebeten, niemandem zu sagen, wo er ist.«

Irenes Nackenhaare sträubten sich. Sie war auf eine Fährte gestoßen. Irgendetwas stimmte nicht.

»Sie haben sich nie gefragt, wie der Bankmensch aus England in den Besitz Ihrer Telefonnummer gelangt ist?«

Marianne wirkte verdutzt.

»Darüber habe ich nie nachgedacht. Vermutlich hatte Thomas sie ihm gegeben.«

Warum sollte er einem wichtigen Gewährsmann bei einer Bank die Telefonnummer seiner Eltern und nicht seine eigene Handynummer geben? Da stimmte etwas nicht. Irene beschloss, die Sache erst mal auf sich beruhen zu lassen und Marianne nicht zu sehr unter Druck zu setzen. Sie war nett und versuchte wirklich zu helfen. Das war mehr, als man von den meisten Leuten sagen konnte, mit denen sie bei dieser Ermittlung bislang zu tun gehabt hatte.

Also wechselte sie das Thema:

»Warum haben Ihr Mann und Sie sich keine Sorgen gemacht, als Thomas verschwunden ist? Es vergingen fast zwei Monate, bis Sie ihn vermisst meldeten.«

Das Schluchzen verwandelte sich rasch in heftiges Weinen mit sprudelnden Tränen. Irene musste ihr eine Serviette reichen, das Taschentuch war bereits vollkommen durchnässt.

»Wir glaubten … wir glaubten, dass er … noch lebte«, kam es ihr schließlich stoßweise über die Lippen.

Sie schnäuzte sich und atmete mehrmals tief ein und aus, um sich zu beruhigen. Mit zitternden Händen setzte sie ihre Brille auf und sah Irene durch die dicken Gläser an, die ihre verschwollenen Augen vergrößerten.

»Das Päckchen … wir erhielten ein Päckchen«, sagte sie.

Mit Mühe erhob sie sich und verschwand auf dem Flur. Irene hörte, wie die Dielen unter ihrem Gewicht knarrten, als sie von einem Zimmer ins nächste ging. Nach einer Weile kam sie mit einer kleinen braunen Pappschachtel zurück und überreichte sie Irene.

»Machen Sie sie auf«, sagte sie.

Irene klappte den Deckel auf. Zuoberst lag ein zusammengefaltetes Stück Papier. Irene stellte die Schachtel auf den Couchtisch und hob den Zettel vorsichtig an einer Ecke an. Sie schüttelte ihn vorsichtig, um ihn aufzufalten. Es handelte sich um ein kariertes Blatt aus einem Spiralblock. Mit blauem Filzstift stand darauf:

»ALLES IN ORDNUNG. ICH LASSE VON MIR HÖREN. THOMAS«

Die Mitteilung prangte mit großen Druckbuchstaben in der Mitte des Blatts. Zuunterst in der Schachtel lag eine Brille mit runden Gläsern. Irene fasste sie nicht an.

»Ist das Thomas' Brille?«, fragte sie, obwohl sie die Antwort bereits kannte.

Marianne nickte. Es hatte den Anschein, als habe sie der Beschluss, Irene die Schachtel zu zeigen, mit großer Ruhe erfüllt.

»Wann kam das Päckchen?«

»Genau eine Woche nach seinem Verschwinden. Wir hatten uns bereits Sorgen gemacht, weil wir so lange nichts von ihm gehört hatten. Dann kam das hier. Antonio glaubte, dass sich Thomas… für ein Weilchen aus dem Staub gemacht hatte, um all diesen falschen Anschuldigungen zu entfliehen. Er brauchte Zeit, um Beweise für seine Unschuld zusammenzutragen.«

Bei diesem Satz senkte Marianne ihren Blick, und Irene begriff, dass sie zum ersten Mal eine bewusste Lüge ausgesprochen hatte. Natürlich hatten die Eltern geglaubt, dass die Anschuldigungen gegen Thomas berechtigt gewesen waren und er deswegen gute Gründe besessen hatte unterzutauchen. Sie hatten gewusst, dass er nicht zum ersten Mal an einem Wirtschaftsdelikt beteiligt gewesen war. In London hatte er noch beizeiten den Absprung von Pundfix geschafft. Was ph.com anging, wäre er vielleicht nicht so ungeschoren davongekommen.

»Kam die Schachtel mit der Post?«, fragte Irene.

»Ja. In einem gefütterten Umschlag.«

»Haben Sie ihn aufbewahrt?«

»Nein. Leider nicht.«

»Können Sie sich erinnern, wo er abgestempelt war?«

»Ja, in Göteborg.«

Was möglicherweise darauf hindeuten konnte, dass sich der Mörder in Göteborg aufhielt, aber das war alles andere als sicher.

»Kam Thomas auch ohne Brille zurecht?«, fragte Irene.

»Nein. Er sah sehr schlecht.«

»Und trotzdem schickte er seine Brille, die er so dringend benötigte. Fanden Sie das nicht merkwürdig?«

Marianne ließ ihren Blick unruhig hin- und herschweifen. Es war ihr anzusehen, dass sie sich überlegte, was sie sagen und was sie verschweigen sollte. Nach einer Weile presste sie ihre Lippen zusammen und gab sich einen Ruck:

»Antonio sagte... dass es wahrscheinlich ein Zeichen sei. Ein geheimes Zeichen. Er glaubte, Thomas habe uns mitteilen wollen, dass er sein Aussehen verändert habe, was er uns natürlich nicht schreiben konnte, wir aber dennoch verstehen würden.«

»Natürlich haben wir das verstanden. Schließlich sind wir seine Eltern!«, peitschte eine Stimme durchs Zimmer.

Irene und Marianne zuckten zusammen. Sie hatten beide Antonio Bonetti nicht kommen hören.

»Ich... ich versuchte gerade zu erklären, weshalb wir glaubten, Thomas... sei noch am Leben«, piepste die stattliche Frau verschreckt.

Ihr Mann stürmte auf seinen extra hohen Absätzen wütend über das Parkett. Er schenkte seiner Frau keine Beachtung, sondern starrte Irene an. Sein durchdringender Blick zeitigte jedoch nicht die erhoffte Wirkung. Irene erhob sich und erwiderte ihn gelassen. Um ihr weiterhin in die Augen sehen zu können, musste er den Kopf zurückbeugen.

»Gut, dass Sie da sind. Da gibt es etwas, das ich Ihnen beiden mitteilen muss. Uns liegt inzwischen der vollständige Obduktionsbericht vor, der ein merkwürdiges, unbehagliches Detail enthält«, sagte Irene.

KAPITEL 17

Der erste Tag im Oktober begann mit einem strahlend schönen Morgen. Es war nur ein paar Grade über Null, als die Sonne am Horizont aufging, aber im Verlauf des Tages würde es sicher wärmer werden. Hatten sie Glück, dann würden sie noch ein paar Tage lang einen Altweibersommer genießen dürfen. Oder sprach man vom Goldenen Oktober? Irene war sich nicht sicher, beschloss aber, die Sache nicht weiter zu vertiefen, sondern das gute Wetter einfach zu genießen.

Sie parkte ihren Wagen vor dem Präsidium und nahm ihren Rucksack mit. Darin lag eine Plastiktüte mit der braunen Pappschachtel, die Thomas Bonettis kurzen Brief und seine Brille enthielt. Die Eltern hatten erklärt, sie seien überzeugt davon, dass Thomas selbst die Mitteilung geschrieben habe. Sie hatten Mühe gehabt, andere Schriftproben von ihm zum Vergleich zu finden. Laut den Eltern war Thomas kein fleißiger Briefeschreiber gewesen, sondern hatte telefoniert oder E-Mails geschickt. Nach langem Suchen hatten sie schließlich einen Geburtstagsgruß an Marianne gefunden. Eine Ansichtskarte der Freiheitsstatue, die »NY 1999-04-03« datiert war. Thomas hatte auch auf der Karte mit großen Druckbuchstaben geschrieben. Irene fand nicht, dass sie jenen Buchstaben, aus denen die Mitteilung in der Pappschachtel zusammengesetzt war, sonderlich glichen, aber sie war in dieser Hinsicht keine Expertin. Auf der Rückseite stand mit schwarzem Kugelschreiber:

HERZLICHE GLÜCKWÜNSCHE, MAMA!

HOFFENTLICH KOMMT DIE KARTE RECHTZEITIG ZU DEINEM GEBURTSTAG AN. HIER IST ES SUPER. AUCH STRESSIG, VIELE BESPRECHUNGEN, ABER ALLES SCHEINT SICH PLANGEMÄSS ZU ENTWICKELN.

HUGS
THOMAS

Irene hatte die Karte in die Plastiktüte gelegt. Sie fand in der schmalen Schachtel keinen Platz mehr. Dort lag eine von Antonio Bonettis Visitenkarten. Sowohl Vater als auch Mutter hatten sich darauf mit ihren Fingerabdrücken verewigt, was wunderbares Material für die Spurensicherung abgab. Was der Anwalt wohl gesagt hätte, wenn er gewusst hätte, dass seine Abdrücke bereits vor einigen Tagen registriert worden waren?

Antonio Bonettis Zorn war rasch verraucht, als Irene von den abgetrennten und verschwundenen Fingern erzählt hatte. Die Eltern waren natürlich sehr erschüttert gewesen. Sie hatten sich nicht erklären können, warum jemand ihrem Sohn vier Finger hätte abhacken wollen. Irene hatte eine schwache Hoffnung gehegt, dass sie vielleicht eine Erklärung oder zumindest eine Hypothese haben würden. Das war nicht der Fall gewesen. Das Rätsel blieb also weiterhin ungelöst.

Irene schaute im Labor der Spurensicherung vorbei und gab Svante Malm die Plastiktüte mit der Schachtel und der Visitenkarte. In einem Anfall von Energie erklomm sie die Treppen zum Dezernat. Das gute Wetter machte sie munter und fröhlich. Auf der letzten Stufe wäre sie fast mit Fredrik Stridh zusammengestoßen, der raschen Schrittes den Korridor entlangkam.

»Hoppla!«, rief Irene.

»Selber hoppla. Ich habe es eilig. Rothstaahls Vater hat soeben vollkommen hysterisch angerufen. Er wollte gerade die Tiefkühltruhe im Keller des Sommerhauses abtauen, das nun vermietet werden soll. Gestern Abend glaubten die Eltern, die Tiefkühltruhe sei leer, aber heute Morgen entdeckte Rothstaahls Mutter ein Röhrchen, in dem einmal Brausetabletten waren. Sie glaubte, es sei leer. Rate mal, was da drin war?«

»Keine Ahnung. Kokain?«

»Falsch. Ein Finger.«

Der Kommissar hatte die Morgenbesprechung von halb acht auf elf Uhr verschoben. Zur anberaumten Zeit saß die ganze Fahndungsgruppe im Konferenzzimmer. Fredrik Stridh hatte das Röhrchen mit seinem makabren Inhalt in Joachim Rothstaahls Haus abgeholt und zur Pathologie gebracht. Selbst Frau Professor Stridner habe gestaunt, berichtete er, was jedoch für Andersson nur ein schwacher Trost war. Finster schaute er sein Fußvolk an.

»Irgendein Schwein erlaubt sich da einen Spaß mit uns«, sagte er dumpf.

Niemand widersprach.

»Wir können vermutlich mit ziemlicher Sicherheit davon ausgehen, dass es sich um Thomas Bonettis Finger handelt. Jedenfalls um einen davon«, sagte Birgitta.

»Und wo sind die anderen drei?«, wollte Jonny wissen.

»Darüber sollten sich durchaus Vermutungen anstellen lassen. Möglich wäre natürlich, dass Joachim alle vier in seinem Besitz hatte. Aber dem scheint nicht so zu sein, schließlich haben wir nur den einen bei ihm gefunden«, meinte Birgitta nachdenklich.

»Und wenn ihn jemand anderes dorthin gelegt hat?«, unterbrach sie Jonny.

»Diese Möglichkeit besteht natürlich. Nach dem Mord an Joachim und Philip könnte der Mörder natürlich in den Keller gegangen sein und das Röhrchen mit dem Finger in die Tiefkühltruhe gelegt haben«, stimmte Birgitta ihm zu.

»Seine Eltern sagen, das Röhrchen habe in einer dicken

Schneeschicht gelegen. Offenbar hatte Joachim die Tiefkühltruhe jahrelang nicht abgetaut. Wahrscheinlich haben sie das Röhrchen deswegen anfangs übersehen. Erst als der Schnee größtenteils geschmolzen war, fanden sie es«, informierte sie Fredrik.

»In einer Tiefkühltruhe spricht man doch wohl nicht von Schnee«, wandte Jonny ein.

»Das ist doch jetzt wirklich egal«, polterte Andersson. »Weiter im Text.«

Sogar Jonny begriff, dass es besser war, seinen Chef in seiner augenblicklichen Verfassung nicht zu reizen. Er verschränkte die Arme vor der Brust und brummte vor sich hin. Andersson sah Birgitta an und sagte:

»Weiter.«

»Wenn wir davon ausgehen, dass Joachim einen Finger in seinem Besitz hatte, dann wirkt es relativ wahrscheinlich, dass drei weitere Personen ebenfalls einen Finger besitzen. Wenn der Finger eine Warnung an Joachim darstellen sollte, dann drängt sich der Verdacht auf, dass Kjell Bengtsson Ceder und Philip Bergman ebenfalls einen erhielten, ehe sie ermordet wurden. Es stellt sich die Frage, wer der Empfänger des vierten Fingers war und ob diese Person eventuell das nächste Opfer sein könnte.«

Eine Weile wurde es still, und die Ermittler dachten über Birgittas Worte nach. Schließlich meldete sich Jonny zu Wort:

»Es könnte auch sein, dass der Mörder die anderen drei Finger als Trophäen oder zur späteren Verwendung aufgehoben hat.«

Er hielt offenbar an seiner Theorie von einem Serienmörder fest. Trotzdem war sein Hinweis nicht ganz abwegig.

»Wir müssen nach den fehlenden Fingern suchen und das in erster Linie bei den anderen beiden Opfern«, stellte Tommy fest.

»Da dieser Rothstaahl einen Finger von Bonetti in der Tiefkühltruhe liegen hatte, ist es nicht vollkommen ausgeschlossen, dass er ihn auch ermordet hat. Vielleicht hat er sich dabei helfen lassen«, sagte Jonny.

Im Zimmer wurde es vollkommen still. Auf diesen Gedanken war bisher noch niemand gekommen, obwohl er durchaus plausibel wirkte. Irene verstand sofort, was für Jonnys Theorie sprach.

»Das sollten wir wirklich im Kopf behalten. Das könnte die Lösung des Rätsels sein, das uns der Mord an Thomas Bonetti bisher aufgab: Einer einzelnen Person wäre es äußerst schwer gefallen, diesen komplizierten Mord zu verüben. Waren sie aber zu zweit oder zu mehreren, dann sieht alles gleich ganz anders aus. Einer kümmerte sich um das Boot, die Navigation, die Taschenlampe und so weiter. Und einer hielt Thomas in Schach. Dann zwangen sie ihn mit vorgehaltener Pistole, auf die Schäre zu klettern, und erschossen ihn dort«, sagte Irene.

»Was denn jetzt... zwei Mörder? Kommst du uns jetzt mit zwei Mördern? Und wer, bitte schön, ist der andere?«, schnaubte Andersson.

»Warum nicht Philip Bergman?«

»Bergman! Wieso denn das?«, entfuhr es dem Kommissar.

»Vielleicht hatte ja Joachim Rothstaahl etwas gegen Bonetti. Das wäre gut möglich gewesen, schließlich wissen wir nichts über ihr Verhältnis nach der Sache mit dem Pyramidenspiel in London. Gewiss ist jedoch, dass Philip Bergman und Thomas Bonetti in den letzten Tagen von ph.com alles andere als Freunde waren.«

»Und das Motiv?«, fragte Andersson.

Er sah jetzt nicht mehr gar so finster aus und lauschte Irenes Ausführungen mit großer Aufmerksamkeit.

»Geld. Was sonst? Wir wissen, dass Thomas rechtzeitig den Absprung von Pundfix schaffte und einiges an Geld für sich beiseite schaffen konnte. Wir wissen auch, dass er zwischen fünf und fünfundzwanzig Millionen Kronen unterschlagen haben soll. Sicher fanden Joachim und Philip, dass ein Teil dieses Geldes ihnen zustand. Vielleicht wollten sie sich auch rächen.«

»Geld und Rache. Klassische Motive«, sagte Andersson nickend.

Seine Miene hellte sich zusehends auf. Vieles sprach für Irenes Hypothese. Mit ihr ließ sich einiges erklären.

»Zwei dringendst einer Tat Verdächtige, von denen keiner vernommen werden kann!«, klagte Fredrik.

»Und eine Frage bleibt: Wer hat diese beiden ermordet?«, meinte Tommy.

»Und Kjell Bengtsson Ceder. Er wurde vierundzwanzig Stunden nach Philip und Joachim ermordet«, warf Birgitta ein.

»Es gibt eine zeitliche Lücke«, sagte Tommy nachdenklich.

Er saß zurückgelehnt an seinem Schreibtisch und klopfte mit einem Stift gegen die Schneidezähne. Irene hatte das Gefühl, dass die Spannung zwischen ihnen nachgelassen hatte, hütete sich jedoch davor, in der offenen Wunde zu stochern. Wollte er über die Scheidung sprechen, musste er selbst die Initiative ergreifen. Den Klugen unterscheidet vom Dummen, dass der Kluge seine Fehler nicht wiederholt, wie ihre Mutter zu sagen pflegte.

»Was für eine zeitliche Lücke?«, fragte Irene.

»Du hast gesagt, dass Thomas seine Sachen gegen halb sechs bei seinen Eltern abgeholt hat. Dann fuhr er zum Systembolaget am Jaegerdorffsplatsen, um Whisky zu kaufen, tauchte aber erst nach acht bei seinem Boot auf. Zwei Stunden. Was tat er in dieser Zeit? Traf er jemanden?«

»Er war schließlich im Systembolaget. Da musste er vielleicht lange anstehen«, meinte Irene vage.

Sie ärgerte sich, dass ihr diese große zeitliche Lücke nicht selbst aufgefallen war.

»Die schließen um sechs. Vom Jaegerdorffsplatsen dauert es nicht länger als fünfzehn, zwanzig Minuten bis zur Marina. Was tat er, bevor er dorthin fuhr?«

»Keine Ahnung.«

Tommy seufzte und stellte den Stift in die Tonvase, die seine jüngste Tochter im Kindergarten angefertigt hatte. Sie war knallgelb grundiert und mit roten Herzen bemalt. In die Mitte hatte sie in großen ungelenken Buchstaben PAPA geschrieben.

»Wir gehen erst mal essen und suchen dann nach den Fingern. Ich glaube, das ist das Beste. Nicht zuletzt im Hinblick auf den Appetit. Glaubst du übrigens, dass die Eltern auch einen Finger bekommen haben?«, fragte er.

»Bonettis Eltern? Einen Finger?«

»Ja. Vielleicht versuchte der Mörder, sie ebenfalls zu erpressen. Wenn ihr nicht soundsoviel Millionen zahlt, schicken wir nächstes Mal den Kopf. So was in der Art.«

»Nein. Das hätte mir seine Mutter ganz sicher erzählt. So etwas hätte sie nicht verheimlichen können. Du ahnst nicht, was für eine Kraft es sie gekostet hat, mir die Brille zu zeigen. Ihr Mann ist ein richtiger Tyrann. Obwohl er eingeknickt ist, als ich ihm von den verschwundenen Fingern erzählt habe. Das ist ihm wirklich nahe gegangen.«

»Du glaubst also nicht, dass die Bonettis einen Finger erhalten haben?«

»Nein.«

»Wer käme sonst noch in Frage?«

Gerade als Irene den Mund öffnen wollte, um zu sagen, sie habe nicht die geringste Ahnung, wurde ihr klar, wer einen, wenn nicht gar zwei erhalten haben könnte.

Vorsichtig öffnete Elsy Kaegler die Tür einen Spalt. Irene hatte Tommy vorgeschoben, weil sie schon damit gerechnet hatte, dass Sannas Mutter öffnen würde. Ihre Miene erhellte sich, als sie Tommy sah.

»Wie nett… ich meine… treten Sie doch ein. Sanna ist nicht… sie kommt vermutlich erst spät. Ludde ist gerade eingeschlafen«, plapperte Elsy.

Irene fragte sich, wie es nur möglich sein konnte, dass sie die Mutter der eiskalt berechnenden Sanna war. Hatte sie eigentlich keine Arbeit? Oder war sie schon in Rente? Elsy sah nicht aus wie sechzig, aber man wusste ja nie.

»Ich habe gerade Kaffee gekocht. Kuchen habe ich aber keinen… das macht doch nichts?«, fragte sie.

»Wir trinken gern einen Kaffee«, sagten die beiden Kripoleute wie aus einem Mund.

»An einem solchen Tag sollte man in der Glasveranda sitzen… aber mir ist es dort nicht geheuer. Schließlich ist der arme Kjell ja dort… brr! Wir setzen uns lieber ins Wohnzimmer«, fuhr Elsy ängstlich fort.

»Ausgezeichnet. Ich helfe Ihnen beim Tragen«, sagte Tommy.

Sie folgten Elsy in die Küche. Sie nahm ein paar hohe, stabile Gläser aus dem Schrank, aus denen man offenbar Kaffee trinken konnte.

»Caffè latte«, erklärte Elsy.

Sie erwärmte Milch in der Mikrowelle. Dann mischte sie die heiße Milch und den Kaffee aus der Kaffeemaschine im richtigen Verhältnis. Sie stellte die Gläser auf ein Tablett, und Tommy nahm es, ohne sein Gespräch mit Elsy zu unterbrechen. Die zwei gingen auf die Küchentür zu, während Irene noch ein wenig verweilte.

»Ich nehme mir nur noch ein Glas Wasser und etwas Papier, um mich zu schnäuzen. Ich finde mich schon zurecht und komm dann gleich nach«, sagte sie.

»In Ordnung«, meinte Tommy.

Elsy schien so ins Gespräch mit Tommy vertieft, dass sie Irene gar nicht bemerkte und auch ihre Worte offensichtlich nicht registrierte.

Rasch ging Irene auf die Edelstahltür des großen Gefrierschranks zu und öffnete sie. Es kribbelte in ihrer Magengrube.

Leer.

Der Schrank war vollkommen leer, es hatte sich noch kaum eine dünne Reifschicht gebildet. Ganz oben stand ein Gefäß für Eiswürfel. Sicherheitshalber schaute Irene hinein, aber nicht einmal einen Eiswürfel gab es. Enttäuscht schloss sie die Tür, holte ein Glas Wasser und folgte den beiden anderen ins Wohnzimmer.

Tommy hatte keine Zeit verloren. Als Irene in einem der eierschalenfarbenen Sessel Platz nahm, hörte sie, wie er sagte:

»Vielleicht können Sie uns ja einfach Ihren Schlüssel geben, dann müssen wir Sanna nicht behelligen. Bevor sie nach Hause kommt, sind wir mit dem Schlüssel wieder zurück.«

Er lächelte Elsy vertrauenerweckend an.

»Ja … doch … sie ist so gestresst und vollkommen am Boden zerstört, die Ärmste. Das war wirklich zu viel für sie … mit Kjell und Philip … das macht sicher nichts, wenn Sie den Schlüssel ausleihen … schließlich sind Sie von der Polizei!«

Beim letzten Satz lächelte Elsy erneut.

Sie beendeten das Kaffeetrinken so rasch wie möglich. An der Tür erinnerte Tommy sie an den Schlüssel. Elsy suchte eine Weile in einer großblumigen Stoffhandtasche und zog dann einen Schlüsselring mit drei Schlüsseln hervor. An dem Ring hing eine Metallplatte, auf der »Hotel Gothenburg« stand. »Hier.«

Sie dankten ein weiteres Mal für den Kaffee und eilten zu ihrem Auto.

»Wir haben das Haus damals nach dem Mord an Ceder zwar gemeinsam mit der Spurensicherung gründlich durchsucht, aber möglicherweise haben wir im Tiefkühlschrank etwas übersehen, wer weiß. Der Finger hätte zum Beispiel in einer Packung Fischstäbchen liegen können«, meinte Irene.

»Was nicht der Fall war. Hoffentlich haben wir jetzt mehr Glück«, erwiderte Tommy und parkte direkt vor dem Haus, in dem die Wohnung von Kjell Bengtsson Ceder lag.

Mit dem leisen Fahrstuhl fuhren sie in den fünften Stock.

Als Tommy den Schlüssel ins Schloss stecken wollte, sagte Irene:

»Warte! Vielleicht ist ja Sanna hier.«

Tommy seufzte und erwiderte voller Überzeugung:

»Dies ist ein Ort, an dem sich Sanna garantiert nicht befindet: Sie verabscheut diese Wohnung.«

Mit diesen Worten drehte er den Schlüssel herum. Er öffnete und bat Irene mit einer Verbeugung, vor ihm einzutreten.

Es war, als rollte eine Glaswand auf sie zu. Sie traf sie mit voller Kraft. Wie versteinert blieb sie auf der Schwelle stehen. Es dauerte eine Weile, bis Irene begriff, dass es ein lauter Schrei gewesen war. Nach ein paar weiteren Sekunden bemerkte sie dann die dunkle Gestalt, die sich auf der anderen Seite der großen Diele an die Wand drückte.

Das Licht blendete, als die Lampe an der Decke anging. Tommy hatte den Lichtschalter gefunden. Sanna verstummte genauso abrupt, wie sie zu schreien begonnen hatte. Mit vor Entsetzen geweiteten Augen starrte sie die beiden Kripoleute an. Offenbar erkannte sie sie nicht wieder. Sie drückte sich gegen die Wand und schien verzweifelt in der Tapete verschwinden zu wollen.

»Sanna, wir sind es, Tommy Persson und Irene Huss von der Polizei. Entschuldigen Sie, dass wir Sie erschreckt haben«, sagte Tommy mit seiner tiefen, ruhigen Stimme.

Sanna war so verängstigt, dass nur noch das Weiß ihrer Augen zu sehen war. Sie wirkte wie ein verängstigtes Tier. Irene erinnerte sich an ein Pferd, das ausgerissen und auf eine Autobahn geraten war. Damals war sie mit Tommy noch in einem Streifenwagen unterwegs gewesen, als man sie dorthin beordert hatte. Das Chaos war total gewesen, und zwischen allen Fahrzeugen war das hysterische Pferd herumgeirrt. Sie hatten sich dem Pferd genähert, und seine entsetzten Augen hatten fast genauso ausgesehen.

Warum war Sanna so verängstigt?

»Wir wussten nicht, dass Sie hier sind. Zufälligerweise habe ich auf die Türklinke gedrückt, und es war offen, also beschlossen wir einzutreten. Schließlich hätte es sich um einen Einbruch handeln können«, fuhr Tommy fort.

Donnerlittchen! Sonst ließ Irene sich immer die Notlügen einfallen, aber Tommy konnte es offenbar auch. Sanna könnte ihnen durchaus Schwierigkeiten bereiten. Einen Durchsuchungsbefehl hatten sie nämlich nicht. Natürlich hätten sie sich einen besorgen können, aber auf den hätten sie mindestens einen Tag warten müssen. Tommy hatte in Askim improvisiert, als sich die Gelegenheit bot, der arglosen Elsy die Schlüssel abzuschwatzen. Jetzt schob er Irene über die Schwelle und trat resolut auf Sanna zu. Ein paar Meter von ihr entfernt blieb er stehen.

»Sie brauchen keine Angst haben. Wir sind es doch nur«, versicherte er erneut.

Das Entsetzen in ihren Augen schwand allmählich. Tränen liefen ihr die Wangen hinab.

»Kommen Sie, Sanna. Setzen wir uns in die Bibliothek«, sagte Tommy und nahm vorsichtig ihren Arm.

Gefügig ließ sie sich in das große Zimmer mit den hohen Regalen und Ledersesseln führen. Es roch wohnlich nach altem Leder und Staub. Tommy drückte sie vorsichtig in einen Sessel. Währenddessen war Irene in die überraschend moderne Küche gegangen. Die Arbeitsflächen waren aus Schiefer und die Schränke aus hellem Eichenholz. Hier war kein Edelstahl angesagt! Die Küche war hübsch und funktional eingerichtet, was nicht weiter erstaunte, da Kjell Bengtsson Ceder aus der Branche gekommen war. Die Küche sagte auch einiges über die unterschiedlichen Vorlieben der Eheleute Ceder aus. Warum hatte er Sanna bloß geheiratet?

Irene griff sich ein Stück Küchenkrepp von der großen Rolle neben dem Herd. Sie beschloss, einen raschen Blick in den Gefrierschrank zu werfen, bevor sie die Küche verließ. Er stand neben dem Kühlschrank und war ebenso groß wie Irene.

Noch nie hatte sie einen so wohl gefüllten Gefrierschrank gesehen. Kein Platz war verschenkt worden. Es würde mehrere Stunden dauern, ihn zu durchsuchen. Es blieb ihr also nichts anderes übrig, als die Tür wieder zu schließen.

Sanna hatte sich inzwischen beruhigt, und Tommy hatte eine Unterhaltung mit ihr begonnen. Als Irene mit dem Küchenkrepp eintrat, hellte sich seine Miene auf, und er sagte:

»Hier kommt Irene mit dem Küchenkrepp. Wir dachten schon, du hättest dich verlaufen.«

»Ein Glück, dass ich früher an Orientierungsläufen teilgenommen habe«, meinte Irene lächelnd, als sie Sanna das Küchenkrepp reichte.

Sie nahm es entgegen, ohne Irene anzusehen, wischte sich damit das Gesicht ab und schnäuzte sich lautstark. Dann knüllte sie das Papier zusammen und warf es in den offenen Kamin.

»Was haben Sie hier zu suchen?«, fragte sie unerwartet scharf.

»Genau das wollten wir Sie auch gerade fragen«, erwiderte Tommy.

»Das ist meine Wohnung.«

»Noch nicht ganz.«

»Es ist mein gutes Recht, hier zu sein«, erwiderte sie trotzig.

Sie schien sich gefasst zu haben und wieder ganz die alte zu sein. Wenn wir sie dazu bringen wollen, die Wahrheit zu sagen, müssen wir sie aus dem Gleichgewicht bringen, dachte Irene. Sie beschloss, sich auf ihre Intuition zu verlassen.

»Wir suchen den Finger«, sagte sie.

Das war einfach so ins Blaue gesagt, aber die Wirkung übertraf alle Erwartungen. Sanna erstarrte und sah Irene fassungslos an.

»Sie können … davon nichts wissen«, flüsterte sie.

»Wir haben den Finger gefunden, den Joachim noch in seinem Besitz hatte. Er schrieb auch, dass noch andere einen Finger bekommen hätten …«

Irene hielt absichtlich inne und zog viel sagend eine Augenbraue hoch. Sanna deutete das, erregt wie sie war, als eine Feststellung.

»Dann sind wir … des Todes.«

Mit aufgerissenen Augen schaute sie von Tommy zu Irene.

»Wer hat Ihnen mit dem Tod gedroht?«, fragte Irene rasch.

Sanna schüttelte den Kopf und bewegte ihre bleichen Lippen. Es gelang ihr jedoch nicht, irgendwelche verständlichen Worte zu äußern. Sie stand offensichtlich Todesängste aus.

»Wer bedroht Sie?«, wiederholte Irene.

»Ich weiß nicht. Ich muss nachsehen, ob Kjell den Finger noch hatte und ob er irgendwo versteckt ist!«

Sie schlug die Hände vors Gesicht und begann wieder, am ganzen Körper zu zittern.

Tommy erhob sich und trat auf Sanna zu. Irene sah mit Erstaunen, dass er sich auf die Armlehne des Sessels setzte und ihr vorsichtig einen Arm um die Schultern legte. Sanna ließ das merkwürdigerweise zu. Leise sagte Tommy wie zu einem Kind:

»Hören Sie, Sanna. Sie brauchen keine Angst mehr zu haben. Wir wissen von den abgetrennten Fingern. Hat man sie Ihnen geschickt, um Sie zu erpressen?«

»Ja. Und jetzt auch … Ludwig«, flüsterte sie.

»Ludwig und Sie sind also bedroht worden«, stellte Tommy fest.

Sanna nickte, ohne die Hände vom Gesicht zu nehmen.

»Weshalb werden Sie jetzt bedroht? Geht es immer noch um das Geld?«, warf Irene ein.

Nach einer recht langen Zeit nahm Sanna ihre Hände wieder vom Gesicht. Sie wirkte sowohl verzweifelt als auch resigniert.

»Ich muss den Finger finden, den Kjell bekommen hat. Sonst … sonst stößt Ludwig und mir etwas zu!«

»Sie bekamen also vor drei Jahren auch einen Finger.«

»Ja. Aber da ging es nur um Geld. Reine Erpressung.

Jetzt ... wo man Thomas gefunden hat ... will jemand die Finger zurückhaben!«

Die ganze Geschichte wirkte ausgesprochen makaber. Sanna hatte jetzt schon fast einen Monat lang unter großem Druck gestanden. Irene war klar, warum sie in der Diele so reagiert hatte. Natürlich hatte sie geglaubt, der Mörder werde seine Drohung wahr machen.

»Was haben Sie mit Ihrem Finger gemacht?«

»Meinem ...? Ich habe ihn sofort weggeworfen! In die Mülltonne, dort, wo ich damals wohnte.«

Die Antwort kam so prompt, dass sie überzeugend wirkte.

»Erhielten Sie den Finger hier in Schweden?«

»Ja. Ich war im August hierher zurückgekommen. Der Finger traf Ende September ein.«

»Was stand in der beigefügten Mitteilung?«

Die Knöchel von Sannas zu Fäusten geballten Händen wurden weiß. Dann begann sie, genau wie ihre Mutter die Hände zu ringen.

»Es lag doch wohl ein Zettel bei dem Finger«, vermutete Irene.

Jetzt improvisierte sie frei, aber sie ging davon aus, dass es sich bei dem Absender des Fingers um dieselbe Person handelte, die auch die Brille an Thomas Bonettis Eltern geschickt hatte. Die meisten Mörder gingen immer nach der gleichen Methode vor.

»Ja. Ich sollte Geld zahlen ... Erpressung. Auf dem Zettel stand, das sei Thomas' Finger. Falls ich nicht zahlte, würde mich dasselbe Schicksal ereilen. Und ich habe immer weiter gezahlt ... und jetzt habe ich kein Geld mehr!«

Ihr traten wieder Tränen in die Augen. Irene hätte gerne danach gefragt, wie denn dann das neue Haus in Askim finanziert worden sei. Es war ihr jedoch klar, dass das unklug gewesen wäre. Es bestand die Gefahr, dass Sanna dann gänzlich schwieg. Jetzt sprach sie zumindest mit ihnen und schien überdies die Wahrheit zu sagen.

»An wen haben Sie gezahlt?«, fragte Irene weiter.

»An Edward. Er hat es dann auf ein anderes Konto weiterüberwiesen. Er weiß aber auch nicht, wem das Konto gehört.«

»Wie viel haben Sie gezahlt?«

»Zwanzigtausend Dollar im Monat.«

Nachdem Irene rasch im Kopf nachgerechnet hatte, war ihr klar, warum Sanna kein Geld mehr hatte. Zahlte man fast drei Jahre lang fast zweihunderttausend Kronen im Monat, dann schmolz das Vermögen recht rasch dahin.

»Edward Fenton, der Bruder Ihres Schwagers, hat sich darum gekümmert? Der Chef der Europafiliale von H.P. Johnson's?«, fragte Tommy.

»Ja. Er hat den Finger, den man ihm geschickt hatte, ebenfalls weggeworfen. Aber jetzt werden sämtliche Finger zurückverlangt. Deswegen hat er mich gebeten nachzuschauen, ob Kjell seinen aufgehoben hat. Ich habe jetzt schon stundenlang gesucht, aber nichts gefunden.«

Irene und Tommy warfen sich einen raschen Blick zu. Dass Kjell Bengtsson Ceder einen Finger bekommen hatte, war nicht weiter erstaunlich, aber dass Edward Fenton ebenfalls einer der Empfänger gewesen war, war eine Überraschung. Da der Leiche von Thomas Bonetti nur vier Finger gefehlt hatten, bedeutete das, dass Sanna Kaegler, Joachim Rothstaahl, Kjell Bengtsson Ceder und Edward Fenton je einen erhalten hatten. Etwas konnte daran nicht stimmen, so viel war Irene klar.

»Wann wurde von Ihnen verlangt, dass Sie nach Kjells Finger suchen sollten?«, fragte sie vorsichtig.

»Gestern in der Früh, vermutlich weil Thomas' Leiche entdeckt worden war.«

»Stand auf dem Zettel, den Sie vor drei Jahren erhalten hatten, dass er ermordet worden war?«

»Nein, nur dass es sich um Thomas' Finger handelte. Es war wirklich wahnsinnig eklig… er war schließlich verschwunden. In der Tat war er so verschlagen, dass ich erst den

Verdacht hegte, er habe das Ganze selber arrangiert und sich die Finger eines Toten besorgt, um sie dann an verschiedene Leute zu schicken und sie zu erpressen. Obwohl er ph.com um große Summen betrogen hatte, ist es sehr teuer, sich versteckt zu halten.«

»Aber nicht er hatte die Finger verschickt. Er war zu jenem Zeitpunkt bereits tot«, meinte Irene trocken.

Sanna zuckte zusammen, als hätte man sie zurechtgewiesen. Offenbar gefiel ihr ihre eigene kleine Theorie besser als die Wirklichkeit.

»Hat Ihnen Philip erzählt, dass er ebenfalls einen Finger erhalten hatte?«

Sanna wirkte aufrichtig erstaunt.

»Nein. Aber das wäre nicht unwahrscheinlich, wenn man bedenkt… was… ihm zugestoßen ist.«

Ihre Augen füllten sich mit Tränen, und sie konnte einen Schluchzer nicht unterdrücken. Irene hielt es inzwischen für ausgeschlossen, dass sie am Mord an Philip Bergman beteiligt gewesen war. Es war offensichtlich, dass sie sein Tod sehr mitgenommen hatte. Vielleicht hätte sie Joachim und Thomas erschießen können, aber Philip keinesfalls.

Ihren Äußerungen zufolge hätten mindestens fünf abgetrennte Finger in Umlauf gewesen sein müssen, aber das konnte nicht sein.

»Warum erhielt Edward einen Finger?«, fragte Tommy.

Sanna seufzte und ließ den Kopf hängen.

»Er hatte für irgendwelche Leute Geld in ph.com investiert, die dieses Geld nicht verlieren wollten. Das passiert, wenn man mit Risikokapital zu tun hat. Das gehört zum Spiel. Dann bekam Edward ebenfalls einen Finger mit der Post und musste zahlen. Sonst wäre ihm dasselbe passiert wie Thomas. Er erhielt dieselbe Drohung wie ich.«

»Das muss bedeuten, dass er die Person kennt, die ihr Geld zurückfordert«, vermutete Irene.

»Ich weiß es nicht. Er behauptet, dass er das nicht tut.«

Sannas Stimme klang fast uninteressiert. Offenbar war ihr nicht bewusst, wie wichtig die Antwort auf diese Frage war. Oder vielleicht doch?

»Edward Fenton vermittelte also nur Ihr und sein Geld auf dieses unbekannte Konto«, verdeutlichte Irene sicherheitshalber.

»Ja.«

Etwas stimmte nicht, aber Irene hatte keine Zeit zu analysieren, wo der Fehler steckte. Stattdessen fragte sie:

»Wie war Ihr Finger verpackt, als Sie ihn erhielten?«

»In einem Plastikröhrchen für Brausetabletten, Vitamin C.«

»Und wie war das Röhrchen verpackt?«

»Es lag in einem gefütterten Umschlag.«

»Erinnern Sie sich noch an den Poststempel?«

Sanna runzelte die Stirn und schien sich zu konzentrieren. Dann schüttelte sie den Kopf.

»Nein. Ich erinnere mich nicht.«

»Ging der Brief an die Adresse Ihrer Mutter?«

»Warum an die meiner Mutter …? Ich war gerade in meine Wohnung eingezogen. Der Brief erreichte mich dort.«

Was bedeutete, dass der Absender genau gewusst hatte, dass Sanna nach Göteborg zurückgezogen war. Er hatte sie im Blick gehabt. Sogar ihre neue Adresse kannte er. Das bestärkte Irene in ihrer Meinung, dass der Mörder zumindest eine gewisse Beziehung zu Göteborg haben musste.

»Wussten Sie, dass Kjell auch einen Finger erhalten hatte?«

»Nein. Das erfuhr ich erst gestern.«

»Warum, glauben Sie, hat er auch einen erhalten?«

Sanna zog die Augenbrauen hoch und sah Irene direkt an.

»Ich habe in der Tat keine Ahnung. Das habe ich mir noch gar nicht überlegt«, entgegnete sie aufrichtig erstaunt.

»Hatte Kjell etwas mit ph.com zu tun?«

»Nein. Nicht das Geringste! Er war vollkommen mit seinem Hotel und seinen zwei Restaurants ausgelastet.«

»Hatte er Geld in Thomas Bonettis und Joachim Rothstaahls Unternehmen Pundfix in London investiert?«

»Nein. Kjell investierte sein ganzes Geld in sein Hotel, das, wie er behauptete, Unsummen verschlang.«

Plötzlich erhob sich Sanna und sagte mit halberstickter Stimme:

»O Gott! Wenn wir den Finger nicht finden, kann ich ihn nicht zurückgeben. Dann ist alles aus für Ludwig und mich!«

Tommy sah sie ruhig an.

»An wen sollen Sie ihn denn zurückgeben?«

Sie rang nach Luft, und das Entsetzen stand ihr wieder ins Gesicht geschrieben.

»Das weiß ich nicht. Sie werden sich mit mir in Verbindung setzen.«

»Wie?«

»Über Edward. Er will sich heute Abend oder morgen früh melden. Falls ich den Finger bis dahin gefunden habe, erhalte ich weitere Anweisungen.«

Irene und Tommy erhoben sich gleichzeitig. Tommy legte seine Hand leicht auf Sannas Arm und sagte:

»Wir helfen Ihnen beim Suchen. Dann können Sie mit gutem Gewissen sagen, dass Sie nichts gefunden haben, wenn Edward wieder anruft. Kjell könnte den Finger ja auch weggeworfen haben, genau wie Sie und Edward. Denken Sie daran, dass die Presse noch nicht erfahren hat, dass der Leiche von Thomas vier Finger fehlen. Die Presse weiß auch noch nicht, dass wir einen davon bei Joachim gefunden haben. Derjenige, der die Finger zurückfordert, ahnt also nicht, dass die Polizei bereits das Meiste über die fehlenden Finger weiß.«

Ein Teil des Gesagten schien tatsächlich zu Sanna durchzudringen, denn sie wirkte jetzt weniger nervös, obwohl sie nicht vollkommen überzeugt zu sein schien.

Zu Irenes Erleichterung übernahm Tommy aus freien Stücken die Aufgabe, den Gefrierschrank zu durchsuchen. Sanna verschwand in einem Zimmer, in dem wahrscheinlich ihr verstorbener Mann geschlafen hatte.

Lustlos begann Irene, die große Wohnung mit allen ihren Zimmern und Möbeln zu durchsuchen. Sie begab sich in die Diele und versuchte sich einen logischen Plan zurechtzulegen.

Wo versteckte man ein Leichenteil? In einer Truhe. Ihr Blick fiel auf eine reich verzierte Truhe mit Eisenbeschlägen an der einen Wand. Der Schlüssel steckte, und Irene öffnete den schweren Deckel. Das Einzige, was in der Truhe lag, waren ein paar Gummistiefel, eine Taschenlampe und ein blauer Allwetteranzug von Helly Hansen. Sie suchte akribisch alles ab, aber kein Finger, nirgendwo.

Gab es eine andere denkbare Stelle? Wenn man keine Truhe verwendete, was dann? Plötzlich tauchte ein Bild aus ihrem Unterbewusstsein auf. Eine Urne. Die Urne. Das war in der Tat nicht unmöglich. Zielstrebig ging sie zurück in die Bibliothek. Auf dem Kaminsims stand die schwarze Steinurne, die von protzigen Kandelabern flankiert wurde. Die Urne war glatt poliert und spiegelblank. Der Stein war grün marmoriert mit Einschlag von Glimmer. Vorsichtig hob sie sie herunter und stellte sie auf die gehäkelte Decke des Couchtischs. Sie musste mit beiden Händen zupacken, denn die Urne war überraschend schwer. Der Deckel saß recht fest, aber nach einigem Herumprobieren ließ er sich abheben.

Ein Blick in das Dunkel des Urneninneren genügte, um das Vitaminröhrchen auf ihrem Boden erkennen zu können.

Freundlich, aber unerbittlich gelang es Tommy, Sanna davon zu überzeugen, dass sie in ihrem erregten Zustand nicht Auto fahren konnte. Sie entschieden, dass er sie nach Askim bringen würde. Irene hegte den Verdacht, dass er es sich nicht entgehen lassen wollte, einmal ein Mercedes Cabrio zu fahren. Sie hätte auch nichts dagegen gehabt, einmal hinter dem Steuer eines solchen Autos zu sitzen. Als ihr Tommy die

Schlüssel für ihren beträchtlich bescheideneren Dienstwagen übergab, nutzte er gleichzeitig die Gelegenheit, ihr die Schlüssel zu Kjell Bengtsson Ceders Wohnung auszuhändigen. Das war sicherlich klug. Während er Sanna ablenkte, musste Irene die Schlüssel Elsy zurückgeben, ohne dass diese allzu sehr darauf achtete. Am besten wäre, wenn sie es sofort vergäße und es auch Sanna gegenüber nicht erwähnte.

Tommy folgte dem Verkehrsstrom Richtung Westen. Es bereitete Irene keinerlei Mühe, dem Wagen zu folgen. Sie kannte die Strecke in- und auswendig, da sie sie fünfzehn Jahre lang täglich gefahren war.

In den letzten Stunden hatten sich erstaunliche Dinge ereignet, über die sie erst einmal nachdenken musste. Reichte es wirklich, einen abgetrennten Finger zu verschicken, um jemanden zu erpressen? Wahrscheinlich nicht. Das Risiko, dass einer der Betroffenen zur Polizei ging, war zu groß. Andererseits setzte das voraus, dass die besagte Person nichts zu verbergen hatte. Dem Finger musste also die Drohung gefolgt sein, etwas zu enthüllen. Die Finger sollten der Drohung nur Nachdruck verleihen. Was hatten die Leute, die in diesen Fall verwickelt waren, zu verbergen?

Es ging um Betrug. Um Millionensummen. Es gab sicher viele Leute, die sich nach dem ph.com-Konkurs von dem Trio Bonetti, Bergman, Kaegler betrogen fühlten. Bonetti und Rothstaahl hatten skandinavische Unternehmen um große Summen geprellt, als sie als Anleger von Pundfix auftraten. Rothstaahl und Bergman hatten jetzt in Paris ein ähnliches Unternehmen gegründet. Wie viele Leute hatten sie bereits betrogen? Bonetti wurde beschuldigt, vor dem Konkurs bei ph.com mehrere Millionen unterschlagen zu haben, aber wie verhielt es sich mit Sanna und Philip? Die beiden hatten den IT-Crash seltsam unbeschadet überstanden. Beide hatten vor drei Jahren noch viel Geld besessen. Dann waren die Finger in den Plastikröhrchen aufgetaucht, und vier Personen hatten gezwungenermaßen mit ihren Zahlungen begonnen.

Warum hatte Philip Bergman keinen Finger erhalten? Alles deutete darauf hin, dass er ebenfalls erpresst worden war. Auch sein Vermögen war rasch zusammengeschmolzen. Dasselbe galt für Joachim Rothstaahl.

Und wieso war plötzlich ein Finger bei diesem Edward Fenton aufgetaucht? Er war Bankchef bei einer Investmentbank. Die Leute, die hier Geld anlegten, wussten, dass sie Risiken eingingen. Dass gewisse Projekte schief gingen, gehörte zum Spiel, wenn Irene die Sache recht verstanden hatte. Warum war er dann plötzlich ein interessantes Erpressungsopfer? Aus demselben Grund wie die anderen: Er hatte etwas zu verbergen.

Aber hier drückte der Schuh. Für fünf Erpressungsopfer brauchte man fünf Finger, aber es gab nur vier.

Es war höchste Zeit, mit Edward Fenton Kontakt aufzunehmen.

Sie hatten Glück. Elsy kam ihnen ängstlich entgegen. Sie rang wie immer die Hände.

»Ludwig hat Magenschmerzen. Er schreit und hat … Durchfall«, sagte sie atemlos.

Lautes Brüllen unterstrich ihre Behauptung. Sanna eilte ins Haus, um ihrem Sohn beizustehen.

Irene wandte sich mit einem Lächeln an Elsy und überreichte ihr den Schlüsselbund.

»Sanna war in der Wohnung, wir brauchten den Schlüssel also gar nicht«, sagte sie.

»Ach. Nein. Ich meine … wie praktisch«, antwortete Elsy geistesabwesend.

Sie öffnete die Tasche mit dem Blumenmuster und ließ die Schlüssel hineinfallen.

»War der Junge heute Morgen schon krank?«, fragte Tommy.

»Ja. Er ist schon mit Magenschmerzen aufgewacht. Der Ärmste … er wollte auch nichts trinken. Hat nur geschrien. Ich habe ihm mehrfach die Windel gewechselt.«

Sie standen einen Augenblick in der Diele, und Elsy erzählte von der Pflege ihres Enkels. Als sie sich schließlich verabschiedeten, schien Elsy die Schlüssel vollkommen vergessen zu haben.

»Wie kommen wir an diesen Edward Fenton ran?«, fragte Tommy, als sie wieder im Auto saßen.

»Ich glaube, ich sollte mit Glen reden«, meinte Irene.

»Gute Idee.«

Irene war Glen Thomsen in London begegnet, als sie sich mit einem dreifachen Mord in Kullahult beschäftigt hatte. Es war ein komplizierter und spektakulärer Fall gewesen, über den sowohl die skandinavische als auch die englische Presse berichtet hatte. Irene und Glen hatten sich damals angefreundet. Glens Mutter war Brasilianerin und sein Vater Schotte, daher war Glen der dunkelhäutigste Fahnder von New Scotland Yard. Zusammen mit seiner Frau und den lebhaften sechsjährigen Zwillingen hatte er Familie Huss unlängst für einige Tage einen Besuch abgestattet, bevor man mit dem Wohnwagen Richtung Nordkap aufgebrochen war. Die Zwillinge stärkten die Bande zwischen Glen und ihr noch zusätzlich, obwohl es sich bei seinen Jungs um eineiige Zwillinge handelte.

Irene wusste, dass ihr Glen dabei behilflich sein würde, den Kontakt zu Edward Fenton herzustellen.

KAPITEL 18

Am nächsten Morgen rief Irene als Erstes Glen Thomsen an. Sie hatte Glück und erwischte ihn sofort. Zunächst sprachen sie sehr lange über alles Mögliche. Als sie schließlich damit begann, von der mühsamen Ermittlung zu erzählen, mit der sie gerade zu tun hatte, nahm das bedeutend mehr Zeit in Anspruch, als sie gedacht hatte, obwohl sie nicht einmal auf alle Einzelheiten einging. Glen unterbrach sie kein einziges Mal, obwohl ihr das Englische manchmal Mühe bereitete.

»One hell of a lot of problems«, sagte er lachend, als sie ihren umständlichen Bericht beendet hatte.

Sie konnte ihm nur zustimmen. Sie hatten wirklich eine Menge Probleme am Hals.

»Ich nehme zu diesem Edward Fenton Verbindung auf und bitte ihn, dich in Göteborg anzurufen. Bist du heute Nachmittag erreichbar?«, fuhr er fort.

»Du hast doch meine Handynummer.«

»Stimmt. Ich lasse von mir hören.«

»Was zum Teufel geht hier eigentlich vor?«, bellte Andersson.

Irene und Tommy hatten ihren Bericht über die unerwarteten Entwicklungen in diesem Fall gerade abgeschlossen, und der Kommissar fand, dass alles nur noch komplizierter wurde.

»Das wissen wir nicht, aber Edward Fenton bringt vielleicht Licht in die ganze Angelegenheit«, antwortete Tommy.

Irene hatte den übrigen im Team ihre Erpressungstheorie unterbreitet. Birgitta und Kajsa waren ihrer Meinung.

»Vieles deutet tatsächlich auf Erpressung hin. Wir sind alle Finanzunterlagen noch einmal durchgegangen. Sämtliche Beteiligten wurden erstaunlich schnell ein Millionenvermögen los. Thomas Bonettis Geld verschwand einige Tage, nachdem er wie vom Erdboden verschwunden war«, sagte Birgitta.

»Bonetti war doch das erste Opfer«, wandte Andersson ein.

»Vermutlich hatte er sich den größten Teil des Geldes unter den Nagel gerissen«, meinte Katja.

Ihre entsetzlichen blauen Flecken hatten sich an einigen Stellen inzwischen grün verfärbt. Im Übrigen dominierte immer noch Lila. Am Vortag hatte sie die Fäden ziehen lassen und trug jetzt keinen Verband mehr um den Kopf, nur noch eine kleine Kompresse auf der eigentlichen Wunde. Das erstaunliche Farbenspiel in ihrem Gesicht schien sie nicht weiter zu bekümmern; sie war mit Haut und Haaren bei der Sache. Irene bewunderte ihre Sturheit und Ausdauer. Ihr fiel ebenfalls auf, dass Tommy neben ihr saß. Hatten sie sich am Wochenende gesehen? Sie hatte nicht die Absicht, danach zu fragen.

»Aber warum hatte man es plötzlich so verdammt eilig, Ceder, Bergman und Rothstaahl beiseite zu schaffen?«, beharrte der Kommissar.

»Wenn wir die Antwort auf diese Frage wüssten, dann hätten wir den Fall vermutlich so gut wie gelöst«, seufzte Irene.

»Offenbar ist irgendjemand aus irgendeinem Grund in Panik geraten. Vielleicht sollten Spuren verwischt werden«, dachte Tommy laut nach.

Irene nickte. Daran hatte sie auch schon gedacht.

»Bei den Straftaten, auf die wir bisher im Zuge der Ermittlungen gestoßen sind, handelt es sich um Wirtschaftsdelikte, Erpressung und Mord. Richtig: ein Rauschgiftdelikt in Paris. In Rothstaahls Wohnung haben wir ziemlich viele Drogen gefunden. Alle Verbrechen sind der Sparte schwere Kriminalität zuzuordnen«, sagte sie.

»Apropos Paris. Ich hätte da fast was vergessen. Wo habe ich das jetzt wieder hingelegt …?«, schnaufte Andersson und durchsuchte den Papierstapel, der vor ihm lag.

»Hier!«

Er setzte seine Lesebrille auf und betrachtete das Blatt.

»Du hattest doch ein paar Haare aus Rothstaahls Wohnung mitgebracht. Jetzt sind die Analyseresultate eingetroffen.«

Er legte eine Kunstpause ein und schaute Irene über den Rand seiner Brille an. Erstaunt nahm sie zur Kenntnis, dass der Kommissar seine Lippen zu einem spöttischen Lächeln verzogen hatte.

»Wie erwartet waren die meisten Haare von Bergman und Rothstaahl. Die wurden rasch aussortiert. Übrig blieben die Haare von vier weiteren Personen. Zwei davon konnten identifiziert werden, nämlich die von Irene und Kajsa. Diese wurden ebenfalls aussortiert. Dann waren nur noch die Haare von zwei Personen übrig. Und …«

Er verstummte und lächelte breit, als er die Katze aus dem Sack ließ:

»… einer von beiden ist mit größter Wahrscheinlichkeit der Vater von Ludwig!«

Andersson hatte wirklich alles aus seiner Neuigkeit herausgeholt, was herauszuholen gewesen war, und konnte über die Wirkung nicht klagen. Irene staunte. Sie hatte geahnt, dass eine DNA-Analyse von Belang sein würde, um herauszufinden, wer Ludwigs Vater war, aber das hier kam wirklich überraschend. Es dauerte eine Weile, bis die Zahnräder in ihrem Gehirn wieder funktionierten. Eines stand fest: Sannas Geschichte vom Sex mit einem Unbekannten in New York war damit hinfällig! Die nächste Frage lautete natürlich, wer der Vater war. Jetzt hatten sie ein schwerwiegendes Argument dafür, von Sanna endlich die Wahrheit zu hören. Sie konnte sich kaum weigern, da der unbekannte Vater jetzt ins Zentrum eines Mordfalles geraten war.

»Ein paar Haare stammen also von dem mutmaßlichen Vater Ludwigs. Es gibt dann noch ein unidentifiziertes Haar, und das stammt von einer älteren Person, denn es ist grau«, fuhr Andersson fort.

»Der Mann, der auf mich geschossen hat, war blond. War das Ludwigs Vater?«, rief Irene.

Sie dachte einen Moment nach, ehe sie fortfuhr:

»Wir müssen Sanna nochmals unter Druck setzen. Wer ist der Vater ihres Sohnes? Was hatte der Erpresser gegen sie in der Hand? Vermutlich will sie es uns nicht erzählen. Aber ihre Nerven sind zum Zerreißen gespannt. Gestern war sie außer sich vor Angst. Sie stand Todesängste aus.«

Mit einem Schauer erinnerte sich Irene daran, wie ihr auf der Diele das Weiß von Sannas Augen entgegengefunkelt hatte. Ihre ganze Ausstrahlung hatte von einem enormen Entsetzen gezeugt. Angesichts der Mortalität in ihrem Bekanntenkreis hatte sie allen Grund, um ihr Leben zu fürchten.

Fredrik Stridh meldete sich zu Wort.

»Jonny und ich haben versucht zu eruieren, weshalb Bergman und Rothstaahl gleichzeitig nach Göteborg mussten. Es liegt auf der Hand, dass sie nicht einander, sondern eine dritte Person treffen wollten. Wer diese Person ist, haben wir nicht herausfinden können. Ich habe die Hypothese überprüft, wonach es Kjell Bengtsson Ceder gewesen sein könnte, aber der kann es nicht gewesen sein. Der war zur besagten Zeit mit seiner Sekretärin Malin Eriksson zusammen. Er hatte eine Affäre mit ihr. Das hat sie mir gestern erzählt, als ich sie ein weiteres Mal vernommen habe. Sie trafen sich Montagabend vor dem Mord. Offenbar hatte sie sich dazu durchgerungen, die Wahrheit zu sagen. Die beiden hatten ausgemacht, sich auch am nächsten Abend wieder in Ceders Wohnung zu treffen. Malin Eriksson besaß einen Schlüssel. Sie kochte und wartete bis Mitternacht. Aber aus bekannten Gründen tauchte Ceder nie auf.«

»Deswegen wurde er auch in Askim erschossen! Er hatte sich mit dem Mörder in der Villa verabredet, weil er wusste, dass Sanna und Ludwig bei Sannas Schwester Tove Fenton sein würden! In seiner Wohnung saß derweil seine Geliebte und wartete mit dem Abendessen und brennenden Kerzen auf ihn. Aus irgendeinem Grund wollte er nicht, dass diese Malin Eriksson erfuhr, mit wem er sich traf«, rief Irene aufgekratzt.

Endlich gab es eine Erklärung dafür, weshalb Kjell Bengtsson Ceder in der Villa in Askim ermordet worden war! Alle, nicht zuletzt Sanna, hatten sich darüber gewundert, warum er in einem Haus ermordet worden war, das er nur selten oder nie besuchte.

»Verdammtes Frauenzimmer! Wieso ist sie damit nicht schon früher rübergekommen?«, fauchte der Kommissar verärgert.

»Sie ist verheiratet. Mit einem Polizisten«, antwortete Fredrik und grinste viel sagend.

Andersson wirkte verdutzt.

»Ach? Ja dann… jemand, den wir kennen?«, fragte er.

»Ich glaube kaum. Recht neu. Arbeitet im Bezirk Eins. Hat ein paar Jahre in Stockholm gearbeitet und ist mit seiner Frau im Frühjahr hergezogen. Beide stammen aus Göteborg. Sie wollte wieder zurück und bekam dann eine Arbeit bei Ceder«, informierte Fredrik.

Kjell Bengtsson Ceder hatte also recht bald eine Affäre mit seiner neuen Sekretärin begonnen. Sanna und Ludwig bedeuteten ihm überhaupt nichts. Warum hatte er dann nur geheiratet? Noch eine Frage, die sie Sanna stellen mussten.

Jonny räusperte sich, um die Aufmerksamkeit aller auf sich zu ziehen.

»Ich bin dem verschwundenen Boot von Thomas Bonetti auf der Spur. Nachdem er damals als vermisst gemeldet worden war, wurden diesbezüglich einige ergebnislose Nachforschungen angestellt. Erinnert ihr euch noch an diese große Bande, der die Kollegen aus Malmö im Sommer auf die Spur kamen? Sie hatte sich auf gestohlene Motoren und Boote spezialisiert. Das meiste ging in den Export, aber einiges wurde auch in Schweden verhökert. Gestern rief ich in Malmö an und fragte nach einem Storebro Royal Cruiser 420. Wenig später erhielt ich ein Fax: Vor zwei Jahren wurde ein genau solches Modell nach Karlskrona verkauft. Die Nummer des Motors stimmt nicht, und jetzt kontrollieren sie die Geheimnummer, die irgendwo im Innern des Motors sitzt.«

»Wunderbar! Jetzt erhalten wir vielleicht endlich eine Erklärung für den Verbleib dieses großen Luxuskahns«, rief Andersson.

Irene war erstaunt, dass Jonny so viel Initiative an den Tag gelegt hatte. Aber sie wusste, dass er ziemlich auf Zack sein konnte, wenn er sich Mühe gab. Daran hatte es in den letzten Jahren vermutlich am meisten gehapert. Er hatte nicht einmal versucht, sich anzustrengen. Sie meldete sich wieder zu Wort:

»Demzufolge müssen aber immer noch mindestens zwei Personen Thomas ermordet haben. Das Boot ist groß. Man braucht mindestens eine Person zum Manövrieren, um die Leinen loszumachen und anzulegen. Eine Person musste Thomas in Schach halten. Nach dem Mord brachte einer der beiden das Boot irgendwohin, wo es die Bootshehler übernahmen. Der zweite fuhr mit einem anderen Boot, mit dem beide nach Hause zurückkehren konnten. Eine andere Möglichkeit wäre, dass die Person, die Thomas' Boot wegbrachte, ein Auto in der Nähe abgestellt hatte. Vielleicht fuhr er ja auch mit dem Bus nach Hause.«

»Wohl kaum. Ein zu großes Risiko. Nach einem solchen Verbrechen will man so wenig wie möglich gesehen werden. Ich glaube, dass er sich entweder mit einem Boot oder einem Auto aus dem Staub machte.«

»Vielleicht ist er auch gejoggt«, schlug Tommy vor.

»Gejoggt?«, fragte Andersson und runzelte seine bereits äußerst faltige Stirn, was ihm stets das Aussehen einer Bulldogge verlieh. Irene wusste, dass er auch noch andere Ähnlichkeiten mit diesem Tier besaß. Hatte er sich erst einmal in etwas verbissen, ließ er nicht mehr locker. Diese Beharrlichkeit hatte ihnen schon oft geholfen, einen Fall zu lösen.

»Ja. Der Jogger, der vor dem Mord in Askim gesichtet wurde, hat sich trotz wiederholter Aufforderungen in den Zeitungen nicht gemeldet. Außerdem haben wir ein Reflexband, wie es Jogger benutzen, am Tatort gefunden«, erinnerte er sie.

Irene hatte den Jogger, den der Hundebesitzer im strömenden Regen gesehen hatte, fast vergessen. Natürlich konnte er wichtig sein. Auch wenn er nicht der Täter war, so hatte er vielleicht wichtige Beobachtungen gemacht, da er sich zum Zeitpunkt des Mordes in der Nähe des Hauses befunden hatte. Tommy hatte Recht. Der Jogger war interessant.

»Ich denke an Sanna. Sie sagt, Ludwig und sie seien bedroht worden. Von allen, die einen Finger erhielten, ist sie als Einzige noch am Leben«, fuhr Tommy fort.

»Edward Fenton hat auch einen erhalten«, erinnerte ihn Irene.

»Das hat er Sanna gegenüber behauptet. Ob das auch wirklich stimmt, können wir erst dann mit Sicherheit wissen, wenn wir mit ihm gesprochen haben.«

Irene stimmte ihm zu. Auch sie fand es merkwürdig, dass jemand den Chef der europäischen Niederlassung von H.P. Johnson's erpresst haben sollte.

»Wie auch immer: Der Mörder ist immer noch aktiv. Es fragt sich, ob wir nicht an ihre Sicherheit denken müssen«, meinte Tommy.

»Wenn wir einen Polizisten vor ihrem Haus postieren, versteht der Mörder sofort, dass sie gesungen hat«, wandte Fredrik ein.

Andersson blies seine hängenden Wangen auf und ließ die

Luft mit einem Prusten entweichen. Seine Untergebenen wussten, dass das bei ihrem Chef ein Zeichen tiefster Konzentration war. Er dachte angestrengt nach, dann klatschte er in die Hände und rief:

»Überwachung! Wir müssen dafür sorgen, dass sie und der Junge rund um die Uhr observiert werden. Und es gibt zwei Gründe, sie zu bewachen. Falls der Mörder wirklich noch einmal zuschlagen will, schützen wir zum einen ihr Leben, zum anderen bekommen wir endlich das Schwein zu fassen, das den beiden nach dem Leben trachtet.«

»Und wenn sie gelogen hat? Dann setzen wir eine sinnlose Überwachung in Gang, die nur eine Menge Geld kostet…«, hob Jonny an.

»Hättest du sie gestern gesehen, dann wärst du auch überzeugt, dass sie die Wahrheit spricht. Glaub mir. Ich habe mir von ihr in den letzten Wochen eine Menge Lügen anhören müssen. Sie ist eine schlechte Lügnerin«, unterbrach ihn Tommy.

Jonny murrte und schaute finster drein, beharrte aber nicht weiter auf seinem Einwand. Alle wussten, wie sehr er Überwachungen verabscheute, denn sie setzten voraus, dass man stundenlang wach und auf Zack war.

»Wann fangen wir an?«, fragte Irene.

»Nach dem Mittagessen. Kajsa und Birgitta übernehmen die erste Schicht«, entschied Andersson.

»Sollten wir Sanna informieren?«, wollte Birgitta wissen.

»Nein. Wir wissen nicht, wer der Mörder ist, vielleicht sind es ja auch mehrere, und unsere Madame weiß es offenbar auch nicht. Wenn sie weiß, dass sie überwacht wird, könnte sie den- oder diejenigen, auf die wir es abgesehen haben, unbewusst warnen.«

Irene war erleichtert, dass der Kommissar die Gefahr, die Sanna und ihrem Sohn drohte, ernst nahm. Dazu hatten sie wirklich allen Grund.

Sie teilten für die nächsten Tage die Schichten ein. Irene

und Tommy würden gleich die Spätschicht von sechs Uhr bis Mitternacht übernehmen. Samstagvormittag würde sie mit Jonny zusammenarbeiten, da Tommy »aus privaten Gründen« das Wochenende frei hatte. Irene bekam einen Kloß im Hals. Denn »der Grund« war, dass Agneta auszog. Tommy wollte mit den Kindern zu seinen Eltern fahren. Das musste für ihn wirklich die Hölle sein. Irene sah ihn aus den Augenwinkeln an und bemerkte dunkle Ringe um seine Augen. Wahrscheinlich bekam er nicht viel Schlaf. Sein Gesicht wirkte hager, und es war auch zu sehen, dass er um den Bauch abgenommen hatte. Er hatte zwar davon gesprochen, dass er ein paar Kilo abnehmen müsse, aber er hatte es sich vermutlich nicht zum Ziel gesetzt, gleich so ausgezehrt dazustehen. Bislang wusste nur Irene von der Scheidung. Die anderen schienen Tommy nichts angemerkt zu haben. Er tat alles, um seinen Schmerz zu verbergen. Wie lange konnte ein Mensch alles in sich hineinfressen, bis es wieder aus ihm hervorbrach? Früher oder später würde es geschehen, das wusste Irene aus Erfahrung, und Tommy hatte seine Probleme schon viel zu lange verborgen.

Zuletzt hatten Irene und Krister Tommy und Agneta an Mittsommer getroffen. Es war nun schon ein paar Jahre lang Tradition gewesen, Mittsommer mit Freunden und Nachbarn im Sommerhaus der Perssons auf Orust zu feiern. Tommys ältester Sohn Martin war Irenes Patenkind. Sie unterhielten sich immer gerne und hatten ihren Spaß, aber an diesem Wochenende war es anders gewesen. Der Fünfzehnjährige war ihr einsilbig aus dem Weg gegangen. Sonst war er doch immer so gesprächig gewesen. Nach dem Festessen war er mit seinen Freunden losgeradelt und erst um zwei Uhr nachts wieder heimgekommen. Agneta hatte erzählt, seine Freundin befinde sich auf einer Sprachreise in England, und deswegen sei er schon die ganze Woche schlechter Laune.

Vielleicht war es aber auch gar nicht um das Mädchen gegangen. Wahrscheinlich hatte sein Verhalten nur gezeigt, wie es um die ganze Familie stand. Er war alt genug, um zu merken, dass sich etwas zusammenbraute. Vielleicht hatte er auch das eine oder andere mitbekommen. Im Übrigen hatte nichts darauf hingewiesen, was bevorstand. Sowohl Tommy als auch Agneta hatten das Geheimnis bestens gewahrt.

Tief in ihrem Inneren fühlte sich Irene immer noch auf unerklärliche Weise verraten.

Gerade als Irene den letzten Bissen ihrer mit Makkaroni überbackenen Fleischwurst gegessen hatte, flötete ihr Handy. Es war Glen Thomsen, und noch bevor sie etwas sagen konnte, begann er zu reden.

»Du hast wirklich eine unwahrscheinliche Begabung, in die merkwürdigsten Fälle verwickelt zu werden, aber jetzt, glaube ich, bist du in ein regelrechtes Wespennest getreten!«

Er lachte, und Irene war sich nicht sicher, ob sie mitlachen sollte. Bevor sie jedoch länger darüber nachdenken konnte, fuhr er schon in gedämpftem Tonfall fort:

»Als ich mich heute Morgen umhörte, konnte mir niemand sagen, wo Edward Fenton steckt. Ich hatte den Eindruck, dass alle, mit denen ich sprach, verängstigt und nervös waren. Schließlich erwischte ich einen Burschen, der sich Pressechef nannte und zu guter Letzt damit rausrückte, dass Edward Fenton schon seit einigen Tagen verschwunden ist!«

»Seit einigen Tagen verschwunden ist?«, wiederholte Irene.

Das waren keine guten Neuigkeiten.

»Ja. Die Führungsgruppe von H.P. Johnson's hatte heute Morgen eine Krisensitzung. Sie wollten das weitere Vorgehen besprechen. Offenbar befand sich Edward Fenton in den ersten beiden Septemberwochen mit seiner Familie in den USA, um Verwandte zu besuchen. Seine Frau und seine Söhne blieben noch zwei weitere Wochen, und er flog nach London zurück. Merkwürdigerweise tauchte er Montag und Dienstag nicht in seinem Büro auf und ließ auch nichts von sich hören. Am Mittwoch, dem 17. September, erschien er in seinem

Büro. Laut seiner Sekretärin trug er ein großes Pflaster im Gesicht. Er behauptete, auf einer Treppe in seinem Garten gestolpert zu sein. Womit er die ersten zwei Wochentage verbracht hatte, sagte er jedoch nicht. Dann arbeitete er den Rest der Woche wie gewöhnlich durch. Am Freitagnachmittag teilte er seiner Sekretärin mit, dass er Montagmorgen nach Berlin fliegen wolle. Er blieb die ganze Woche über mit ihr per Handy in Verbindung. Der letzte Anruf kam am Freitag, dem 27. September. Seither hat niemand mehr von ihm gehört.«

»Was wollte er in Berlin?«

»Nichts.«

»Nichts?«, wiederholte Irene verständnislos.

»Nein. Er flog nämlich gar nicht dorthin. Er hatte zwar für Montagmorgen einen Flug gebucht, saß aber nicht in der Maschine.«

»Wohin flog er dann?«

»Das weiß niemand.«

Irene bekam einen trockenen Mund. Da stimmte etwas ganz und gar nicht!

»Glen, du erinnerst dich doch noch daran, was ich dir heute früh erzählt habe. Vier Menschen sind ermordet worden. Zwei weitere Personen, eine junge Frau und ihr Baby, haben wir gerade unter Bewachung gestellt, da jemand gedroht hat, sie umzubringen. Diese Drohung hat Edward Fenton angeblich vor zwei Tagen telefonisch übermittelt. Er erzählte der besagten jungen Frau, er habe vor drei Jahren einen abgehackten Finger bekommen und werde ebenfalls bedroht.«

Glen schwieg einen Augenblick und erwiderte dann:

»Du meinst, er könnte ebenfalls ermordet worden sein?«

Jede Belustigung war aus seiner Stimme gewichen.

»Möglich wär's.«

»Was weißt du über Fenton?«, fragte er.

Irene berichtete ihm von dem Wenigen, das sie wusste. Als sie geendet hatte, schwieg Glen lange, dann fragte er:

»Sagtest du, dass er mit Janice Santini, der Tochter von Sergio Santini, verheiratet ist?«

»Ja.«

»Wie gesagt … ein Wespennest. Aber ich habe einen Kollegen, der sich mit diesen Dingen besser auskennt«, meinte er nachdenklich.

»Mit welchen Dingen?«, fragte Irene.

Es fiel ihr schwer, ihre Ungeduld zu zügeln.

»Mit den USA und … einer gewissen Kategorie der Kriminalität. Er hat beim FBI gearbeitet. Dann lernte er eine Frau kennen und zog vor ein paar Jahren nach London. Jetzt arbeitet er bei uns.«

In Irenes Kopf drehte sich alles im Kreis. Wahrscheinlich waren das alles Wespen aus dem Wespennest, auf das sie getreten war.

»Ich melde mich wieder, wenn ich mehr weiß«, beendete Glen das Gespräch.

»Danke … vielen Dank«, erwiderte Irene.

Als sie ihr Handy abstellte, war sie so erschöpft, als hätte sie ein spezielles Ausdauertraining hinter sich.

KAPITEL 19

Irene beschloss, das Auto auf dem Parkplatz oberhalb des Fuß- und Radweges abzustellen. Der Parkplatz war von hohen Bäumen und Büschen umgeben, hinter denen der Wagen nicht zu sehen war. Jenseits der Büsche und Bäume erstreckten sich die Wiesen bis zur Villa von Sanna Kaegler-Ceder. Das Gebäude war gut zu sehen, da die Außenbeleuchtung eingeschaltet war.

»Von hier aus können wir die Vorderseite und den Westgiebel überwachen. Die Rückseite und den Ostgiebel sehen wir überhaupt nicht. Also muss sich einer von uns dort postieren«, stellte Tommy fest.

Er hatte ein normales, aber lichtstarkes Fernglas dabei. Irene hatte sich ein Spezialfernglas beim Drogendezernat ausgeliehen. Es hatte sie einiges an Überredung gekostet. »Man muss auch etwas abgeben können. Das lernen die Kinder heutzutage schon in der Krippe«, hatte Irene lächelnd gesagt und war dann, ihre Beute fest im Griff, schnell verschwunden. Da um das Haus herum keine Büsche oder Bäume wuchsen, mussten sie auf Abstand bleiben. Besonders bei schlechtem Wetter war der Blick vom Parkplatz aus nicht gerade grandios. Ein Nachtsichtgerät stellte also eine große Hilfe dar, denn es verstärkte das vorhandene Licht elektronisch bis zu zehntausend Mal.

Irene blickte durchs Glas, um sich einen raschen Überblick zu verschaffen.

Sofort sah sie, was sie suchte.

»Ich gehe zum Fahrradweg, der hinterm Haus verläuft, und beziehe im Gestrüpp jenseits der Wiesen Posten. Siehst du die Baumwipfel, die über das Dach ragen?«, fragte sie und deutete mit der Hand.

»Gut.«

Sie verglichen die Uhrzeit und schalteten ihre Handys auf Vibration. Irene verstaute das geliehene Nachtsichtgerät unter ihrer Jacke. Dort trug sie auch ihre Sig Sauer in einem Holster. Sie hatte sich warm angezogen, denn am Himmel hingen schwere Regenwolken, und der Wind hatte an Stärke zugelegt. Im Wetterbericht hatten sie für den Verlauf der Nacht Sturmböen angekündigt.

»Sag Bescheid, wenn du im Auto sitzen willst, dann tauschen wir«, sagte Tommy.

Irene stieg aus dem Wagen und verschwand Richtung Fahrradweg. Sie hatte ausgerechnet, dass sie ihm etwa hundertfünfzig Meter folgen und dann ins Dickicht abbiegen musste. Vom Meer her wehte ein starker Wind. Der Salzgeruch stach ihr in die Nase, und die Gischt peitschte mit winzigen Nadelstichen ihr Gesicht. Rasch zogen die schwarzen Wolken über den Himmel. Zwischen den dünn gesäten Laternen war es bereits stockdunkel. Der Wind war kalt, und Irene klappte ihre Kapuze hoch. In einiger Entfernung sah sie einen Mann mit einem Schäferhund. Vielleicht war es ja derselbe, der an jenem Abend, als Kjell Bengtsson Ceder ermordet worden war, den Jogger gesehen hatte? Mann und Hund gingen in dieselbe Richtung wie sie, schienen sie aber nicht zu bemerken. Um sich in etwa zu orientieren, zählte Irene ihre Schritte. Als sie einhundertfünfzig Schritte gegangen war, bog sie vom Fahrradweg ab und ging auf die Bäume zu. Die Wiese, die sie erklimmen musste, war recht steil. Rechts oben standen hohe Bäume. Kommt hin, dachte sie zufrieden. Es war mühsam, sich in der Dunkelheit einen Weg durch das hohe, vertrocknete Gras und die Himbeersträucher zu bahnen. Als sie es endlich geschafft hatte, stellte sie fest, dass sich ihr Ziel ausgezeichnet als Aussichtsplatz eignete. Sie konnte hinter einem Baumstamm hervorschauen und wurde von niedrigen Büschen und Birkengestrüpp verdeckt. Es war nicht zu befürchten, dass jemand im Haus ihre schwarze Gestalt im Dunkel unter den Bäumen entdecken würde.

Sie nahm das Nachtsichtgerät und studierte die Rückseite des Hauses. Durch das Fernrohr waren keine Farben zu erkennen. Alles leuchtete in unterschiedlichen hellgrünen Schattierungen. Durch die Glasveranda konnte sie direkt ins Wohnzimmer schauen. Es war leer. In Ludwigs Zimmer brannte Licht. Irene sah, dass sich Elsy Kaegler dort befand. Sie bewegte die Lippen und beugte sich mehrmals vor. Sanna hatte in ihrem Schlafzimmer die Vorhänge vorgezogen. In der Mitte, wo sie aufeinander trafen, ließ sich etwas Licht erahnen. Vielleicht lag sie auf ihrem Bett, und der Großbildfernseher lief.

Irene und Tommy hatten vor ihrem Einsatz zu Abend gegessen, aber gegen neun bekam Irene Durst. Sie hätte gern etwas Warmes getrunken. Obwohl sie zwischen den Bäumen recht windgeschützt stand, kroch ihr der unerbittliche, feuchte Meereswind unter die Kleider. Es war anstrengend, auf Dauer einfach nur so dazustehen, obwohl sie sich immer wieder vorsichtig bewegte, um ihren Kreislauf in Gang zu halten. Vielleicht sollten Tommy und sie sich ja eine Weile abwechseln.

Gerade als sie seine Nummer wählen wollte, öffnete sich die Tür auf der Rückseite des Hauses. Irene hielt ihren Daumen über der Ruftaste in der Schwebe. Durch das Fernglas sah sie, wie Sanna den Kopf herausstreckte und sich umsah. Als sie das Gefühl hatte, die Luft sei rein, trat sie rasch ins Freie und zog die Tür hinter sich zu. Irene drückte die Taste.

»Tommy«, antwortete er.

»Sanna hat das Haus durch die Tür zur Waschküche verlassen. Sie trägt einen langen Mantel und die Haare zu einem Pferdeschwanz zusammengebunden. Sie scheint in deine Richtung zu gehen«, sagte Irene leise.

»Ich sehe sie. Sie biegt gerade um die Ecke. Ich glaube, sie hält auf den Fahrradweg zu. Au weh, jetzt ist sie gestolpert!«

»Hat sie keine Taschenlampe?«

»Nein.«

Auch Irene sah Sanna schwanken. Es war sicher nicht leicht, im Dunkeln über die nasse Wiese zu gehen. Hoffentlich trägt sie ordentliche Schuhe, dachte Irene. Sie hegte gewisse Befürchtungen in dieser Hinsicht, immerhin hatte sie Sanna immer nur mit mindestens zehn Zentimeter hohen Absätzen gesehen.

»Ich gehe am Waldrand entlang und versuche, ihr zu folgen«, flüsterte Irene.

»Okay. Ich gehe Richtung Fahrradweg. Schalt dein Handy nicht aus.«

»Verstanden.«

Es war anstrengend, sich lautlos zwischen den Büschen und dem Gestrüpp zu bewegen, aber auch Sanna hatte Schwierigkeiten, vorwärts zu kommen. Sie stolperte durch die Dunkelheit. Irenes Verdacht verstärkte sich, dass sie mit ihren hohen Absätzen in dem weichen Lehmboden einsank. Immerhin war sie dadurch in der Lage, langsam aufzuholen.

Tommy schien in seiner Annahme Recht gehabt zu haben, dass Sanna auf den Fahrradweg zuhielt. Sie ging quer über die Wiese und näherte sich den Büschen am Rand des Fahrradwegs. Irene war nur knapp fünfzig Meter hinter ihr. Plötzlich bemerkte sie eine Bewegung in den Büschen vor sich. Sie blieb stehen und hielt das Fernglas vor die Augen.

Eine Gestalt in Mütze und Allwetteranzug versteckte sich zwischen den Zweigen. Sanna war nur noch knapp zehn Meter von ihr entfernt. Irene sah, dass die Gestalt den Arm hob und einen Schritt auf die ahnungslose Sanna zumachte. Ohne nachzudenken, begann Irene die Wiese entlang zu rennen. Sie griff unter die Jacke, um ihre Pistole aus dem Holster zu ziehen. Währenddessen schrie sie, so laut sie nur konnte:

»Polizei! Stehen bleiben, oder wir schießen! Stehen bleiben!«

Gleichzeitig kam Tommy vom Fahrradweg angelaufen und schrie ähnliche Kommandos:

»Polizei! Stehen bleiben! Hier ist die Polizei!«

Im selben Augenblick, in dem das Mündungsfeuer einer Waffe lautlos in der Dunkelheit aufblitzte, schwankte Sanna und stürzte. Schalldämpfer, schoss es Irene durch den Kopf.

Irene blieb stehen, und schaute durch ihr Nachtglas auf den Punkt, an dem der Mann gestanden hatte. Zwischen Büschen und Bäumen bewegte sich etwas, sein Rücken.

»Ich kümmere mich um Sanna!«, schrie Tommy.

»Gut!«, rief Irene zurück.

Sie sah, dass sich Sanna zwar regte, aber liegen blieb. Zumindest lebte sie noch.

Irene rannte immer noch in dieselbe Richtung wie der Mann mit der Pistole. Als sie den Fahrradweg erreichte, hielt sie ihr Glas wieder vor die Augen. Er lief sehr schnell Richtung Billdal und hatte bereits einen ordentlichen Vorsprung. Obwohl Irene eine geübte Joggerin war, sah sie ein, dass sie ihn nicht einholen konnte.

Sie hatte immer noch das Handy in der Hand, musste aber erneut Tommys Nummer wählen, weil er die Verbindung unterbrochen hatte, als er den Krankenwagen rief. Irene redete mit ihm, während sie noch rannte, und bat ihn, ein paar Streifenwagen nach Hovås zu schicken, um dem Mann den Weg abzuschneiden.

Der Wind wehte inzwischen stärker und brachte schwere Regentropfen vom Meer mit. Es war anstrengend, bei Gegenwind zu rennen. Der Abstand zwischen ihnen nahm weiter zu. Irene gab sich alle Mühe, ihn nicht aus den Augen zu verlieren. Er rannte Neid erregend leichtfüßig und schien gut durchtrainiert zu sein. Jünger und sehr fit, etwas größer als der Durchschnitt, athletischer Körperbau, schwarze Mütze und Jogginganzug in dunklen Farben. Sie versuchte, sich sein Bild einzuprägen. Keine sonderlich detaillierte Personenbeschreibung, aber besser als nichts.

Aus den Augenwinkeln erkannte sie, dass sie an der Marina vorbeikamen. Der Mann rannte zielstrebig über den Hafenplatz und schien nicht im Geringsten zu ermüden. Irene war schon vollkommen verschwitzt und außer Atem. Ihre warmen Sachen eigneten sich nicht dazu, längere Strecken zu laufen. Noch dazu brachte sich ihr lädiertes rechtes Knie in Erinnerung.

Plötzlich konnte sie ihn durch ihr Nachtglas nicht mehr sehen. Der Fahrradweg lag wie ausgestorben vor ihr. Sie blieb stehen und lauschte, was bei dem starken Wind schwierig war. Doch sie hörte nur ihren eigenen Puls in den Ohren und hätte vermutlich nicht einmal mitbekommen, wenn eine Dampflok mit Volldampf auf sie zugerast wäre. Mühsam kletterte sie die heimtückisch glatte Wiese hinauf und verschaffte sich mit ihrem Fernglas einen Überblick. Nach einigen Sekunden entdeckte sie ihn am Rand des Golfplatzes wieder. Er hatte sein Tempo nicht verlangsamt. Allerdings schien es ihn nicht zu kümmern, dass er aufgrund des spärlichen Baumbewuchses gut sichtbar war. Er unternahm keinen Versuch, sich zu verstecken. Wahrscheinlich ahnte er nicht, dass Irene ein Nachtsichtgerät dabei hatte.

Sie rief Tommy nochmals an. »Er läuft zum Parkplatz neben dem Clubhaus vom Golfplatz«, keuchte sie atemlos.

»Siehst du ihn?«

»Ja. Aber der Parkplatz ist von hohen Büschen umgeben … jetzt verschwindet er. Kann ihn nicht einer der Streifenwagen abfangen, wenn er auf die Landstraße hochkommt?«

»Weiß nicht. Es waren keine Streifenwagen in der Nähe, aber sie wollten welche schicken. Ich kann …«

»Jetzt fährt ein Auto vom Parkplatz!«

Sie gab sich alle Mühe zu erkennen, um was für eine Marke und was für ein Modell es sich handelte, eventuell sogar das Nummernschild zu lesen, aber es ging alles zu schnell. Schon wurden die Rücklichter des Wagens von ein paar Bäumen verdeckt und waren verschwunden.

»Verdammt!«, sagte Irene mit Nachdruck.

»Jetzt kommt der Krankenwagen«, teilte Tommy mit.

»Wie geht es ihr?«

»Am Kopf getroffen. Bei Bewusstsein, aber unter Schock«, berichtete Tommy.

Das war verständlich. Es gab schönere Dinge, als beschossen zu werden. Irene hatte immer noch den Überfall in Paris in frischer Erinnerung. Vielleicht waren der Mann hier und jener damals in Rothstaahls Wohnung ein- und dieselbe Person.

»Wir können nur hoffen, dass ihm einer der Streifenwagen den Weg abschneidet«, sagte sie, um sich aufzumuntern.

Aber Tommy hatte bereits aufgelegt.

KAPITEL 20

Ihre dünnen, hohen Absätze hatten Sanna das Leben gerettet. Eine Sekunde, bevor der Täter abgedrückt hatte, war sie mit dem einen Absatz hängen geblieben und gestolpert. Deshalb hatte die Kugel nur eine tiefe Furche in ihre Kopfhaut gegraben und die äußerste Schicht der Schädeldecke gestreift, statt den Schädelknochen zu zerschmettern und ins Gehirn einzudringen. Sie würde für den Rest ihres Lebens als Andenken an das Attentat einen Scheitel direkt über dem linken Ohr behalten.

Die Ärzte hatten festgestellt, dass Sanna keine ernsthafte Schädelfraktur davongetragen hatte, hingegen eine ordentliche Gehirnerschütterung. Außerdem stand sie unter Schock. Eigentlich hätte man erwarten können, dass sie der Polizei gegenüber etwas Dankbarkeit an den Tag legte. Schließlich hatte die Polizei ihr das Leben gerettet. Aber das Gegenteil war der Fall. Sie log nach wie vor wie gedruckt und weigerte sich, zufrieden stellende Antworten auf ihre Fragen zu geben. Als letztes Argument brachte sie vor:

»Ich muss nach Hause und mich um meinen kleinen Sohn kümmern.«

Dabei richtete sie ihre tränennassen Augen auf Tommy, und ihre Lippen zitterten leicht. Hübsche Vorstellung. Irene schnaubte. Sanna versuchte, sie geflissentlich zu übersehen, was in dem winzigen Einbettzimmer nicht leicht war.

Über Nacht hatten sie einen Beamten im Haus in Askim

postiert. Am Morgen waren Elsy Kaegler und der kleine Ludwig in Elsys Wohnung gebracht worden.

»Was wollen Sie zu Hause? Stellen Sie sich vor, der Mörder kommt zurück«, sagte Tommy.

Sannas Blick irrte herum, bevor sie ihre verweinten Augen wieder auf ihn richtete.

»Ich glaube nicht, dass er das wagt. Jetzt funktioniert die Alarmanlage, und er weiß auch, dass Sie über mich wachen«, entgegnete sie mit einem leichten Lächeln.

Sie scheint keine Angst vor dem Mann zu haben, der auf sie geschossen hat, dachte Irene erstaunt. Irgendetwas stimmte an Sannas Reaktion nicht. Eigentlich hätte sie außer sich vor Entsetzen sein und darum betteln müssen, beschützt zu werden und ein paar Tage zusätzlich in der Klinik bleiben zu dürfen.

»Wer hat versucht, Sie zu töten?«, fragte sie deshalb.

»Keine Ahnung«, antwortete Sanna rasch.

Tommy beugte sich zu ihrem verbundenen Kopf vor, der mit dem weißen Kopfkissenbezug fast eins zu werden schien, und fing ihren Blick ein. Mit leiser Stimme sagte er:

»Sanna, hören Sie genau zu. Dieser Mann hat nachgewiesenermaßen vier Menschen ermordet. Menschen, die Ihnen nahe standen. Thomas Bonetti, Joachim Rothstaahl, Ihren Ehemann Kjell und Philip Bergman.«

Mit Absicht hatte er sich ihren schwächsten Punkt bis zuletzt aufgehoben. Ehe sie sich wappnen konnte, fuhr er im selben, fast hypnotischen Tonfall fort:

»Gestern Abend hat er versucht, Sie ebenfalls zu ermorden. Wenn meine Kollegin und ich ihn durch unsere Rufe nicht gestört hätten und Sie nicht gestolpert wären, dann wären Sie jetzt tot.«

Er verstummte und rückte dem blassen Gesicht noch näher. Jedes Wort betonend, flüsterte er seine Frage:

»Warum schützen Sie den Mörder?«

Sie starrte ihn trotzig an und wich schließlich seinem Blick aus.

»Ich schütze niemanden. Ich weiß nicht, wer er ist«, jammerte sie.

Irene und Tommy tauschten einen raschen Blick aus. Es war an der Zeit, dass der unfreundliche Polizist die Vernehmung übernahm. Irene räusperte sich und bereitete sich auf ihre Rolle vor.

»Warum haben Sie den Hinterausgang genommen?«

Sanna fuhr sich mit der Zungenspitze über ihre trockenen Lippen und antwortete rasch:

»Weil mein Mantel in der Waschküche hing. Ich hatte ihn dort zum Trocknen aufgehängt. Er hing dort seit…«

»Ich frage noch einmal. Warum haben Sie den Hinterausgang benutzt?«, unterbrach sie Irene.

Sanna sah sie wütend an.

Jag ihr solche Angst ein, dass sie die Wahrheit sagt, ermahnte sich Irene.

»Es war das Einfachste. Der Mantel…«

»Warum haben Sie überhaupt das Haus verlassen?«

»Ich brauchte etwas Luft. Ein Abendspaziergang…«

»Über eine morastige Wiese in Pfennigabsätzen«, stellte Irene fest.

Sie hatte keinerlei Verständnis für Sanna und machte auch keinen Hehl daraus, dass sie Sanna nicht glaubte.

»Ich gehe immer ein paar Runden ums Haus«, erwiderte diese tonlos.

»Ich habe Sie mit dem Fernglas verfolgt. Sie sind geradewegs auf den Platz zugegangen, an dem der Mann stand. Daran besteht kein Zweifel. Es besteht auch kein Zweifel daran, dass er vorhatte, Sie zu erschießen. Ich sah, wie er den Arm hob und auf Sie zielte. Wären wir nicht da gewesen, wären Sie jetzt tot. Ermordet. Von demselben Mann, der auch die anderen vier auf dem Gewissen hat und den Sie aus unbegreiflichen Gründen schützen. Sie wissen, wer er ist. Verraten Sie uns seinen Namen.«

Einige Sekunden lang wirkte Sanna in der Tat verängstigt, aber dieser Ausdruck wich genauso schnell aus ihrem Gesicht, wie er gekommen war. Stattdessen fuhr sie sich theatralisch mit der Hand an die Stirn und jammerte:

»Mein Kopf… ich glaube, ich habe Kopfschmerzen.«

»Gut. Dann sehen wir zu, dass wir das Ganze so schnell wie möglich hinter uns bringen. Damit keine Missverständnisse aufkommen: Sobald Sie aus dem Krankenhaus entlassen werden, eskortieren wir Sie zum Präsidium. Dort können Sie dann bleiben, bis Sie uns erzählt haben, was Sie wissen. Sie begehen eine Straftat, wenn Sie einen Mörder schützen. Außerdem sollten Sie sich größte Sorgen um Ihr eigenes Leben machen.«

Was Irene über die Ereignisse nach Sannas Entlassung aus dem Krankenhaus gesagt hatte, entsprach nicht der Wahrheit, aber versuchen musste man es. Sanna sah zwar erschüttert aus, presste aber fest die Lippen zusammen. Demonstrativ wandte sie ihren Blick ab und schloss die Augen.

»Wir kommen wieder«, sagte Irene.

Die beiden Kripoleute erhoben sich von ihren Stühlen und gingen auf die Tür zu. Irene hatte bereits die Hand auf die Türklinke gelegt, als sie sich noch einmal umdrehte:

»Ich hoffe, der Mörder ist so ungefährlich, wie Sie zu glauben scheinen. Es ist schon vorgekommen, dass Leute in ihren Krankenhausbetten ermordet wurden«, sagte sie kalt.

Sanna fuhr zusammen, schaute aber immer noch demonstrativ zur Seite.

»Zuletzt hast du aber ganz schön dick aufgetragen«, fand Tommy draußen auf dem Korridor.

»Es schadet nicht, sie ein bisschen aufzuscheuchen.«

»Die starken Regenfälle der Nacht haben die meisten Spuren verwischt. Immerhin haben wir zwischen den Büschen, wo er sich versteckt hatte, ein paar deutliche Fußabdrücke sichern können«, sagte Svante Malm.

Irene und Tommy hatten ihn bei der Spurensicherung aufgesucht, um sich vorab berichten zu lassen.

»Stimmen sie mit den Abdrücken aus der Waschküche nach dem Mord an Ceder überein?«, fragte Tommy.

»Wir sind noch nicht ganz fertig, aber mit größter Wahrscheinlichkeit sind es die gleichen«, nickte der Mann von der Spurensicherung zufrieden.

Sein sommersprossiges Gesicht verzog sich zu einem glücklichen Lächeln. Beschwingt fragte er sie, ob sie nicht eine Tasse Kaffee wollten, um den so gut wie sicheren Befund zu feiern. Irene und Tommy stimmten zu, bereuten es aber umgehend, als sie den Inhalt der Plastikbecher probierten. Jetzt war Irene klar, warum Svante immer wie zufällig beim Dezernat für Gewaltverbrechen erschien, wenn sie gerade Kaffeepause hatten. Im vierten Stock war der Kaffee wesentlich besser.

»Der Einsatz hat überhaupt nichts gebracht. Mit den Straßensperren waren wir zu spät dran. Aber immerhin haben wir zwei Leute wegen Trunkenheit am Steuer aufgegriffen und einen gestohlenen Rasentraktor sichergestellt«, fasste Jonny die Fahndung nach den Vorfällen vom Vortag zusammen.

»Willst du etwa sagen, dass da einer im Oktoberunwetter auf einem gestohlenen Rasentraktor durch die Gegend gefahren ist?«, fragte Birgitta lachend.

Jonny warf ihr einen mürrischen Blick zu.

»Nein. Der Rasentraktor stand auf der Ladefläche eines Lastwagens. Die Jungs von der Einsatztruppe wurden misstrauisch, weil der Fahrer so nervös und verängstigt wirkte. Als sie die Sache näher untersuchten, stellte sich heraus, dass der Rasenmäher vor zwei Wochen als gestohlen gemeldet worden war. Der Dieb hatte ihn über eine Kleinanzeige verkauft und wollte ihn gerade dem Käufer aushändigen. Er glaubte vermutlich, es sei idiotensicher, ihn spätabends zu transportieren.«

»Irgendjemand, den wir kennen?«, fragte Fredrik.

»Nein. Ein Schwarzer um die Dreißig mit ein paar Bagatellen im Vorstrafenregister. Ladendiebstahl, als er noch zur

Schule ging, aber die letzten Jahre unauffällig. In seiner Garage standen zwei geklaute Fernseher, zwei nagelneue Fahrräder und ein Computer. Die Kollegen vermuten, dass es sich um eine Diebesbande handelt. Aber das ist nicht unser Problem.«

»Unser Problem ist dieses verdammte Frauenzimmer Kaegler. Warum rückt sie nicht endlich mit der Sprache raus?«, fragte Andersson.

Tommy zuckte mit den Achseln.

»Keine Ahnung. Es wirkt ziemlich schwachsinnig.«

»Ihr glaubt also, dass sie die Identität des Mannes kennt oder zu kennen glaubt«, stellte der Kommissar fest.

Irene und Tommy nickten gleichzeitig.

»Hat irgendjemand eine Theorie?«

Er lehnte sich zurück, und die Lehne seines Stuhls begann bedenklich zu knarren. Im Sommer hatte er noch ein paar Kilo zugenommen. Das ist weder für sein Asthma noch für seinen Blutdruck gut, dachte Irene bekümmert. Aber sie konnte nichts machen, obwohl sie das gern getan hätte. Sie mochte ihren Chef wirklich.

Zögernd meldete sie sich zu Wort.

»Ich habe nachgedacht. Sie scheint keine Angst vor dem Mann zu haben, der gestern auf sie geschossen hat. Außerdem scheint sie nicht einsehen zu wollen, dass er ihr tatsächlich nach dem Leben trachtet. Warum reagiert sie so seltsam? Die einzige Erklärung, die mir einfällt, ist, dass sie uns nicht glaubt. Sie glaubt, dass wir lügen und einen Mann in eine Falle locken wollen, von dessen Unschuld sie überzeugt ist.«

»Und wer könnte das sein?«, wollte der Kommissar wissen.

»Ludwigs Vater«, antwortete Irene rasch.

»Der Vater des Jungen! Warum sollte der sie erschießen wollen?«, rief Jonny.

»Wenn ich das wüsste, so wäre dieser Fall wahrscheinlich gelöst«, meinte Irene knapp.

Sie beugte sich über den Tisch zur Kaffeekanne und füllte

ihre Tasse nach. Der Kaffee ist wirklich viel besser als diese Katzenpisse von der Spurensicherung, dachte sie zufrieden. Vorsichtig nippte sie an dem heißen Getränk. Gestärkt durch ihr Lebenselixier ergriff sie wieder das Wort:

»Ich denke an Rothstaahls Wohnung in Paris. Dort fanden wir die blonden Haare eines Mannes, der mit aller Wahrscheinlichkeit Ludwigs Vater ist. Der Mann, der auf mich schoss, war blond. Es könnte Ludwigs Vater gewesen sein.«

»Das klingt in der Tat gar nicht so unwahrscheinlich«, stimmte ihr Tommy zu.

»Der Vater des Jungen ... das könnte erklären, warum sie ihn nicht für den Mörder hält«, dachte Birgitta laut nach.

»Was für ein verdammt bescheuertes Frauenzimmer! Irene hat doch gesehen, wie er auf sie geschossen hat!«, rief Andersson.

»So sind wir Frauen nun mal. Bis in den Tod den Männern ergeben, die wir lieben«, meinte Birgitta und lächelte ihn hold an.

Der Kommissar machte ein finsteres Gesicht, setzte die Diskussion über die unzulängliche Logik der Frauen jedoch nicht fort. Es hatte den Anschein, als hätten Glen Thomsens brasilianische Mutter Donna und er sich gefunden. Zum 60. Geburtstag hatte Andersson von seinen Leuten eine Reise nach London geschenkt bekommen. Irene hatte das arrangiert. Drei Nächte in dem Hotel, das Glens Schwester gehörte, Mittag- und Abendessen in Donnas Restaurant. Andersson war bei seiner Rückkehr sehr zufrieden mit seiner Reise gewesen, und zwar so zufrieden, dass er im Juli gleich noch einmal eine Woche geflogen war. Er war der irrigen Meinung, dass niemand im Präsidium etwas davon wusste, aber Glen hatte es Irene natürlich erzählt.

Irene wurde aus ihren Gedanken gerissen, als ihr Handy klingelte. Rasch entschuldigte sie sich, stand auf und trat auf den Korridor. Wie sie vermutet hatte, war es Glen.

»Halt dich fest, hier sind die Dinge in Bewegung geraten! Alle sind heute im Einsatz. Die Nachforschungen nach Edward Fenton ergaben, dass die Spuren nach Frankreich führen. Nach Paris. Wir haben uns bei unseren französischen Kollegen erkundigt und landeten einen unerwarteten Treffer. Fenton ist gefunden worden. Er hatte sich *trunk-music* angehört«, sagte er.

»Gefunden? Wo bitte? Und was ist *trunk-music*?«

Glen ließ sich mit der Antwort Zeit.

»Das ist eine Form der … Hinrichtung. Das Opfer wird erschossen und im Kofferraum eines Autos zurückgelassen.«

»Was sagst du da? Fenton ist tot?«, unterbrach ihn Irene.

»Ja. Und zwar bereits seit einigen Tagen. Vorgestern hat man ihn gefunden. Bei dem Auto handelte es sich um einen Mietwagen, der auf einem stillgelegten Industriegelände geparkt war. Ein paar Wachleute haben ihn entdeckt und die Polizei gerufen. Ihnen fiel der Gestank auf. Fenton hatte den Wagen unter falschem Namen gemietet. Einen Morgan Chesterton aus Brighton gibt es nicht. Sie hatten das Opfer noch nicht identifiziert, als wir gestern unsere Anfrage rausschickten. Wir hatten ihr ein Foto beigefügt, und einer von den Beamten erkannte ihn wieder.«

Irenes Gedanken überschlugen sich. Wenn Edward Fenton schon seit einigen Tagen tot war, dann konnte er nicht mit Sanna telefoniert haben. Bekanntlich konnten Tote nicht reden. Mit wem hatte sie dann gesprochen? Merkwürdig, dass sie in dieser Frage gelogen hatte. Sie hatte so überzeugend geklungen, als sie ihnen von dem Telefongespräch erzählt hatte. Er konnte also auch nicht auf sie geschossen haben. Irenes Überlegungen wurden von Glens Stimme unterbrochen:

»Hallo! Bist du noch da?«

»Ja. Aber ich bin etwas … durcheinander. Hier ist auch einiges passiert.«

Kurz berichtete sie von dem Mordversuch an Sanna und von deren angeblichem Telefongespräch mit Edward Fenton bezüglich der Notwendigkeit, Bonettis abgehackte Finger aufzuspüren. Sanna hatte behauptet, dieses Gespräch mit ihm geführt zu haben, als er bereits tot im Kofferraum eines Mietwagens in Paris lag.

»Da muss er schon ein paar Tage lang tot gewesen sein. Denk daran, dass die Leiche bereits roch«, erinnerte sie Glen.

»Ich weiß. Das macht es auch nicht einfacher. Kannst du mir alles schicken, was ihr zu dem Fall habt?«

»Das ist nicht sonderlich viel, aber natürlich tue ich das. Und du …«

Er legte eine kurze Kunstpause ein.

»… ihr scheint in Göteborg immer viel interessantere Fälle zu haben als wir hier in London.« Er lachte.

Irene hatte keine Mühe damit, sich ihr Lachen zu verkneifen.

Die Nachricht von Edward Fentons Tod schlug im Konferenzraum ein wie eine Bombe. Sofort redeten alle wild durcheinander, ein Durcheinander von Theorien und Mutmaßungen entstand. Schließlich klopfte Andersson laut auf den Tisch und mahnte zur Ruhe.

»Einer nach dem anderen!«, ermahnte er.

Als sich das Stimmengewirr gelegt hatte, fragte er:

»Irene, wo stehen wir jetzt?«

»Bis zu den Knien in der Scheiße«, warf Jonny ein, bevor Irene antworten konnte.

Ausnahmsweise war Irene seiner Meinung, obwohl sie das nicht laut sagte.

»Ich schließe daraus, dass Edward Fenton vor drei Jahren in der Tat ebenfalls einen abgehackten Finger erhielt. Also kann Philip Bergman keinen bekommen haben, da der Leiche von Thomas nur vier Finger fehlten. Trotzdem wurde Philip Bergman ermordet. Irgendetwas stimmt da nicht«, meinte sie.

»Vielleicht wurde er ermordet, weil er sich gerade zufällig in Joachim Rothstaahls Gesellschaft befand? Der Mörder wollte einen Zeugen aus dem Weg räumen«, schlug Fredrik vor.

»Philips Vermögensverhältnisse veränderten sich über die letzten drei Jahre genauso wie die von Joachim und Sanna. Ihr Vermögen schmolz rasch dahin. Alles deutet darauf hin, dass auch Philip erpresst wurde«, wandte Birgitta ein.

»Edward Fenton muss ebenfalls erpresst worden sein. Wie können wir das überprüfen?«, fragte Kajsa.

»Ich rufe noch mal Glen Thomsen an. Fenton wohnte schließlich hauptsächlich in London. Dort müssten sich auch Unterlagen über seine finanziellen Verhältnisse finden«, sagte Irene.

»Klingt gut«, nickte Andersson.

Es war immer wünschenswert, wenn andere Behörden einen Teil der Ermittlungskosten übernahmen. Finanzielle Recherchen im Ausland waren der schwedischen Polizei praktisch unmöglich oder doch sehr aufwendig, da das Bankgeheimnis und viele andere Hindernisse überwunden werden mussten.

»Wer unterrichtet den schwedischen Teil der Familie Fenton von Edwards Tod?«, fragte Birgitta.

Der Kommissar überlegte mit gerunzelter Stirn, dann sagte er:

»Wir warten ab, bis wir mit absoluter Sicherheit wissen, dass es wirklich Fenton ist, den sie gefunden haben. Irene, du hältst den Kontakt mit London und Paris. Erst wenn alles bombensicher ist, informierst du die Verwandten.«

Irene hatte eine Eingebung und sagte:

»Aber dann brauche ich auch Kajsa. Sie ist die Einzige, die Französisch spricht. Das erleichtert die Kontakte mit Paris.«

»Okay. Aber heute Nachmittag musst du mit Tommy noch mal zu diesem sturen Frauenzimmer Kaegler fahren und die Wahrheit aus ihr rausquetschen! Ich habe das Gefühl, dass ich mich in dieser Hinsicht auf erschreckende Weise wiederhole. Jetzt müsst ihr sie mal wirklich ordentlich in die Mangel nehmen!«

»Das ist leichter gesagt als getan«, seufzte Tommy.

Der Kommissar bedachte ihn mit einem scharfen Blick.

»Hört auf, sie mit Samthandschuhen anzufassen! Macht ihr mit dem Mord an Fenton Angst. Jetzt lebt nur noch eine der Personen, die vor drei Jahren einen Finger erhielten. Nämlich die süße kleine Frau Kaegler-Ceder. Wenn sie nicht bald Vernunft annimmt und redet, ist sie demnächst ebenfalls von der Bildfläche verschwunden. Langsam bin ich diese vielen Leichen und Leichenteile leid. Man verliert wirklich den Überblick!«

Glen Thomsen war nicht zu sprechen, als Irene bei ihm anrief. Sie hinterließ eine Nachricht und bat um schnellstmöglichen Rückruf.

Paris. Inspektor Verdier. Ihn musste sie anrufen, denn er war der Einzige, von dem sie sicher wusste, dass er Englisch sprach. Falls er nicht zu sprechen war, musste sie Kajsa holen. Sie seufzte. Tommy schaute von seinen Papieren auf, vertiefte sich aber wieder darin, als sie nichts sagte. Irene musste eine Weile in ihrer obersten Schreibtischschublade suchen, bis sie die Visitenkarte ihres französischen Kollegen und damit dessen Durchwahl gefunden hatte. Ein weiteres Mal laut seufzend wählte sie die Nummer.

Das Gespräch war über Erwarten gut verlaufen. Inspektor Verdier war in seinem Büro gewesen. Als Irene ihm erklärt hatte, dass die Entdeckung von Edward Fentons Leiche im Kofferraum eines Mietwagens mit der Ermittlung zu tun hatte, die Kajsa und sie nach Paris geführt hatte, legte er aufrichtiges Interesse an den Tag:

»Ich bin an den Ermittlungen im Mordfall Edward Fenton nicht beteiligt. Aber wenn ich meinen Chef darüber informiere, welche Zusammenhänge es hier gibt, wird sich das vermutlich ändern. Die Sache ist kompliziert. Ein in London ansässiger Amerikaner wird in Paris erschossen, und die schwedische Polizei versucht, den Fall aufzuklären«, sagte er.

»Den Grund, weswegen wir uns mit dieser Sache befassen, kennen Sie bereits, und zwar die Morde an den beiden schwedischen Staatsbürgern Bergman und Rothstaahl, die in Paris wohnten, und an dem Gastronomen Kjell Ceder. Jetzt haben wir die Leiche eines vierten Opfers gefunden. Er wurde bereits vor drei Jahren ermordet. Thomas Bonetti. Gestern Abend kam es hier in Göteborg zu einem Mordversuch an einer Frau namens Sanna Kaegler. Sie stand allen vier Opfern nahe.«

»Die Geliebte von allen vieren.«

Das war keine Frage Verdiers, sondern eine Feststellung. Irene konnte sich gerade noch ein lautes Seufzen verkneifen.

»Nein. Sie kannte Bergman seit der Kindheit, war Geschäftspartnerin von Bonetti, kannte Rothstaahl flüchtig und war mit Ceder verheiratet. Außerdem waren wir doch zu der Erkenntnis gelangt, dass Bergman und Rothstaahl ein Paar waren«, erklärte sie.

Verdier entgegnete prompt:

»Stimmt. Und was für eine Beziehung hatte sie zu diesem Edward Fenton?«

»Ihre Schwester ist mit seinem älteren Bruder verheiratet. Die Mutter der Brüder ist Schwedin, der Vater Engländer. Möglicherweise haben sie zwei Staatsangehörigkeiten. Das habe ich noch nicht überprüfen können. Wir wissen auch, dass Fenton und sie zu Zeiten von ph.com Kontakt miteinander hatten.«

»Das hier ist wirklich schlimmer als eine Fernsehserie. Alle Beteiligten haben irgendwie miteinander zu tun. Aber das macht es natürlich auch einfacher. Der Mörder muss irgendwo im Umfeld der Opfer zu finden sein.«

Das stimmte. Dieser Gedanke war Irene auch schon mehrmals gekommen, ohne dass er sie weitergebracht hätte. Wer profitierte vom Tod dieser Menschen?

Irene gab Inspektor Verdier den Namen und die Telefonnummer von Glen Thomsen beim New Scotland Yard. Es machte die Sache leichter, wenn die Beamten in den verschiedenen Ländern ihre Einsätze koordinierten.

Vom vielen Telefonieren hatte sie einen trockenen Mund bekommen. Leichte Kopfschmerzen machten sich ebenfalls bemerkbar. Bald würde sie ihre Tage bekommen. Sie schloss die Augen, um sich vor dem grellen Tageslicht zu schützen. Freitagnachmittag. Eine höllische Arbeitswoche lag hinter ihr, aber es war noch viel zu tun, bis der Fall gelöst wäre. Jetzt hatten sie es mit fünf Morden und vier abgehackten Fingern zu tun. Fünf Morde waren mehr als vier Finger …

»Aber Irene, sitzt du da und schläfst?«

Tommys Stimme ließ sie zusammenzucken.

»Nein. Ich habe Kopfschmerzen. Ich habe nur einen Moment die Augen geschlossen. Ich brauche Kaffee«, murmelte sie.

Ohne ihn anzusehen, taumelte sie zum Kaffeeautomaten. Sicherheitshalber nahm sie zwei Becher mit in ihr Büro. Sie reichte Tommy den einen.

»Nein, danke. Schließlich hast du die Kopfschmerzen. Trink«, sagte er freundlich.

Irene fand noch ein altes Aspirin in ihrer Schreibtischschublade. Sie hatte keine Ahnung, wie lange es schon dort lag, aber die Folie und die Plastikverpackung waren noch intakt. Rasch schluckte sie die Tablette mit einem Mundvoll Kaffee hinunter.

»Vielleicht hast du ja nicht die Kraft, zu diesem Frauenzimmer Kaegler-Ceder ins Östliche Krankenhaus zu fahren und die ›Wahrheit aus ihr rauszuquetschen‹«, meinte Tommy und imitierte Anderssons Stimme perfekt.

Pech nur, dass der Kommissar in der offenen Tür stand. Er sah Tommy sauer an und sagte finster:

»Ich habe gedacht, dass ihr schon auf dem Weg seid. Worauf wartet ihr noch?«

Er drehte sich um und ging wieder in sein Büro, zufrieden damit, zumindest das letzte Wort behalten zu haben. Eigentlich war er zu ihnen gekommen, um sich nach dem Stand der Ermittlungen in Paris zu erkundigen. Aber das konnte warten. In Paris brauchten sie sicher das Wochenende, bevor sie irgendwelche Informationen liefern konnten. Beispielsweise das Kaliber der Geschosse, die Fenton getötet hatten.

KAPITEL 21

Sie schläft«, teilte die grauhaarige Schwester mit, die gerade aus dem Zimmer kam, in das Tommy hineinwollte.

Sie schloss die Tür hinter sich. »Und sie darf nicht geweckt werden«, fügte sie energisch hinzu.

Der Beamte im Vorraum war abgelöst worden. Jetzt saß dort eine junge Kollegin. Sie erzählte, Sannas Mutter und Schwester seien gegen elf Uhr kurz zu Besuch gekommen. Im Übrigen sei alles ruhig gewesen.

»Dann gehen wir jetzt erst mal was essen«, entschied Tommy.

Sie nahmen den Fahrstuhl zur Cafeteria. Sie war fast voll, aber es gelang ihnen, einen freien Tisch an den großen Fenstern zum Innenhof zu finden. Sie bestellten Schinkenpastete mit Salat und dazu Milch und Kaffee. Keine Haute cuisine, aber immerhin sättigend, fand Tommy. Als sie beim lauwarmen Kaffee angelangt waren, fasste sich Irene ein Herz und fragte:

»Bist du mit den Kindern das ganze Wochenende bei deinen Eltern?«

»Nein. Martin will Samstagabend wieder zu Hause sein. Seine Freundin veranstaltet eine Party. Aber Agneta genügt der Samstag, um ihre Sachen auszuräumen. Sie hat schon alles zusammengepackt.«

Die letzten Worte klangen trübsinnig; er starrte dabei verloren in seine Kaffeetasse. Da platzte Irene der Kragen.

»Mein Gott! Ihr seid immer so beherrscht und … diszipliniert! Keine Tränen, keine Vorwürfe … nichts!«

Er sah auf und warf ihr einen harten Blick zu.

»Was weißt du schon!«

Irene versuchte, sich zu beherrschen. Verstohlen schaute sie sie sich um, aber niemand schien sie zu beachten.

»Natürlich weiß ich überhaupt nichts, weil ihr nie etwas sagt! Ich begreife nicht, wie es euch gelungen ist … das Ganze geheim zu halten, die Fassade zu wahren. Und plötzlich stellt ihr einen vor vollendete Tatsachen. Ihr lasst euch scheiden.«

Tommy holte tief Luft.

»Es ist meine Schuld, dass es uns nicht gelungen ist, unsere Ehe zu retten«, sagte er leise.

Er sah wirklich so aus, als sei er überzeugt davon, aber Irene wandte sofort ein:

»Du brauchst doch wohl nicht die Schuld auf dich zu nehmen. Schließlich hat Agneta die Affäre mit diesem Arzt und will sich schei …«

»Das ist nicht die ganze Wahrheit«, fiel er ihr ins Wort.

Irene war verwirrt. Sie wusste nicht recht, was sie sagen sollte. Daher schwieg sie. Tommy schaute in den verglasten Innenhof hinaus, in dem sich die Blätter der Büsche bereits gelb färbten. Mit gedämpfter Stimme begann er wieder zu sprechen, ohne sein Gesicht Irene zuzuwenden. Sie war gezwungen, sich über den Tisch zu beugen, um seine Worte zu verstehen.

»Vor ein paar Jahren war ich ein paar Mal mit einer Frau zusammen. Wir waren Nachbarn. Sie sah super aus und hatte einen … gewissen Ruf. Bei einem Krebsessen funkte es. Tja, das war's dann. Sowohl ihr Mann als auch Agneta erfuhren davon. Sie zogen ein paar Monate später weg, und Agneta und ich gingen zur Familienberatung.«

Er seufzte schwer und trank den letzten Schluck aus seiner Tasse. Irene starrte ihren langjährigen Freund an. Krister und sie hatten nichts von den Problemen ihrer besten Freunde geahnt.

»Damals haben wir uns wieder zusammengerauft. Aber… dann passierte es wieder. Du weißt schon, dieser Gewerkschaftslehrgang vor zwei Jahren in Stockholm… dort traf ich eine Kollegin aus Gävle. Auch sie war verheiratet, und wir wollten einfach nur ein bisschen Spaß haben. Glaubte ich jedenfalls. Aber es zeigte sich, dass sie und ihr Typ gerade in Trennung lebten und sie vorhatte, sich einen neuen Mann zu krallen. Mich. Als ihr klar wurde, dass ich nicht interessiert war, geriet sie außer sich und rief Agneta an. Um es milde auszudrücken gab es ein Riesentheater! Wegen der Kinder haben wir es dann noch einmal versucht. Aber es hat sich nie wieder richtig eingerenkt. Und im Sommer gaben wir auf. Agneta hatte entdeckt, dass dieser Doktor und sie sich liebten. Sie wollte sich scheiden lassen. Es war schwierig, eine Wohnung zu finden, aber jetzt ziehen sie zusammen. That's all!«, meinte er mit einer unbekümmerten Handbewegung, aber seine Augen verrieten etwas ganz anderes.

Irene gelang es endlich wieder, etwas zu sagen. Sie stammelte:

»Aber du… gab es einen Grund… warum warst du überhaupt untreu?«

Er sah sie trotzig an. Irene konnte kaum glauben, dass das, was sie gerade gehört hatte, stimmte. Gleichzeitig stieg ein wohlbekanntes, irrationales Gefühl in ihr auf: Wut.

»Jetzt kennen wir uns schon seit über zwanzig Jahren. Ich habe immer gesagt, dass du ein ehrlicher und vernünftiger Mensch bist. Und jetzt zeigt sich, dass du genauso bist wie alle Männer! Das Hirn streikt, wenn der Kleine das Sagen hat!«

»Ich bin nun mal ein Mann. Und wenn du behauptest, dass alle Männer so veranlagt sind wie ich, dann müsste das auf Krister auch zutreffen.«

Er war wütend und streitlustig. Jeglicher Kampfgeist verließ Irene so schnell, wie er gekommen war. Sie machte eine abwehrende Handbewegung.

»Wir hören jetzt auf. Wir sitzen hier und streiten, obwohl wir keinen Grund dazu haben. Ich habe kein Recht, dich und dein Verhalten zu verurteilen. Es stimmt. Das geht nur dich und Agneta etwas an. Aber du musst verstehen, dass auch andere Menschen davon betroffen sind. Leute, die euch beide mögen.«

Tommy wusste nicht, was er sagen sollte. Er ließ die Schultern hängen und beugte sich über seine leere Tasse. Dann richtete er sich auf und meinte:

»Ich brauche noch eine Tasse. Dich brauche ich wohl gar nicht erst zu fragen.«

Das Lächeln, das er ihr schenkte, glich eher einer kläglichen Grimasse. Irene versuchte, aufmunternd zurückzulächeln, merkte aber, dass ihr das ebenso wenig gelang wie ihm. Mit einer gewissen Zärtlichkeit sah sie ihm nach, als er auf die Kaffeekannen zustrebte.

Widerstreitende Gefühle überschwemmten sie. Sie fühlte sich vollkommen ausgelaugt. Trotzdem war sie froh, dass er endlich geredet hatte. Jetzt wusste sie, was los war. Jetzt war klar, warum es soweit hatte kommen können.

Warum hatte Tommy das Wohl seiner Familie für ein paar schnelle Nummern aufs Spiel gesetzt? Wegen der Spannung? Der Bestätigung? Um sich zu vergewissern, dass er immer noch attraktiv war? Oder war es wirklich so, dass die Lust jegliche Vernunft ausschloss?

Tommy kam zurück und stellte die Tassen auf den Tisch. Er hatte auch zwei Punschteilchen gekauft.

»Ich dachte, wir könnten was Starkes zum Kaffee brauchen«, meinte er.

Sanna war wach, als sie das Zimmer betraten. Als sie sie erkannte, schaute sie demonstrativ aus dem Fenster. Also stellte Irene ihren Stuhl ganz einfach auf die Fensterseite des Bettes. Da Sanna jetzt beiderseits von Kripoleuten flankiert wurde, blieb ihr nichts anderes übrig, als an die Decke zu starren, um ihren Blicken auszuweichen. Ihren Fragen würde sie jedoch nicht entgehen.

»Wir hoffen, Sie haben gut geschlafen und können uns nun dabei helfen, den Mörder zu fassen«, sagte Tommy leichthin.

Sanna starrte auf die Deckenlampe aus Opalglas und schnaubte nur verächtlich.

»Während Sie geschlafen haben, sind einige dramatische Dinge, die sich in der Welt ereignet haben, zu unserer Kenntnis gelangt«, fuhr Tommy fort.

Er verstummte und sah sie eine Weile nachdenklich an. Um sich ihnen und ihren unangenehmen Fragen zu entziehen, schloss Sanna die Augen und gab vor einzuschlafen. Tommys nächste Frage veranlasste sie jedoch dazu, die Augen wieder zu öffnen.

»Sie behaupten, vor zwei Tagen mit Edward Fenton am Telefon gesprochen zu haben. Stimmt das?«

Sie nickte schwach. In ihren Augen war eine gewisse Unruhe auszumachen.

»Was genau hat er gesagt?«

Sie räusperte sich und krächzte:

»Ich erinnere mich nicht mehr so richtig.«

»Versuchen Sie es«, erwiderte Tommy knapp.

Sie schloss wieder die Augen, und Irene sah, wie sie sich hinter den fast durchsichtigen, blau geäderten Lidern bewegten. Plötzlich schlug sie sie wieder auf.

»Es sei jemand an ihn herangetreten und habe den Finger zurückgefordert. Genau wie ich hatte er ihn jedoch nach Erhalt weggeworfen. Die unbekannte Person hat Edward aufgetragen, mir mitzuteilen, dass auch ich meinen Finger zurückgeben soll. Außerdem sollte ich nach dem Finger suchen, den Kjell erhalten hatte. Falls ich dieser Aufforderung nicht nachkomme, würde Ludde etwas zustoßen.«

Sie verstummte. Ihr Gesichtsausdruck wirkte gequält. Der Brief mit dem abgehackten Finger war natürlich eine unangenehme Erinnerung.

»Sagte er sonst noch etwas?«

»Nein.«

»Wussten Sie vor diesem Gespräch, dass Kjell ebenfalls einen Finger erhalten hatte?«

»Nein.«

Irene beugte sich zu der blassen Gestalt im Bett vor und sagte ruhig:

»Was stand in dem Erpresserbrief, den Sie vor drei Jahren zusammen mit dem Finger erhielten?«

Sanna erstarrte und begann heftiger zu atmen.

»Was in dem Brief stand? Daran erinnere ich mich nicht. Das ist so lange her«, versuchte sie auszuweichen.

»Wir wissen, dass Sie etwas zu verbergen haben. Der Erpresser hatte ganz offensichtlich etwas gegen Sie in der Hand.«

Ein Blick auf Sannas zusammengekniffene Lippen genügte, um klar zu machen, dass sie nicht vorhatte, sich darüber zu äußern. Tommy und Irene tauschten einen raschen Blick über die hellgelbe Frotteedecke des Bettes aus. Er nickte ihr aufmunternd zu.

Irene dachte darüber nach, wie sie ihre nächste Frage formulieren sollte. Schließlich entschied sie sich dafür, den Stier bei den Hörnern zu packen.

»Was für ein Verhältnis hatten … haben Sie zu Edward Fenton?«

Hoffentlich hatte Sanna die Änderung des Tempus nicht bemerkt. Es hatte nicht den Anschein. Sie antwortete in sachlichem Ton:

»Edward? Sein Bruder ist mit meiner Schwester verheiratet. Wir sehen uns nicht oft. Das gilt vor allem für die letzten Jahre. Er ist der Chef der Bank, die ph.com in finanziellen Dingen beriet. Wir hatten geschäftlich miteinander zu tun.«

»Weshalb erhielt Edward ihrer Meinung nach einen abgehackten Finger?«

Es dauerte eine Weile, bis sie antwortete:

»Keine Ahnung. Vielleicht, um ihm zu zeigen, was passieren kann, wenn man nicht zahlt.«

»Was hatten die Erpresser gegen ihn in der Hand?«

»Das sagte ich Ihnen bereits. Seine Bank ist eine Investmentbank. Sie arbeitet mit Risikokapital. Jemand war unzufrieden damit, wie er das Geld angelegt hatte. Was Unsinn war, denn schließlich verloren alle ihr Geld beim Börsencrash. Das war einfach so!«

Irene fragte sich, ob Sanna eigentlich merkte, wie sie klang: quengelig und kindisch. Natürlich war niemand daran schuld, dass das ganze Geld verschwunden war, am allerwenigsten die kleine Sanna.

»Aber derjenige, der ihn bedrohte, wollte sich nicht damit abfinden, dass er sein Geld verloren hatte, sondern forderte es zurück. War es so?«

»Ja. Ich vermute«, seufzte Sanna.

»Bei welcher Gelegenheit erzählte Ihnen Edward davon?«

Es dauerte erstaunlich lange, bis sich Sanna eine Antwort zurechtgelegt hatte.

»Bei dem Telefongespräch vorgestern«, sagte sie schließlich.

»Vorher wussten Sie also nicht, dass er ebenfalls erpresst wurde?«

»Nein.«

»Wann erfuhren Sie, dass sowohl Edward als auch Kjell je einen Finger erhalten hatten?«

»Wie schon gesagt: bei dem Gespräch vorgestern.«

Irenes Stimme wurde wieder so freundlich wie zu Anfang der Vernehmung.

»Welchen Eindruck hatten Sie von Edward, als Sie sich vor zwei Tagen mit ihm unterhielten?«

»Eindruck? Er klang wie immer.«

Offenbar verfügte Sanna über telepathische Kräfte und konnte Stimmen aus dem Jenseits hören. Irene fuhr fort:

»Können Sie sich erinnern, ob Edward bei diesem Gespräch auch noch von anderen Dingen sprach?«

Sanna warf ihr einen verärgerten Blick zu und fauchte:

»Ich habe alles gesagt. Warum liegen Sie mir eigentlich dauernd mit Edward in den Ohren?«

Jetzt legte Tommy seine Hand leicht auf ihren Arm und sagte:

»Wir müssen Ihnen leider eine bedauerliche Nachricht überbringen.«

Sie wandte ihm ihr Gesicht zu. Ihr Ärger wich einer leichten Besorgnis.

»Was für eine bedauerliche Nachricht?«

»Edward Fenton ist tot aufgefunden worden. Er…«

Tommy kam nicht weiter, Sannas Schrei übertönte alles. Ein paar Sekunden standen Tommy und Irene wie gelähmt da. Das angsterfüllte Kreischen war ohrenbetäubend. Diese heftige Reaktion hatten sie nicht erwartet. Edward Fenton war schließlich eine Person, die Sanna nicht mehr sonderlich oft traf. Das hatte sie zumindest behauptet. Sie waren weitläufig miteinander verwandt und hatten früher geschäftlich miteinander verkehrt. Er hatte ihr also nicht so nahe gestanden wie die anderen vier Opfer, ausgenommen Joachim Rothstaahl.

Das hatten sie geglaubt, aber ihre Reaktion ließ etwas anderes vermuten. Ohnmächtig standen sie neben dem Bett und sahen, wie sie beim Schreien von Krämpfen geschüttelt wurde. Die grauhaarige Schwester stürzte herein und rief:

»Was machen Sie mit ihr? Raus! Raus!«

Sie schob sie aus dem Zimmer. Ehe Irene und Tommy es sich versahen, standen sie vor einer geschlossenen Tür. Die Lampe neben der Tür begann zu blinken, und irgendwo tutete es. Die Schwester hatte den Alarm ausgelöst. Mit Sannas Schreien hinter der Tür bildete er eine unheimliche Kakophonie.

»Was war jetzt das?«, fragte Irene.

Tommy zog die Brauen hoch und sah sie an.

»Ich glaube, wir haben soeben einen Volltreffer gelandet.«

Irene und Tommy fuhren ins Präsidium zurück, um mit Andersson zu sprechen. Der befand sich gerade in einer Besprechung, die noch bis 17 Uhr dauern würde.

»Ich warte hier. Du kannst nach Hause fahren und dich um deine Kinder kümmern«, entschied Irene.

Tommy protestierte halbherzig, war aber sichtlich dankbar für ihr Angebot.

»Ihr könnt doch Sonntag zum Essen kommen. Du brauchst dir keine Sorgen zu machen, Krister hat frei.«

»In diesem Fall nehme ich gern an«, antwortete Tommy und lächelte übermütig.

Kochen war nicht gerade Irenes starke Seite. Warum hätte sie das auch sein sollen, schließlich war sie mit einem Profi aus der Gastronomie verheiratet.

»Grüß Sonya und Ragnar von mir«, rief sie ihm noch auf den Gang hinterher. Nach so langjähriger Freundschaft kannte sie auch Tommys Eltern gut.

Ihr blieb fast noch eine ganze Stunde, bis der Kommissar auftauchen würde, also schaltete sie ihren Computer ein, um ihre Mails anzuschauen. Freudig überrascht fand sie eine Nachricht von Glen Thomsen. Sie war kurz und lautete folgendermaßen:

»Irene,

mein Kollege mit einer Vergangenheit beim FBI hat sich umgehört. Der Mord an E. Fenton hat Verzweigungen bis in die USA. Die Sache könnte größer sein, als du ahnst! Wir erfuhren eben, dass das FBI einen Special Agent schickt, Lee Hazel. Special Agent Hazel fliegt morgen nach Paris. Am Montag kommt er dann hierher nach London, und Dienstag oder Mittwoch reist er nach Göteborg weiter. Ich lasse von mir hören, wenn ich Näheres weiß.

Schönes Wochenende und Grüße an Krister und die Töchter!

Glen«

Verzweigungen bis in die USA? Das war vielleicht nicht so überraschend, wenn man bedachte, dass Edward für eine amerikanische Bank gearbeitet hatte. Außerdem war er mit einer Amerikanerin verheiratet gewesen, deren Vater überdies ein bekannter Finanzmann war, laut der Biographie, die Tommy ausgegraben hatte. Wahrscheinlich interessierte sich das FBI deswegen dafür. Aber es war schon merkwürdig, sich plötzlich mitten in einer Ermittlung wiederzufinden, die in den USA vom Bundeskriminalamt betrieben wurde. Konnte das bedeuten, dass sie ebenfalls die Reichsmordkommission einschalten mussten? Diese Gefahr bestand. Das Beste war, mit Sven Andersson darüber zu sprechen.

Zerstreut klickte sie auf die Datei, die Glen angehängt hatte. Glücklicherweise hatte sie sich bereits gesetzt, als die Bilder aus dem Attachment auf dem Monitor auftauchten. Ihre Hände zitterten, als sie auf das Druckersymbol klickte.

»Diese verdammten Schwachköpfe will ich nicht dabeihaben! Es ist schon so chaotisch genug!«, sagte Andersson mit Nachdruck.

Er wirkte finster und verbissen. Wie immer, wenn das Reichskriminalamt, Rikskrim, zur Sprache kam, sah er rot. »Alles Bürokraten!«, schnaubte er dann jeweils verächtlich. Irene hatte es schon aufgegeben, gegen seine Vorurteile zu protestieren, denn das verärgerte ihn nur.

»Findest du nicht, dass wir die Göransson informieren sollten?«, fragte Irene vorsichtig.

Anderssons Miene verfinsterte sich noch mehr. Bodil Göransson war die neue Provinzkripochefin. Sie hatte darum gebeten, fortlaufend unterrichtet zu werden. Zweifellos handelte es sich um einen äußerst Aufsehen erregenden Fall, und die Medien hielten aufmerksam Ausschau nach sensationellen Entwicklungen. Schließlich spielte sich die ganze Sache auch nicht in den üblichen kriminellen Kreisen ab. »Vergiss nicht, dass Antonio Bonetti in die Sache verwickelt ist«, hatte Irene mehrfach zu Andersson gesagt. Der Kommissar dachte eine Weile nach.

»Doch. Am Montag«, meinte er dann, nachdem er das Für und Wider abgewogen hatte.

Er lehnte sich zurück und sah Irene an.

»Ein Oberarzt mit einem unaussprechlichen Nachnamen hat hier angerufen und sich über euch beklagt. Ich glaube, ein Pole. Sagte was von Gestapomethoden und Amtsmissbrauch. Ich habe ihm gesagt, ihr hättet nur meine Anordnungen befolgt. Wir hätten den Verdacht, Sanna schütze einen Mörder, der, während sie geschwiegen habe, einen weiteren Mann ermordet habe. Wenn sie nicht bald redete, gäbe es noch weitere Opfer. Deswegen hätte ich euch dazu angehalten, die Daumenschrauben anzuziehen. Das hat dem Herrn Doktor das Maul gestopft«, meinte er grimmig.

Ein zufriedenes Lächeln breitete sich auf seinem runden Gesicht aus, während er sich daran erinnerte, wie er den Arzt in die Schranken gewiesen hatte. Der Kommissar faltete seine dicken Finger auf dem Bauch und wirkte wie ein alter, frommer Probst, denn er war rund wie ein Käse.

»Welche Schlüsse lassen sich aus der Reaktion der süßen kleinen Frau Ceder auf die Nachricht vom Mord an Fenton ziehen?«, fragte er.

»Ich habe darüber nachgedacht. Sie reagierte ja ausgesprochen vehement, was übertrieben wirkt, falls ihr Verhältnis wirklich so förmlich war, wie sie es beschrieben hat. Daher glaube ich, dass ihre Darlegung der Verhältnisse nicht zutraf.«

Sie reichte ihm die Klarsichthülle mit den Fotos, die ihr Glen geschickt hatte. Andersson breitete sie auf dem Schreibtisch aus.

Unter dem ersten Bild stand: »Edward Fenton mit Ehefrau Janice und den Söhnen Victor, 9, und Albert, 7.« Er hatte einen Arm um die Schultern seiner bedeutend kleineren Gattin gelegt und lächelte strahlend in die Kamera. Vor ihnen standen zwei Jungen, beide genauso dunkelhaarig wie ihre Mutter. Die Familie stand auf einer Veranda oder einem Balkon, Meer und Palmen im Hintergrund. Janice Fenton war eine südländische Schönheit mit dunklem Haar, das ihr bis zur Taille reichte. Sie hatte ein hübsches Gesicht, markante Brauen und volle Lippen. Obwohl sie klein und schlank war, hatte sie Rundungen an den richtigen Stellen. Die Halskette aus Diamanten und die Riesensteine in ihren Ohrläppchen und an ihren Fingern ließen sie sehr amerikanisch aussehen.

Andersson spitzte die Lippen und pfiff lautlos.

»So soll ein richtiges Frauenzimmer aussehen! Das ist ein Rassew…«

Er unterbrach sich und sah Irene über den Rand seiner Lesebrille hinweg an. Sie hatte eine Ahnung, wie er den Satz hatte beenden wollen. Die schwache Röte, die sich auf seinen runden Wangen breit machte, ließ erkennen, dass er sich seines Fauxpas bewusst war. Irene tat, als hätte sie nichts gehört, und begegnete gelassen dem Blick ihres Chefs. Dieser blickte rasch zur Seite und zog das nächste Bild zu sich heran.

»Hier haben wir ein Porträt von Fenton«, sagte er übertrieben munter.

Dann warf er einen Blick auf das Papier, das er in der anderen Hand hielt.

»Und hier haben wir ein Bild von Fentons Leiche. Kopfschuss wie bei den anderen«, stellte er fest und legte das Foto rasch beiseite.

Edward Fenton war ein eleganter Mann gewesen. In der Tat richtig gut aussehend. Groß, blond, durchtrainiert, mit gleichmäßigen Gesichtszügen und einem sehr attraktiven Lächeln.

»Das ist der Mann, der in Paris auf mich geschossen hat«, sagte Irene und deutete auf das Porträt.

Ihr Chef sah sie über den Rand seiner Brille hinweg lange an.

»Bist du dir sicher?«, fragte er schließlich.

»Hundertprozentig!«

»Aber er war doch in London?«

Irene schüttelte den Kopf.

»Nein. Er flog aus den USA nach Hause, und die Familie blieb noch zwei weitere Wochen bei der Verwandtschaft. Am Montag, dem 16., und am Dienstag, dem 17., hätte er arbeiten sollen. Laut seiner Sekretärin tauchte er aber nicht auf. Am Mittwoch erschien er wie immer, ohne sein Fernbleiben zu erklären. Verständlich. Hätte er erzählen sollen, dass er in Paris war, auf eine schwedische Polizistin geschossen und eine weitere krankenhausreif geschlagen hat? Laut seiner Sekretärin hatte er eine Verletzung im Gesicht, die er sich beim Sturz auf einer Treppe in seinem Garten zugezogen haben soll. In Wahrheit erhielt er sie, als ich ihn niederschlug!«

Ihr Chef sah sie nachdenklich an. Jetzt erinnerte er nicht mehr an einen gutmütigen Probst. Es war wieder die störrische Bulldogge, die sie von der anderen Seite des Schreibtisches anstarrte.

»Warum ist Fenton nach Paris gefahren, hat Kajsa verprügelt und auf dich geschossen …? Er hätte dich töten können!«

Dankbar registrierte Irene, dass der Kommissar in der Tat ihretwegen aufgebracht war.

»Ja. Er war bereit, dieses Risiko einzugehen. Er wollte etwas sehr Wertvolles in seinen Besitz bringen.«

»Was? Drogen? Die Finger?«, schlug Andersson vor.

»Vielleicht. Ich weiß nicht. Aber ich ahne, dass es ihm um Philips und Joachims Computer und die Disketten ging.«

»Warum?«, wollte der Kommissar wissen.

»Er wollte irgendwelche Spuren verwischen.«

»Was für Spuren?«

Andersson versuchte nicht einmal, seine Ungeduld zu zügeln.

Irene seufzte.

»Weiß nicht. Wahrscheinlich die Spuren irgendeiner Straftat.«

»Wahrscheinlich«, stimmte er ihr zu.

»Aber ich glaube, dass ich noch etwas anderes mit ziemlich großer Sicherheit behaupten kann. Schau dir das Porträt von Edward noch mal an«, sagte sie.

Der Kommissar kam ihrer Aufforderung nach und betrachtete das Bild erneut.

»Auf dem Bild sieht man, dass er blond ist. Wir wissen, dass er in Joachims Wohnung war, weil er derjenige war, der auf mich geschossen hat. In der Wohnung fand ich ein paar blonde Haare von einem Mann, der laut DNA-Analyse mit größter Wahrscheinlichkeit Ludwigs Vater ist.«

Andersson fixierte das Bild und begann, langsam zu nicken.

»Du glaubst also, dass er …?«, sagte er und klopfte mit dem Zeigefinger auf das Bild.

»Ja. Ich glaube, dass Edward Fenton der Vater von Sannas Sohn ist.«

KAPITEL 22

Am Vormittag rief Irene auf der Station an, auf der Sanna lag. Laut Krankenschwester würde es am Wochenende nicht möglich sein, eine weitere Vernehmung von Sanna Kaegler durchzuführen.

»Frühestens am Montag. Sie hat ein ziemlich starkes Beruhigungsmittel bekommen«, sagte sie bestimmt.

Sie hatte sich am Telefon als Schwester Ann-Britt vorgestellt. Nach der Stimme zu urteilen, war sie schon etwas älter, und Irene hegte den Verdacht, dass es sich um die grauhaarige Schwester handelte, der sie am Vortag vor Sannas Zimmer begegnet waren.

Irene zögerte erst, entschloss sich dann aber doch dazu, noch etwas zu sagen.

»Wie Sie sicher gemerkt haben, machen wir uns Sorgen um die Sicherheit von Sanna Kaegler. Sie ist nur knapp einem Mordanschlag entronnen. Wir lassen sie rund um die Uhr bewachen, aber es wäre mir sehr recht, wenn auch das Personal die Augen offen halten könnte«, begann sie ohne weitere Umschweife.

»Worauf sollen wir denn besonders achten?«, fragte die Krankenschwester.

»Seltsame Telefonanrufe. Beispielsweise Leute, die herausfinden wollen, ob Sanna Kaegler auf Ihrer Station liegt. Möglicherweise geben sie sich als Journalisten oder Polizisten aus.«

»Ich habe Ihren Namen und Ihre Stimme wiedererkannt. Wir sind uns gestern Nachmittag begegnet«, unterbrach Schwester Ann-Britt sie rasch.

»Ich konnte mich auch noch an Sie erinnern«, versicherte Irene.

»Sonst hätte ich auch nichts über das Befinden der Patientin verlauten lassen«, fügte die Krankenschwester hinzu.

»Das ist mir bewusst. Um auf die Dinge zurückzukommen, auf die Sie ein Auge halten könnten, so sind das zum Beispiel Unbekannte, die irgendwo auftauchen, wo sie nichts zu suchen haben. Vor allem, wenn das mehrfach passiert und die Betroffenen nicht erklären können, was sie eigentlich wollen. Dann ist es höchste Zeit, Alarm zu schlagen.«

»Aber wenn es ein falscher Alarm ist? Vielleicht ist jemand nur zum falschen Zeitpunkt am falschen Ort?«, wandte Schwester Ann-Britt ein.

»Das kommt vor. Aber lieber ein Alarm zu viel als einer zu wenig. Das Leben von Sanna Kaegler steht auf dem Spiel.«

»Ich weiß. Ich rede mit den anderen.«

Irene gab ihr ihre Privat- und ihre Handynummer. Obwohl ein Polizist Wache hielt, machte sie sich Sorgen. Bislang war der Mörder äußerst frech und rücksichtslos aufgetreten, eine lebensgefährliche Kombination. Wenn das Personal ebenfalls aufmerksam war, konnte das nicht schaden.

Jenny und Katarina schliefen noch. Krister war schon ins Glady's Corner gegangen. Er hatte Frühschicht und um 17 Uhr Feierabend. Irene freute sich auf einen gemütlichen Samstagabend in Gesellschaft ihres Mannes. Und morgen kommt Tommy mit seinen Kindern zum Abendessen, dachte sie. Dieser Gedanke löste gemischte Gefühle in ihr aus. Natürlich freute sie sich, dass ihr Tommy so viel Vertrauen geschenkt hatte. Das war von einem besten Freund auch nicht anders zu erwarten. Aber wie würde sich in Zukunft ihr Verhältnis zu Agneta gestalten? Seit vielen Jahren war sie ihre beste Freundin. Würde sie mit beiden auch nach der Scheidung eine normale Beziehung aufrechterhalten können?

Sie kam zu dem Schluss, dass ihr nichts anderes übrig blieb, als abzuwarten. Müsste sie wählen, dann würde sie sich für Tommy entscheiden, das wusste sie. Sie beide verband eine lange gemeinsame Vergangenheit, und sie waren sich bewusst, wie ungewöhnlich es war, dass es einem Mann und einer Frau gelang, über so viele Jahre gut befreundet zu sein, obwohl beide Familie hatten. Das ist einzigartig, und dafür muss man kämpfen, dachte sie. Der Grund war, dass sie auf der gleichen Wellenlänge lagen und in etwa parallel Karriere gemacht hatten. Sie hatten zusammen die Polizeihochschule besucht, auf demselben Revier in Göteborg angefangen und waren dort meist im selben Streifenwagen herumgekurvt. Anschließend waren sie fast gleichzeitig zur Kriminalpolizei gewechselt. Tommy hatte dort ein knappes Jahr vor Irene angefangen. Seine Begeisterung hatte sie dazu veranlasst, sich zur Inspektorin ausbilden zu lassen. Das hatte sie nie bereut, und obwohl sie es manchmal anstrengend und frustrierend fand, wünschte sie sich keine andere Arbeit. Wahrscheinlich war sie schon als Polizistin zur Welt gekommen. Es war ihr in die Wiege gelegt worden, ihr Vater war Zöllner gewesen. Vielleicht stehe ich auf Uniformen?, dachte sie manchmal selbstironisch, obwohl sie schon vor fünfzehn Jahren beim Dezernat für Gewaltverbrechen angefangen hatte und seitdem keine Uniform mehr trug.

Da es an diesem Tag nur ein Wesen gab, das ihre Gesellschaft suchte, trat sie in die Diele. Sie zog ihre Jacke an und nahm die Hundeleine von einem Haken.

»Sammie! Lass uns gehen!«

Krallen schrappten über das Parkett im Wohnzimmer, wo er auf dem Teppich unter dem Couchtisch geschlafen hatte. Mit Karacho kam er in die Diele geflitzt, woraufhin sich der Läufer wie eine Ziehharmonika zusammenzog und halb im Wohnzimmer verschwand.

Alles war also wie immer, wenn bei Familie Huss der Hund ausgeführt wurde.

Die Sonne verschwand hinter einer dünnen Wolkendecke, aber es sah trotzdem nicht nach Regen aus. Vom Meer her wehte ein Wind, aber Irene entschloss sich trotzdem, in diese Richtung zu gehen. Sie mochte den salzigen Geruch des Tangs und das Geräusch der Brandung. Nichts sonst gab ihr so viel Ruhe, nirgendwo sonst konnte sie so gut nachdenken.

Sammie zerrte an seiner Leine und versuchte, schnüffelnd Informationen über andere Hunde zu sammeln. Sie näherten sich der Fiskebäcks-Marina. Dort waren nicht viele Menschen. Die Saison war vorbei, obwohl noch das eine oder andere Segel auf dem weiten Blau des Meeres zu sehen war. Einige Motorboote pflügten ebenfalls durch die Fahrrinne. Ob eines von ihnen wohl dem von Thomas Bonetti ähnelte? Irene hatte keine Ahnung, wie ein Storebro Royal Cruiser aussah, aber sie vermutete, dass es sich nicht um einen Kahn mit Außenborder gehandelt hatte. Wahrscheinlich hatte das Boot mehrere Decks, Dusche, Toilette gehabt…

Plötzlich war er da. Sie hatte keine Ahnung, wo er hergekommen war, denn sie war tief in Gedanken versunken gewesen. Mit einem bösartigen Knurren warf sich der große Schäferhund auf Sammie, der ebenso überrascht zu sein schien wie sein Frauchen. Gerade war er friedlich einer viel versprechenden Fährte gefolgt, nur um von einem freilaufenden Rüden angegriffen zu werden! Da er nie nein zu einer Keilerei sagte, verschaffte er sich blitzschnell ein Bild von der Lage. Glücklicherweise hatte er eine Leine, die sich automatisch aufrollte und die sein Frauchen nicht festgestellt hatte. Das verschaffte ihm mehrere Meter Bewegungsfreiheit. Der Schäferhund war mehr als doppelt so groß wie er, aber es müsste trotzdem funktionieren. Irene sah, dass sich das Fell des großen Hundes sträubte. Er fletschte die Zähne und war ziemlich aggressiv. Sie versuchte den Angriff abzuwehren, indem sie schrie und die Arme über den Kopf hob. Das hatte früher gelegentlich geholfen. Der Schäferhund hielt für den Bruchteil einer Sekunde inne, als sie ihre Vorführung veranstaltete.

Mehr brauchte Sammie nicht. Er machte einen eleganten Satz quer über den Rücken des Schäferhunds und verbiss sich in seinem Hinterteil. Der Schäferhund wirkte außerordentlich erstaunt, als er ins Leere schnappte und nicht den Nacken eines Terriers erwischte. Dann wurde ihm bewusst, dass ihm sein Hinterteil wehtat. Wahnsinnig weh! Er begann kläglich zu winseln. Sammie hingegen hatte seinen Spaß. Sicherheitshalber biss er noch fester zu, damit ihm seine Beute auch ja nicht entwischen würde. Da heulte der Schäferhund vor Schmerzen. Irene tat der Ärmste leid. Verzweifelt schaute sie sich um, konnte den Besitzer aber nirgends entdecken.

»Lieber Sammie… aus!«, flehte sie.

Er hörte sie und warf ihr einen erstaunten Blick zu. Aus? War sie nicht ganz bei Trost? War man einmal so im Vorteil, ließ man nicht einfach los!

»Lieber, lieber Sammie… aus!«, sagte sie erneut, den Tränen nahe.

Sie war erstaunt und erleichtert, als Sammie endlich abließ. Der Schäferhund hinkte mit eingekniffenem Schwanz auf einen Passat Kombi zu und sprang durch die offene Beifahrertür.

»Ach so, da kommst du her«, sagte Irene laut.

Verwirrt schaute Sammie sie an. Einfach aufhören, wenn man die Oberhand hatte, war wahnsinnig bescheuert, wenn es nach ihm ging.

»Brav, Sammie. Mein Goldstück… guter Hund. Brav… du hast dir doch nichts getan?«, redete Irene nervös weiter und hielt gleichzeitig ein Auge auf den Passat.

Sammie schüttelte sich und schien vollkommen unverletzt zu sein. Irene machte sich mit ihm auf den Heimweg. Die ganze Zeit behielt sie den Passat im Blick. Sie fürchtete, dass den Schäferhund Rachegelüste packen könnten. Doch der war offensichtlich bedient und blieb lieber im Auto.

Als sie zu ihrer Reihenhaussiedlung kamen, merkte Irene, dass Sammie hinkte. Erst war es kaum zu sehen, aber je mehr sie sich dem Haus näherten, desto deutlicher wurde es. Vor den Garagen setzte er sich und weigerte sich, noch einen Schritt weiterzugehen. Kläglich hielt er seine rechte Vorderpfote hoch. Als Irene das Gelenk anfasste, heulte er auf. Sie konnte keine Bisswunde entdecken, aber offenbar hatte die Pfote trotzdem was abgekriegt. »Alte Herren sollen sich auch nicht prügeln. Jetzt geht es zum Tierarzt«, sagte sie.

Sammie war das egal. Er hatte nicht die Absicht, mit seiner lädierten Pfote auch nur einen Schritt weit zu laufen. Seufzend bückte sich Irene und hob ihren fast zwanzig Kilo schweren Hund hoch.

»Ich brauchte nur anzurufen. Sie fanden, es klingt danach, dass die Pfote verstaucht ist. Der Veterinär hat ein Schmerzmittel und was zum Abschwellen verschrieben. Wenn es in zwei Tagen nicht besser wird, sollen wir wieder von uns hören lassen«, sagte Irene.

Es war Abend, und die gesamte Familie Huss saß um den Esstisch. Krister hatte Nudeln und zwei Saucen gekocht, eine Tomatensauce für Jenny und eine Gorgonzolasauce. Sie waren eben mit dem Nachtisch, frische Ananas mit Vanilleeis, fertig geworden.

»Schließlich ist er schon zehn. Reife Leistung, dann noch einen Schäferhund zu verprügeln«, meinte Krister.

Seine Stimme klang stolz. Kein Wunder, dass Hundekämpfe in gewissen Ländern so beliebt sind, dachte Irene.

»In Värmland hat er sich mehrfach mit irgendwelchen Dachsen geprügelt«, erinnerte sie Katarina.

»Ja, aber in den letzten Jahren nicht mehr. Für solche Fights wird er langsam zu alt. Wir können dankbar sein, dass er mit einer verstauchten Pfote davongekommen ist.«

Sammie lag unter dem Tisch und schnarchte, betäubt von der starken Medizin. Es war kein Problem gewesen, ihm die Tabletten zu verabreichen. Jenny hatte sie in ein paar Fischklößen versteckt unter sein Trockenfutter gemischt. Wie immer hatte er das Beste zuerst und ohne zu kauen verschlungen, in glücklicher Unwissenheit, dass die Fischklöße präpariert waren.

»Wenn Sammie stirbt, kauft ihr euch dann einen neuen Hund?«, fragte Jenny plötzlich.

Irene schluckte. Diesen Gedanken hatte sie immer sorgsam gemieden. Natürlich sah sie ein, dass Sammie langsam alt wurde und bereits das Durchschnittsalter der meisten Hunde erreicht hatte, aber weiter wollte sie nicht denken.

Krister antwortete, bevor sie sich noch eine Entgegnung zurechtgelegt hatte.

»Ich glaube nicht. Wenn ihr in ein paar Jahren ausgeflogen seid, wollen wir mehr reisen. Vielleicht verkaufen wir dann das Haus und nehmen uns eine Wohnung mehr in der Stadtmitte. Das ist für einen Hund nicht sonderlich ideal. Außerdem ist es immer ein Problem, jemanden zu finden, wenn wir verreist sind. Großmutter wird auch langsam alt«, sagte er.

»Von Majlis ganz zu schweigen«, meinte Irene.

Majlis war die Frau, die sich tagsüber um Sammie kümmerte. Sie war schon über siebzig und hatte vier Hunde in ihrer Obhut, wenn deren Besitzer bei der Arbeit waren. Sie bekam nur eine kleine Rente, und die Hundebetreuung war ein willkommener, schwarzer Zuschuss. Irene und Krister hatten das Problem nicht anders lösen können. Sonst hätten sie Sammie acht, an einigen Tagen auch neun Stunden allein zu Hause lassen müssen. Damit wurde er nicht fertig, und deswegen hatte es auch keine Alternative gegeben.

»Dann lege ich mir selbst einen Hund zu«, sagte Jenny entschieden.

»Das wird vermutlich nicht leicht, einen Hund auf die zukünftigen Tourneen von Polo mitzunehmen. Vor allem nicht auf die Welttourneen«, scherzte Krister.

Jenny presste die Lippen zusammen und sagte dann: »Kann schon sein.«

Am Sonntagmorgen erwachte Irene davon, dass das Telefon klingelte. Sie war müde und alles andere als ausgeschlafen. Das Display des Radioweckers stand auf 6.57 Uhr. Ihr freier Sonntagmorgen! Schlaftrunken brachte sie den Hörer ans Ohr und nannte ihren Namen.

»Entschuldigen Sie, dass ich Sie wecke. Hier ist Schwester Ann-Britt. Sie sagten gestern, dass wir die Augen offen halten sollen… Ich glaube, dass ich etwas gesehen habe, das irgendwie aus dem Rahmen fällt. Sie hatten mich doch gebeten, sofort anzurufen, wenn etwas Verdächtiges passiert«, ließ sich die verlegene Stimme der Krankenschwester vernehmen.

Irene wurde langsam wach.

»Natürlich. Erzählen Sie«, sagte sie.

»Gestern sah ich einen dunkelhaarigen Mann bei den Fahrstühlen vor der Station. Mich trennten nur die Glastüren von ihm, ich sah ihn also sehr gut. Und es war auch keine Besuchszeit. Er las den Aushang mit den Besuchszeiten. Gegen drei erschien er wieder mit ein paar anderen Besuchern. Ich beobachtete ihn besonders genau, weil ich das, was Sie mir gesagt hatten, noch im Hinterkopf hatte. Er trennte sich von der Gruppe, mit der er gekommen war, und ging langsam den Korridor entlang. Als er den Polizisten im Vorraum vor dem Zimmer von Sanna Kaegler entdeckte, drehte er sich auf dem Absatz um und verließ die Station. Das kam mir seltsam vor. Heute Morgen habe ich ihn dann schon wieder gesehen.«

»Warten Sie. Sie sagten ›dunkelhaarig‹. Meinten Sie damit auch dunkelhäutig?«, warf Irene ein.

»Nein, aber er war Südeuropäer. Dunkle Haare, dunkle Brauen und braune Augen. Gut aussehend und gut gekleidet, Anzug und Mantel, dreißig oder fünfunddreißig.«

Die Beschreibung sagte Irene überhaupt nichts. War das

ein falscher Alarm? Um die Angelegenheit zu beschleunigen, fragte sie:

»Sie sagten, Sie hätten ihn heute Morgen wieder gesehen.«

»Ja. Eigentlich hätte ich heute Spätschicht gehabt, aber ich habe mit einer Kollegin getauscht. Sie will auf einen vierzigsten Geburtstag... aber egal. Heute Morgen jedenfalls, als ich aus dem Bus stieg, sah ich den Mann wieder. Er stand vor der Notaufnahme und rauchte. Heute trägt er dunkle Hosen und eine dunkelblaue Jacke, aber ich bin mir trotzdem absolut sicher, dass es derselbe war.«

»Wie spät war es da?«

»Fünf nach halb sieben. Und als ich ins Schwesternzimmer kam, sah ich, dass Lasse, die Nachtschicht hatte, mir einen Zettel hingelegt hatte. Ein Mann sei abends gegen sieben zur Besuchszeit auf Station gewesen. Es muss sich um denselben gehandelt haben, den ich gesehen habe. Aber weil Lasse sich nicht ganz sicher gewesen war, hatte sie beschlossen, nicht anzurufen. Und der Mann hatte die Station auch schon wieder verlassen.«

»Ist er wieder vor Sannas Zimmer stehen geblieben?«

Irene spürte, wie sich ihr Puls beschleunigte. Ihr Adrenalinspiegel stieg. Sie hatte die Witterung der Beute aufgenommen. Das konnte der Mann sein, den sie jagten. Sie saß bereits hellwach auf der Bettkante.

»Davon hat Lasse nichts geschrieben. Der Mann ging wieder an dem Zimmer vorbei, aber Sannas Mutter und ihre Schwester waren zu Besuch. Sie kamen bereits gegen drei und blieben den ganzen Abend. Außerdem saß ja der Polizist im Vorraum.«

Irene dachte angestrengt nach. Nach einer Weile sagte sie:

»Wir kommen in etwa einer Stunde. Bis dahin könnten Sie uns vielleicht mit einigen Dingen behilflich sein.«

Irene war es gelungen, Kajsa Birgersdotter und Fredrik Stridh aufzuscheuchen. Weder bei Birgitta Moberg-Rauhala noch bei Jonny Blom war jemand zu Hause gewesen. Tommy rief sie gar nicht erst an, weil dieser gerade seine Eltern auf Hönö besuchte. Andersson erreichte sie im Volvo auf dem Weg zum Östlichen Krankenhaus mit dem Handy.

Genau eine Stunde, nachdem Irene den Anruf erhalten hatte, versammelten sich die vier Kripoleute vor der geschlossenen Cafeteria im fast menschenleeren Erdgeschoss.

»Seid ihr im Präsidium gewesen und habt eure Pistolen geholt?«, fragte Andersson.

Kajsa nickte. Fredrik hob vorsichtig das Revers, um sein Holster vorzuführen.

»Gut. Dann habt ihr jeder eine. Zwei Stück müssten reichen.«

Sicherheitshalber nahmen sie verschiedene Fahrstühle hoch auf die Station. Falls der Verdächtige sie zusammen sah, würde er wahrscheinlich sofort wissen, dass sie von der Polizei waren. Als würden sie eine besondere Witterung absondern, die die Ganoven wahrnahmen, dachte Irene immer.

Irene und Andersson betraten die Station zuerst und schlenderten zum großen Empfangstresen. Die grauhaarige Schwester saß im verglasten Schwesternzimmer und telefonierte. Sie winkte Irene zu und beendete das Gespräch. Wie Irene vermutet hatte, handelte es sich um Schwester Ann-Britt. Sie war um die sechzig, und ihre munteren braunen Augen funkelten.

»Er hat sich noch nicht blicken lassen«, sagte sie leise.

»Gut. Das hier ist Kommissar Sven Andersson«, sagte Irene und stellte die beiden einander vor.

»Sie meinen wohl Oberarzt Nils Dürsell«, erwiderte die Schwester und lächelte spitzbübisch.

Plötzlich sah sie dem Kommissar über die Schulter und schien aus allen Wolken zu fallen. Hilfe, jetzt kommt er von hinten!, dachte Irene. Ein Blick durch das Fenster des Schwesternzimmers beruhigte sie. Kajsa und Fredrik waren durch die Tür der Station getreten. Irene konnte die Reaktion der Krankenschwester verstehen. Kajsas Gesicht stellte noch immer einen erstaunlichen Anblick dar, obwohl die Farben inzwischen verblasst waren.

»Im Dienst zu Schaden gekommen«, meinte Kajsa mit einem breiten Lächeln.

Obwohl die Schwester jetzt wusste, wie sich die Grüntöne erklären ließen, wirkte sie kaum weniger beunruhigt.

»Wo haben Sie die Kleider?«, fragte Irene.

Sie wollte nicht unnötig lange mit den anderen zusammenstehen und möglicherweise auffallen.

»Kommen Sie«, erwiderte Schwester Ann-Britt und ging voraus.

In der Personalumkleide lagen Schwestern- und Ärztekittel sowie Hosen in verschiedenen Größen ordentlich aufgestapelt auf einer Bank parat.

»Es gibt immer zu wenig saubere Wäsche. Das ist alles, was ich auftreiben konnte«, meinte die Krankenschwester entschuldigend.

»Das reicht sicher. Aber Sie müssen uns helfen, damit es auch echt wirkt«, entgegnete Irene.

Es gab keine Hose, die für den Kommissar weit genug gewesen wäre, aber dieses Problem lösten sie, indem sie eine elastische Binde durch die Gürtelschlaufen zogen und zuknoteten. Der Ärztekittel war lang genug, um die Konstruktion zu verdecken. Ein Stethoskop, das aus der Tasche herausschaute, ein paar Kugelschreiber in der Brusttasche und ein etwas ramponiertes Namensschild mit der Aufschrift »Oberarzt Dr. med. Nils Dürsell« machten seine Verwandlung in einen lang gedienten Chirurgen vollkommen.

Irene erhielt einen Schwesternkittel und ein paar lange weiße Hosen. Dazu gehörte ein ovales Emailnamensschild mit Blumenborte und der Aufschrift »Britt, Pflegehelferin«. Fredrik erhielt dieselbe Montur wie der Kommissar. Auf seinem Schild stand jedoch nur »Assistenzarzt«.

»Die Schilder sind hier vergessen worden und liegen schon

seit Jahren herum. Das Personal ist unterrichtet, dass Sie sich unter sie mischen werden. Alle werden so tun, als sei nichts. Vergessen Sie nur nicht, wie Sie heißen«, ermahnte sie Schwester Ann-Britt.

»Nils Dürsell, Nils Dürsell«, murmelte der Kommissar gehorsam vor sich hin.

Für Kajsa hatte Ann-Britt einen Putzwagen und die blauen Kleider des Reinigungspersonals ausgeliehen.

Die Krankenschwester erbleichte, als Kajsa ihre Sig Sauer aus der Umhängetasche zog und sie zwischen die Putztücher in den Korb legte. Auf ihr schlichtes Namensschild aus Holz war unbeholfen der Name »Danouta« eingebrannt. Auch eine schwach grau getönte Brille zog Kajsa aus ihrer Tasche, keine Sonnenbrille, denn das hätte im Oktober in geschlossenen Räumen Aufsehen erregt. Die Tönung war jedoch ausreichend, um ihr blaues Auge zu verdecken.

Mit Fredriks Sig Sauer gab es Probleme. Das Holster zeichnete sich unter dem Kittel ab, obwohl dieser sehr weit war. Deswegen lieh er sich Kajsas Umhängetasche.

»Wir legen ein paar Mappen und Ordner in die Tasche. Die ragen daraus hervor, dann können Sie den… Ballermann in die offene Tasche legen«, schlug Schwester Ann-Britt vor und schielte nervös auf die Waffe.

Das funktionierte ausgezeichnet. Fredrik versuchte einige Male, die Pistole rasch hervorzuziehen, und es ging problemlos.

»Falls Sie ein Patient oder Angehöriger etwas fragt, antworten sie einfach: ›Ich arbeite nicht auf dieser Station.‹ Oder: ›Ich begleite nur einen Patienten.‹ Eine andere Variante wäre: ›Das ist nicht mein Patient. Warten Sie, ich frage Schwester Ann-Britt.‹ Dann holen Sie mich einfach. ›Oberarzt Dürsell‹ setzen wir ins Schwesternzimmer. Von dort hat er durch das Fenster den vollen Überblick, ohne zu riskieren, dass jemand Fragen an ihn richtet. Sie können ja so tun, als würden Sie in der Roten Liste lesen«, sagte sie zum Kommissar.

Andersson nickte nervös. Dass ihn ratlose Patienten oder Angehörige etwas fragen könnten, war eine Komplikation, mit der er nicht gerechnet hatte.

»Am Sonntag findet keine richtige Visite statt, sondern nur eine Kurzvisite bei einigen Patienten. Es wäre vorstellbar, dass der Oberarzt in regelmäßigen Abständen bei Sanna vorbeischaut…«, fuhr Schwester Ann-Britt fort und lächelte viel sagend.

Andersson nickte erneut.

»Sie könnten bei den Fahrstühlen vor der Tür zur Station putzen«, sagte die Krankenschwester zu Kajsa.

»Hast du dein Handy?«, fragte Irene.

Kajsa nickte.

»Gut. Ruf mich an, wenn er auftaucht. Ich habe auf Vibrieren geschaltet«, meinte sie.

»Unerhört«, sagte Fredrik grinsend.

»Du klingst immer mehr wie Jonny. Es bekommt dir nicht, mit ihm zusammenzuarbeiten«, gab Irene zurück.

»Hört schon auf, damit wir endlich anfangen können«, unterbrach sie der Kommissar verärgert.

Irene nahm sich sofort zusammen und sagte:

»Wir gehen jetzt einer nach dem anderen raus. Versucht, einen Abstand von einer Minute einzuhalten.«

Zusammen mit Ann-Britt verließ sie die Personalumkleide.

Auf der Station wurden gerade die Frühstückstabletts ausgeteilt. Irene stellte sich mit den anderen Schwestern und Pflegern am Essenswagen an und erhielt ebenfalls ein Tablett. Da räusperte sich ein junger Mann hinter ihr und flüsterte ihr ins Ohr:

»Nehmen Sie ein anderes Tablett. Dieser Patient muss gefüttert werden.«

Auf seinem Kittel klebte ein Klebestreifen, auf dem mit blauem Filzschreiber »Magnus« stand. Seinen Hals zierte eine prächtige Tätowierung, ein vielfarbiger Drache. Irene schauderte es. Die Tätowierung erinnerte sie an einen üblen Fall, den sie vor einigen Jahren aufgeklärt hatte. Magnus' schwarz gefärbte Haare waren an den Seiten und im Nacken rasiert. Den Rest trug er oben auf dem Kopf zu einem Zopf zusammengebunden.

Irene lächelte dankbar und überließ ihm ihr Tablett. Sie hatte noch nie einen Erwachsenen gefüttert und bräuchte vermutlich Ewigkeiten, wenn sie jetzt damit anfinge. Stattdessen nahm sie das nächste Tablett. »3.2 J. Fredriksson DK« stand auf einer Karte, die auf dem roten Plastiktablett lag.

»Zimmer 3, Bett 2«, zischte Magnus aus dem Mundwinkel.

Irene nickte fast unmerklich. Mit dem Tablett in den Händen beschloss sie, eine Erkundungsrunde zu drehen.

Die Tür zu Sannas Zimmer war geschlossen. Im Vorraum saß wieder die Kollegin vom Vortag. Sie schaute zu Irene hoch, schien sie aber nicht zu erkennen. Hatte Ann-Britt vergessen, ihr Bescheid zu sagen? Irene war sich nicht sicher, wie sie sich verhalten sollte, aber da bemerkte sie, wie ihr die Kollegin ein diskretes Zeichen gab. Die Handbewegung hatte nur den Bruchteil einer Sekunde gedauert, jedoch ausgereicht, um Irene zu beruhigen.

Sicherheitshalber ging sie noch den anderen Korridor entlang, der parallel zu dem verlief, an dem Sannas Zimmer lag. Auch dort fiel ihr nichts Verdächtiges auf. Als sie zu dem Patientenzimmer 3 zurückkehrte, sah sie Kajsa vor den Fahrstühlen. Frenetisch wischte sie mit einem Mopp über den Boden, als hätte sie in ihrem Leben nie etwas anderes getan.

Das Zimmer 3 hatte zwei Betten. Die Patienten waren ältere Männer.

»Da sind Sie ja endlich mit meinem Frühstück! Jetzt ist alles kalt! Warum bekomme ich mein Essen immer als Letzter? Wahrscheinlich haben Sie auch wieder vergessen, dass ich Diabetikerkost bekomme!«, fauchte J. Fredriksson wütend.

»Stänker nicht, Jocke! Die Mädchen rennen, so schnell sie können«, meinte sein Bettnachbar freundlich.

Dieser saß bereits auf der Bettkante und frühstückte. Er schien ein paar Jahre jünger zu sein als Jocke Fredriksson und war klein und kräftig. Am Ende seines Betts stand ein Rollstuhl, Irene fiel auf, dass seine beiden Beine über dem Knie amputiert waren, das war die Erklärung.

Irene lächelte den beiden Männern zu und stellte das Tablett auf den ausgeklappten Tisch von Fredrikssons Nachttisch.

»Entschuldigen Sie, aber ich bin neu hier«, zwitscherte sie.

»So verdammt frisch wirken Sie aber nicht mehr«, murrte Jocke Fredriksson.

Blöder Alter! dachte Irene, lächelte jedoch weiterhin, wenn auch weniger strahlend.

»Steht da Pflegehelferin auf Ihrem Schild?«, wollte der Amputierte wissen.

»Ja.«

»Dann bekomme ich wohl heute von Ihnen den frischen Verband?«

Irene hoffte, dass ihr nicht anzusehen war, wie sehr sie erschreckte.

»Nein… nein. Ich glaube, das macht Schwester Ann-Britt. Ich frage sie«, entgegnete sie.

Er nickte und schien sich mit dieser Antwort zufrieden zu geben. Irene verließ unauffällig das Zimmer.

Als sie auf den Korridor trat, eilte Fredrik mit wehenden Rockschößen auf sie zu. Aus seiner Umhängetasche ragte ein Ordner, und in der Hand hielt er ein dickes Buch. Er trug eine Halbbrille, die nach vorne gerutscht war, und betrachtete seine Umgebung über den Brillenrand. Aus der Entfernung sah er tatsächlich recht intelligent aus.

Oberarzt Nils Dürsell saß hinter dem Fenster des Schwesternzimmers und versuchte so zu tun, als läse er in einem dicken Handbuch. Mit einem Auge schielte er auf den Eingang der Station.

Irene zuckte zusammen, als jemand von hinten an ihrem

Kittel zupfte. Sie drehte sich um und sah ins Leere. Als sie nach unten schaute, entdeckte sie das verschreckte Gesicht einer winzigen Alten.

»Entschuldigen Sie, Schwester, aber wissen Sie, wann die Laborergebnisse meines Mannes kommen?«, fragte sie zaghaft.

Irene fing sich rasch wieder und sagte:

»Wie heißt Ihr Mann denn?«

»Jakob Fredriksson«, flüsterte die Alte.

Die unterdrückte kleine Frau des blöden Alten, dachte Irene. Dann sagte sie freundlich:

»Leider ist das keines von meinen Zimmern, aber ich kann Schwester Ann-Britt fragen.«

»Danke… vielen Dank. Man will schließlich Gewissheit haben, wenn es um… Krebs geht«, flüsterte die alte Frau und verschwand in dem Zimmer ihres Mannes.

Krebs. Vor mehr als zehn Jahren war Irenes Vater an Krebs gestorben. Sie erinnerte sich an die furchtbare Zeit, bevor er endlich das Zeitliche gesegnet hatte. Natürlich hatte die Heilkunst große Fortschritte gemacht, und heute überlebten Leute, die früher zum Tode verurteilt gewesen waren. Aber immer noch war das Wort »Krebs« furchteinflößend. Plötzlich empfand Irene Mitleid mit Jocke. Es stand ihm ein harter Kampf bevor. Vielleicht hatte er ihn bereits verloren. Kein Wunder, dass er so übellaunig war. Das war immer noch besser, als würde er sein Schicksal apathisch annehmen. Dann ist es vorbei. Man muss kämpfen, *to the bitter end*, pflegte ihre Mutter zu sagen. Das war einer der wenigen englischen Sätze, die sie beherrschte.

Magnus streckte seinen schwarzen Schopf durch eine Tür und sagte:

»Britt, wir gehen jetzt Kaffee trinken. Kannst du die Tabletts einsammeln?«

Es dauerte ein paar Sekunden, bis sich Irene daran erinnerte, dass auf ihrem Namensschild »Britt« stand.

»Klar. Wird gemacht«, erwiderte sie.

»Ich helfe dir«, sagte eine blonde, kleinere Frau in Irenes Alter.

Sie hieß Anette und war eine echte Pflegehelferin. Sie lächelte Irene zu und meinte:

»Wir warten noch ein paar Minuten, damit alle aufessen können. Dann fangen wir jede an einem Ende des Gangs an. Du kannst da hinten beginnen, dann nehme ich dieses Ende.«

Die Pflegehelferin deutete auf die ersten Zimmer am Anfang des Korridors. Irene nickte und schlenderte Richtung Empfang.

Der Kommissar hatte sich wirklich in die Rolle des alten Oberarztes Dürsell eingelebt. Seine Lesebrille war ein Stück nach unten gerutscht, und er las in seinem dicken Handbuch, während er gleichzeitig verstohlen die Tür zur Station im Auge behielt. Als er Irene entdeckte, hob er das Handbuch zu einem diskreten Gruß. Irene gelang es, den Titel zu lesen, schwarze Lettern auf Gelb: »Hygienemaßnahmen bei der Reinigung von infizierten Räumen in der normalen Krankenpflege und auf Isolierstationen.« Das klang nicht gerade nach einem Buch, in das sich ein alter Oberarzt der Chirurgie an einem Sonntagvormittag vertiefte. Irene war erleichtert, als er den Wälzer wieder auf den Schreibtisch legte.

Fredrik stand, in eine Unterhaltung mit Schwester Ann-Britt vertieft, vor dem Empfangstresen. Er ist der Inbegriff eines fleißigen und engagierten Assistenzarztes, dachte Irene zufrieden.

Ein Blick auf die Uhr sagte ihr, dass es Zeit war, die Frühstückstabletts einzusammeln. Sie würden im Essenswagen zurück in die große Zentralküche der Klinik gehen.

Im Zimmer ganz hinten am Korridor lagen vier Frauen unterschiedlichen Alters. Eine ältere Frau erhielt eine Infusion und hatte nüchtern bleiben müssen, aber die anderen hatten mit gutem Appetit gegessen. Irene wechselte mit allen ein paar Worte und erklärte, sie sei die Aushilfe übers Wochenende.

Sonst arbeite sie in einem Pflegeheim und sei deswegen mit den Gepflogenheiten der Chirurgie nicht vertraut. Die Frauen verstanden sehr gut, dass der Unterschied zwischen Pflegeheim und Chirurgie sehr groß sein müsse. Es imponierte ihnen »wahnsinnig«, dass sie etwas Neues ausprobierte. Ihr ahnt gar nicht, wie neu das für mich ist, dachte Irene, als sie mit dem letzten Tablett das Zimmer verlassen wollte.

Als sie auf die Tür zuging, begann das Handy in ihrer Hosentasche zu vibrieren. Ihr Adrenalinspiegel stieg blitzartig, und sie ging so schnell wie möglich, ohne dass es unangenehm auffallen konnte.

Draußen auf dem Korridor ging gerade ein Arzt durch die Tür in Sannas Zimmer. Im Übrigen war außer Kajsa, die auf sie zu rannte, niemand zu sehen. Kajsa gestikulierte wild und deutete auf die Tür, durch die der Arzt verschwunden war.

Irene begann ebenfalls zu rennen. Auf dem Boden des Vorraums lag regungslos die Polizistin. In der Tür zu Sannas Zimmer sah sie den Rücken des Arztes. Ihr fiel sein braungebrannter Nacken auf. Er hob den Arm. In der Hand hielt er eine Pistole.

Irene schätzte den Abstand zwischen ihnen. Sie griff sich einen Teller vom Essenswagen, winkelte ihn zur Unterseite des Handgelenks an und schleuderte. Mit einem dumpfen Laut prallte er auf den Hinterkopf des Mannes und zersplitterte. Lautlos sackte er nach vorn. Gleichzeitig verriet ein leiser Knall, dass es ihm gelungen war zu schießen.

Da schrie Sanna. Irene gewöhnte sich allmählich daran, aber Kajsa, die sie eingeholt hatte, schnappte entsetzt nach Luft.

»Das bedeutet, dass sie noch lebt«, meinte Irene trocken.

Sie fühlte dem Mann den Puls. Er lebte ebenfalls noch, schien aber bewusstlos zu sein. In der Hand hielt er eine Pistole mit Schalldämpfer. Irene machte sie vorsichtig los und hielt sie dann, den Lauf zwischen Daumen und Zeigefinger, vorsichtig hoch.

Sanna lag im Bett und schrie hysterisch. Neben ihrer rechten Schulter breitete sich in rasendem Tempo eine Blutlache aus.

»Beruhigen Sie sich, Sanna. Er hat Sie nur an der Schulter erwischt«, versuchte Irene sie zu besänftigen.

Vergebens. Sannas Schreie waren auf der ganzen Station zu hören.

Ein echter Arzt, »Rufbereitschaft Chirurgie Westerlund«, war aufgetaucht und hatte dafür gesorgt, dass die Polizistin und der immer noch bewusstlose Mann auf die Intensivstation gebracht wurden. Die Polizistin war wieder zu sich gekommen, als man sie auf die Trage gehoben hatte. Eine starke Rötung am Hals sprach dafür, dass sie mit einem kräftigen Schlag zu Boden geschickt worden war.

Dr. Westerlund hatte Sanna als Erstes eine Beruhigungsspritze gegeben. Anschließend hatte er ihre Schulter mit einem stabilen Druckverband verbunden.

»Sie kommt sofort in den OP«, meinte er.

Er lächelte Irene an, als er hinzufügte:

»Dieser Bursche kann von Glück sagen, dass er noch lebt. Das war ein Volltreffer!«

»Ich habe früher Handball im Verein gespielt und spiele immer noch Frisbee. Mein Hund ist wie verrückt danach«, erklärte sie.

»Das wundert mich nicht«, erwiderte der Arzt und lachte.

Sanna hatte sich etwas beruhigt und schrie nicht mehr. Mit gerunzelter Stirn sah sie Irene an. Mit undeutlicher Stimme sagte sie dann:

»Sie sind diese … Polizistin. Diese Kleider … und Mike trug auch weiße Kleider.«

»Mike? Heißt der so, der auf Sie geschossen hat?«, fragte Irene.

»Ja. Aber der war auch … Arzt.«

Sie schloss die Augen. In diesem Augenblick traten zwei

grün gekleidete OP-Pfleger ins Zimmer. Jetzt wurde es wirklich eng.

»Ich begleite Sie«, sagte der Arzt zu den Pflegern.

Er nickte Irene zu und verschwand mit den beiden Männern und Sanna in ihrem Krankenbett durch die Tür.

Plötzlich wirkte das Zimmer verlassen. Irene und Kajsa waren allein.

»Mike … ich glaube, ich kenne ihn, ich weiß nur nicht, woher …«, überlegte Kajsa laut.

»Wie hast du gemerkt, dass er unser Mann war?«, fragte Irene.

Kajsa seufzte und nahm ihre grau getönte Brille ab.

»Er war verdammt smart. Der Fahrstuhl blieb stehen, und drei Ärzte stiegen aus. Zwei gingen auf die Station gegenüber, und er … also Mike, winkte ihnen zu und ging bei uns rein. Wäre er allein gekommen, wäre ich sofort misstrauisch geworden. Aber da sie zu dritt waren und sich zu kennen schienen, reagierte ich nicht sofort. Er ging einfach den Flur entlang, und erst da ging mir auf … dass er es sein könnte. Die Beschreibung passte, aber nicht die Kleidung. Als er dann, ohne zu zögern, die Tür zu Sannas Vorzimmer öffnete, rief ich dein Handy an. Glücklicherweise warst du schnell genug!«

Die Erleichterung in Kajsas Stimme war nicht zu überhören.

»Was war mit Andersson?«, fragte Irene.

»Der hat erst reagiert, als Sanna anfing zu schreien. Er hat ihn wahrscheinlich, genau wie ich, für einen echten Arzt gehalten. Schließlich wirkte er sehr überzeugend. Er bewegte sich, als gehöre er hierher. Ganz selbstverständlich«, versuchte Kajsa zu erklären.

Irene nickte.

»Er hatte bereits das Terrain ausgekundschaftet …«

Da rief Kajsa plötzlich:

»Jetzt weiß ich, wer er ist!«

»Wer?«

»Dieser Mike! Er ist Sicherheitschef im Hotel Gothenburg! Birgitta und ich haben uns doch die Bilder von den Überwachungskameras im Parkhaus angeschaut, von dem Abend, an dem Ceder erschossen wurde. Mike hat mir diese Bilder gezeigt. Mike … Michael Fuller! Der Amerikaner!«, sagte sie triumphierend.

Michael Fuller. Irgendwie sagte dieser Name auch Irene etwas.

»Sanna erzählte mir, der Sicherheitschef des Hotel Gothenburg habe ihr dabei geholfen, die Alarmanlage in ihrem Haus zu installieren. Ich wette, dass er einen Schlüssel hatte. Es ist alles andere als unwahrscheinlich, dass Mike Fuller unter der Wendeltreppe stand und Kjell Bengtsson Ceder zwischen die Augen schoss.«

»Schon möglich. Aber was hatte er für ein Motiv, seinen Chef zu erschießen? Wieso erschoss er Bergman und Rothstaahl? Und warum sollte Sanna sterben? Und was haben die Morde an Thomas Bonetti und Edward Fenton mit dem Ganzen zu tun?«, wollte Kajsa wissen.

»Das herauszufinden, ist deine Hausaufgabe bis morgen früh«, sagte Irene, und ihre Stimme klang genauso müde, wie sie sich fühlte.

Sie lächelte, um zu bedeuten, dass das nur ein Scherz war, und legte Kajsa einen Arm um die Schultern.

KAPITEL 23

Michael Fuller wurde bewacht, aber laut den Ärzten war kaum damit zu rechnen, dass er türmen würde. Der Tellerrand hatte ihn ziemlich übel im Nacken erwischt. Er hatte starke Schmerzen und Probleme mit dem Gleichgewicht.

Die Polizistin erinnerte sich nur, dass sie auf ihrem Stuhl gesessen hatte, als ein Arzt die Tür öffnete. Ehe sie noch den Kopf heben und ihn anschauen konnte, war es ihr schon schwarz vor Augen geworden. Der Karateschlag hatte, ausgeteilt von einem Experten, perfekt gesessen. Hätte er etwas mehr Kraft in den Schlag gelegt, hätte es gut und gerne tödlich enden können.

Sanna wurde operiert. Die Kugel, ohne Mantel, Kaliber 25, wurde aus der Rückseite ihres rechten Schulterblatts entfernt, in dem sie stecken geblieben war. Sie befand sich jetzt in sicherer Verwahrung bei der Spurensicherung. Die Pistole und die Kugeln von den Morden, die mit dieser Waffe vermutlich begangen worden waren, würden zu ballistischen Analysen ins Staatliche Kriminaltechnische Labor geschickt werden. Dort hatten sie sehr viel zu tun. Es konnte also dauern, bis das Resultat vorlag, aber das war nicht zu ändern.

Am Montagmorgen zeigte ein Arzt an, sein Kleiderschrank in der Klinik sei ausgeräumt worden. Wütend und gestresst erschien er im Labor der Spurensicherung und identifizierte den Ärztekittel, den Fuller getragen hatte, als den seinen. Einige Polizisten wurden ins Östliche Krankenhaus geschickt, um nach den Kleidern von Mike Fuller zu suchen. Erst gegen Abend entdeckten sie auf dem Krankenhausparkplatz ein Fahrzeug, bei dem es sich um einen Mietwagen handelte. In ihm lagen die dunkelblaue Jacke und die dunkle Hose, die Fuller morgens getragen hatte.

Bei der Vernehmung der beiden Ärzte, mit denen Mike Fuller im Fahrstuhl gefahren war, ergab sich, dass er diese vollkommen geleimt hatte. Als sie gemeinsam den Lift betreten hatten, hatte er sie auf Amerikanisch angesprochen. Er sei sich unsicher, auf welche Station er müsse. Er hatte jedoch gewusst, dass es sich um eine Station der Chirurgie handelte und auf welcher Etage diese lag. Hilfsbereit hatten ihm die beiden schwedischen Kollegen die Nummer der Station genannt. Die Station gegenüber sei die Innere, hatten sie ihm erklärt. Keiner der beiden hatte einen Verdacht geschöpft. Er sei so dankbar gewesen. Sie hätten sich gefreut, einem Kollegen aus dem Ausland weiterhelfen zu können.

Kommissar Andersson berichtete über die dramatische Festnahme im Östlichen Krankenhaus am Sonntag. Irene hatte Tommy beim Abendessen am Vortag bereits alles erzählt, aber für die anderen, die an der Aktion nicht beteiligt gewesen waren, klang es unerhört mitreißend.

»Wie in einem schlechten Fernsehkrimi«, murmelte Jonny.

Er sagte das nicht laut, da Andersson einen solchen Kommentar kaum zu schätzen gewusst hätte. Mit Recht war der Kommissar stolz darauf, dass ihr Einsatz von Erfolg gekrönt gewesen war. Dass es ihnen gelungen war, den Mörder zu fassen, war eine prachtvolle Feder an seinem Hut.

»Die Botschaft hat die Informationen über Mike Fuller geschickt. Er stammt aus New Jersey, ist in New York wohnhaft und fünfunddreißig Jahre alt. Amerikanischer Staatsbürger. Nach Schweden kam er im Mai 2000«, sagte Fredrik.

»Zum gleichen Zeitpunkt wie Sanna. Das braucht nichts zu bedeuten, ist aber trotzdem auffällig«, warf Irene ein.

»Und Bonetti wurde im September desselben Jahres hingerichtet«, erinnerte Fredrik.

»Wie lange hat er als Sicherheitschef im Hotel Gothenburg gearbeitet?«, fragte Andersson.

Fredrik schaute in seinen Papieren nach.

»Seit er hierher kam. Er wohnt mit einer Frau zusammen, die am Empfang des Hotels arbeitet. Sie sind gerade in eine Wohnung am Norra Älvstranden umgezogen, Neubau«, sagte er.

»Schicke Adresse. Offenbar verdient er als Sicherheitschef gut«, meinte Jonny.

»Vielleicht sollte man umsatteln«, meinte Fredrik lächelnd.

Sein Chef schnaubte verächtlich, ignorierte den Kommentar aber im Übrigen. Stattdessen teilte er mit:

»Sobald die Ärzte seinen Zustand für stabil erklären, wird er in Untersuchungshaft übergeführt.«

Er presste die Fingerspitzen zusammen und sah seine Untergebenen nachdenklich an.

»Da wir momentan weder Fuller noch Sanna verhören können, will ich, dass alle Angestellten des Hotels Gothenburg vernommen werden, was dieser Ami eigentlich für eine Nummer geschoben hat. Überprüft im Hinblick auf die Morde, wann er frei hatte. Fredrik, du kannst dich um diese untreue Sekretärin kümmern, Malin, Nachname vergessen…«

Der Kommissar runzelte die Stirn und versuchte, sich zu erinnern.

»Malin Eriksson«, sekundierte Fredrik.

»Genau. Malin Eriksson, die eine Affäre mit Kjell Ceder hatte, und die mit einem Polizisten verheiratet ist… Sie weiß sicher, ob dieser Fuller nicht ganz koscher war«, sagte er.

Er wandte sich an Irene.

»Hast du was von den Kollegen in London und Paris gehört?«, fragte er.

»Ja. Ein Special Agent namens Lee Hazel ist auf dem Weg

hierher. Er war erst in Paris, heute ist er in London. Eventuell taucht er morgen oder übermorgen auf.«

»Ein Special Agent des FBI?«, fragte Andersson fassungslos.

Das war neue Nahrung für seinen Ärger. Dass verschiedene Polizeikräfte den Spuren im Ausland nachgingen, war okay, aber dass sie hierher kamen und für Unordnung sorgten, gefiel ihm überhaupt nicht.

»Laut Glen Thomsen ist der Fall viel weitreichender, als wir ahnen. Special Agent Hazel kann uns offenbar behilflich sein, da er über gewisse Spezialkenntnisse verfügt«, meinte Irene zögernd.

Sie war sich nicht sicher, was das eigentlich für Spezialkenntnisse waren. Glen hatte sich in dieser Frage recht diffus ausgedrückt. Vielleicht wusste er es auch nicht.

Irene schrieb gerade den Bericht über den Einsatz im Krankenhaus vom Vortag, als das Telefon klingelte. Eine wohlklingende Männerstimme mit einem deutlichen amerikanischen Akzent stellte sich als Jack Curtis vom Generalkonsulat der USA vor. Ohne Umschweife bat er Irene darum, sofort dafür zu sorgen, dass ihm Michael Fullers Fingerabdrücke zugestellt würden. Sein Tonfall war höflich-korrekt, aber es war klar, dass er davon ausging, dass sein Ansinnen nicht in Frage gestellt würde. Hier war nicht von »demnächst« die Rede, sondern von »sofort«.

Irene war leicht verwirrt, als sie auflegte. Fingerabdrücke? Jack Curtis hatte rasend schnell seinen Rang mit »Officer of Security Irgendwas« angegeben.

Was war eigentlich los?

Am Montagnachmittag kamen einige der Fahnder, und zwar Andersson, Irene, Tommy und Fredrik, zu einer raschen Besprechung zusammen. Die anderen vernahmen noch das Personal des Hotel Gothenburg und des Krankenhauses.

Fredrik hatte Folgendes zu berichten:

»Malin Eriksson ist richtig kooperativ. Sie hat alle Urlaubslisten und Beurlaubungslisten und was weiß ich noch hervorgesucht. Es ist bemerkenswert, dass die normalen Regeln für Mister Fuller nicht gegolten haben. Er ist gekommen und gegangen, wie es ihm gerade passte. Laut der Listen hat er abgesehen von seinen fünf Wochen Urlaub zwischen zwölf und sechzehn Wochen gefehlt. Unzählige ›Sicherheitskonferenzen‹ in den USA. Insgesamt dreißig Stück in drei Jahren. Warum musste der Sicherheitschef eines Hotels in Schweden immer wieder zu Konferenzen in die USA reisen? Wohlgemerkt auf Kosten seines Arbeitgebers. Wenn es sich um eine große Hotelkette gehandelt hätte, wäre das ja noch zu verstehen gewesen, aber darum geht es hier nicht. Es ist also höchst merkwürdig.«

»Verdammt merkwürdig«, pflichtete ihm der Kommissar bei.

»Die Sache ist die, dass er eigentlich als Chef niemanden unter sich hat. Alles wird von den Wachleuten der Securitas organisiert. Die kümmern sich auch um die Videoüberwachung. Allein für sein Dasein hat er fünfzigtausend im Monat kassiert.«

»Fünfzigtausend!«, riefen Irene und Andersson wie aus einem Mund.

Fredrik nickte.

»Nicht schlecht, was?«, meinte er zufrieden.

»So viel verdient ein Sicherheitstyp in einem Hotel nicht. Haben die anderen auch solche Phantasielöhne?«, fragte Andersson.

Fredrik schüttelte den Kopf.

»Nein, die verdienen normal. Kjell Bengtsson Ceder kassierte ebenfalls fünfzigtausend. Also genauso viel wie sein Sicherheitschef.«

»Seltsam. Aber das erklärt, wie er es schaffte, Ceder zu erschießen. Er sah auf seinem Monitor, wie Ceder runter in die

Garage ging und sich in seinen Wagen setzte. Er brauchte ihm nur noch hinterherzufahren, ein Stück von der Villa entfernt zu parken, sich in seine Joggingklamotten zu werfen und sich unbemerkt dem Haus zu nähern. Ich habe vorhin von der Spurensicherung erfahren, dass der halbe Daumenabdruck auf dem Reflexband von Fuller stammt«, erzählte der Kommissar zufrieden.

»Aber wie kam er da rein, ohne dass Ceder was merkte?«, fragte Fredrik.

»Er hatte einen Schlüssel. Laut Sanna hat der Sicherheitschef ihres Mannes zum Zeitpunkt des Mordes in der Villa eine Alarmanlage installiert«, erklärte Irene.

Sie wandte sich an den Kommissar und fuhr fort:

»Ich glaube, dass sich Mike Fuller bereits im Haus befand, als Kjell Bengtsson Ceder dort eintraf. Wahrscheinlich nahm er den Hintereingang und erwartete sein Opfer in der Waschküche. Als Ceder nach oben ging, um sich einen Whisky einzugießen, schlich er sich unter die Wendeltreppe. Ich glaube, sie hatten sich dort verabredet, weil Ceder wusste, dass dort niemand sein würde. In Ceders Wohnung wartete schließlich seine Geliebte Malin Eriksson. Sie hätte Fuller sofort erkannt und sich gefragt, was er zu Hause bei seinem Chef verloren hätte.«

»Vergiss nicht, dass sich Fuller dieselbe Frage gestellt hätte, was sie anging«, meinte Tommy.

»Natürlich. Es fragt sich nur, worüber sich Fuller und Ceder unterhalten wollten, was sie nicht auch bei der Arbeit hätten besprechen können. Fuller hätte doch einfach bei seinem Chef anklopfen und um eine Unterredung unter vier Augen in einer wichtigen Sicherheitsfrage bitten können«, meinte Irene.

Niemand hatte eine Erklärung für das Treffen von Michael Fuller und Kjell Bengtsson Ceder in der Villa in Askim. Irene fuhr fort:

»Ich erhielt vor etwa einer Stunde eine Mail von Glen

Thomsen aus London. Er teilt mit, dass Special Agent Lee Hazel morgen gegen zwei in Landvetter eintrifft. Glen schreibt ...« – sie zog die Mail hervor, die sie ausgedruckt und zur Besprechung mitgebracht hatte, »... Special Agent Hazel ist ein Wunder an Effektivität und besitzt atemberaubende Kenntnisse. Der Titel Special Agent ist wirklich außerordentlich passend, denn Special Agent Hazel ist außerordentlich speziell!«, übersetzte sie.

Tommy zog eine Augenbraue hoch, aber sonst gab niemand einen Kommentar zum Vorgelesenen ab.

Der Kommissar trommelte mit den Fingern auf die Tischplatte und knallte dann energisch die Handflächen auf den Tisch.

»Fuller sitzt in der Tinte, da es uns mit Hilfe des Daumenabdrucks gelungen ist nachzuweisen, dass er in Askim am Tatort war. Er wurde beim Mordversuch an Sanna Kaegler festgenommen. Dafür haben wir mehrere Kollegen als Zeugen. Außerdem hat er eine Kollegin bewusstlos geschlagen. Er wird wirklich Mühe haben, sich da rauszureden. Heute Abend wird er in die Untersuchungshaft überstellt, und morgen sollen Irene und Tommy ihn verhören. Anschließend könnt ihr dieser Kaegler noch mal auf den Zahn fühlen. Sie hat keinen Grund, noch länger zu schweigen. Schließlich ist Fenton tot. Seht zu, dass das Frauenzimmer zur Abwechslung mal die Wahrheit erzählt!«

Er wandte sich an Fredrik und fuhr fort:

»Du kannst morgen nach Landvetter rausfahren und diesen Special Agent Hassel, oder wie immer er heißt, abholen. Wir treffen uns dann hier am Nachmittag und versuchen diesem Mister speziellen Spezialagenten die Situation auseinanderzusetzen.«

Am Dienstagmorgen wurde Michael Fuller in Handschellen zum Verhör geführt. Er wurde von zwei kräftigen Gefängniswärtern begleitet. Da man ihn für extrem gefährlich hielt, wurde er mit Handschellen um Hände und Füße an den Tisch gefesselt. Nach den Blicken zu urteilen, die er Irene und Tommy zuwarf, war diese Vorsichtsmaßnahme mehr als berechtigt.

Seine Haut hatte einen hellen Olivton, sein schwarzes Haar war dicht, und seine Augen waren dunkelbraun. Seine Gesichtszüge waren markant. Er konnte trotz eines Ansatzes zum Doppelkinn als gut aussehend gelten. Er war muskulös und durchtrainiert, hatte aber am Bauch ein paar Kilo zu viel.

Nach einer halben Stunde vollkommenen Schweigens von Fullers Seite gaben sie auf. Er hatte nicht einmal geblinzelt, um seinen Namen zu bestätigen, von einem Nicken ganz zu schweigen, sondern sie die ganze Zeit stumm beobachtet. Hinter dem scheinbar gleichgültigen Blick ahnte Irene einen glühenden Hass.

Die Polizei hatte beschlossen, Sanna weiterhin bewachen zu lassen, da man sich nicht sicher war, dass es sich bei Michael Fuller um einen Einzeltäter handelte. Deswegen saß wieder ein Polizist bei Sanna im Vorzimmer. Er hatte einen Bürstenschnitt und kräftige Bizepse. Da er Irene und Tommy nicht kannte, bat er sie, sich auszuweisen, ehe er sie vorließ.

Sanna Kaegler machte eine klägliche Figur. Die Vorfälle der letzten Tage hatten dunkle Schatten in ihrem schmalen Gesicht hinterlassen. Die Schwester hatte ihnen gesagt, dass sie starke Schmerz- und Beruhigungsmittel einnehme.

Sie erkundigten sich nach ihrem Befinden und redeten erst einmal über alles Mögliche, bevor sie zu den wichtigen Fragen kamen. Wie schon zuvor leitete Tommy das Verhör.

»Waren Sie erstaunt, dass Michael Fuller versuchte, Sie zu töten?«, begann er.

»Und ob! Mike… ich verstehe überhaupt nichts!«

»Wenn wir einmal zu dem Zeitpunkt zurückgehen, als er Sie das erste Mal in Askim ermorden wollte: Wie gelang es ihm, Sie aus dem Haus zu locken?«

Als sie keine Anstalten machte zu antworten, sagte er ruhig:

»Wir wissen, dass Edward Fenton Ludwigs Vater ist.«

Sanna schloss die Augen wie immer, wenn sie von der Welt nichts wissen wollte. Nach einer Weile öffnete sie sie wieder einen Spalt weit und sagte leise:

»Wie können Sie…? Aber das ist doch wohl nicht mehr wichtig… Edward und ich telefonierten nie vom Festnetz aus miteinander. Wir schickten SMS oder benutzten das Handy. Wir hatten bestimmte Zeiten, damit niemand die Mitteilungen sehen oder die Gespräche hören konnte. Den Treffpunkt auf der anderen Seite der Wiese hatten wir schon einmal verwendet, als er in Göteborg gewesen war. Plötzlich kam eine SMS… ich solle ihn dort treffen… ich freute mich… schließlich wusste ich nicht mal, dass er in Schweden war! Und das war er ja auch gar nicht.«

Sie begann zu weinen. Irene half ihr, die Tränen zu trocknen, und hielt das Taschentuch, damit sie sich schnäuzen konnte, schließlich konnte sie ihren linken Arm nicht benutzen. Nach einer Weile beruhigte sie sich und sah sie mit Augen an, die in dem abgemagerten Gesicht riesig wirkten.

»Woher wusste Mike… von unserem Treffpunkt? Und die SMS kam von Edwards Handy. Mike kannte sogar die richtigen Losungsworte! ›Wir treffen uns in den Büschen.‹ Keine Unterschrift, kein Fragezeichen. Das bedeutete, dass wir uns auf der anderen Seite der Wiese treffen würden. In den Büschen unten am Fahrradweg. Es ist nicht zu fassen!«

Irene und Tommy konnten ihr keine Antwort geben.

Eine andere wichtige Frage war, wie es Mike Fuller gelungen war, in den Besitz von Edward Fentons Handy zu gelangen.

Da Tommy keine weiteren Fragen hatte, kam Irene mit einer, auf die sie am dringendsten nach einer Antwort suchte. Vielleicht spielte es ja keine Rolle mehr, aber man wusste schließlich nie.

»Eine Frage habe ich mir mehrfach während dieser Ermittlungen gestellt. Warum haben Sie und Kjell Ceder eigentlich geheiratet?«, fragte sie.

Sanna schloss die Augen und seufzte gequält.

»Edward wollte das so. Er bekam Angst, als ich ihm erzählte, ich sei schwanger und wolle nicht abtreiben. Seine Frau… sie ist reich, und ihr Vater besitzt die Bank, bei der Edward arbeitet. Sie… die Familie ist katholisch. Wenn sie erfahren hätten, dass Edward und ich ein Kind haben, hätte es ein wahnsinniges Theater gegeben. Er sagte auch, dass ihn die Familie bereits bedroht hätte, wegen des… Geldes.«

Sie verstummte und trocknete die Tränen, die ihr die ganze Zeit, während sie erzählt hatte, die Wangen hinuntergelaufen waren. Irene half ihr erneut mit einem Papiertaschentuch aus. Tommy fragte leise:

»Welches Geld?«

Sannas tränennasse Augen blitzten.

»Das Geld, das verschwand, natürlich!«, fauchte sie.

Ohne sich von ihrem Ton beeindrucken zu lassen, fuhr er genauso gelassen fort:

»Von welchem Geld reden Sie?«

»Vom Geld aus dem ph.com-Konkurs«, antwortete sie mürrisch.

Das Geld, das beim IT-Crash verschwand. Dieses Geld hatte sie durch die Ermittlungen begleitet wie eine dumpfe, bedrohliche Hintergrundmusik.

»Hat die Familie von Edwards Frau ihn wegen des Geldes, das beim ph.com-Konkurs verschwand, bedroht?«, präzisierte Tommy seine Frage.

Sanna nickte und schluchzte leise. Sie schnäuzte sich erneut mit Irenes Hilfe und versuchte, sich zusammenzunehmen.

»Edward sagte, er müsse zurückzahlen, was die Familie verloren hatte. Das ist verrückt! Alle verloren schließlich bei dem Börsencrash!«

Sie hielt inne, schluckte und fuhr dann fort:

»Er sagte, dass das … mehrere Jahre dauern könne. Erst dann sei er frei … um mit mir und Ludde zusammenzuleben. Bis dahin sei es das Sicherste, wenn niemand den Verdacht schöpfen würde, dass Ludde … sein Sohn sei. Er dachte an unsere Sicherheit, an die von Ludde und mir, als er die Ehe von Kjell und mir einfädelte.«

Sie hob trotzig das Kinn, aber ihre zitternde Unterlippe zerstörte den stolzen Eindruck, den sie vermitteln wollte. Sie sah aus wie ein Mädchen, das man im Stich gelassen hatte.

Irene behielt ihre Ansichten für sich und setzte die Vernehmung einfach fort:

»Wie fand Kjell das mit dieser arrangierten Ehe?«

»Er zögerte anfänglich, aber dann war er einverstanden. Wir hatten uns im Jahr zuvor ab und zu getroffen und verstanden uns gut … aber mehr war nicht. Ich meine … er hatte nichts gegen mich … also ließ er sich aus alter Freundschaft, sowohl zu Edward als auch zu mir, auf die Sache ein. Wir heirateten dann recht rasch.«

Irene kam ein Gedanke. Edward hatte vielleicht etwas gegen Kjell Ceder in der Hand. Edward war der Einzige, der in jener Nacht etwas gesehen haben konnte, als Marie Lagerfelt-Ceder im Meer verschwunden war. Was das gewesen war, würden sie nie erfahren, da alle drei Beteiligten inzwischen tot waren.

»Hatten Sie sich schon vor der Ehe darauf geeinigt, wie Sie leben wollten? Getrennte Wohnungen und so?«, fuhr Tommy mit dem Verhör fort.

»Ja. Da waren wir uns vollkommen einig. Wir wollten beide nicht mit dem anderen zusammenleben. Aber es ist mir wichtig … dass wir uns nie gestritten haben. Im Gegenteil! Wir hatten wirklich unseren Spaß zusammen. Beispielsweise machten wir im August zusammen Urlaub in Portugal. Dort traf ich allerdings Edward, und Kjell hatte eine Französin dabei, die Brigitte hieß. Wir mieteten zusammen ein großes Haus.«

Sie lächelte bei dieser schönen Erinnerung, ohne es zu merken. Tommy und Irene tauschten einen raschen Blick aus. Jetzt wurde ihnen einiges klarer. Und trotzdem gab es immer noch sehr viel, was nicht stimmte. Gewisse Teile schienen nicht einmal zu demselben Puzzle zu gehören. Wahrscheinlich kannte Sanna nicht die ganze Wahrheit, sondern nur die Version, die ihr Edward Fenton vorgesetzt hatte. Hingegen hatte es den Anschein, als hätte sie sich vorgenommen, nicht mehr zu lügen.

»Wie lange waren Sie in Portugal?«, fragte Irene.

»Zwei Wochen.«

»War Edward auch die ganze Zeit dort?«

Sanna wirkte entsetzt, als sie antwortete:

»Nein, das ging nicht! Er konnte nur vier Tage bleiben. Seine Frau und seine Jungen waren in die USA gefahren. Er hatte zu ihr gesagt, er bräuchte noch ein paar Tage, um ein paar Dinge abzuschließen. Da traf er dann Ludde und mich.«

Ihr Tonfall und ihre Miene wirkten zufrieden. Ein Triumph über die Rivalin! Der gute Fenton hat wirklich einiges auf dem Kerbholz gehabt, dachte Irene. Es erschien ihr jetzt nicht mehr gar so unerklärlich, warum er ermordet im Kofferraum eines Mietwagens aufgefunden worden war. Außerdem war er es gewesen, der in Rothstaahls Wohnung auf sie geschossen hatte. Die letzte Zeit war er vermutlich vollkommen außer sich gewesen. Ob die anderen wohl die Daumenschrauben angezogen hatten? Sehr viel sprach dafür.

Sie nutzte die Gelegenheit, um noch eine Frage zu stellen, die Edward betraf:

»In einer Sache hätte ich gerne absolute Klarheit. Habe ich Sie richtig verstanden, dass Edward nur Ihr Geld an die Erpresser weiterreichte?«

»Ja.«

»Wie funktionierten die Überweisungen des Geldes an ihn?«

Sanna schien sich über die Frage zu wundern. Sie antwortete:

»Wie? Ich zahlte das Geld auf ein Konto bei H.P. Johnson's ein, was sonst?«

»Und von dort wollte Edward das Geld also an die Erpresser weiterleiten?«

»Das habe ich doch gesagt!«

Sanna war über die Fragen spürbar verärgert, und Irene ahnte, warum. Das Arrangement wirkte ohne Frage merkwürdig. Edward Fenton musste die Identität des Erpressers gekannt haben.

Tommy räusperte sich und fragte vorsichtig:

»Glauben Sie, dass Sie über die Finger sprechen können?«

Sanna nickte tapfer und sah ihn vertrauensvoll an.

Wie macht er das nur? dachte Irene. War es dieses Talent, was Frauen anging, das er einfach in regelmäßigen Abständen ausnutzen musste? Und warum hatte er sie dann nie angebaggert?, lautete ihre entrüstete Folgefrage. Die Antwort lag auf der Hand. Sie hätte sich nie auf so etwas eingelassen. Vielleicht funktionierte ihre Freundschaft deswegen so gut. Sie brauchten sich beide dem anderen gegenüber nicht zu verstellen.

»Sie sagten, Edward hätte gesagt, dass er ebenfalls einen Finger bekommen hätte. Stimmt das?«, begann er.

Sanna nickte.

»Hat er Ihnen davon in einer SMS oder am Telefon erzählt?«

»In einer SMS.«

»Erinnern Sie sich noch genau, was in dieser SMS stand?«

Sie schloss die Augen. Als sie sie wieder anschaute, kam ihre Antwort sehr zögernd:

»Er schrieb, die Erpresser wollten die … Finger zurück. Ich antwortete, ich hätte den meinen sofort weggeworfen. Da schrieb er, er habe das ebenfalls getan, aber ich solle nach Kjells Finger suchen. Wenn ich den Finger fände, würde man die Drohung gegen mich und Ludwig nicht wahr machen.«

»Waren Sie und Ludwig bedroht worden?«

»Nein. Ich wusste nichts von einer Drohung … also einer neuen Drohung … vor der SMS von Edward. Außer …«

Sie unterbrach sich und sah Tommy entsetzt an.

»Ich rede zu viel … das liegt an der Medizin.«

»Wir wissen, dass Sie und die anderen von ph.com erpresst wurden. Und Sie wissen auch, dass wir das wissen. Aber wir wissen immer noch nicht, was die Erpresser gegen Sie in der Hand hatten. Sonst hätten Sie schließlich nicht gezahlt«, meinte Tommy gelassen.

»Sie drohten damit, mich zu töten! Wie sie es mit dem gemacht hatten, von dem der Finger stammte.«

Die letzten Worte flüsterte sie. Sanna war klar, dass sie wider Willen etwas Wichtiges preisgegeben hatte.

»Sie wussten also von Anfang an, dass es sich um Thomas' Finger handelte.«

Sanna nickte resigniert.

»Ja. Schließlich bekam ich den Ringfinger, und auf dem saß immer noch sein Siegelring. Seine Finger waren so dick, ich glaube … sie hatten ihn einfach nicht abgekriegt …«

Plötzlich begann sie laut zu schluchzen und zu würgen. Irene nahm eine Nierenschale aus Pappe vom Nachttisch. Sanna würgte mehrere Mal, spuckte dann aber nur gelbweißen Schleim.

»Ich brauche eine Spritze«, schniefte sie.

»Ich rede mit der Schwester. Sie waren phantastisch. Schön, dass Sie die Kraft gefunden haben, unsere Fragen zu beantworten …«

»Fasst sie«, flüsterte Sanna.

»Wen?«, fragte Tommy verwirrt.

»Die Mörder, die Philip und Edward umgebracht haben. Ich will, dass sie hinter Gitter kommen.«

Sie redete so leise, dass sie fast nicht zu verstehen war.

»Sie glauben also, dass noch andere als Mike Fuller daran beteiligt waren?«, stellte Tommy fest.

»Ja. Mike kann das alles nicht allein getan haben. Er ist zu eingebildet und zu dumm dafür. Schlägertyp. Wir hatten eigentlich nie näher miteinander zu tun… so gesehen hatten wir sicherlich auch nichts gegeneinander. Als er versuchte, mich zu erschießen, geschah das auf Anweisung. Genauso sicher bin ich mir, dass er sich dafür hat bezahlen lassen«, sagte sie mit hasserfüllter Stimme.

Irene war erstaunt. Endlich waren sie einmal einer Meinung.

Sie beeilte sich, eine letzte Frage zu stellen:

»In welcher Sprache haben Sie und Edward Ihre SMS geschrieben?«

»Auf Schwedisch oder auf Englisch. Meist auf Englisch.«

»Erinnern Sie sich, in welcher Sprache die letzte SMS war?«

»In Englisch«, antwortete sie, ohne zu zögern.

Das hat Mike Fuller die Sache sicher bedeutend erleichtert, dachte Irene.

KAPITEL 24

Kurz nach drei waren Tommy und Irene zurück im Präsidium. Fredrik war mit Special Agent Hazel noch nicht erschienen. Sie erwarteten die beiden im Konferenzzimmer und informierten Andersson darüber, was die letzten Verhöre ergeben hatten. Das Verhör von Mike Fuller war schnell referiert, da er kein Wort von sich gegeben hatte. Das von Sanna hatte einige interessante Informationen ergeben.

Irene hatte darüber nachgedacht, was Sanna gesagt hatte.

»Ich glaube, wir können davon ausgehen, dass alle, die erpresst wurden, Geld auf dieses Konto bei H.P. Johnson's, der Investmentbank, einzahlten. Dann kümmerte sich Edward Fenton darum, dass es weiterbefördert wurde. Das klingt seltsam. Er hat selbst zu Sanna gesagt, dass er erpresst werde. Er will sogar einen der Finger erhalten haben! Wenn es stimmt, dass alle Mordopfer einschließlich Sanna, die auch hätte sterben sollen, einen Finger bekommen haben, dann wären fünf Finger in Umlauf gewesen. Wir wissen jedoch, dass das nicht der Fall war. Bonettis Daumen saß noch an seiner Hand. Vier Finger wurden an vier Erpressungsopfer verschickt.«

Sie legte eine Kunstpause ein, ehe sie weitersprach:

»Ich glaube, Edward hat gelogen.«

»Warum sollte er in dieser Frage lügen?«, wollte der Kommissar wissen.

»Vielleicht, um in Sannas Augen glaubwürdiger zu erscheinen. Wir sitzen beide in derselben Klemme. Etwas in der Art«, meinte Irene vage.

»Oder um etwas zu verheimlichen«, sagte Tommy nachdenklich.

»Pah! Theorien und diffuse Mutmaßungen! Ich hoffe, dass dieser Special Agent wirklich so phantastisch ist, wie alle behaupten!«, polterte Andersson.

Im nächsten Augenblick ließ sich eine relativ tiefe Stimme vernehmen:

»Hallo. Ich bin Special Agent Lee Hazel.«

Die drei wandten sich zur Tür, da die Stimme aus dieser Richtung gekommen war. Allen verschlug es die Sprache. Sie saßen da und starrten.

Special Agent Lee Hazel hatte, der Größe nach zu urteilen, eine Vergangenheit im professionellen Basketball. Das Lächeln war blendend weiß und bildete einen Kontrast zum mahagonifarbenen Gesicht. Der Busen war der größte, der Irene je bei einer Frau untergekommen war.

Lee Hazel schwebte über die Schwelle, Fredrik selig lächelnd hinter sich. Irene staunte, wie leichtfüßig sich die Amerikanerin bewegte, und ahnte den Grund. Sie betrieb sicher einen Kampfsport auf demselben Niveau wie sie. Das förmliche nougatbraune Kostüm saß wie angegossen auf ihren muskulösen Schultern. Darunter trug sie eine weiße Baumwollbluse, die über den üppigen Brüsten spannte.

Irene nahm sich zusammen, erhob sich und sah in das hübsche Gesicht, während sie die Hand ausstreckte, um den Gast zu begrüßen. Sie lächelte und stellte ihr Kommissar Andersson und Tommy vor. Sie wusste, dass Andersson dankbar dafür sein würde, da er nur recht miserabel Englisch sprach. Sie wusste jedoch nicht, dass er sich einen Sprachkurs besorgt hatte und zu Hause Englisch lernte. Er hatte auch nicht die Absicht, das seinen Kollegen zu erzählen. Es ging ihm darum, sich besser mit Donna unterhalten zu können, wenn sie sich das nächste Mal sahen.

Es war schon sieben, als sie mit allen Fakten der Ermittlung durch waren. Special Agent Hazel hatte sich nur höchst sporadisch etwas notiert. Irene wurde fast sauer, als sie bemerkte, dass diese, nachdem sie sich fast vier Stunden lang mit ihrem Englisch abgequält hatte, nicht einmal eine DIN-A4-Seite voll geschrieben hatte. Obwohl sie zugeben musste, dass die Aufmerksamkeit der Amerikanerin nichts zu wünschen übrig gelassen hatte. Wenn ihr etwas unklar gewesen war, hatte sie sofort unterbrochen und eine Frage gestellt.

Als sie mit allem durch waren, schaute der Kommissar auf die Uhr und sagte:

»Jetzt essen wir zu Abend. Ich lade euch ein.«

Irene wusste nicht, worüber sie am meisten staunte, darüber, dass der Kommissar alle einlud, oder dass er die Einladung in passablem Englisch über die Lippen brachte.

»Was haltet ihr vom Glady's Corner?«, fuhr der Kommissar auf Englisch fort, aber deutlich in Richtung von Irene.

Es war ein Glück, dass sie bereits saß. Nicht genug, dass Andersson zahlen wollte, er lud sie auch noch in eines der feinsten Restaurants Göteborgs ein.

Sie hörte selbst, wie matt ihre Stimme klang, als sie erwiderte:

»Klar. Ich ruf nur schnell an und frag, ob sie einen Tisch für uns haben.«

Auf dem Weg zu ihrem Büro beschäftigte sie vor allem die Frage, ob der Kommissar wohl Sondermittel zur Bewirtung des Gastes aus den USA herausgeschlagen hatte.

Sie hatten Glück gehabt und für 20 Uhr einen Tisch bekommen. Das Essen war wie immer ausgezeichnet gewesen, und Lee Hazel hatte es in den höchsten Tönen gelobt. Das Elch-Carpaccio der Vorspeise und der gegrillte Dorschrücken des Hauptgangs waren zwischen ihren blendendweißen Zähnen verschwunden. Mit größtem Wohlbehagen hatte sie gekaut. Genau richtig zum Dessert hatte Irene eine lähmende Müdigkeit überfallen. Es hätte nicht viel gefehlt, und sie hätte ihren Kopf in Glady's Mousse au Chocolat gelegt und wäre eingeschlafen. Tommy und sie hatten keinen Wein getrunken, da sie noch fahren mussten. Der Kommissar jedoch hatte sich sowohl das Essen als auch die Getränke schmecken lassen.

»Mein Auto lasse ich vor dem Präsidium stehen und nehme ein Taxi. Schließlich haben wir nicht jeden Tag Besuch aus den USA. Skål!«, erklärte er fröhlich.

Lee Hazel hob ihr Weinglas und lächelte ihn an. Die Kerzen spiegelten sich in ihren dunklen Augen und in ihren langen, silbern lackierten Fingernägeln. Sie war wirklich eine schöne Frau. Irene fiel auf, dass die anderen Gäste des Restaurants zu ihrem Tisch herüberschielten. Am Nachbartisch hörte sie eine Frau flüstern:

»Das ist dieses Supermodel Naomi Campbell!«

Irene und Tommy bedankten sich für den Abend und gingen gemeinsam Richtung Ausgang. Auf dem Weg schauten sie noch in die Küche und winkten Krister zu. Dieser sah von einem Hummer auf, den er gerade spalten wollte, und winkte ihnen mit dem großen Messer zu.

Bei der Morgenbesprechung wirkte Andersson erstaunlich ausgeschlafen. Fredrik hingegen war ungewöhnlich müde und abgekämpft. Er sah sonst morgens immer aus wie einer Reklame für Muntermacher entsprungen, was Irene wahnsinnig auf die Nerven ging. Zufrieden stellte sie fest, dass es ihm nicht gelungen war, seine Frisur zu stylen. Er sah aus, als käme er direkt aus dem Bett. Sogar das Polohemd vom Vortag trug er noch.

Diese Ermittlung hat uns wirklich alle mitgenommen, dachte Irene. Sie selbst hatte wie tot und absolut traumlos geschlafen, bis sie vom Lärm ihres Radioweckers aufgewacht war.

»Ich glaube, wir können sagen, dass unsere Kollegin, Special Agent Hazel, jetzt im Bilde ist. Sie hat angekündigt, uns über ihre Erkenntnisse aus Paris und London zu informieren. Bei näherem Nachdenken hat sie bisher noch kein Sterbenswörtchen darüber verlauten lassen. Heute erfahren wir hoffentlich mehr. Fredrik, du hast sie doch zum Hotel gefahren. Hat sie gesagt, wann sie kommen will?«, fragte Andersson.

»Special Agent Hazel wollte heute Morgen noch ein paar Telefongespräche mit dem FBI führen, um das eine oder andere zu vervollständigen. Sie kommt um die Mittagszeit«, teilte Fredrik mit.

»Was du nicht sagst. Aber in New York ist es doch sechs Stunden früher, das heißt, dass es dort jetzt halb zwei Uhr nachts ist. Es wird ihr nicht leicht fallen, auf der anderen Seite des Atlantiks jemanden zu erreichen«, meinte Andersson und lachte.

»Diese Stadt schläft nie«, entgegnete Fredrik, ohne eine Miene zu verziehen.

»Egal. Beim FBI und CIA ist natürlich immer jemand da, so viele Ganoven, wie die da drüben haben. Das wissen wir schließlich aus dem Fernsehen«, meinte der Kommissar nachdenklich.

Obwohl sein Weltbild begrenzt ist, ist er tatsächlich schon einmal in London gewesen, dachte Irene.

»Lasst uns anfangen. Dann treffen wir uns wieder um eins und hören uns an, was Frau Special Agent so herausgefunden hat«, sagte Andersson und klatschte energisch in die Hände.

Fredrik gähnte und schlurfte zum Kaffeeautomaten. Zum ersten Mal während der fünf Jahre, die sie jetzt schon zusammenarbeiteten, fand ihn Irene vor zehn Uhr morgens richtig erträglich.

Nach dem Mittagessen versammelten sie sich wieder im Konferenzraum. Lee Hazel war bereits da. Sie wirkte strahlend und ausgeruht. Es gibt Leute, die haben kein Problem mit dem Jetlag, dachte Irene. Ihr fiel ebenfalls auf, dass Fredrik in der Mittagspause nach Hause gegangen war, um seine Frisur in Ordnung zu bringen und sich umzuziehen. Geduscht hatte er offensichtlich auch, seinem guten Geruch nach zu urteilen.

»Dann erteile ich das Wort unserer amerikanischen Kollegin Lee Hazel«, sagte Andersson.

Erneut fiel Irene auf, dass er richtig passables Englisch sprach.

Frau Special Agent schenkte ihnen ein strahlendes Lächeln und erhob sich unangestrengt von ihrem Stuhl. Ihr Busen geriet in Bewegung, als sie Luft holte, um zu sprechen, was bei ihrer männlichen Zuhörerschaft zu Atemstillstand und körperlicher Unruhe führte. Birgitta, Irene und Kajsa hatten in diesem Augenblick nur einen Gedanken: wahrscheinlich alles Silikon.

Mit ihrer dunklen, etwas rauchigen Stimme begann Lee Hazel ihren Bericht. Nach einigen Minuten dachte niemand mehr an ihre körperlichen Vorzüge. Alle hörten aufmerksam zu, um ja kein Detail zu verpassen.

»Ich arbeite beim FBI in der Abteilung für organisiertes Verbrechen. Das heißt im Klartext, dass ich mich um die Mafia und ihre Geldtransaktionen kümmere. Ich habe Wirtschaft studiert und bin auf Geldwäsche spezialisiert. Das ist nämlich heute das größte Problem der Mafia. Drogen, Prostitution, Schutzgelderpressung, Raub und so weiter generieren enorme Summen, aber alles schwarzes Geld. Da das Ziel der Mafia ist, hinter einer respektablen Fassade zu operieren und ihre Unternehmen in die normale Gesellschaft zu integrieren, verwendet sie große Mühe darauf, das Geld zu waschen. Ist das Geld einmal weiß, kann sie es investieren oder politische Projekte unterstützen. Die Politiker, die von der Mafia finanziert werden, sind auch von ihr abhängig. Auf diese Weise kommt die Mafia zu Macht, und das ganz legal.«

»Entschuldigen Sie, aber können wir das, was Sie sagen, auf Band aufnehmen?«, unterbrach sie der Kommissar.

Er war nervös. Zu seinem Entsetzen hatte er einsehen müssen, dass sein Englisch doch nicht so gut war, wie er sich das nach seinem ersten Sprachkurs eingebildet hatte.

»Ich habe nichts dagegen«, antwortete Lee Hazel.

»Wie Sie bereits wissen, war Edward Fenton der Chef von H.P. Johnson's Europafiliale. Bei H.P. Johnson's handelt es sich um eine recht angesehene Investmentbank. Sie wurde bereits während des Ersten Weltkriegs von einem schwerreichen Ketchupfabrikanten gegründet. Anfang der siebziger Jahre gab es eine Flaute, und man ließ zu, dass sich ein zweiter Teilhaber einkaufte. Der Mann heißt Sergio Santini und ist der Vater von Janice Santini und somit der Schwiegervater von Edward Fenton. Mister Santini hat auch einen Sohn, Sergio junior. Die Santinis sind derzeit die mächtigste Mafiafamilie in New York. Die Eltern von Papa Santini kamen in den zwanziger Jahren aus Sizilien, und der alte Sergio hat den Kontakt dorthin aufrechterhalten. Es handelt sich also um die echte Cosa Nostra. Diese Organisation ist auch gelegentlich als ›Tintenfisch‹ bezeichnet worden. Zu Recht, denn die Arme der Cosa Nostra reichen bis in Organisationen, in denen man sie am allerwenigsten vermutet. In Italien haben sie sogar einen Präsidenten, der nachgewiesenermaßen von der Mafia unterstützt wird. Die Cosa Nostra hat die Gemeinde- und Provinzverwaltungen in Italien und in einigen anderen europäischen Ländern unterwandert. Ihre Vertreter sitzen in Aufsichtsräten und Banken. Nicht nur in Europa, sondern auch in den USA. Die Frage lautet, welcher Teil der Umtriebe der Mafia auf lange Sicht der demokratischen Gesellschaft am meisten schadet, der illegale oder der legale. Was den illegalen Teil angeht, so kann man die Organisation dadurch schädigen, dass man so viele Mafiosi wie möglich hinter Schloss und Riegel bringt. Meist geraten sie wegen Steuerhinterziehung hinter Gitter, und da werden Leute wie ich gebraucht.«

Sie verstummte und trank einen Schluck Wasser aus dem Glas, das neben dem Tonbandgerät stand. Keiner ihrer schwedischen Kollegen stellte eine Frage. Sie wagten sich kaum zu rühren, um ihren Bericht nicht zu stören.

Lee Hazel räusperte sich und fuhr dann fort:

»Vater Sergio Santini ist ein hervorragender Geschäftsmann. Aus der Perspektive des Vaters ist sein Sohn Sergio junior das leider nicht. Er ist vermutlich das, was wir einen typischen Mafioso nennen. Smart, tough und sehr hitzköpfig. Aber Legastheniker. Er kann kaum lesen, von schreiben und rechnen ganz zu schweigen. Er ist dreiundvierzig, verheiratet, hat aber keine Kinder, jedenfalls nicht mit seiner Ehefrau. Seine Frau heißt Amelia, geborene Bonetti.«

Frau Special Agent machte eine Kunstpause und lächelte vielsagend.

»Wie bitte …? Sagten Sie Bonetti?«, fragte Andersson.

In seiner Verwirrung sprach er Schwedisch, aber Lee Hazel nickte trotzdem und antwortete, ehe ihr jemand zuvorkommen konnte:

»Genau. Ihr Mädchenname lautet Amelia Bonetti. Sie ist das Kind einer Cousine von Thomas Bonettis Vater Antonio. Sie sagten gestern, er sei ein bekannter Anwalt hier in Schweden. Ich habe ihn überprüft. Er ist der Cousin von Amelias Vater Leonardo Bonetti. Und Leonardo Bonetti ist der Mafiaboss von Massachusetts. Antonios und Leonardos Väter waren Brüder. Beide emigrierten in die USA, und ihre Söhne wuchsen dort auf. Soweit ich weiß, hat Ihr Staranwalt Bonetti verbreitet, er stamme aus Italien. Das stimmt nicht. Er wurde in Boston geboren und ist dort aufgewachsen. Dort hat er auch Jura studiert. Nach Schweden kam er durch seine Ehe mit Marianne … jetzt habe ich ihren Nachnamen vergessen … der Mutter von Thomas … er lernte die Sprache rekordverdächtig schnell und legte dann noch das schwedische Staatsexamen ab.«

Irene hob die Hand, damit Lee Hazel sah, dass sie etwas sagen wollte.

»Bedeutet das, dass Antonio Bonetti der Kontaktmann der USA-Mafia hier in Schweden ist?«, fragte sie.

»Nein. Wir haben keine Informationen, die darauf hindeuten. Er war im Gegensatz zu seinen drei älteren Brüdern nie direkt in die Machenschaften der Cosa Nostra verwickelt. Das war wahrscheinlich auch der Grund, warum der kleine Antonio nach Schweden auswandern durfte. Schließlich darf man seine Familie nicht verlassen, wie es einem gerade einfällt. Auf keinen Fall darf man eine Nicht-Italienerin heiraten!«

Irene hob erneut die Hand, und Lee Hazel nickte ihr zu.

»Wie kam es dann, dass Janice Santini Edward Fenton heiraten durfte? Der hatte doch keinerlei italienisches Blut?«

»Da war in der Tat Amor im Spiel. Amor und Janice. Edward Fenton begann bereits Anfang der neunziger Jahre bei der Europafiliale von H.P. Johnson's als Platzierungsexperte. Er war sehr erfolgreich, und Sergio Santini wurde auf den viel versprechenden jungen Mann aufmerksam. Denken Sie daran, dass die Mafia ihr schwarzes Geld investieren wollte, um dann die Rendite geglückter Investitionen kassieren zu können. Dieses Geld ist unantastbar. Mit ein paar genialen Schachzügen vervielfachte Edward das investierte Geld der Mafia, und Santini beschloss, den begabten jungen Mann zu protegieren. Er brachte ihn bei der Zentrale der Bank in New York unter. Dort begegneten sich Janice und Edward. Janice verliebte sich über beide Ohren. Diesen Mann wollte sie haben. Ihrem Vater passte das weniger. Er drohte damit, sie zu enterben, musste aber schließlich klein beigeben, weil Janice wie immer ihren Willen durchsetzte. Sie wickelte ihren Daddy um den kleinen Finger. Eigentlich hat sie die Intelligenz ihres Vaters geerbt und sollte seine Nachfolge antreten. Aber wir haben es hier mit der Cosa Nostra zu tun, und da gibt es keine Frauen an der Spitze. Die Frauen sind nicht ohne jeden Einfluss, sie üben ihre Macht jedoch nur indirekt aus. Also bekam Janice ihren Traumprinzen, aber erst nach einem größeren Hin und Her. Aus Tradition wird nicht akzeptiert, dass Töchter von Topmafiosi Männer außerhalb der Cosa Nostra heiraten, solange die Ehe nicht strategisch wichtig ist und den Einfluss der Organisation vergrößert. Das größte Hindernis in diesem Fall war, dass Edward kein Italiener und kein Katholik war. Dagegen, dass er kein italienisches Blut hatte, konnte er nicht viel unternehmen, er konvertierte jedoch zum Katholizismus. Da konnte Papa Santini dann nicht mehr nein sagen. Janice und Edward heirateten vor zehn Jahren. Zwei Jahre später wurde er Europachef von H.P. Johnson's, und die Familie zog auf ein Gut in der Nähe von London.«

»Das muss bedeuten, dass Edward wusste, dass er für die Mafia arbeitete.«

Lee Hazel lächelte schwach.

»Das bedeutet noch mehr. Edward Fenton gehörte zu den Mächtigen der Organisation. Er hatte zwar nur Einfluss auf die Verwaltung des schwarzen Geldes, aber da das für die Mafia so unerhört wichtig ist, machte ihn das sehr mächtig. Er war sich vollkommen bewusst, wer seine Auftraggeber waren.«

Irene nutzte die Gelegenheit, um noch eine Frage zu stellen:

»Wenn er so mächtig innerhalb der Cosa Nostra war, muss das bedeuten, dass er alle Macht verloren hätte, wenn er sich von Janice hätte scheiden lassen.«

Frau Special Agent warf Irene unter ihren langen Wimpern einen viel sagenden Blick zu.

»Natürlich hätte er alle Macht verloren. Er hätte die Arbeit verloren, seine Söhne, das Haus, das Geld und mit größter Wahrscheinlichkeit auch sein Leben, und das tat er schließlich auch.«

Sie machte eine Pause und betrachtete ihr andächtig lauschendes Publikum.

»Man gerät nicht einfach so in die Cosa Nostra, und man verlässt sie definitiv nicht einfach so. Der einzige Grund für das Ausscheiden ist der Tod. Und damit wären wir wieder beim Mord an Edward Fenton.«

Sie beugte sich zu dem Papierstapel hinab, der vor ihr auf dem Tisch lag, und zog eine rote Plastikhülle hervor. Dieser entnahm sie einen Zeitungsausschnitt.

Irene verspürte ein gewisses Mitleid mit Sanna Kaegler. Edward hatte sie betrogen. Er hatte nie die Absicht gehabt, sich von Janice Santini scheiden zu lassen. Er hätte das nie tun können, und das wusste er bereits, als er die Affäre mit Sanna begann.

Sie wurde aus ihren Gedanken gerissen, als Lee Hazel Kopien des Zeitungsausschnittes herumgehen ließ. Als Irene die ihre erhielt, stutzte sie.

Das Foto war schräg von oben aufgenommen. Vermutlich hatte der Fotograf auf einer Mauer gestanden. Es zeigte ein sich küssendes Paar an einem Pool. In den Armen hielt der Mann ein hellhäutiges Baby. Der Text unter dem Bild lautete:

»Unser Reporter erhielt den Tipp, dass die ehemalige IT-Prinzessin (ph.com) Sanna Kaegler, 29, in einem Haus bei Albufeira mit ihrem kleinen Sohn und einem Unbekannten Ferien macht. Da wir wissen, dass sie erst vor knapp einem Jahr den schwedischen Restaurantkönig Kjell Bengtsson Ceder, 53, heiratete, gingen wir natürlich davon aus, dass es sich um ihren Gatten handelt. Als dieser Gatte in einem Nachtclub mit der bekannten französischen Schauspielerin Brigitte Defoe, 30, gesichtet wurde, witterte unser Reporter sofort eine Neuigkeit. Und ganz richtig. Das Bild bestätigt, dass Sanna Kaegler einen Neuen hat. Wer er ist, haben wir noch nicht herausfinden können. Aber dass alles auf eine Scheidung von ihrem so viel älteren Mann hindeutet, scheint uns so gut wie sicher. Hoffentlich erfahren wir bald, wer dieser neue Mann in ihrem Leben ist. An seinem Verhältnis zu Sannas Sohn scheint jedenfalls nichts auszusetzen zu sein. Sie wirken wie eine entzückende kleine Familie.«

Die Schärfe des Fotos war perfekt, und es war mühelos zu erkennen, dass es sich bei dem Mann, den Sanna küsste, um Edward Fenton handelte.

»Der Urlaub in Portugal. Sanna hat uns gestern davon erzählt«, sagte Tommy.

»Ja. Das Bild erschien vor etwa drei Wochen in der größten Klatschzeitung der USA. Zweifellos hat Janice Santini von der Untreue ihres Ehemanns erfahren.«

»Das Bild tauchte also unmittelbar nach Edwards Abreise nach England auf. Seine Familie war da noch in den USA«, stellte Tommy fest.

»Genau. Man kann sich vorstellen, wie Janice reagierte. Bereits in der Woche darauf hatte man Edward identifiziert.«

Lee Hazel zog einen neuen Zeitungsausschnitt aus ihrer Mappe. Es handelte sich um einen vergrößerten Ausschnitt des küssenden Paares. Die Überschrift lautete: »Romanze von IT-Prinzessin und Bankkönig!« Aus dem Artikel ging hervor, dass beide nicht für einen Kommentar zu erreichen gewesen waren.

Das fiel genau in die Zeit nach den Morden an Kjell Bengtsson Ceder und Philip Bergman. Sanna hatte sich damals konsequent geweigert, mit Journalisten zu sprechen. Wahrscheinlich wusste sie nicht einmal von den Bildern in der amerikanischen Regenbogenpresse. Edward hatte sie sicher gekannt.

»Er versteckte sich also in Paris. Irene und ich begegneten ihm, als wir die Wohnung von Bergman und Rothstaahl durchsuchten«, meinte Kajsa und deutete auf ihr immer schwächer werdendes Veilchen.

Special Agent Hazel zog eine Augenbraue hoch und sagte: »Das haben Sie also von der Begegnung mit Edward in Paris. Ich erinnere mich, dass Irene gestern davon erzählt hat. Die Presse und die Organisation seines Schwiegervaters jagten ihn. Dafür hatte Janice sicher gesorgt. Die Mafia erwischte ihn zuerst.«

»Aber wenn das die Erklärung für den Mord an Edward ist, wie steht es dann mit den übrigen Morden? Ceder, Rothstaahl und Bergman können nicht aus demselben Grund ermordet worden sein«, wandte Fredrik ein.

Lee Hazel nickte und schenkte ihm ein Lächeln, das ihn bis über beide Ohren erröten ließ.

»Die Affäre mit Sanna Kaegler war sicher nicht der Grund dafür, dass Edward Fenton ermordet wurde. Der Grund war, dass er keine Immunität mehr besaß. Janice hielt keine schützende Hand mehr über ihn. Schon jahrelang hatte er Probleme mit der Mafia gehabt. Und hier kommen auch die Morde an Ceder, Rothstaahl und Bergman ins Spiel sowie der Mordversuch an Sanna Kaegler.«

»The band is slut«, unterbrach Andersson sie.

Nervös hatte er das Tonband überwacht. Eine ganze Menge von dem, was Ms. Hazel erzählt hatte, hatte er nicht verstanden. Ärgerlicherweise schienen die anderen alles mitbekommen zu haben, was seinem ohnehin nicht großen Vertrauen in seine frisch erworbenen Englischkenntnisse einen weiteren Knacks versetzte. Wenn die anderen gegangen waren, wollte er Irene bitten, sich die Bänder noch einmal gemeinsam anzuhören, natürlich unter dem Vorwand, dass sie nichts Wichtiges übersehen dürften.

Lee Hazel wartete geduldig, bis er die Kassette umgedreht hatte. Sobald die kleine rote Lampe wieder leuchtete, machte sie da weiter, wo sie aufgehört hatte.

»Alles nimmt mit dem Mord an Thomas Bonetti seinen Anfang. Bereits im November 2000 erhielt das FBI Informationen, wonach ein naher Verwandter von Leonardo Bonetti in Schweden verschwunden sei. Die Eltern hatten sich an ihn gewandt, um sich bei der Suche nach ihrem Sohn helfen zu lassen. Bereits da hegten sie den Verdacht, er könnte ermordet worden sein. Recht bald war uns klar, dass es sich um Thomas Bonetti handelte. Er war schließlich auch in den USA aus den Zeitungen, dem Wirtschaftsteil, recht bekannt, da ph.com erst wenige Monate zuvor unter großem Aufsehen in Konkurs gegangen war.«

Sie unterbrach sich und nahm eine Diskette aus ihrer Aktentasche. Pädagogisch hielt sie sie vor ihren Zuhörern in die Höhe, klopfte mit einem silbern schimmernden Fingernagel darauf und sagte:

»Ich gehe ein paar Minuten auf ein anderes Thema ein. Wie Sie wissen, blieb ich einen Tag extra in England. Und zwar wegen dieser Diskette und einigen weiteren. Sie waren auf dem Gut von Edward Fenton versteckt. Er hatte sich eines der größeren Nebengebäude als Büro eingerichtet und arbeitete häufig zu Hause. Hinter einem Bücherregal, das sich wie eine Tür zur Seite drehen ließ, stand ein Safe. In diesem Safe lagen eine Menge Disketten, alle ordentlich in Schachteln, die mit den Buchstaben Bo, Be, C und R beschriftet waren. Bonetti, Bergman, Ceder und Rothstaahl. Es dauerte eine Weile, alles durchzusehen, aber dabei handelt es sich schließlich um mein Spezialgebiet. Ich glaube, dass wir uns jetzt ein ziemlich gutes Bild vom Verlauf der Ereignisse machen können. Es stellt sich die Frage, warum Fenton diese Disketten nicht vernichtet hat, aber wahrscheinlich war er noch nicht dazu gekommen, sie noch einmal durchzuschauen. Vielleicht glaubte er auch, dass sie Angaben enthielten, die er als Schutz vor der Mafia verwenden könnte.«

Sie legte die Diskette hin und nahm eine dünne Mappe aus ihrem Papierstapel und öffnete sie. Nachdenklich meinte sie:

»Pundfix. Vielleicht fing es ja schon da an. Wie Sie wissen, hatten Thomas Bonetti und Joachim Rothstaahl zusammen mit dem Norweger Erik Dahl ein Unternehmen gegründet, das vornehmlich Kapital von skandinavischen Unternehmen in einem Aktienfond verwalten sollte. Der Betrug funktionierte wie ein riesiges Pyramidenspiel. Zu Anfang wurden riesige Renditen ausbezahlt, die mit dem Geld neuer Investoren bezahlt wurden. Schließlich kam der Betrug auf. Thomas Bonetti und Joachim Rothstaahl hatten Glück, weil sie immer noch schwedische Staatsbürger waren. Der Norweger kam hinter Gitter.«

Lee Hazel machte erneut eine Pause.

»Aber nicht nur Leute aus Skandinavien hatten Geld in Pundfix investiert. Edward Fenton hatte Pundfix fast eine Million Dollar für ein anonymes Unternehmen überlassen. Das bedeutet, dass es sich um schwarzes Mafiageld vom Santini-Clan gehandelt hatte. Einen großen Teil dieses Geldes brachten Bergman und Rothstaahl an sich, bevor man ihrem Bluff auf die Spur kam. Dieses Geld investierte Thomas Bonetti dann in ph.com.«

Sie verstummte, damit ihre Zuhörer die Informationen verdauen konnten. Dann fuhr sie fort:

»Die Zahlen machen deutlich, dass Rothstaahl fast sofort erpresst wurde. Kurz gesagt durfte er sein Leben behalten, verlor aber sein Geld. Jedoch begannen sie da noch nicht, Thomas Bonetti zu erpressen. Über den Grund hierfür lassen sich nur Mutmaßungen anstellen. Vielleicht lag es daran, dass er ein Bonetti war. Vielleicht wollte man auch abwarten, um für die Zukunft einen Trumpf in der Hand zu haben. Fakt ist, dass Bonetti sein Geld in das Internet-Unternehmen ph.com investieren konnte. Es wirkte in der Tat klug, Geld in den schnell expandierenden IT-Sektor zu investieren. Alle wollten sich an dieser Goldgrube beteiligen. Auch Edward Fenton war der Meinung, dass es für H.P. Johnson's und damit indirekt die Mafia Zeit war, auf den Zug aufzuspringen. In der Cyberspacewirtschaft war Geld zu verdienen! Edward sorgte dafür, dass der Santini-Clan fünfzehn Millionen Dollar in ph.com investierte.«

»Das war bei der letzten Runde… der anonyme Investor erhielt eine eigene Runde!«, rief Kajsa eifrig.

»Genau.« Lee Hazel nickte.

Es verging eine kurze Zeit, bis sie ihre Erklärungen wieder aufnahm:

»Wir wissen, wie die Geschichte mit ph.com ausging. Das gesamte investierte Geld verschwand. Sergio Santini war einer der größten Verlierer. Seine Bank hatte eine Menge Geld und eine Menge Goodwill und seine Mafiafamilie fünfzehn Millionen Dollar verloren. Es bestand auch kein Zweifel daran, dass es allein drei Teilhabern gelungen war, einen Teil des Geldes aus dem Unternehmen zu retten. Das Meiste hatte Thomas Bonetti beiseite geschafft. Er hatte bereits einige Monate vor dem eigentlichen Crash damit begonnen, das Unternehmen auszuplündern. Was er da zusammen mit Sanna Kaegler, Philip Bergman und Joachim Rothstaahl tat, wird als Kickbacks bezeichnet. Der ›Berater‹ Joachim Rothstaahl ließ sich unerhört teuer von den Teilhabern von ph.com für Dienste bezahlen, die er dem eigenen Unternehmen leistete. Als Berater war er als stellvertretender Geschäftsführer und Controller für ph.com tätig. Gleichzeitig. Natürlich für einen reinen Phantasielohn. Er sorgte dafür, dass ein Teil dieses Geldes an die drei Teilhaber zurückfloss, indem seine Beratungsfirma diese für fiktive Dienste bezahlte.«

Sie verstummte erneut, um zu sehen, ob ihr die schwedischen Kollegen folgen konnten. Alle schienen sie verstanden zu haben, mit Ausnahme des Kommissars möglicherweise, der die ganze Zeit ein düsteres Gesicht machte.

»Man betrügt die Mafia nicht einfach um ihr sauer verdientes Geld. Geld, das aus der Prostitution, der Schutzgelderpressung und dem Drogenhandel stammt und mit viel Schweiß, Blut und zahlreichen Menschenleben bezahlt worden ist, bevor es in die Hände der Banker gelangt. Sergio Santini beschloss, es sei ›pay back time‹.«

Sogar Andersson verstand, was die letzten Worte zu bedeuten hatten.

KAPITEL 25

Auf Wunsch von Special Agent Hazel hatten sie eine kurze Pause eingelegt. Sie hielt es für wichtig, dass die Schweden die Informationen verarbeiten und sich Fragen überlegen konnten. Als sie wieder im Konferenzzimmer zusammenkamen, wollte sie als Erstes wissen, ob noch Unklarheiten bestünden. Irene hob ihre Hand am schnellsten.

»Es klingt wahrscheinlich, dass die Morde an Bonetti, Rothstaahl und Bergman und der Mordversuch an Sanna Kaegler miteinander zu tun haben. Die vier hatten die Mafia um eine Menge Geld betrogen. Aber wieso wurde Kjell Bengtsson Ceder ermordet? Der hatte doch mit ph.com nichts zu tun. Seine Heirat mit Sanna wurde außerdem von Edward Fenton eingefädelt. Warum wurde Ceder ermordet?«

Lee Hazel deutete erneut auf die Diskette.

»Dank dieser Diskette kenne ich den Grund. Als Mister Ceder sein großes Hotel baute, hatte er mit Kosten von fünfhundert Millionen schwedischen Kronen gerechnet. Aber das Hotel wurde bedeutend teurer. Keine schwedische Bank wollte ihm weitere Kredite gewähren, und auch sonst wagte es niemand, weiteres Geld in das große Projekt zu investieren, nur sein alter Freund Edward Fenton. Dieser investierte fast zehn Millionen Dollar. Natürlich für einen anonymen Investor. Von diesem Mafiageld wusste das FBI bereits seit Jahren. Fast zweihundert Millionen Dollar wurden damals in Hotels in europäischen Großstädten investiert. Bereits damals fiel uns die Investition in Göteborg ins Auge. Auch mit viel gutem Willen kann man diese Stadt nicht zu den größeren und attraktiveren europäischen Städten zählen. Warum genau Edward den Zuschuss gewährte, wissen wir nicht. Wahrscheinlich aus alter Freundschaft. Edward Fenton hatte später allen Grund zu bereuen, dass er sich aus alter Loyalität zu dieser Investition ins Hotel Gothenburg entschlossen hatte. Seit der Eröffnung macht das Hotel Minus. Mister Ceder hatte ganz einfach öfters Probleme mit den Rückzahlungen. Dafür hat sich sein guter Freund Edward gelegentlich bestimmte Dienste ausbedungen. Ist man einmal in die Fangarme des Tintenfisches geraten, lässt er einen nie mehr los. Die Heirat von Ceder und Sanna Kaegler ist ein Beispiel dafür. Die Anstellung von Michael Fuller ein weiteres. Und da wir jetzt schon einmal bei Mike Fuller sind, kann ich genauso gut mit ihm weitermachen. Heute habe ich von meinem Kollegen Jack Curtis die Bestätigung erhalten, dass Mike Fuller nicht der ist, für den er sich ausgibt. Er heißt eigentlich Michael, genannt Mike, Falcone. Er ist mit Sergio Santini verwandt. Da haben wir also den Kontaktmann der Cosa Nostra, genauer gesagt den der Familie Santini. Und jetzt weiß ich auch, wer ihn hier in Göteborg platziert hat und warum.«

Irene war bereits ganz matt. Unmengen von Namen schwirrten ihr gleichzeitig im Kopf herum, und sie musste sich anstrengen, alles, was Lee Hazel in gepflegtem Amerikanisch vortrug, mitzubekommen. Aber jetzt hatte sie das Gefühl, dass das Puzzle langsam aufging und sich ein Bild ergab.

»Edward Fenton sorgte dafür, dass Mike Falcone im Hotel Gothenburg angestellt wurde. Die Santinis hatten Edward unter Druck gesetzt. Den Verlust beim Pundfix-Bluff konnten sie vielleicht gerade noch verschmerzen, aber zehn Millionen beim Hotel Gothenburg und fünfzehn bei ph.com waren einfach zu viel. Fünfundzwanzig Millionen Dollar sind eine Menge Geld. Ihre Absicht mit den Investitionen war gewesen, das Geld zu vermehren. Stattdessen hatten sie alles verloren.«

Damals war der Dollar etwa neun schwedische Kronen wert gewesen, was bedeutete, dass die Mafia etwa zweihundertfünfzig Millionen schwedische Kronen verloren hatte. Kein Wunder, dass die sauer sind!, dachte Irene.

»Die Cosa Nostra hasst es, auch nur einen einzigen Dollar zu verlieren. Die Mafia hatte Edward befohlen, das Geld wiederzubeschaffen. Er war verzweifelt, und deswegen beschloss er, rücksichtslos vorzugehen. Es ging Edward darum, seinen Schwiegervater rasch zu besänftigen. Thomas Bonetti hatte das meiste Geld an sich gebracht. Deswegen war er das erste Opfer. Edward und Mike Falcone zogen die Sache zusammen durch. Wie Sie wissen, wurde Bonetti vor seiner Ermordung gefoltert. Dabei muss er die Nummern all seiner Konten preisgegeben haben. Dank der Disketten wissen wir, dass er zweieinhalb Millionen Dollar besessen hat. Der Verkauf des Bootes brachte sicher auch ein hübsches Sümmchen. Der Schwiegervater war zufrieden und trug Edward auf, so weiterzumachen. Ich könnte mir vorstellen, dass Mike Falcone auf die Idee kam, Bonetti ein paar Finger abzuschneiden, denn das ist eine klassische Mafiamethode. Zum einen brachten sie dadurch Bonetti zum Reden, zum anderen konnten sie mit diesen Fingern Leute erpressen. Die Botschaft war unmissverständlich: Wenn du nicht zahlst, verschicken wir das nächste Mal deine Finger mit der Post.«

Sie verstummte, aber da keiner ihrer Zuhörer Anstalten machte, eine Frage zu stellen, fuhr sie fort:

»Diese Morddrohung genügte Bergman, Rothstaahl und Kaegler. Sie zahlten, und zwar immer wieder. Inzwischen sind sie mehr oder weniger pleite. Easy comes, easy goes«, sagte sie und breitete viel sagend ihre hübschen Hände aus.

»Aber warum musste die Mafia sie ermorden? Sie hatten doch alles zurückgezahlt«, wandte Kajsa ein.

»Der Mord an Thomas Bonetti drängte unschön ans Licht.

Die Bonettis hatten eine Spur gefunden, die zu den Santinis führte. Es wäre katastrophal gewesen, wenn herausgekommen wäre, dass die Santinis hinter dem Mord an Bonetti steckten. Plötzlich war die Idee, Drohbriefe mit einem Finger Thomas Bonettis zu verschicken, nicht mehr so geglückt. Edward konnte diese Finger und Drohbriefe nicht schnell genug zurückbekommen. Schließlich wusste er, wer sie erhalten hatte. Es war nötig, alle Beweise einer Erpressung zu beseitigen. Erführen die Bonettis davon, würde ihnen klar werden, dass auch Thomas davon betroffen gewesen war. Sie wussten, dass seine Konten nach seinem Verschwinden geleert worden waren. Wohin war das Geld verschwunden? Natürlich in die Taschen der Santinis. Es bestand die Gefahr, dass ein Mafiakrieg ausbrechen würde. Edward wusste, dass er den nie überleben würde. Mit Hilfe von Mike Falcone begann er die vier Leute zu beseitigen, die wussten, dass die Finger von Thomas stammten. Bergman, Ceder, Rothstaahl und Kaegler. Alle vier mussten sterben.«

Irene ergriff die Gelegenheit, etwas zu kommentieren:

»Das erklärt, warum Bergman und Rothstaahl nach Göteborg kamen. Edward hatte sie unter dem Vorwand einer wichtigen Besprechung hierher gelockt. Vielleicht sagte er, dass er in ihren neuen Aktienfond EuroFond investieren wolle. Es war jedoch Falcone, der sie in Rothstaahls Haus erwartete. Dasselbe galt für Kjell Bengtsson Ceder. Er fasste nie auch nur den Verdacht, dass Edward ihn nach Askim gelockt hatte, um ihn dort von Falcone ermorden zu lassen. Edward besaß ein Alibi. Er befand sich immer noch in den USA. Die ganze Zeit hatte er Bergman, Rothstaahl, Ceder und Kaegler gegenüber so getan, als würde er ihre monatlichen Zahlungen nur weitervermitteln. In Wahrheit gingen die Zahlungen direkt an ihn und von dort weiter zu seinem Schwiegervater Sergio Santini.«

Lee Hazel nickte.

»Genau so war es. Falcone schickte den Schlüssel zu Rothstaahls Wohnung in Paris an Edward. Mit ihm konnte sich Edward dort Zutritt verschaffen, ohne die Tür aufzubrechen. Der Schlüssel wurde in einer Ablage des Mietwagens gefunden, in dem er ermordet worden war. Falcone schickte auch alle Disketten und Notebooks, die er fand, an Edward. Dieser suchte in Paris nach weiterem Material, und zwar genau dann, als Kajsa und Irene zufällig in die Wohnung stolperten.«

Sie deutete lächelnd auf Kajsas Veilchen, und Kajsa lächelte gut gelaunt zurück.

»Was die Mordversuche an Sanna Kaegler angeht, habe ich eine Theorie. Wahrscheinlich schickte Edward sein Handy an Mike Falcone und erklärte ihm, wie er Sanna in die Büsche hinter ihrem Haus locken konnte. Nur Edward kannte die richtigen Losungsworte. Sanna schöpfte nie einen Verdacht. Wenn Sie nicht dort gewesen wären, hätte Falcone sie ermordet. Dann hätten wir diesen Fall nie gelöst. Zumindest haben wir Michael Falcone.«

»Wird er aussagen?«, fragte Fredrik.

»Ja, das wird er. Wahrscheinlich wird er den Mordversuch an Sanna Kaegler gestehen, mehr aber nicht. Vielleicht können Sie ihn auch mit Hilfe von Indizien verurteilen. Vielleicht ist die Pistole, die er im Krankenhaus verwendet hat, mit der Mordwaffe identisch, die für die anderen drei Hinrichtungen gebraucht wurde. Aber diese Morde wird er nie gestehen. Nur den einen Mordversuch.«

»Wieso wird er dieses eine Geständnis ablegen?«, wollte Kajsa wissen.

»Weil er eine Weile untertauchen muss. Plötzlich wird es ihm ideal vorkommen, ein paar Jahre in einem schwedischen Gefängnis zu verbringen. Die USA werden für ihn in Zukunft richtiggehend ungesund sein. Die Bonettis werden es zwar nicht eilig haben, aber auch nichts vergessen. Ich glaube auch nicht, dass die Santinis noch gesteigerten Wert auf ihn legen. Er war Edwards Handlanger. Das ist sicher kein Verdienst, wenn man innerhalb dieser Familie aufsteigen will.«

Nachdenklich schaute sie auf die Papiere, die vor ihr lagen.

Dann klopfte sie mit einem funkelnden Fingernagel auf die oberste Mappe.

»Edward hat mit allen Mitteln versucht, den Mord an Thomas Bonetti ungeschoren zu überstehen. Vielleicht wäre ihm das auch gelungen, wenn er sich nicht die Affäre mit Sanna Kaegler geleistet hätte. Im Nachhinein muss man feststellen, dass er sich damit sein eigenes Grab geschaufelt hat.«

Fredrik erhielt den Auftrag, Frau Special Agent nach Landvetter zu fahren. Sie würde die letzte Maschine nach London noch mühelos erreichen. Irene stand im vierten Stock am Fenster und sah Lee Hazel und Fredrik über den Parkplatz auf Fredriks Wagen zugehen. Lee Hazel war genauso groß wie er. Ihr langes, dunkles Haar fiel auf den Rücken und kontrastierte mit Fredriks hellblondem Schopf. Sie waren ein schönes Paar. Irene sah ihnen hinterher, bis sie sich ins Auto gesetzt hatten und ausparkten.

Seufzend drehte sie sich um und setzte sich an ihren Computer. Sie hatte schon seit zwei Tagen ihre E-Mails nicht mehr gelesen.

Die neueste Mail stammte von Glen Thomsen. Er hatte sie gegen Mittag geschrieben, und sie schloss mit folgenden Worten:

»Lee Hazel ist etwas Besonderes! Du hättest sehen sollen, mit welcher Geschwindigkeit sie die Disketten durchging! Ich glaube, sie hat einen Computer zwischen den Ohren. Vielleicht ist sie der Terminator? Dann wäre sie zumindest sehr viel hübscher als Arnold Schwarzenegger. Es ist allerdings verständlich, warum sie Special Agent ist und meist am Computer arbeitet. Im Einsatz würde sie zu viel Aufsehen erregen.

Grüße an die Familie!

Dein Glen«

EPILOG

Am ersten Montagmorgen im November klingelte das Telefon auf Irene Huss' Schreibtisch. Sie nannte ihren Namen und ihren Dienstrang. Am anderen Ende blieb es erst einmal still. Dann räusperte sich jemand und ergriff das Wort:

»Guten Morgen. Hier ist Billy... Billy Hermansson. Ich wollte nur erzählen, dass meine Mutter letzten Samstag gestorben ist. Ich dachte... an die Ermittlungen. Jetzt kann sie nicht mehr aussagen, was sie durch ihr Fernrohr gesehen hat. Außerdem rufe ich bei Ihnen an, weil mir sonst niemand einfällt, dem es etwas bedeuten könnte.«

»Mein aufrichtiges Beileid«, sagte Irene.

Sie war gerührt, dass Billy an sie gedacht hatte. Wahrscheinlich hatte er Recht. Niemand sonst kümmerte es, dass Annika Hermansson gestorben war. Irene dachte rasch darüber nach, wie sie ihm sagen sollte, was sie ihm mitzuteilen hatte. Sie entschloss sich, keine Umschweife zu machen.

»Billy, ich weiß, wer Ihr Vater ist. Wollen Sie zu mir kommen und darüber sprechen?«

Es wurde lange still, bevor er antwortete:

»Nein. Ich glaube nicht, dass ich das wissen will... jedenfalls nicht jetzt. Vielleicht später. Es ist gerade recht viel, Mamas Tod und überhaupt alles...«

»Ich verstehe. Lassen Sie von sich hören.«

Als sie aufgelegt hatte, saß sie lange da und starrte ins Leere. Nach einer Weile fasste sie einen Entschluss. Sie nahm die Visitenkarte, die seit mehreren Wochen in ihrer Schreibtischschublade lag, und legte sie in einen weißen Umschlag. Sorgfältig klebte sie ihn mit einem breiten Klebestreifen zu. Dann machte sie ihren Computer an und begann zu schreiben:

»Lieber Billy!

In dem zugeklebten Umschlag liegt die Visitenkarte Ihres Vaters. Wenn Sie nicht wissen, wie Sie jetzt damit umgehen sollen, schlage ich vor, dass Sie den Umschlag in einem Bankfach verwahren. Dort haben Sie ihn dann, wenn Sie glauben, dass Sie die Kraft dazu haben, ihn zu öffnen. Sie können ihn natürlich auch verbrennen. Falls Sie sich dazu entschließen, Kontakt zu ihrem Vater aufzunehmen, möchte ich Sie bitten, ihm nicht zu erzählen, wie Sie von seiner Identität erfahren haben. Sagen Sie ihm einfach, Ihre Mutter sei in den letzten Tagen ihres Lebens etwas verwirrt gewesen. Da hätte sie Ihnen dann erzählt, wer Ihr Vater ist. Ich wünsche Ihnen alles Gute für die Zukunft.

Ihre Irene Huss«

EIN DICKES DANKESCHÖN AN:

den Journalisten und Schriftsteller **Gunnar Lindstedt**, der mit seinen Büchern »Trustorhärvan« (Der Trustorbetrug) und »boo.com« mein Interesse am großen Geld und seinem Verschwinden geweckt hat. Gunnar, dessen Kenntnisse der Wirtschaft bedeutend größer sind als die meinen, besaß die Freundlichkeit, Teile dieses Buches durchzusehen.

meinen Nachbarn, den Ornithologen **Morgan Johansson**, der mich mit Informationen über diverse Ferngläser versorgte, die in diesem Buch eine große Rolle spielen.

meine Friseuse **Eva Odd**, die nicht nur mein Haar entwirrt, sondern auch meine Fragen über verschiedene Motorbootmodelle beantwortet hat…

meine beste Freundin aus Kindertagen **Inger Brunbäck**, die seit vielen Jahren auf Styrsö lebt. Über die Jahre habe ich die Insel mehrmals besucht und kenne sie inzwischen recht gut. Deswegen habe ich auch ganz eigenmächtig die Geografie der Insel und der umliegenden Holme und Schären verändert. Die Häuser im Buch existieren nicht in Wirklichkeit (jedenfalls nicht da, wo ich sie platziert habe), und meine Beschreibung der südlichen Schären stimmt nicht mit der Seekarte überein.

Die Autorin betont, dass geografische Angaben ihrem Gutdünken entsprungen sind. Das Buch eignet sich weder in Göteborg noch in Paris als Reiseführer. Dem Leser wird nachdrücklich abgeraten, mit Hilfe der Angaben in diesem Buch zwischen den Schären vor Göteborg zu navigieren.

Alle eventuellen Ähnlichkeiten mit lebenden Personen sind rein zufällig und von der Autorin durchaus nicht beabsichtigt. Einzige Ausnahme ist der Hund Sammie, der jedoch keine Einwände erhebt. Da es sich um den Hund der Autorin handelt, verfügt er über eine gewisse, gelassene Distanz zu seiner literarischen Berühmtheit.

Helene Tursten